JN209568

幻影4 母と娘

高村 裕樹
Hiroki Takamura

文芸社

目次

幻影4　母と娘

プロローグ　車中の母娘（ははこ）

パールホワイトのパッソは高蔵寺ニュータウンの県道を走っていた。五〇歳ぐらいの女性の運転で、助手席には高校生の女の子が乗っていた。

会社を経営している父親は仕事にかかりきりで、後継者である兄に対しては父親らしい一面を示すことはあるが、娘にはほとんど関心を示さなかった。そんな父親を娘はとても血がつながっている肉親とは思えなかった。娘にとって、母親だけが家族だった。

今日は久しぶりに母と名古屋に出て、買い物や食事を楽しむことになっている。

まもなく県道から国道一九号線に出ようというところで、運転していた女性が胸を押さえ、急に苦しみだした。女性はハザードランプを点灯して、路肩に車を停車した。

「お母さん、どうしたの？」

心配した娘が問いかけた。

「ちょっと胸が。少し休憩したらまた出発するから、心配しないで」

母親はこう言ったが、少し休憩すればまた走り出せるような状況ではないことは、娘にもわかった。

そういえば最近、お母さんはときどき胸が苦しいと言っていたな、と娘は思い出した。母親は以前から何度も病院で診察をしてもらっていた。けれども、そうすぐに悪くなるようなことはないから、しっかり養生してください、と言われていたようだ。

「お母さん、無理しちゃだめ。今救急車を呼ぶから」

娘は携帯電話を取り出し、１１９番した。母親はシートベルトを外し、胸を押さえながら、ハンドルに突っ伏した。

「お母さん、大丈夫？　救急車呼んだから、すぐ来ると思うよ」

娘は母親を励ました。しかし母親からの返事はなかった。

日曜日で道路が混雑しているせいか、救急車はなかなか来なかった。県道のどのあたりにいるのか、どういう車なのかなど、きちんと説明したので、場所がわからないということはないと思う。もちろん県道何号線で、どの町の何丁目あたりにいる、ということまでは知らないが、近くにある建物やパチンコ屋の名称を告げたら、「了解しました」と電話に出た人は応えた。

救急車が来るまでの時間が、娘にはとても長く感じられた。娘は「早く来て」と救急車の到着を一心に祈った。

救急車が着いたときには、母親はすでに心肺停止の状態だった。

母親が最後の気力を振り絞り、安全に路肩に停車できた。車が暴走することなく、歩行者などに被害が出なかったことは不幸中の幸いだった。

第一章　不良少女

1

美奈（ペンネーム・木原未来）の処女作『幻影』は二〇万部を超えるベストセラーとなった。第二作『流れ星』も秋には出版の運びだ。また人気作家、北村弘樹が連載をしている光房出版の文芸誌に、四〇〇字詰め原稿用紙で五〇枚の短編を頼まれている。当分の間は文学舎以外の執筆を遠慮するつもりだったが、文学舎の担当編集者、久保田恭子から他社の文芸誌に寄稿することはかまわないと言われ、引き受けたのだった。文学舎は文芸誌を発行していない。ただ、『幻影』シリーズは当面弊社から刊行してほしいと久保田から要望された。

その『幻影』の続編も執筆し、美奈は多忙な日々を過ごしている。

美奈の全身のタトゥーの写真がインターネットを通じて広がってしまった。ある意味、それが木原未来の全身タトゥーの女流作家としての知名度や人気の原動力ともなっている。

美奈が刑事の妻であるということまではおおっぴらになっているわけではないが、県警上層部には、そんなことを苦々しく思っている人もいる。刑事部長や美奈の夫、三浦が属する捜査一課石崎班のリーダーである石崎警部は、美奈のこれまでの捜査協力の実績を尊重してくれている。

　五月中旬、美奈が師事する推理作家の北村弘樹と徳山優衣の結婚式が、名古屋の都心、栄のホテルで催された。

　三浦、美奈の夫婦、そして今年の四月に県警捜査一課に異動になった鳥居警部補も北村の結婚式に招待された。北村の作品のイラストを描いている高橋さくらも結婚式に呼ばれている。また、美奈の親友である秋田裕子は優衣の友人として招かれた。優衣と裕子は北村の作品にまつわる連続殺人事件に巻き込まれた。事件の犠牲となった秋田宏明は裕子の兄、徳山久美は優衣の姉で、二人は恋人同士だった。そんな縁で、優衣と裕子は親しくなった。

　人気作家だけあって、徳山家、北村家の結婚式は盛大だった。本人たちはそれほど派手にはしたくなかったが、周りがそれを許さなかった。東京で披露宴を開くよう、いくつかの出版社から要請されていたが、徳山、北村の親戚は、東京まで行くのが大変なので、地元の名古屋で挙式するよう要望した。それで名古屋の中心、栄の大きなホテルを会場とした。

　仲人は優衣が勤務していた会社の社長に依頼した。社長は相手が人気作家であることで、大いに張り切っていた。

　優衣は教会式での挙式を希望した。多くの友人たちに祝福され、赤いバージンロードを歩くのが優衣の憧れだった。それでチャペルを設置したホテルでの挙式となった。優衣も北村も、キリスト教徒ではない。むしろ平均的な日本人に多い、自称無宗教だった。だからキリスト教式といっても、牧師はプロテスタント信者であるアメリカ人のホテルスタッフが扮した、形式的なものに過ぎなかった。厳格なカトリックではなく、プロテスタントの形を借りたので、バージンロードは白だったが、それでも優衣は満足だった。

結婚宣言のあと、二人は婚姻届に署名した。届の〝婚姻後の夫婦の氏・新しい本籍〟欄は、妻である優衣の氏にチェックした。優衣の姉、久美が連続殺人事件の犠牲となり、徳山家の跡取りが優衣一人になってしまったので、北村は徳山家に入籍した。北村家は兄夫婦が継いでいる。それでも作家としてのペンネームは北村弘樹で通す。

式や披露宴には地元のテレビ局や新聞社などの取材もあった。また、人気作家だけあって、北村の作家仲間や、北村作品を映画化したときの監督や俳優など、招待客も多かった。優衣の実家もかつては大きな繊維会社を経営していたので、徳山家の関係者もたくさん招かれていた。

挙式のとき、北村と優衣は妊娠していることを伝えた。最近、吐き気や腰痛、味覚が変わるなどの妊娠の初期症状が出たので、ひょっとしてと思い産科を訪れたら、「おめでとうございます」と医師より告げられた。「おなかの中の子供を含め、親子三人でこの式を迎えられたことがとても幸せです」と優衣が述べると、会場は温かい大きな拍手に包まれた。妊娠三ヶ月に入ったところで、傍目にはまだおなかの変化はわからない。

妊娠がわかった時点で、式を安定期に入る七、八月頃に延期することも考えた。けれどももう式まであまり日にちがなく、マスコミからの取材の申し出も多々あって、日取りの変更が困難だった。文壇の重鎮といわれる作家や評論家も招待しており、今さら変更することは失礼だと思われた。それで優衣になるべく負担をかけないように式の準備を進めたのだった。

披露宴では、美奈もスピーチを依頼された。これほど多くの招待客や報道陣を前にしてスピーチをするのは、美奈にとって初めてだ。マイクの前に立つと、かなり緊張した。美奈はスピーチに立つときにメガネを外した。大勢の人たちの表情が見えなければ、少しは緊張が緩和される。

美奈は北村との出会いなどを簡潔に語った。北村は一時期作家として行き詰まり、自殺を考えた。決行の前日、最後に女性を抱こうと訪れたソープランド「オアシス」で接客したのが美奈――源氏名はミク――だった。その後北村は立ち直ったが、悪霊が引き起こした事件に巻き込まれてしまった。その事件を通して、美奈の夫である三浦や鳥居とも知り合ったのだった。

美奈はスピーチの際、北村との出会いについて、「夫の三浦が事件を担当したことにより知り合った」と、少しぼかして語った。さすがに披露宴でのスピーチで「ソープランドの客だった」とは言えなかった。そして美奈は「作家木原未来が今日あるのは、北村先生のおかげです」と感謝の意を表した。

北村弘樹、徳山優衣の披露宴の模様は全国ネットでテレビ放映され、美奈のスピーチも電波に乗った。これまで、事件の関係者として報道されたことはあったが、作家木原未来としてテレビに映ったのは初めてのことだった。それが契機となり、美奈は時々マスコミにも登場するようになった。それで作家としての知名度がぐんとアップした。

二次会では優衣が、以前の会社の同僚や友人たちから、「人気作家の北村弘樹のハートを射止めるなんて、憎い憎い」などとからかわれていた。美奈のことも〝期待の大型新人木原未来〟と紹介してくれた。優衣の友人の何人かは、美奈の作品を読んでいた。

「実はこの未来さんは私と弘樹さんとの愛のキューピッドなのよ」

美奈の夫である三浦を含め、四人で長野県の南木曽岳に登ったことがきっかけとなり、北村と愛を育むことができた、と優衣は説明した。

ハネムーンはオーストラリア、ニュージーランドに行く予定だったのだが、妊娠した優衣の体調を気遣い、岐阜県の高山と下呂温泉に二泊することに変更した。海外旅行は子供がある程度成長したら、改めて行こうということになった。かなりのキャンセル料を取られることになるが、「無理をして万一流産でもしたら、取り返しがつかないことになる」と二人で相談して決めたことだった。

二次会は早めに切り上げ、挙式したホテルで泊まって、翌朝名古屋駅から「ワイドビューひだ」で高山に旅立った。列車の中で、「本来なら、今頃は中部国際空港からオーストラリアに向かう飛行機の中にいるのよね」と優衣が北村に言った。

「いや、僕ら二人の愛の結晶として新しい命を授かったのだから、僕はこのほうが幸せだよ」

北村は満足そうに応えた。

「そうね。この子が大きくなったら、結婚式にもハネムーンにも一緒に行ったのだよ、と伝えてあげましょう」

優衣は優しく自分の下腹部を擦った。すると愛おしさがこみ上げてきた。

2

北村の結婚式からしばらく経ったころ、美奈はさくらとライトノベル執筆についての打ち合わせをするために、さくらの仕事場である「卑美子(ひみこ)ボディアートスタジオ」に向かった。その日はスタジオの定休日だ。

美奈は愛車のパッソで、自宅のすぐ近くを通る県道五三号線に出た。そして竜泉寺(りゅうせんじ)街道からゆとりーとラインの高架の下を通り、瀬戸街道、環状線経由で名古屋市千種区にある卑美子ボディアートスタジオに行くつもりだ。

航空自衛隊の分屯基地近くを走っているとき、二台の二五〇ccクラスのオートバイが後方から近づいてきた。片道一車線の道なので、オートバイの走行のじゃまにならないように走っていたのだが、なぜかそのオートバイは美奈の車に絡んできた。二台のオートバイは、それぞれ運転手が若い男性で、後ろに女性を乗せていた。

「何のつもりかしら。危ないわね。オートバイを引っかけたら大変なので、気をつけなくては」

美奈は、絡んでくるオートバイをうっとうしいというより危ないと思った。

このまま交通量が多い県道を走っていては危険なので、美奈は左折して細い道に入った。そのあたりは住宅地で人も多く、万一のときは大声を出せば誰かが警察に通報してくれるだろう。それに、オートバイに乗っている男女がそれほど凶悪な人物だとは思われなかった。

美奈は住宅地にパッソを向かわせた。二台のオートバイは美奈に続いた。

適当なところで車を停(と)め、美奈はドアを開けて外に出た。不良たちに絡まれ、不用意に車から出るのは不用心とも思えるが、美奈はそれほど危険な相手とは感じなかった。

四人のうちの若い少女が美奈の顔を見てはっとした。美奈はヘルメットのシールドの奥にある少女の表情の変化を見逃さなかった。

「おまえら、遊びはもうやめだ。もういいから帰れよ」

少女は他の三人を制止した。

「おい早紀、今さら何だよ。おまえがこの車にちょっかいかけろと言い出したんじゃねえか」

早紀と呼ばれた少女が乗っていたオートバイを運転していた男が不満そうに言った。身体は大きいが、いかにも精神年齢はまだ幼そうな感じだった。

「今思い出したんだよ。こいつの旦那は刑事なんだ。下手にちょっかいかけると面倒なことになりそうだぜ」

その少女は男のような口調で言った。その少女に会うのは初めてだが、美奈は作家として、そして全身のタトゥーがタトゥー雑誌で紹介されたこともあり、知名度が高い。夫が刑事だということを知っているのは、先日テレビ放映された北村先生の結婚式でのスピーチを見たのだな、と美奈は考えた。

「何だよ、早紀。それならそうと、早く言えよ」

「俺も忘れていたんだよ。とっとと帰りな。俺はちょっとこいつと話があるから、いつもの店で待っててくれ。話が済んだらケータイに電話するから、迎えに来てくれ」

少女は自分のことを「俺」と言った。

「まあ、おまえがそう言うならいいけどよ。ところでそのメガネのおばさん、誰なんだ？　どこかで見たことあるような気がするけど」

美奈は「おばさん」と言われて少しカチンときた。四人は二〇歳前後で、美奈とはそれほど年齢が違わないように見えた。二人の女の子は少し年下か。

「俺のちょっとした知り合いだよ。ちょっとこいつと話したいことがあるんでな」

「わかった。それじゃあ、『ポンコツ』で待ってるからな。そいつが男だったらただじゃあおかねえんだけど、まあおばさんだでいいだろう」

「焼き餅焼いてんじゃねえよ。さっさと行きな」

三人は二台のオートバイで立ち去った。夫が刑事だと言われたのでおとなしく引き下がったようだ。

「呼び止めて悪かったね。あんた、作家の木原未来だろ？　俺は荻野早紀」

その少女はヘルメットを取って言った。まだあどけない顔つきだった。荻野早紀と聞いて、美奈は「もしかしたら」と思った。今は美奈の交通安全の守護霊となっている多恵子の姓が荻野だった。そして早紀という高校生の娘がいることを聞いていた。面差しも多恵子に似ている。

そのとき、「美奈さん、早紀には私のこと、今しばらく黙っていてください」と心の中に言葉が響いた。

（やはりそうなのですね。わかりました。娘さんには多恵子さんのこと、しばらく黙っています）

美奈が心の中でそっと呟いた。相手が多恵子の娘だということがわかれば、何ら恐れることはない。

「私のこと、知っているんですね」

「ああ、いろいろとな。『タトゥーワールド』でおまえの全身タトゥーを見て、かっこいいと憧れていたんだ。『幻影』の作者が全身刺青の女流作家と話題になったんで、ひょっとしてと思ったら、やっぱり木原未来だった。俺、おまえのファンなんだ。一緒に写真撮らせてもらえるか？」

早紀は携帯電話に搭載されているカメラで、美奈と二人で自分撮りした。

「私のことわかっていて車を停めたの？　よく動いている車の中に私がいること、わかったわね」

「いや、最初からおまえだとわかっていたわけじゃねえよ。お袋が乗ってた、パールホワイトの〝じ5910〟のパッソが走っていたから、どんなやつが乗ってるのかな、と興味を持ってちょっかいかけてみただけ。そしたら全身刺青作家木原未来様だった、ってこと」

「え、極道？　ほんとだ。気づかなかった。5963や893ならすぐわかるのだけど」

美奈は自分の車のナンバーが語呂で〝極道〟と読めることに気づいていなかった。

「ところであなた、女性なんだから『俺』とか『おまえ』という言い方はやめたほうがいいと思うけど」

美奈は早紀の言葉遣いが気になっていたので、注意した。

「てめえだって全身刺青の元ソープ嬢じゃねえか。他人に説教たれる資格なんて、あんのかよ。女だからおしとやかにしとれ、なんてぇのはあのくそ親父が言うことと同じなんだよ」

美奈は、多恵子が亡くなってから、早紀の家庭はうまくいっていないのだと直感した。だからとりあえず今は小言のようなことは言わないでおこうと思った。

「ところでこれからどうするの？　私は用事があるのだけれど、もし早紀さんが話がしたいというなら、ちょっと遅れることを連絡しておかなきゃあならないから」

美奈はさっき早紀が話があるようなことを言っていたことを思い出した。

「まあ、用ってほどのことじゃないけどよ。せっかく有名人に出会ったんだから、少しぐらい話をしたいと思ってただけ」

　美奈は早紀とは話し合う必要性を感じた。それに早紀は全くの赤の他人ではなく、美奈の守護霊となっている多恵子の、実の娘なのだ。美奈はここで早紀に会ったことに深い縁を感じた。それで美奈は携帯電話で、さくらに少し遅れる旨の連絡をした。

「そう。来る途中でたまたま大切な人に会っちゃったの？　わかった。私はお客さんから頼まれた絵を描いてるから、気にしないで。慌てなくてもいいから。今日は休みなんだし。それから、トヨさんもまもなく来る予定」

　さくらは美奈の申し出を了承してくれた。トヨはさくらの兄弟子だ。

「それじゃあ早紀さん、こんなところで立ち話も何だから、喫茶店にでも行こうか」

　美奈は早紀を自分のパッソに乗せ、高蔵寺駅の南、庄内川のほとりにある喫茶店に向かった。

「うわぁー、久しぶり。お母さんの車だ」

　助手席に乗った早紀は、無意識のうちに「お母さん」と言った。「俺」だとか「くそ親父」「お袋」など、わざと乱暴な言葉を使っていたが、単に悪ぶっているだけで、本当はそれほどひねくれてはいないのだと美奈は感じた。

「ここはあんたのおごりでいいんだね。あんたが誘ったんだから。俺、そんなに金持ってないし」

　喫茶店の席に着くと、早紀は美奈に確認した。美奈を呼ぶ二人称代名詞が「おまえ」から「あんた」になっていた。

「いいわ。おごってあげる」

「それじゃあ高いものを頼もう」

早紀はデニッシュパンにソフトクリームが乗ったデザートとミックスジュースを注文した。美奈はホットコーヒーだ。

「でも全身刺青作家の木原未来が俺のお袋の車に乗っていたとは、偶然とはいえ、すげえなあ。びっくりだよ」

「大声で全身刺青作家と言うのはやめてよ。私だって人目が気になるから」

美奈は笑いながら応えた。

「あの車、一年前に中古で買ったんだけど、早紀さんのお母さんの車だったんだね。私にはぴったりの車よ」

パッソは加速が悪く、走りがよいとはいえないが、美奈はあまりスピードを出すことはしないので、高速道路や急な上り坂以外、パワー不足は感じていなかった。それより小回りがきき、運転がしやすいし、燃費もけっこういいので、美奈としては気に入っている。車体が小さいわりに室内が広いのもよい。

注文したものが届き、早紀はデザートをつつきながら話した。

「実は俺、未来さんに憧れているんだ」

早紀は初めて「さん」付けして呼んだ。

「『タトゥーワールド』で、背中いっぱいにきれいな騎龍観音(きりゅうかんのん)を彫ってる女を見て、同じ春日井市に住んでいる、とあったんで、一度会いたいと思っていたんだ。そしたら小説家としてデビューしたんで、『幻影』、さっそく買って読んだよ。面白かった」

「私の本、読んでくれたのね。ありがとう」

美奈はお礼を言った。

「俺、未来さんのタトゥー見て、自分も彫りたくなっちまってね。さっきいた三人の仲間にそのことを言ったら、俺たち四人で仲間の印として、同じ図柄を入れよう、ということになって。みんなバイクやロックが好きなんだけど、バイカーやバンドやってる連中ってけっこうタトゥー好きが多いんだ。最近はやくざは暴対法の関係であまり墨入れなくなったから、バイカーやロックミュージシャンなんかのほうがタトゥーしてるんだぜ。あ、そんなこと全身刺青の作家先生には、釈迦に説法かな。

俺たちの仲間は、男どもは腕にドクロを彫ったんだけど、女がドクロじゃちょっときついから、俺と瞳はバラの花にしたんだ。瞳って、さっきいたもう一人の女」

早紀たちと同じ発想で、美奈と友人七人も友情のマーガレットを入れている。マーガレットの花言葉の一つに〝真実の友情〟というものがある。けれども、早紀はまだ高校三年生のはずだ。

「早紀さん、高校生でしょう？　タトゥー入れちゃったの？」

「もう高校なんてとっくに退学したよ。でもあんたに騎龍観音を彫った卑美子っていう女彫り師のところに行ったら、見習い中のさくらとかいうやつが、『そんないい加減な気持ちで彫っては一生後悔するから、もっとよく考えてから出直しなさい』って追い返しやがった。当時俺も瞳もまだ一八歳になっていなかったんで、それだけでペケ、と言われちまったぜ」

「そりゃそのへん、卑美子先生のスタジオはきちんとしているからね。高校生や一八歳未満じゃ絶対彫ってくれないよ」

親友のさくらが早紀たちに対応していたことに、美奈は宿縁を感じた。

「それで友達のつてで紹介してもらった、独学で彫り師の勉強をしているというバイク仲間が、無料（ただ）で彫ってくれるっていうんで、そこでやってもらったんだ」

そう言いながら早紀は左腕をまくり、上腕部を自慢げに見せた。長径一五センチほどの赤いバラと青い蕾（つぼみ）、緑の葉が彫られている。素人が彫ったにしては、悪くない出来映えだった。

「早紀さん、まだ一八歳になってないでしょう？　県の青少年保護育成条例などで、一八歳未満の人に彫ることは禁じられているのよ。違反したことがわかれば彫り師さんは逮捕されるわ」

「でもその彫り師、そんなこと何も言ってなかったぜ。年も確認しなかったし。練習台ということだったけど、その彫り師が彫った写真を見ると、ただのわりにはきれいにできてるんで、四人で相談して、それだけきれいに彫れるんならいいだろう、ってことでそいつに入れてもらうことにしたんだよ」

「大丈夫？　年齢確認さえしっかりしないようないい加減な人だと、衛生管理もずさんじゃないかしら。ニードルやインクなど、使い回ししていなかった？」

「そういえば俺が最初に彫ってもらって、そのあと瞳が彫ったんだけど、マシンはそのまま使ってたような気がする。色は一応新しいのに変えてたみたいだけど、よく覚えてないや。その前日に浩（ひろし）と剛（ごう）が黒一色でドクロ彫ったときも、同じマシンをそのまま使ってたみたい。客が代わったときには、マシンの針は電気ポットで沸かしたお湯に少し浸けて、熱湯消毒はしてはいたと思うけど。赤の他人に彫ったあと同じ針を使ったんならいやだけど、仲間内だったから、まあいいかと思ったことがあったっけ。一応熱湯消毒してたし、みんな病気持ってなかったから」

　早紀の話を聞いていて、美奈は憤(いきどお)りを感じた。いくら練習中といっても、そのようないい加減なやり方は許せない。ニードルの使い捨ては最低限のマナーだ。そしてマシンのノズルなど、使い捨てできないものはよく洗浄したうえで、オートクレーブという高圧蒸気滅菌器にかけ、滅菌しなければならない。電気ポットで沸かしたお湯に浸けただけでは十分な滅菌はできないだろう。インクは通常、小さなカップに小分けして使うので、インクの使い回しはしていなかったようだ。

「でも、ただだったし、俺もほかのみんなも何でもなかったから、いいじゃねえか」

「いや、そういう問題じゃないのよ。たまたま運よく早紀さんや仲間の人たちが感染しなかったからよかったけど、もしいい加減な彫り師さんのところでC型肝炎にでも感染したら、きちんと衛生管理しているアーティストさんまで、とばっちりが来てしまうのよ。タトゥー業界全体が大迷惑を被るの。ニードルの使い回しなんて、もってのほかだわ」

　美奈はタトゥーを彫るときの注意点について、くどく説明した。

　卑美子のスタジオでは、衛生面はもちろん、納税もきちんとし、同じマンションの人たちには積極的に挨拶(あいさつ)をしている。また、騒音や客とのトラブルなどで迷惑をかけないように、非常に気を配っている。世間から「入れ墨をしているような人たちにはろくな者がいない」などとタトゥーがマイナスのイメージを持たれないよう、十分な配慮をしている。だからアーティストも、衣服で隠せない首や手の甲にはタトゥーを入れないようにしている。

「へいへい。わかりやした。もし将来彫ってもらうことがあるんなら、卑美子さんみたいなきちんとした彫り師さんに彫ってもらいやす」

早紀は少しふざけたようにうなずいた。タトゥーの話はそれぐらいにして、なぜ高校を中退したのかを尋ねた。

「俺も最初は一生懸命勉強してたよ。でもお袋が死んでから、仕事人間の親父は跡継ぎの兄貴のことしか目にないようでね。さも荻野家には女なんか不要だ、って感じで。だから俺はぐれてやったのさ。学校も行く気になれなくて、サボってるうちに退学さ。タトゥーを入れたのも、親父への当てつけもあるんだ。タトゥーをすれば、少しぐらいは俺のことに目を向けてくれるかな、って思ってね。お袋さえ生きていればこんないやな思いしなくて済んだのに」

早紀は母親のことを話すとき、目が少し潤んでいた。父親は早紀のことには全く無関心だし、兄ともあまり話をしなかった。家事などは家政婦がやってくれるが、単に事務的に仕事をこなすばかりで、あまり早紀の相手になってくれなかった。早紀は自宅では孤立していた。

「お袋、あんたが今乗ってるパッソの中で、心臓発作起こして死んじまったんだ。心臓が弱ってるから、あまり無理しないようには言われてたけど、あんなに急になるなんて……。俺とちょっと買い物に行くために走ってたら、急に苦しみだしてな。俺もすぐケータイで１１９番したけど、間に合わなかったんだ。お母さん、何で死んじゃったのよ……」

早紀はテーブルの上に突っ伏して、涙を流した。せいぜい悪ぶっているけれども、早紀の本質は素直な娘なのだ、と美奈は感じた。

その話は多恵子から聞いて知っていることだが、美奈は真剣に早紀の話に耳を傾けた。

「あ、車の中でお袋が死んだなんて言うと、気持ち悪くて車に乗れなくなるかな？」

早紀は少し気になったようだ。

「大丈夫よ。そのことは中古車屋さんから聞いて知っているから。事故物件に当たるから、隠してはいけないことなの」

(早紀さんのお母さんは今、あなたのすぐ横で、寄り添うようにしているのよ)

美奈はそう教えてあげたかったが、多恵子はしばらく黙っていてほしいと言う。それに守護霊になっていると言われても、にわかには信じがたいことかもしれない。この先どうするか、多恵子と話し合っていこうと美奈は考えた。

「早紀、ごめんなさい。私が死んでしまったばかりに、早紀につらい思いをさせて。でも、きっと早紀が幸せになれるよう、私が護ってあげるから、今しばらく我慢してちょうだいね」

多恵子がしきりに早紀に謝っていた。しかしその言葉は霊感がない早紀には届かなかった。

「仲間の人たちが待っている店ってどこ？　もしよかったらパッソで送るよ」

「いや、この近くの『ポンコツ』って喫茶店だから大丈夫。バイク好きがよく集まる店なんだ。店のマスターは元暴走族のヘッドだったけど、今は正義漢で、バイクで人様に迷惑をかけるようなやつは、うちには来るな、なんて言ってるよ」

「ポンコツ」なら美奈も何度も店の前を通ったことがあり、知っている。変わった名前の喫茶店だと思っていた。店の前には、実際に走るかどうかわからないような、古いハーレーダビッドソンのオートバイを飾ってある。夜間は盗まれないように店の中に入れている。その店なら歩いても数分のところだ。

「また会いましょう。何かあればいつでも連絡してちょうだい」

しばらく話をして、二人は別れた。二人は携帯電話の番号とメールアドレスを交換した。

3

かなり遅くなってしまったので、さくらに「これから向かうので、あと五〇分ぐらいで着きます」と携帯電話で連絡をした。

スタジオに着くと、さくらとトヨが待っていた。さくらと美奈で、ライトノベルのストーリーを考えるというので、トヨも興味を抱いてスタジオに来たのだった。美奈はまず遅れたことをお詫びした。

「へぇ、守護霊の多恵子さんの娘さんに会ったの」

さくらが興味深そうに言った。

「はい。多恵子さんが亡くなって、お父さんが早紀さんのことを全く顧みなくなってしまったので、早紀さんは寂しそうでした。早紀さんが悪ぶっているのは、寂しさの裏返しのようです」

「それでその子、腕にタトゥーを入れちゃったのね。その四人組、一年ぐらい前、予約なしの飛び込みだったんで、私が対応したのよ。バイク乗りのアイデンティティーとしてタトゥーを入れたいという曖昧（あいまい）な考え方だったし、女の子二人はまだ一八歳になってなかったんで、論外だったわ。一度彫ってしまったら、もう一生消せないタトゥーなんだから、本当に彫っていいのか、もっとよく考えてから来なさい、って追い返したんだけど」

さくらがまだ修業中だったころの出来事を話した。

「でもそのあと、怪しい彫り師のところに行っちゃったのね。オートクレーブも使わず、針を使い回しするなんて、アーティストの風上にも置けないよ。でも、一年経ってまだ肝炎の症状がないなら、運よく感染はしなかったみたいだね。でも、そういうのって一番危ないのよ。ほとんどのアーティストはお客さんが肝炎などに感染したり、化膿（かのう）したりしないよう、衛生面でも極力努力しているのに、ごく一部の怪しいアーティストがそんないいかげんなことをして、タトゥーアーティスト全体の評判を落とすような行為をするなんて、私も腹が立つわ」

卑美子が所属する彫波一門では、定期的に講習会を開いている。講習会で最も重視されるのが衛生面で、彫波の知り合いの医師を講師に招き、衛生指導を徹底している。

彫波が若いころ彫ってもらった彫り師は、針や墨、絵の具の使い回しは当たり前。彫った部分を拭（ふ）くセーム革も、水でちょっとゆすいで墨や血液の汚れを落とすだけで、何人もの客に使い回していた。当時はそんなものかと思っていた彫波だったが、後に肝炎やＨＩＶなどの感染の恐ろしさを知った。彫波自身も初めて彫り物を入れてしばらくしてから、肝炎で入院したことがある。だから彫波が彫り師を目指して修業していたころ、徹底的に衛生管理を学んだ。

当時の師匠は衛生面をあまり重視していなかった。それで彫波は独学で勉強し、また、衛生管理を徹底している、アメリカンタトゥーのアーティストにも教えを請うた。彫波の師は、自分以外の流派、しかも洋彫りのアーティストから指導を受けていることを知って激怒し、彫波を破門した。以後、彫波は独学で彫り物の道を究めたのだった。

トヨもさくらも毎月彫波一門の講習会に参加している。

「そうよね。それからお客さんももっと衛生面には関心を持ってもらいたいものだわ」
話を聞いていたトヨも憤りを隠さなかった。

早紀の話が済んでから、さくらと美奈は本題に入った。さくらの部屋はミニコンポからグスタフ・マーラーの交響曲第五番が流れている。さくらは仕事中に、f分の一ゆらぎが含まれ、リラックス効果があるといわれる、バロックやモーツァルトの音楽をよくかけている。ときにはクラシックが苦手な客もいるので、そのときはロックやジャズに切り替えた。

さくらは文芸雑誌に連載中の、北村弘樹の小説『復活の巨人』の挿絵（さしえ）を担当している。その作品はマーラーの交響曲第一番『巨人』、第二番『復活』、そして第五番をモチーフにしている。

さくらはイラストを描くに当たり、マーラーの音楽を知るために、バーゲンセールで安売りしていたラファエル・クーベリック指揮、バイエルン放送交響楽団の交響曲全集のCDを買った。輸入盤で、解説書は英語やドイツ語などで書かれており、さくらには読めなかった。さくらが生まれるずっと前の録音で、かなり古いが、音質はまずまずだ。その全集に含まれていない『大地の歌』や『さすらう若人の歌』、『亡き子をしのぶ歌』、未完成の『交響曲第一〇番』のデリック・クック補筆による全曲版なども手に入れた。

美奈もマーラーの音楽が好きで、交響曲全集だけでも、バーンスタインの新盤とクラウディオ・アバド、小澤征爾（おざわせいじ）のCDを持っている。さくらは美奈から借りようかとも思ったが、自分で買うことにしたのだ。それを何度も聞いているうちに、さくらはマーラーの音楽が好きになった。映画『ベニスに死す』で使われて有名になった第五番の第四楽章アダージェットの美しいメロディーもいいが、アダージェットのトリオのメロディーを明るく変奏したフィナーレも圧巻だった。

さくらと美奈の共通の親友、美貴が彫ってもらっている間、第八交響曲をＢＧＭとして流していると、アニメが大好きな美貴が、

「あれ、この音楽、『涼宮ハルヒの憂鬱』でかかっていたよ。最終話で、閉鎖空間で青い巨人が暴れている場面」

と指摘した。

「え、そんなとこまでチェックしてるの？　さすがアニメオタク」

さくらは美貴が深夜アニメで流れていた音楽まで覚えていたことに感心した。

また、『大地の歌』の第三楽章は何かのＣＭで使用されていたのか、さくらには聞き覚えがあった。

さくらの一番のお気に入りは第三番だった。全曲の演奏時間が九〇分を超える長大な曲だが、自然の描写や民謡調のメロディー、サーカス風の音楽や軍隊の行進など、高尚な音楽と俗っぽい響きが入り乱れた、雑然とした要素を巧みに取り入れているところが面白かった。ベートーヴェンやブラームスのようないかめしい曲ばかりではなく、こんなユニークな交響曲もあるのだなと思った。ただ、合唱付きの楽章が、あれだけ長大な曲の中でわずか五分程度というのはもったいない。

『復活の巨人』に登場する挫折をした推理作家、古戸弁蔵の顔をマーラーに似せて描いたら、北村もそれを非常に気に入ってくれた。古戸弁蔵とは、トスカニーニ、メンゲルベルク、ワルター等と並び称される、二〇世紀前半の大指揮者、フルトヴェングラーからとった名前だ。最初はマーラーの愛弟子でもあった、ブルーノ・ワルターをもじり、古野和瑠太にするつもりだった。けれども、いかにもマンガの

登場人物のような名前なので、やめておいた。

　晩年のマーラーは気難しそうな顔つきだが、若いころはなかなかの美男子だ。北村は主人公の榛名敏彦（はるなとしひこ）、永田有希（ながたゆうき）のキャラクターデザインにも満足している。

　最近はさくらが描く『幻影』のヒロインの如月美穂（きさらぎみほ）や敏彦、有希を彫ってほしいという依頼があるそうだ。なんといってもアーティストがイラストを描いている本人だということが、客にとっては魅力といえた。

　文芸雑誌に連載されているさくらのイラストは、北村の作品と共にファンの人気を獲得している。

　さくらは秋に出版される美奈の第二作『流れ星』のイラストを描き終えたところだ。今執筆中の『幻影2』のイラストもさくらが担当することになっている。

　さくらは高校時代、漫画家を目指し、少女漫画雑誌のみならず、少年漫画の漫画賞に何度も応募していた。そのとき、少年ドリームの漫画賞の審査をしていた編集者の安井が、さくらの画力を絶賛し、注目していた。女性らしい繊細さに加え、男性漫画家のような力強さを兼ね備えている。残念ながらストーリーが今一つで、受賞には至らなかった。それでもいつかは大成するだろうと期待をしていた。

　しかしいつしかさくらは漫画賞に応募をしなくなり、その編集者は非常に惜しいと思っていた。

　彼はその後、少年ドリームからライトノベルの雑誌編集部に編集長として異動となった。そして美奈の『幻影』や北村の『復活の巨人』のイラストをさくらが担当していることが目に留まった。そのイラストに彼は大いに関心を持った。安井はさくらが「卑美子ボディアートスタジオ」でタトゥーアーティストをやっていることを知り、さっそくスタジオの電話番号を調べ、さくらに連絡を取った。そして

「木原未来と組んで、ライトノベルを手がけてみないか」と持ちかけた。

さくらはその話を喜んだ。卑美子に相談したら、本業のタトゥーに支障が出ない範囲でなら、いろいろなことを体験してみるのもいいかもしれない、と賛成され、さくらは美奈に共同執筆を申し出たのだった。

さくらは「魔界の軍団と戦う、超能力戦士の話を書いてみたい」と安井に構想を提案した。安井は面白そうなので、とりあえず原稿用紙で一〇〇枚前後のものをイラストも数枚添えて書いてみてくれ、と依頼した。まずは読み切りという形で掲載し、評判がよければ連載にしたいというのだ。もちろん必ず雑誌に掲載されるという保証はないのだが、原稿を書いてみるということになった。

人類側の超能力戦士は男女五人のチーム。身体能力では男性が優れるが、霊能力は女性戦士のほうが高く、各戦士間の戦力のバランスをとるようにする。最初の場面は主人公の少女が、その潜在力の高さを恐れた魔界の怪物に襲われ、超能力戦士に救われる。そのとき彼女の素質を見抜いた戦士のリーダーから、戦隊入りをスカウトされる、というストーリーをさくらは構想した。

「なんとかレンジャーみたいな戦隊ものとは一線を画（かく）した作品にしたいな。そのためにも美奈の霊界の知識の助けも借りたいの。それにヒロインと男性戦士との恋も描きたいし。そういうの、美奈、得意でしょう」

さくらは希望を語った。それを聞いていたトヨも、「面白そうね」と興味を示した。

「私は漫画賞に応募したとき、ストーリーにもう一工夫を望む、なんて評価されたんで、もし一緒にやってもらえるなら、美奈にもストーリーをいろいろ考えてほしいんだ。それに文章は美奈のほうがずっとうまいから。私はイラストで頑張るよ」

　さくらは改めて美奈に依頼した。

「もちろん、やりますよ。一緒に面白い作品を作りましょう」

　美奈は快諾した。

「でも、必ずしも雑誌に掲載されるかどうかは保証がないんだけど」

「掲載されるよう、二人で頑張りましょう」

　それからさくらは考えているストーリーをざっと話し、超能力戦士のキャラクターや魔王、魔人、魔獣などのデザインのラフを美奈とトヨに見せた。

「面白いわ。本当にアニメ化されそうなストーリーですね。美貴さんが喜びそうです」

　美貴は大のアニメファンで、自分の身体にアニメのキャラクターをさくらに彫ってもらっている。今は右の腰から太股にかけて、ドラゴンボールのキャラクター、超（スーパー）サイヤ人になった青年トランクスを彫ってもらっている。トランクスには女性ファンが多いと聞いている。

「それじゃあ美奈、そんな方向でちょっと原稿書いてみてくれる？　美奈はほかにも執筆しなきゃあならない作品があるのに悪いけど。でも細かい描写なんか、私じゃできないから、木原未来に任せるわ」

「私よりさくらさんのほうが、タトゥーの仕事や下絵の作成もあって大変なんだから。私がそんなこと言っていられません」

「そうよね。さくらはいまや売れっ子のアーティストだから。ラノベにのめり込んで、本業を疎かにしないでね。そんなことになったら、ラノベへの関与の許可をしてくださった卑美子先生に申し訳ないわ。

それから、オーバーワークで体調を崩さないよう、健康には十分気をつけるのよ。美奈さんもね」

トヨが二人を気遣った。

「はい。私はスタジオに住み込みさせてもらって、通勤時間ゼロだから、その浮いた時間をラノベに当てるようにします」

さくらは本業には支障を来さないようにすると、トヨに約束した。

その後、トヨを加えた三人でライトノベルのタイトルやストーリーなどの相談をした。タイトルは仮に『魔界大戦』とした。ヒロインの一五歳の霊能力少女はフジモトアイリ。これは美貴の希望を入れて、美貴の姓〝富士本〟とオアシスでの源氏名〝アイリ〟から取ったものだ。

「私はおおよそのあらすじを考えるだけだけど、それを整ったラノベに仕上げる美奈のほうが、ずっと大変ね。私の都合で余分な仕事を押しつけて、ごめんね」

「いえ、私もチャンスがあったらラノベにチャレンジしたいと思っていたから、私こそありがたいです。それにさくらさんはイラストを描かなくちゃあいけないし」

以前美貴がさくらとのコンビでラノベに挑戦してみたら？　と言っていたことを受けて、美奈も機会があればやってみたいと考えていた。それがこんなに早く実現するかもしれないのだ。

「スタジオに置いてある美奈の『幻影』、よく売れてるよ。木原未来のサイン入りだからお客さんも喜んでくれるし。また今度、サインした本を一〇冊ぐらい持ってきて」

卑美子の好意で、『幻影』を卑美子ボディアートスタジオに置かせてもらっている。タトゥー専門誌に美奈の全身のタトゥーが掲載されて以来、美奈はタトゥーファンの間でよく知られた存在になった。

待合室で『幻影』のページを繰っていた客が、その本の著者が美奈だと知ると、興味を持って買ってくれるのだ。

夕方まで話し合った後、三人はさくらお薦めの味噌カツの店に食事に行った。

食事のとき、最近卑美子だけではなく、トヨやさくらの作品も海外に紹介され、高い評価を受けて外国人の客が増えてきた、という話を美奈は聞いた。インターネットのおかげで、優れた作品は国内はもちろん、国外にも紹介される。入れ墨即暴力団、という印象が強く、タトゥーに対する偏見が大きい日本より、むしろ海外のほうが卑美子やトヨ、さくらの作品が高く評価されているといえた。

トヨは英語は日常会話なら難なくこなすが、さくらは片言程度しか話せない。スペイン語やポルトガル語、中国語などになると、トヨでさえ対応できない。二人は今外国語に苦労しているという。卑美子はポルトガル語を多少話せるので、日本に住んでいるブラジルの人たちに人気がある。卑美子はファンで客でもあるブラジル人から、ポルトガル語を教えてもらったのだ。

「日本伝統の彫り物は、外国人にはすごく評価が高いのよ。特にトヨさんは和彫りもこなすから、とても人気が高いの。卑美子先生が今育休中なので、トヨさん、外国人さんに大もてなの」

「洋彫り希望の外国のお客さんには、さくらも引っ張りだこじゃないの」

デッサン力はさくらに分があるが、和彫りに関してはトヨに一日の長がある。「卑美子ボディアートスタジオ」には月に何人もの外国人客が来る。ポルトガル語まではとても手が回らないが、英会話ができれば外国人とかなり意思疎通ができるので、さくらは高校時代は大の苦手だった、英語の勉強もしなければと思っている。

卑美子は子供を近所に住んでいる義母に預け、時々スタジオに顔を出す。大きな作品はまだ受け付けていないが、ワンポイント程度の小さなタトゥーを希望する客には、施術する。時々彫らないと、感覚が鈍ってしまうからだ。そして英語、ポルトガル語を話す客が来れば、通訳などもしてくれる。

そのあと、さくらは最近母親が背中に大きな絵を彫り始めたことを話した。娘がなぜいれずみをしてしまったのか、その気持ちを理解するために、自分も小さなものを入れてみようと、母親は左のふくらはぎに牡丹（ぼたん）やアゲハチョウを彫った。すると母親はタトゥーの美しさに魅されてしまった。そしてもっと大きな絵を彫りたくなり、さくらの作品集の写真を見て、ミュシャの絵を希望した。

さくらはこれまで、ミュシャの『ダンス』と一九〇〇年の『四季』より『春』を女性の背中に彫っている。どちらも原作より鮮やかな色遣いで、ミュシャの雰囲気を十分に残しながら、さくらの特色も出している。

母親はさくらと相談し、『桜草』を背中一面に彫ることにした。絵もきれいだし、娘の名前「さくら」が入っていることが、その絵を選んだ決め手だった。

父親はそんな大きな絵を彫ることに反対した。定年退職したら、夫婦でのんびり各地の温泉巡りを楽しもうと思っていたのに、妻が大きなタトゥーを彫れば、温泉に入れなくなってしまう。「入れ墨、タトゥーがある人お断り」という温泉が多いのだ。それでも娘と同じ身体になって、娘の苦労を少しでも分かち合いたい、という妻の親心に押し切られた。それに、母親のタトゥーに反対するなら、さくらはもちろん、長男の敦志（あつし）も手がかからなくなったので、熟年離婚してもいい、と脅され、折れたのだった。

母親は筋彫り（アウトライン）を終えて、次回から色を入れる作業に入るとのことだ。

母親は、大手自動車部品メーカーの孫請けをしている、小さな町工場で働いている。パートでの勤務なので、会社では正社員とは違い、健康診断も行われない。タトゥーが見えないようにしていれば、仕事に差し支えることはない。作業着に着替えるときだけは、同僚にタトゥーを見られないように、少し注意する必要があるが。

ただ、敦志が結婚するとき、相手方の親族から、母親と姉に大きなタトゥーがあると謗（そし）られることが少し心配ではある。敦志は京都の大学に通っており、来年春卒業の予定だ。姉や母親のタトゥーを嫌い、卒業後は名古屋には戻らず、関西方面で就職するつもりでいる。

「かーちゃん、自分の肌に入れてみて、タトゥーの魅力にはまっちゃったのよ。ひょっとしたらさらに増えるかもしれないよ」

さくらの母親は今年五二歳になる。それでも肌はまだ十分瑞々（みずみず）しい。タトゥーの客は二〇代、三〇代の若い人が中心で、四〇代前半の客も来る。しかしさくらの母親のような五〇歳を超える客は珍しかった。

美奈は改めてさくらを思う母親の愛に感動した。そして早紀を気遣う多恵子のことを考えた。

トヨが手がけた客の中には、六〇歳を過ぎてから彫りに来た夫婦がいる。若いころからずっと彫り物を入れたいと思いながらも、仕事や子供のことを考えると、彫ることをためらっていた。夫が定年退職し、二人の子供も結婚して親許（おやもと）を離れたので、念願だった彫り物をトヨに依頼した。ご主人は背中一面に唐獅子（からじし）牡丹、奥さんも背中に羽ばたく大きな鳳凰を彫った。ご主人は狩野永徳（かのうえいとく）の『唐獅子図屏風（びょうぶ）』

のような唐獅子を注文した。

二人とも〝額彫り〟という、周りを黒く染める、和風の彫り方を希望した。しかしタトゥーを彫るには高齢なので、身体への負担を考えて、一気に額彫りまで持っていくのではなく、まずはメインの絵だけを〝抜き彫り〟という形で彫ることにした。もし周りに黒い〝額〟を付けたいのなら、抜き彫りを完成させてから、体調を考慮して次に進む。

抜き彫りは二人ともあと少しで完成だ。彫り物を入れたことで新たな刺激を受け、夫婦の営みもまた盛んになったと、照れながら感謝されたそうだ。トヨは高齢者のセックスは嫌らしいものではなく、すてきだなと考えた。

4

帰宅した美奈は、守護霊の多恵子と話をした。美奈は心の中で、守護霊と会話することができる。

現在、美奈には二人の守護霊がいる。千尋（ちひろ）はこれまで多くの悪霊、凶霊を浄化した功徳などで人格ならぬ霊格がぐんと向上し、今では神といってもよいほどの境地に達している。これまでは守護霊と呼んでいたが、美奈が親しくしているある教団の管長から、千尋はすでに神の境界（きょうがい）に達しているので、〝守護神〟と呼ぶべきだと助言され、美奈は今ではそう呼んでいる。

多恵子は娘を乗せ、車を運転中に急激な心臓発作に襲われ、亡くなった。突然の死で、自分自身の死を理解できず、ずっとその車に憑依（ひょうい）していた。その車を美奈が買い、千尋が苦しむ多恵子を浄化した。

多恵子は自分を浄化してくれた恩に報いるため、交通安全の守護霊となり、美奈を護っている。ときには千尋と協力し、凶悪霊に立ち向かうこともある。

「今日は娘が美奈さんに失礼なことを言ってすみませんでした」

多恵子は早紀の無礼を謝罪した。

「いいえ、気になさらないでください。早紀さんは粋がっているけど、多恵子さんが亡くなって本当はとても寂しいんじゃないでしょうか？」

「あの子の父親は、あの子の兄ばかりを自分の後継者としてかわいがり、女の子の早紀にはほとんど関心を示さなかったんです。普通の父親なら、娘をかわいがりそうなものですが。それで私があの子をいつもかばっていたのですが、急なことで……」

多恵子はそこで言葉が詰まってしまった。普通に話しているのではなく、一種の想念が美奈の心の中に響いてくるのだが、感情の高まりは抑えられないようだ。

「ご存じの通り、私は死んでから地縛霊がその地に縛り付けられるように、臨終を迎えた車に縛り付けられ、毎日苦しみ抜いていました。夫はその車を中古車屋に売ってしまいました。私は訪れるお客さんにただひたすら救済を求めていましたが、だれも気づいてくれません。そんなところに美奈さんと千尋大神様が来て、私を救ってくれました。それで私は、その恩に報いるべく、美奈さんを交通事故から護る守護霊となったのです」

多恵子は地縛霊ならぬ車縛霊として苦しんでいる間は、娘のことは全く心に浮かばなかった。そして救済されてからは美奈を守護するため、あえて早紀のところに行くことをしなかった。だから今日久しぶりに早紀に会って、その変わりようにびっくりした。

「私の影響で早紀さんまでタトゥーを入れてしまって、ごめんなさい」

「いいえ、それは早紀の自己責任です。美奈さんが気にする必要はありませんよ。それにタトゥーを入れていても、美奈さんやお友達のように、素晴らしい人たちはたくさんいますから」

多恵子は美奈を気遣った。

「多恵子さん、早紀さんが心配でしたら、早紀さんのところに行ってくださってもいいのですよ。私には千尋さんも付いていてくださるし。私より早紀さんを護ってあげてください」

「ありがとう。でも私は千尋大神様と美奈さんに救われました。だからその恩に報いなければなりません。今しばらく、千尋大神様と美奈さんの許で修行させていただきます。そのほうが早く私も向上でき、いざという場合、早紀の力にもなってあげられますから」

多恵子は自分を浄化し救ってくれた千尋のことを、敬意を込めて「千尋大神様」と呼んでいる。

第二章　霊感少女

1

　それからしばらくして、早紀から連絡があった。早紀の仲間たちも美奈に会いたいと言っているから、近いうちに会おう、とのことだった。彼らは、作家・木原未来ではなく、「タトゥーワールド」に掲載されたタトゥーレディーの美奈に会いたがっていた。

　早紀の仲間たちは自動車工場の期間工や喫茶店のアルバイトをしている。次の土曜日は四人とも休みが取れるというので、その日に先日早紀と話をした喫茶店で会うことになった。溜まり場になっている「ポンコツ」は、バイカーやアマチュアバンドの知り合いがたくさんいて騒々しいから避けるとのことだった。

　早紀の仲間はロックとオートバイが好きで、四人でよくツーリングに行く。少し悪ぶってはいるが、暴走族などには所属していない。

　指定された時刻より早めに行くと、もう早紀たちは四人集まっていた。

「うひゃー、この人が有名な木原美奈さんか。思ったよりずっと小柄な人だなあ。俺、大村浩。よろしく。俺、美奈さんの騎龍観音に憧れてるんだ」

最初に早紀のボーイフレンドだという大村浩が自己紹介をした。続いて中崎剛、入谷(いりや)瞳が続いた。浩は美奈のタトゥーが掲載されている「タトゥーワールド」を三冊持参していた。最新号には、全身タトゥー作家木原未来として紹介している。美奈の著書『幻影』についても、タトゥーワールド編集長の熊谷(くまがい)自らが「タトゥーファンにとっても非常に興味深い内容で、ぜひ一読を勧めます」と推薦している。熊谷と美奈は親しい仲だった。

もう五月も下旬で、四人とも半袖のシャツを着ている。浩と剛は左の上腕部からスカルのタトゥーが覗いている。和風のドクロではなく、左だけギョロ目を剥いた洋風のスカルだ。黒の濃淡だけで表現してある。瞳は同じ場所に青いバラだ。小さな蕾は赤く塗られている。

独学とはいえ、バイク仲間やロックバンドをやっている人たちの肌を練習台として経験を積んでいるからだろうが、彫るスキルはそれほど悪くない。それでも年齢確認を怠ったり、ニードルの使い回しをしたり、タトゥーアーティストとしての資質には疑問を抱かざるを得ない。いくら練習とはいえ、あまりにもずさんだ。彼は兼岩(かねいわ)という姓で、彫兼(ほりかね)と名乗っているそうだ。

早紀は美奈の著書『幻影』を出して、サインを依頼した。そのとき「今日の日付と『早紀へ』と入れて」と頼んだ。美奈は楷書で一字一字丁寧にサインした。

「次の本はいつ出るの?」

「九月に『流れ星』という本が出る予定よ。ちょうど一回目の校正が終わったところなの。『幻影』の続編も書いてるよ」

美奈は『流れ星』の内容を簡単に紹介した。

「『幻影』って、幽霊が出たりして少しオカルトっぽいところもあるけど、美奈さんは心霊について詳しいの？」

話を聞いていた瞳が美奈に問いかけた。瞳は赤く染めたロングヘアが目立っている。

『幻影』は、今は美奈の守護神となっている千尋との出会いを題材に取っている。当時の千尋は地獄のような霊界で苦しみ、〝幽霊〟といってもいいような存在だった。

「まあ、私も少しは心霊のことを研究しているけど」

美奈はこれまで二度、凶悪な霊と対決している。それ以外にも千尋の力を借り、多くの霊を浄化していた。しかしそのことは言わなかった。

「実はこの瞳もかなり霊能力があるんだぜ」

早紀は自分のことのように自慢げに言った。

「あたい、ちっちゃいころから、変なものを見たり、声を聞いたりしたよ。その声が、近所のおばさんがもうすぐ死ぬ、とか、どこどこで火事が起こる、なんて教えてくれたんで、それを親父やお袋に言ったら、『変なことを言うんじゃない』って怒られてね。それが実際に当たっちゃうんで、なお気味悪がられたよ。お袋には、もう二度とそんなこと言うなって厳しく叱られたっけな」

瞳は自分の体験を語った。小学生のころまでは、ちょいちょいそんな不思議な現象を体験したという。けれども中学校に入学すると、そのような現象はあまり起こらなくなったそうだ。

「テストにはどこが出るとか、いつどこで宝くじを買えば当たるとか、そんなことを教えてくれればいいのに、教えてくれるのはろくでもないことばかりだったんだよ」

美奈は、それは低級霊によるいたずらだと考えた。そのようなことに振り回されれば、大変なことになる。しかしいつの間にかそんな現象が起こらなくなったのはよいことだと思った。

美奈の親友の裕子も霊感が強い。裕子は三重県いなべ市の古い大きな家で生まれ育ち、子供のころは家の中を歩く影を見たり、何かが天井裏を歩くような音を聞いたりしたという。それはネズミやヘビが這う音とは明らかに違っていた。亡くなった兄の霊らしきものにも遭遇した。

美奈自身も、育った寺で、ときには幽霊のようなものを見たことがある。住職だった父親は、「幽霊や霊魂などこの世に存在しない。美奈が怖い怖いと思っているんで、幻が見えたんだよ。まさに『幽霊の正体見たり枯れ尾花』だな」と美奈を諭（さと）した。

「霊魂が存在しないのなら、何でお経を読んだりして死んだ人を供養するの？」

子供の美奈が尋ねると、「人は念仏を唱えることにより、だれでも極楽浄土に往生できる。だから死ねばすぐ魂は極楽に行ってしまうので、幽霊にはならないのだ。お経を読むのは、ありがたい仏様に感謝するためだ」と説明した。美奈は納得できなかったものの、それ以上は反論しなかった。

「でも瞳、こっくりさんができるんだぜ。こっくりさんにお願いすると、なくしたもののありかや未来の出来事を教えてくれるんだ。最近もバイク仲間がバイクのキーをなくして困ってたんで、こっくりさんのお告げでキーのありかを教えてもらったんだぜ。本当に言われたところから出てきたんで、びっくりしとったがや」

瞳に代わって、ボーイフレンドの剛が自慢した。

瞳は一時期、霊の声が聞こえなくなった。ほっとはしたものの、霊との交信ができなくなったことに寂しさを感じ、オカルト雑誌にあったこっくりさんを、興味本位で友人たちとやってみた。

　こっくりさんは、上端に鳥居を描き、その下に数字や五十音のひらがな、「はい」「いいえ」などを書いた大きな紙を用意する。瞳を含めた三人の女の子が一〇円硬貨に右手の人差し指を添え、こっくりさんに質問をする。すると一〇円硬貨がひとりでに文字の上を移動し、答えを示すのだ。

　瞳が質問すると顕著な反応が顕(あらわ)れた。試しに捜し物のありかを質問すると、提示されたところから実際失せ物が出てきた。しかし他のメンバーが質問しても、ほとんど反応を示さなかった。友人たちは瞳のことをすごいすごいともてはやした。

　瞳は、幼いころは霊の声が聞こえ、いろいろなことを予言していたことを、得意げに友人たちに話した。友人たちは「瞳、霊感があるから、これからお金を取ってみんなの相談に乗ってあげたら?」と無責任なことを言って、けしかけた。それ以来、瞳はよく二、三人の友人とこっくりさんを行った。こっくりさんは複数の人数で行うのが原則だが、友人がいないときには、一人でもやって、霊とコンタクトを取った。また霊感がなくならないよう、油揚げを供えてこっくりさんにお願いをした。

　瞳はそんなことを語った。

「みんなでタトゥーをしたのも、こっくりさんに伺(うかが)ったら、やりたいならやってもいい、って言われたからなの。タトゥーをすることにより、新しい仲間に出会えると言われたんだけど、美奈さんに会えたから、その予言は当たったたんだね」

　美奈は、こっくりさんに頼ることは危険だと思った。千尋や多恵子のような高い境界にある神霊が言うことなら信用できるが、こっくりさんに反応するような低級霊は、見返りにとんでもないことを要求しかねない。「タトゥーを入れてもよい」というのも、かなりいいかげんな対応だといえる。高級霊だったら、おそらく今一度熟慮するように助言するだろう。特に一八歳未満だった早紀と瞳は止めたはずだ。

「瞳さん、こっくりさんはやめたほうがいいよ。こっくりさんというのは、潜在意識が無意識のうちに手を動かしているっていうけど、知り合いのキーのありかを教えてくれたというような、瞳さんが知らないことまで指摘するというのは、潜在意識説では説明がつかないわ。やはり低級霊が関係しているんでしょうね。今はいろいろ教えてくれて便利でも、そのうちにでたらめなことを言われたり、とんでもない見返りを要求されたりしかねないから」

美奈は瞳にやんわり忠告した。

「大丈夫。あたい、いろいろ教えてもらったら、必ずお礼に油揚げをお供えしているの。こっくりさんって狐(きつね)の霊でしょう？　油揚げ、すごく喜んでくれるんだよ」

「確かに『こっくり』は漢字では狐(きつね)、狗(いぬ)、狸(たぬき)と書いて、狐の霊のように思えるけど、実際は人間の低級霊のことが多いのよ。だから油揚げなんかあげても、効果はないわ」

「でもあたいが直接こっくりさんに訊いたんだけど、もう五〇〇年以上霊界で修行している九尾(きゅうび)の狐だと言ってたよ。だから油揚げを供えると喜んでくれるんだ」

瞳は霊の姿はあまり見えないが、霊聴(れいちょう)といって、霊の声を聴く能力があった。

「自分では狐だと言っても、実際は人間の霊のことが多いの。中には、本当に自分は狐に生まれ変わってしまったのだと思い込んでいる霊もいるのよ。動物の霊は、人間に影響を与えるほどの力は持っていないの」

美奈が最近関わった悪霊も、自分は大自在天だと主張していたが、実は応仁の乱で亡くなった武士の霊だった。低級霊はよく詐称をする。

瞳は実際に、ある程度霊と交信する能力もあるのだと、美奈は考えた。美奈は軽く集中して、瞳の背後にはどんな霊がいるのかを霊視してみた。しかし瞳に憑依していそうな霊は見えなかった。

（おそらく千尋さんや多恵子さんの高級神霊の波動を感じて、どこかに逃げてしまったのね。それとも、こっくりさんの儀式をしているときだけ寄ってくるのかもしれない）

そして機会を見て、瞳に憑いている霊を浄化してあげなければならないと美奈は考えた。

美奈たちはしばらく雑談をしていた。みんな乱暴な言葉遣いをしているわりには、気さくないい人たちだった。

早紀は母親が亡くなり、なんとなく家には居場所がないように感じた。一年ほど前、買ったばかりの、中古の原動機付自転車でツーリングに出かけた。県道一五号線を定光寺から古虎渓、多治見の方面に土岐川に沿って走っていたとき、バイクがトラブルを起こした。どう対処していいかわからず、困っていたときに出会ったのが浩、剛、瞳の三人だった。

浩はすぐに早紀のバイクを直してくれた。四人は意気投合し、一緒にツーリングを楽しんだ。瞳も原付だったので、浩と剛はゆっくり走ってくれた。瞳も早紀と同じ、ホンダのモンキーに乗っている。

それ以来、早紀は浩たちと付き合うようになった。剛と瞳はカップルだったが、浩には女性のパートナーがいなかったので、早紀は浩と交際した。浩とは相性がよく、早紀は浩に夢中になった。

アメリカのバイク雑誌の影響で、浩と剛はタトゥーに興味を持っていた。また、ロックが好きで、ロックミュージシャンにはタトゥーを入れた人が多いということも影響していた。二人に感化され、早紀と瞳もタトゥーに関心を抱いた。さらに「タトゥーワールド」で美奈の背中に彫ってある見事な騎龍観音を見たことで、早紀はタトゥーの美しさに魅了された。記事には同じ春日井市在住とあり、近くにこんなきれいなタトゥーを彫っている女性がいるのなら、本人に会ってみたいと思っていた。

早紀は自分一人ではタトゥーを入れる踏ん切りがつかなかったので、浩たちに仲間の絆として、同じタトゥーを入れようと提案した。

最初に訪れたスタジオで、さくらには追い返されたものの、ロックバンドをやっている友人から、彫り師になるための練習として無料で彫ってくれるという人を紹介してもらい、そこでタトゥーを入れた。最初は四人同じ図柄を彫るつもりだったのだが、女性二人はドクロはいやなので、バラの図柄にしたのだった。

四人は美奈にそんなことを話した。以前早紀から聞いたことだったが、さらに詳しく語ってくれた。

「私のせいで、早紀さんと瞳さんに、青少年保護育成条例違反の一八歳未満のタトゥーをさせてしまったのね」

美奈は申し訳なく思った。

「別に美奈さんのせいじゃないぜ。俺たち、元々タトゥーには興味あったんで、どのみちいつかは入れていたんだから。まあ、直接のきっかけにはなったかもしれんけど。アメリカのバイク雑誌見てると、すごいタトゥーをしてる人が多いんだがや。バイク仲間でロックのバンドやってる連中もいるけど、そいつらも大きなタトゥー彫ってるし。今は女だって大きなもん入れてるんだぜ」

浩が美奈を気遣った。浩たちは、英語は読めなくても、アメリカのバイク雑誌に掲載されている写真を見るだけで満足していた。

早紀は初めてタトゥーを入れたとき、自分の肌がどうなってしまうんだろうという不安と、生きた人間の肌が鮮やかに染まるという不思議さを同時に感じ、とても興奮したと感想を述べた。痛みは想像していたほどではなかった。その興奮を味わいたいために、またタトゥーを入れてみたいという。それでも美奈のように全身を飾るまでの覚悟はなかった。

「そうね。私も初めて入れたときは同じようなことを感じて、どんどん増えちゃったの。でもあなたたちはタトゥーを増やしてしまってもいいか、よく考えてからにしてね。大きくしちゃうと、これから社会に出るとき、いろいろ支障が出てくるから。私だって、これでけっこう苦労してきたのよ」

美奈はファーストタトゥーを入れたときのことを思い出した。美奈のファーストタトゥーは、卑美子に彫ってもらったへそ下の、バラとアゲハチョウだ。

美奈はタトゥーを入れたことでお父さんに叱られなかったかを早紀たちに尋ねた。

「親父はあたしには無関心だから、しばらくはばれなかったけど、タトゥーに気づいた家政婦に告げ口されて殴られちゃった。出てけ、って言われたから当分浩のアパートに厄介になってたよ。まあ、いろいろあって結局家に帰ったけど、親父には『いれずみが見えないように、夏でも長袖を着とれ』って言われちゃった」

早紀はあっけらかんとして答えた。もう「俺」ではなく、「あたし」になっていた。

「あたいは親に消せって言われたけど、タトゥーは簡単には消せないし、消すのに何十万円もかかるから、就職や結婚なんかで困ったときに考える、それまでファッションとして楽しみたい、って言ってある。まあ、それで納得させたけど」

瞳も話に加わった。タトゥーはレーザー照射で消せるというが、実際はあまり効果がない。切除などの手術をすれば完全に消すことができる。けれども大きな傷が残ってしまう。タトゥーを一度入れれば、もう二度と元のきれいな肌には戻らない。タトゥー除去には健康保険が適用されないから、手術などの医療費はすべて自己負担になる。小さなタトゥーを消すだけでも、費用は何十万円、少し大きな図柄だと、一〇〇万円を超えることもある。

美奈はしばらく話をしていて、四人とすっかり打ち解けた。少し悪ぶってはいるが、悪い人たちではないと確信した。

「美奈さんはバイクじゃなくて車だけど、よかったら一緒にツーリングに行きましょうよ。早紀と瞳は原チャリしかないから、遠くに行くときは、車に乗っけてもらえると助かるな」

浩が提案した。

「そうね。一緒に行きましょう」

美奈も同意した。

2

美奈たちの話が盛り上がっているテーブルに、メッシュジャケットなどを着た三人の男女が近づいてきた。浩たちと比べると、かなり柄が悪いように感じた。

「よう、剛、ここにいたのか。『ポンコツ』にいなかったんで、どこにいるかと思ってたら、この茶店(サテン)の駐車場におまえらのバイクが置いてあったんで、来てみたんだけどな」

その三人を見て、浩たちはわずかに顔をしかめた。浩たちにとっても会いたくないような連中のようだった。

「あれ？　こいつ、時々『タトゥーワールド』に載ってる騎龍観音の女じゃねえか？」

三人のうちの女性が、美奈を見て言った。

「あ、ほんとだ。確か木原美奈とかいったかな」

「ちょうどいい。ボクちゃんたち、お姉さんのファンなんだ。ここで裸になって、いれずみ見せてもらえないかな。リョーちゃん、お姉さんのケツの龍を見てみたい」

ほかの二人も美奈にからかい気味に声をかけた。自分のことをリョーちゃんと言った赤髪のモヒカン頭が三人組のリーダー格のようだ。まだ二〇歳ぐらいだが、体格が大きく、凶悪そうな雰囲気を醸し出している。

美奈のお尻の左側には、大きな龍の頭が彫られている。その龍の胴体が背中一面、観音菩薩(ぼさつ)を取り巻いている構図だ。余白の部分は色とりどりの牡丹の花で埋め尽くされている。背中から臀部（でんぶ）、太股にかけて、生まれ持っての白い肌の色は、ほとんど残っていない。

「おい、やめろよ。木原さんは関係ない」

浩が入ってきた三人と美奈の間に立った。

「いや、関係ないことないよ。ボクちゃんたち、お姉さんの大ファンなんだから」

「亮（りょう）、今はやめとけよ。店の人たちの目もあるし。ここは『ポンコツ』じゃないんだぜ」

剛も間に入って止めにかかった。美奈はそれほど怖いとは感じなかったが、早紀たちもいるので、面倒には巻き込まれないようにしなくてはと思った。

「まあ、いいか。お姉さんとはまた今度、ゆっくり付き合ってもらおうか。今日は瞳に用があってな。こっくりさんのお告げをしてくれないか？　瞳の占い、よく当たると評判だでなあ」

亮と呼ばれたモヒカンが瞳に依頼した。彼が瞳にこっくりさんの占いを依頼するのは初めてだった。誰かから評判を聞きつけたようだ。

「瞳さん、だめよ。こっくりさんはもうやらないほうがいいわ」

美奈は忠告した。

「おい、ねーちゃん、あんた、関係ねえだろ。黙っとれ。余計なこと言うと、裸にひん剥（む）くぞ」

モヒカンが怒鳴った。

「いい加減な気持ちで霊を弄（もてあそ）ぶことは大変危険なことなのよ。何かあってからでは取り返しがつかないかもしれないのよ」

「おい、あんた。うるさいぞ。俺たち、急いでいるんで、今日は見逃してやろうって言っとるんだ。俺たちが下手(したて)に出ているうちにおとなしく帰りな」

高飛車な態度に出ながら、下手も何もあったものではないが、モヒカンが美奈に凄んだ。

「木原さん、今日のところはやっかいごとにならないうちに帰ってください。あいつらのことはよく知っているんで、俺たちのことは心配しなくてもいいから。せっかく来てもらったのに、こんなことになってすんません」

浩が美奈に頭を下げた。それで仕方なく美奈は引き上げることにした。帰り際に、（多恵子さん、どうか早紀さんたちを護ってあげてください）と心の中で念じた。


美奈は帰宅してから『幻影2』や『魔界大戦』の原稿を執筆した。しかし瞳たちのことが気になって、なかなか執筆が進まなかった。それで夕方、美奈は早紀に電話をかけた。

「あ、美奈さん。今日はごめんなさい。あんなことになっちゃって」

「それであなたたちは大丈夫だったの？」

「うん。あたしたちは大丈夫。何も変なことされてないよ。向こうも一応霊とか神に関係あることだったから、あまりひどいことはしなかった」

「それで何を占ったの？」

「ロックの演奏会がうまくいくかどうかを占ってくれ、って言ってたけど、どうせ知り合いに高いチケットを売りつけるんじゃないかしら。でも、こっくりさんにあまり客が入らないと言われて、怒ってた。

まるであたしたちが悪いみたいに」

「それはひどいわ。瞳さんのせいじゃないのに」

「結局あたしたちも一枚三五〇〇円でチケット無理やり売りつけられちゃった。でも、悪いことをしようとして、その成否を占おう、ってんじゃなかったからよかった。あたしたちも不良って言われてるけど、犯罪の片棒は担ぎたくないから」

「何言ってるの？　早紀さんたちは不良なんかじゃないよ。今日みんなと話していて、よくわかったわ」

「ほんと？　あたしたち、不良じゃないと思ってくれるの？」

「当たり前じゃない。だからこれからは粋がってないで、正しいと思うことを自信持ってやっていきなさい」

「うん。これからはもっと自信持って生きていくよ」

　早紀の話によれば、美奈と別れたあと、早紀たちはモヒカン刈りの亮のアパートに連れて行かれたそうだ。亮は一緒にいた香織（かおり）という女性と同棲している。それで部屋は思ったより整頓されていた。

　亮は「俺たち三人で、ロックのライブやる予定だけど、コンサートがうまくいくかどうかを占ってほしいんだ。会場を借りるにもけっこう金がかかるから、あまり客が来てくれないと大赤字だしな」と瞳に依頼した。そして近くのスーパーマーケットで買った油揚げを供物だといって差し出した。乱暴な亮ではあるが、瞳に占いを頼むときには、多少丁重な態度を取った。

亮たちは三人でマッドフェニックスという名のロックバンドを組んでいた。香織がボーカルとリードギターを兼ね、亮がドラムス、もう一人のメンバー、隼(じゅん)がベースを担当している。

瞳はいつも携帯しているA3判のコピー用紙を取り出した。それにはすでに、水性ペンで鳥居や五十音図などを書いて、文字盤を作ってあった。鳥居は赤のペンで描かれている。そして一〇円硬貨をその上に置いた。

「コンサートはいつどこでやるんですか?」

瞳は仕事の内容を尋ねた。

「来週の土曜の夜、場所は春日井駅近くのライブハウスを借りる」

亮が瞳の質問に答えた。それを受けて瞳はこっくりさんの儀式を始めた。バイク仲間たちから法外な入場料をふんだくるコンサートでも企んでいるのかもしれない。

文字盤の上に置いた一〇円硬貨に瞳、早紀、剛の右人差し指を置き、瞳は「こっくりさん、こっくりさん、どうぞおいでください。おいでになったら、『はい』をお示しください」と唱えた。四人では多すぎるので、今回は浩が抜けたのだった。

すると一〇円硬貨は「はい」のところに動いた。そして亮たちのコンサートがうまくいくかを尋ねると、今度は「いいえ」の文字の上に移動した。

「なんだよ、ライブはうまくいかないのかよ」

亮はうまくいかないのは瞳たちのせいだとばかりに、不満を言った。

「なんでうまくいかないのだ?」

「こっくりさん、なぜうまくいかないのでしょうか?」

亮の不満そうな声を聞いて、瞳は尋ねた。

――き、ゃ、く、が、あ、ま、り、は、い、ら、ず、あ、か、じ
一〇円硬貨はそのように文字の上を移動した。

「くそ、また赤字かよ。今さら会場キャンセルすれば、違約金とられるしよ。それにゲストのバンドにも金払わなきゃならんし」

隼が金勘定をして、言葉を挟んだ。彼らはプロのロックンローラーを目指している。

いくつかの質問を終え、瞳は「こっくりさん、ありがとうございました。どうぞお戻りください」とお願いした。すると「はい」のところに一〇円硬貨が移動した。

最後に瞳はもう一度お礼を言った。それで儀式は終了だ。

瞳は使用した文字盤を四八の細片に破り裂いた。使用した一〇円硬貨は、なるべく早く買い物などで使わなければならない。

亮は占いが終わったあと、「おまえらにも協力を頼む。チケット、買ってくれ。一枚四〇〇〇円のとこを三五〇〇円に負けといてやるからよ」と浩たちにチケットを押しつけた。

浩たちにとって三五〇〇円はけっこうきつい出費だ。しかし逆らえばけんかになりそうだ。絶対勝てない相手ではないが、隼はともかく、亮は切れると何をしでかすかわからない。とにかく早紀、瞳の安全を最優先しなければならない。それでやむなく浩と剛はチケットを四枚買ったのだった。おまけだと言って、亮たちが最近出したＣＤを一枚付けてくれた。

「何が負けといてやる、だ。当日四〇〇〇円が、前売りで三五〇〇円になっとるだけだがや」

チケットに記載してある料金を見て、浩が文句を言った。けれども三五〇〇円なら、会場の賃借料やゲストのバンドに支払う出演料などの経費を考えれば、常識的といえる料金設定だ。

瞳たちは供物の油揚げをもらって、亮のアパートを辞したのだった。


「ひどいわね。でも、浩さんや剛さんは偉いわ。早紀さんたちのこと考えて、結局トラブルは避けたんでしょう」

話を聞いて、美奈はちょっと腹が立った。

「でも、悔しいけど、あいつらの演奏、確かにいいよ。曲もいいの書いてるし。特にボーカルの牧野(まきの)香織。運がよければ、プロデビューできるかもしれないレベルだって言ってる人もいるほどだよ」

それでも早紀は少しだけ亮たちに肩入れした。

「それと少し気になることがあって。瞳から聞いたんだけど、家に帰ってから、瞳がもらった油揚げを供えて、こっくりさんにお礼の挨拶をしたら、全然応答がなかったそうなの。いつもなら『ご苦労さん』とか反応を示すそうだけど。瞳、また霊感がなくなるんじゃないかと心配してた」

瞳がこっくりさんができなくなったのは、瞳に憑依していた霊が離れたからではないかと美奈は考えた。念のために瞳の顔をしっかり思い浮かべて、霊視してみたが、それらしい霊は見えなかった。

昼間はすぐ近くに美奈がいたので、高級霊の千尋や多恵子の波動を感じ、どこかに隠れていたのかもしれないが、今は瞳の憑依霊は警戒する必要はないはずだ。瞳の背後に憑依霊がいないのは、一時的に離れたのか、それとも恒久的に離れたのかはわからない。

低級霊の場合、憑依していた相手の精神面などが強くなれば、離れていく場合がある。低級霊は負の感情を好む。暗かったり落ち込んだりしている状態の人間と波長が合うのだ。憑依している人間が精神的に成長すれば、低級霊は波長が合わなくなり、自然と離れていくことが多い。けれども瞳が今日急に精神的に向上したとは思えない。

とすれば、亮というモヒカン刈りの人か、その仲間たちのところに行ってしまった可能性がある。

守護神の千尋に訊けばすぐわかるだろうが、美奈はあえてそうしなかった。できる限り自分の力で解決しようと思った。

美奈は最近知り合った大日慈愛会（だいにちじあいかい）という密教教団の管長、大西治子（おおにしはるこ）から、守護神の千尋は美奈自身の魂の力を高める修行をさせようとしていることを聞いた。今後はなるべく千尋に頼らず、できるだけ自分自身の力で物事を解決するようにアドバイスされた。浄霊などはまだ自分では手に負えないので、千尋の力を借りなければならないが。

「それは多分こっくりさんの霊が瞳さんから離れてしまったためだと思うわ。ひょっとしたら、昼間、こっくりさんの占いを依頼した人たちに乗り移ってしまったんじゃないかしら」

「え、そうなの？　それだともう瞳に霊能力は戻らないの？」

「それは私にもわからないわ。瞳さんから離れたのは、一時的で、また戻ってくるかもしれないし。でも昼間言ったように、低級霊に憑依されて霊能力を発揮するのは、あまりいいことじゃないの。だから霊がいなくなったのは、瞳さんにとって、かえっていいことなのよ。瞳さんは残念に思うかもしれないけど」

「それでも、もし瞳がもうこっくりさんができなくなったら、あたしも残念だな。時々こっくりさんにいろいろ教えてもらって、便利だったのに」

早紀も残念そうだった。

（大丈夫。あなたにはお母さんがついているから。お母さんがいつでも見守っているのよ）

美奈は心の中でそっと呟いた。そして瞳については、もう少し様子を見てみよう、と早紀に提案した。瞳に何かおかしな兆候があれば、すぐ連絡してくれることになった。もしこっくりさんを装っている低級霊がまた戻ってくるようなら、今度は千尋の力を借り、しっかり浄霊してあげようと考えた。

ただ、その霊がどこに行ってしまったのかが気がかりだった。昼間会った亮というモヒカンの青年、もしくはその仲間のところかもしれない。彼に憑依し、悪さをしなければいいのだが、と美奈は心配だった。

3

それからしばらくして、美奈は大日慈愛会の管長、大西治子に会った。場所は以前会食したことがある、津島市の中国料理店だ。治子は昼間は信徒の指導などで忙しく、なかなか時間がとれないので、夜遅めの時間を指定した。

特に最近起こった教祖殺人事件や信徒過失致死、死体遺棄事件への対応で、新管長に就任した治子は、多忙を極めた。このところ、ようやく騒ぎが収まってきた、というところだ。教祖殺人事件では、美奈も現場にいたため、大きく報道されてしまった。けれどもその影響もあり、作家木原未来の名前が全国に知れ渡ったという皮肉な副産物もあった。

今日の会食には、美奈の親友で、大日慈愛会の会員でもある赤城陽香（あかぎはるか）と、尼僧（にそう）の田中尚子（なおこ）も同席した。陽香はタクシードライバーをしている。陽香は今日は明番（あけばん）といって、前日から深夜にかけてずっとタクシー乗務をしていたので、基本的には乗務を免除されている。明日は公休日だ。

大日慈愛会は主に密教の秘法を用いた、宿命転換や病気治しの加持（かじ）をやっている。以前、治子は重い病気で道場まで参拝することが難しい人たちの自宅を訪れて、病気治しの加持をしていた。そのときの往復は、陽香のタクシーを使うことが多かった。

今は教団の管長となり、道場を空けることができない。それで優れた霊能者でもある尚子が陽香のタクシーを使い、信徒の家を回っている。尚子は尼僧といっても有髪（うはつ）だったが、治子に代わって、信徒の家を訪問しての病気治しの加持を任されるようになったので、心機一転のために剃髪（ていはつ）した。それで普段白い尼僧頭巾（ずきん）を着用している。

以前治子は信徒の家に赴いての加持をするとき、御供養料は信徒の経済状態により、臨機応変にもらっていた。収入が少ない信徒に対しては、御供養金の強要はしなかった。けれどもそれでは不公平になるし、いくら供養すればよいのか基準がわからないという信徒の意見もあり、尚子が引き継いだことを機に、御供養金の額を決めた。ただし、あまり信徒に負担がかからない金額で、経済的に厳しい信徒にはある程度軽減をした。

美奈はかつて治子、陽香、尚子たちと共に凶霊と戦ったことがある。そのとき尚子の霊能力に接し、美奈は彼女に大きな信頼を置いている。あれからもう二ヶ月近くになる。

「大西さん、ご無沙汰しています」

「久しぶりですね。お元気そうで何よりです。本、売れ行きがとてもいいようですね」

治子は美奈だけではなく、美奈の背後にいる千尋と多恵子にも挨拶をした。治子は今は千尋、多恵子ともコンタクトをとれるようになっていた。

陽香にも強力な守護神である二大龍王がついている。二大龍王の分け御霊（みたま）は現在、大日慈愛会の本尊にもなっている。

「美奈さん、またやっかいなことに巻き込まれそうな感じですね」

「わかりますか？」

「今回は多恵子さんがとても心配そうですね」

「はい。実はそうなんです」

美奈は治子たちに、多恵子の娘、早紀との出会いを話した。そして早紀の友人である瞳とこっくりさんのことも。

「こっくりさんに関しては、以前、うちの教団でも何度か問題になったことがありますよ。霊とは関係なく、自己催眠のようなものだったり、潜在意識が一〇円玉を動かしたりしていた、というケースが多かったのですが、実際低級霊が関係していたこともありました。そのときは霊能者が加持をして、その霊を浄化して解決しましたが。今回の娘さんの件も、低級霊が絡んでいそうですね」

「はい。でも、私が霊視したときは、何も見えませんでした。おそらく高級神霊の千尋さんや多恵子さんの気配を感じて、霊界に隠れていたのじゃないかと思います。その後、瞳さんから離れてしまったようなので、誰か他の人に乗り移ったのではないかと思うのですが」

「もし何かあれば、私も力になりますから、言ってくださいね。もっとも千尋大神様がいらっしゃるから、私など出る幕がないかもしれませんが」

「お気遣い、ありがとうございます。ただ、大西さんからアドバイスされたように、私はなるべく千尋さんのお力を借りず、自分自身で解決するように心がけています」

「それはいいことです。千尋大神様は美奈さんの魂の霊格を向上させるために、あえて霊的なトラブルに巻き込んでいるのだと思いますよ。大神様からの試練だと思って、頑張ってください」

　治子は美奈を励ました。

　そんな話をしているところに、注文したディナーコースの前菜が届いた。このレストランのコース料理は四人以上での受付になるが、けっこうリーズナブルな値段だ。

　以前は生活が苦しかった陽香も、治子に守護神を出現させてもらってから収入が安定し、ときにはその程度のディナーコースなら付き合ってもいいかな、というぐらいの経済的な余裕が出てきた。週に二回ほど、尚子が信徒の家を訪問するために、陽香を指名してタクシーを予約してくれる。かなりの長距離を利用することもあるので、陽香としてはありがたい。また尚子を道場まで送り届けた帰りに、道場に参拝した大日慈愛会の信者が、名古屋方面に帰るときに利用してくれることが多い。信者の多くは陽香が大日慈愛会の会員だと知っているので、安心して利用する。

「最近上岡君の面会には行きましたか？」

治子が陽香に尋ねた。

「はい。今日、明番だったので昼間会ってきました」

「上岡君、元気そうでした？」

「はい。拘置所の中でも、日々の勤行を欠かさず、ご守護神への祈りの生活を送って、とても元気そうでした。手紙のやりとりもやってます」

「それはよかった。私も先週、弁護士の先生と一緒に面会に行ってきましたよ」

上岡は〝カルト教団教祖殺人事件〟で前管長の不破雷光を刺殺し、今名古屋拘置所に収監されている。まもなく公判が始まる。

凶霊に操られた不破が陽香を絞殺しようとしたので、上岡は陽香を助けるために不破に体当たりをし、ナイフで刺した。正当防衛といえる行為だったが、護身のためとはいえ、ナイフを隠し持っていたことが上岡の立場を悪くした。美奈の夫である三浦が、陽香救出のため、不破に飛びかかろうとしていた。優秀な刑事である三浦なら、素手でも陽香を救い出すことは十分可能だった。上岡はあと少し耐えていればよかったのだが、眼前で愛する陽香が絞殺されようとしていることに、居ても立ってもいられなかった。

上岡の行為は緊急避難的な行動であることは、三浦と、もう一人その場に居合わせた甚目寺警察署の垣内警部補が証言している。正当防衛に当たるか過剰防衛かが裁判の争点になりそうだ。

治子は教団の顧問弁護士を上岡の弁護に依頼するつもりだったが、彼は民事を主に扱っており、刑事事件に優れた弁護士を紹介してくれた。その弁護士を上岡に付けたのだった。弁護費用は教団ではなく、治子個人が負担している。

上岡は自分の罪を認めており、どんな判決が出ても従うつもりでいる。弁護士は過剰防衛であることは否めないとはいえ、執行猶予がつく方向に持っていく方針だ。できれば過剰防衛でも、刑法第三六条第二項「防衛の程度を超えた行為は、情状により、その刑を減軽し、又は免除することができる」により、刑の免除を勝ち取ることも視野に入れている。

公判が始まれば、陽香も美奈も上岡側の証人として法廷に立ち、上岡が不破を刺したのは陽香を救うための行為だったことを主張するつもりだ。

陽香と上岡は婚約している。上岡が自由の身になったら、結婚する予定だ。

「上岡君も私の弟子として、霊能者への道を歩んでいたのですが、今回の事件で修行が中断してしまい、残念です。でも、出所したら罪障消滅のための行をして、悪因縁を絶ち切ってから、もう一度修行に励んでもらいたいと思います。そのときは陽香さん、上岡君を支えてあげてくださいね」

治子は優しく陽香に依頼した。

「はい。あたしもご守護神様と一心同体になるつもりで、上岡さんを支えていく覚悟です」

陽香は自分のような前科を持つ女を愛してくれた上岡に対し、精一杯の愛で報いるつもりだ。陽香はかつて覚醒剤所持、使用の罪で服役していた。全身に大きな龍や大日如来の彫り物も入れている。

さらにディナーの品が運ばれてきたので、いったん話を中断し、食事に専念することとなった。

美奈は尚子と食事をするのは初めてだった。四〇代後半の尚子だが、食欲は旺盛で、その日も健啖(けんたん)ぶりを発揮した。

「病気治しなどの加持祈祷をすると、心身共にボロボロになるほどに疲れるので、ついついたくさん食べてしまうんですよ」

　尚子がはにかみながら美奈に言った。大日慈愛会では、会員に対し、食の指導にも力を入れている。だから霊能者に精進料理を押しつけたりはしない。精神力、体力が必要な霊能者こそ、肉などもバランスよく摂らなければならない。今日は道場で四人の信徒に病気治しや宿命転換などの加持をしたそうだ。

「以前は大西管長が陽香さんのタクシーを使って信徒の家に行くことに、タクシー代がもったいないなと思ったことがありましたが、自分自身がやってみて、その苦労がよくわかりました。行きはともかく、帰りはとても自分で運転する気力が残っていないし、電車やバスを乗り継ぐのも億劫なほどです。やはりタクシーは楽ですね。いつも同席していた上岡君も霊の影響を受けて、長距離の運転は不安だったのですね」

　尚子は今さらながら、信徒の自宅を訪問して加持をしていた治子と上岡の苦労を痛感した。

「はい。私も上岡さんからそんな話を聞いていました」

　陽香も尚子に同調した。加持のときは陽香も同席するが、二大龍王に守護されているためか、陽香は上岡のように霊の影響で苦しむことはなかった。

　デザートのゆずのシャーベットとコーヒーやウーロン茶が運ばれ、料理は打ち止めとなった。治子はウーロン茶、ほかの三人はコーヒーをオーダーした。

「ごゆっくりどうぞ」

デザート等を運んだウエイトレスが声をかけた。美奈たちはそれからしばらく話し合った。

「最初に出たこっくりさんの話ですけど、私はどうもいやな予感がします。また何かよくない騒動に巻き込まれるような気がしてならないのです。多恵子さんの娘さんやそのお友達に、十分気をつけてあげてください。何かあれば私も力になりますから」

治子は密教の修行を積んで霊能力を身につけており、勘が鋭い。多少の予知が働くことがある。その治子が盛んに胸騒ぎがすると言う。

「はい。この件については、十分気をつけます。もし何かありましたら、よろしくお願いします。管長猊下（げいか）にそう言っていただけると、心強いです」

「猊下だなんて。私と美奈さんは、対等な関係のつもりだから、猊下はやめてくださいね。私のほうこそ千尋大神様にはお世話になっていますから」

治子は笑いながら言った。治子は不破に憑依した悪霊を浄霊したとき、美奈の守護神である千尋の力を身をもって体験している。その千尋を守護神と仰ぐ美奈の霊能力も高く評価していた。

4

美奈は前々からさくらに依頼されていた猿投山（さなげやま）登山の計画を練っていた。「卑美子ボディアートスタジオ」の定休日である水曜日を基本になるべく多くの人が参加できる日にちとして、六月六日を選んだ。

猿投山は標高六二九メートル。東京の高尾山（たかおさん）より少し高く、名古屋地域の登山者にとっては手頃なハイキングを楽しめる山だ。その点でも、東京における高尾山と同じような位置づけの山といえる。そろそろ梅雨入りしそうなころで、美奈は天気が心配だったが、幸い晴天に恵まれた。週間天気予報では、週末にも梅雨入りしそうだとのことだ。

参加者はさくら、トヨ、陽香、恵(めぐみ)、美貴、裕子、優月(ゆづき)、美奈。そして早紀と瞳も登山の話をしたら、ぜひ行きたいと希望した。二人は高校を中退し、今は喫茶店でアルバイトをしているが、この日は休暇をもらった。浩と剛は、「お姉さんばっかりのパーティーじゃあかったるいで、やめとこまいか（やめておこうか）。仕事もあるし」と言って、参加を見送った。

美奈は登山当日の早朝、早紀、瞳の自宅までパッソで迎えに行った。早紀の自宅は高蔵寺ニュータウンにある一戸建て、瞳は団地だ。二人は寝坊をせず、家の前で美奈を待っていた。

二人には事前に最低限の登山の装備、三種の神器(じんぎ)といわれるトレッキングシューズ、ザック、そして雨具を用意するように伝えてある。早紀は母親の多恵子が元気なころ、時々ハイキングなどに行ったことがあるので、低山歩きに対応できるものは持っていた。弥勒山(みろくさん)はよく歩いたそうで、猿投山も多恵子、兄と三人で、雲興寺(うんこうじ)から頂上、東宮(ひがしのみや)までの往復コースを歩いたことがあるという。

しかし瞳は登山用の雨具を持っていなかったので、美奈の古いゴアテックスのレインスーツを貸した。瞳は原動機付き自転車に乗るとき、雨に備えてレインスーツを持っているとはいえ、それはハイパロンでコーティングしたもので、防水能力は高くても、透湿性が全くなかった。ゴアテックスは雨滴を通さないが、透湿性が高く、蒸れにくい。

瞳は小柄な美奈より背が高いが、レインスーツはサイズに余裕があるので、瞳が着ても大丈夫だ。

「今日は雨は降りそうにないから、雨具はいらないんじゃない？」

瞳は遠慮したが、美奈は「山は夕立など、天気が急変することがあるから、ザックの中に入れておきなさい」とレインスーツを押しつけた。たためば小さくなり、スタッフバッグに入れればそれほどかさばらない。

早紀と瞳を乗せて、美奈は集合場所である「卑美子ボディアートスタジオ」の近くのファミリーレストランにパッソを走らせた。

「昔はお母さんにこの車に乗せてもらって、買い物やハイキングに行ったよ」

早紀は懐かしそうに言った。瞳も美奈のパッソはもともと早紀の母親のものだったということを聞いている。多恵子は、この車を買って一年も経たないうちに、心臓発作で亡くなった。

(早紀、今もお母さんはこの車であなたと一緒にいるのよ)

美奈は心の中でそう呟いた。

早紀と瞳は「美奈さんは年上なんだから、あたしたちのこと、呼び捨てでいいよ」と言うので、美奈は二人を呼び捨てにしている。

「この車、あたしが免許を取ったら乗るんで、お父さんに売らないでと頼んだのに、乗らない車を置いておくのは無駄だからって、売っちゃったのよ。兄貴はその頃、車の免許は持っていたけど、パッソみたいな小さな車なんかいらないって言ってたから。でも買ってくれたのが美奈さんで、本当によかった」

早紀はしんみりとした口調で言った。美奈は早紀が運転免許証を取得し、車が必要になったら、このパッソを譲ってあげてもいいと考えた。それまでは大事に乗らなければ。

「瞳、まだこっくりさんの霊は戻ってこないの？」

運転しながら、美奈は尋ねた。

「うん。まだこっくりさんをやっても、全然反応ないの。こっくりさん、来てくれないから、ちょっと寂しいな。もうあたいの霊能力、なくなっちゃったんかしら。子供のときはいろいろなことを教えてくれた霊が、中学校に入ってから来なくなっちゃったし。そのあと、せっかくこっくりさんが来てくれて、あたいの霊力が戻ったんだと喜んでいたのに。こっくりさんの占いをやってほしいという依頼もあるけど、今は断ってる」

瞳はいかにも残念そうだった。

「何度も言ってるけど、こっくりさんは低級霊が関与してるというわ。低級霊は相手にしないほうがいいの。もし瞳が本当に霊能者になりたいというなら、きちんとした師に付くべきだよ。でも、お金儲け目当てのインチキな教団や霊能者も多いから、注意が必要だけど」

美奈は治子や田中尚子の顔を思い浮かべた。この二人なら霊能者として信頼できる。けれども瞳をオカルトの世界に巻き込むことはしたくなかった。瞳がさらに成長し、神霊の世界がどういうものかしっかり判断できるようになるまでは、そっとしておいてあげたいと美奈は考えた。

「ねえ、美奈さん、今日、さくらさんも来るんでしょう？　去年、さくらさんに叱られて追い返されちゃったから、何だか会いづらいな」

早紀がばつが悪そうに言った。

「大丈夫よ。さくらさん、竹を割ったようなさっぱりした人だから、そんなこと気にしないよ。早紀たちのこと、ちゃんと覚えてるよ。ニードルを使い回しするような彫り師さんに彫ってもらったこと、とても心配してたよ」

「そう。それならよかった。一八歳になったら、今度はさくらさんにやってもらおうかな」

「あたいはこっくりさんから彫ってもいいとお告げがあったんで彫ったけど、おとん、おかんに叱られちゃったから、当分増やさないつもり」

瞳はもし両親がタトゥーを認めてくれれば、もう少し増やしてもいいと思っている。


早紀たちと話しているうちに、待ち合わせのファミリーレストランに着いた。スタジオから近いだけあってトヨとさくらはもう来ていて、早紀と瞳はさくらに一年ぶりの挨拶をした。

「あんたたち、変な彫り師に彫ってもらったそうだね。タトゥーは衛生管理などしっかりしたアーティストを選ばないとだめだよ。肝炎なんかうつされたら、大変なことになるんだよ」

さくらは早紀たちに一言注意を促した。

「はい。今度彫ってもらうときは、さくらさんにお願いします」

「ただし、一八歳になってからね」

さくらは釘を刺した。

しばらくして恵たち五人が到着した。早紀と瞳は「今日はよろしくお願いします」と挨拶をした。恵たちも「こちらこそよろしくね」と挨拶を返した。

「ごめん、あたしが少し寝坊しちゃったんで、遅くなっちゃった」

美貴が謝った。美貴はいつもはコンタクトレンズを使用しているが、今日は度が入った薄いグレーのサングラスをかけていた。レンズはUVカットの素材を使用してある。

「仕方ないよ。昨夜は仕事で遅かったんだし、美貴は私たちの中で家が一番遠いんだから」

恵が寝過ごした美貴をかばった。

五人は「オアシス」の近くの、恵と美貴が通勤用に借りている駐車場に集合した。美貴は仲違いしていた父親と和解し、清須(きよす)市の実家に戻った。母親は美貴が中学生のころ、病気で亡くなった。

父親はタトゥーは簡単には消すことができないのでやむなく容認したが、ソープランドで働くことには反対している。それで美貴は父親の意向を受け入れ、近いうちに「オアシス」を辞めるつもりだ。恵たちは寂しく思いながらも、美貴の意思を尊重している。恵たちも風俗の仕事はそろそろ潮時で、別の職に就きたいと考えている。

少し前、美貴は「オアシス」からの帰りに、原動機付き自転車で事故を起こした。幸い軽い怪我で済んだので、今日の登山に支障はないという。

「もう原チャリが怖くなったんで、原チャリ処分して、中古の軽を買ったの」

美貴が買ったのはベージュのホンダライフだった。父親の妹である叔母が、家族を乗せるために大きな車が欲しいと八人乗りのステップワゴンを買ったので、まだ三万キロほどしか走っていない、状態のいい軽自動車を格安で譲ってくれた。美貴はこれまでヤマハのミントというスクーターに乗っていた。

深夜、仕事を終えてから恵、裕子、優月と四人でファミリーレストランで語り合ったあと、自宅に帰る途中での災難だったという。青信号で交差点を直進しようとしたら、後ろから来た乗用車が美貴を追い抜きざま、無理やり左折をした。深夜だったから、相手は眠気で判断力が鈍っていたのかもしれない、と美貴は考えた。美貴は衝突を避けるため、急ブレーキをかけながらハンドルを左に切った。そのとき転倒して、負傷した。右腕の肘（ひじ）のあたりが車体のどこかに接触したようで、肘に裂傷と軽い打撲を負った。たぶんドアミラーにぶつかったのだろう。しっかりしたヘルメットをかぶっていたため、頭部へのダメージが小さかったのは不幸中の幸いだった。

乗用車はそのまま走り去ってしまった。警察に届けたものの、加害者はまだ検挙されていない。美貴は動転して、ナンバーはもちろん、車種も覚えていない。白っぽい車というだけで、夜だったので正確な色もわからずじまいだった。ドライバーの性別さえわからない。目撃者もおらず、乗用車とは肘が接触した程度で、削り取られた塗料などの資料も残っていない。だから加害者（車）を特定するのは難しいだろうとのことだ。

「美貴さん、災難でしたね。でも、たいした怪我じゃなくてよかったです」

美奈は美貴が事故に遭ったと聞き、すぐにお見舞いに行ったが、軽傷だったので安堵した。早紀と瞳も原付に乗っているので、気をつけるよう美奈は注意した。

美貴は寝坊して朝食を食べていなかったから、モーニングメニューでは足りず、ハンバーグのセットを注文した。

「登山でおなかがすいて、シャリバテしないように、しっかり食べておいてくださいね」

美奈が美貴に助言した。

美貴はさくらと美奈に、ライトノベルのことを尋ねた。

「この前美貴さんに見せてから、まただいぶ進みましたよ。帰ったら原稿、メール添付でパソコンに送りますね」

「私も美奈の原稿読みながら、イラスト何枚も描いたよ」

さくらはイラストをプリントしたものをみんなに見せた。イラストはパソコンを使って描かれている。

「へえ、これがまもなくラノベ雑誌に載るのね。さくらと美奈のコラボね。すごいじゃん」

イラストを見ながら恵が言った。

「でもまだ掲載されるかどうか、わからないの。編集長の安井さんは昔、私が漫画賞に応募していたときから私のことすごく応援してくれてた人だから、たぶん大丈夫かな、って希望的観測だけど」

「絶対大丈夫。なんせベストセラー作家の木原未来と、世界的タトゥーアーティストさくらのコラボだもん。それをボツにしたら、罰(ばち)が当たるってものよ。途中まで読ませてもらったけど、とても面白かったから」

恵が太鼓判を押した。

「今度、ヒロインのフジモトアイリを彫ってもらおうかな。あたしの名前をつけてくれて、光栄だな」

美貴がさくらに言った。

「雑誌に連載になってアニメ化されたら、ぜひ彫らせてね」

美貴は『ベルサイユのばら』のオスカルと、『ドラゴンボール』のトランクスを左右の腰から太股にかけて彫っている。さくらに彫ってもらったものだ。後にヲタトゥーと呼ばれる、アニメやマンガ、ゲームなどのキャラクターを彫るタトゥー文化の先取りともいえた。

美貴が食事を終えると、一行は出発した。恵のセレナには陽香、美貴、裕子、優月そしてトヨが乗った。美奈のパッソには早紀、瞳に加えて、さくらが乗り込んだ。道を知っている美奈が前を走った。美奈たちは広小路通りを東に向かい、豊田市の八草(やくさ)インターチェンジから猿投グリーンロードに入った。途中、上社駅の近くを通ったとき、美奈は「北村先生のマンションはこのあたりにあるのですよ」とさくらに教えた。

グリーンロードは八草－中山インターチェンジ間が片側二車線に拡張され、快適なドライブだ。猿投インターチェンジで降りて、猿投神社に向かった。

猿投神社から奥に入ったところに、登山者用の駐車場がある。もう一〇時近くだったので、駐車場はほぼ満車で、かろうじて二台駐(と)めることができるスペースがあった。平日だというのに、猿投山は登山者が多い。神社の参拝者用の駐車場はまだ余裕があった。しかし参拝するわけではないので、そちらに置くことはできない。

駐車場脇にあるトイレで用を済ませてから、軽く準備運動をした。

「前は雲興寺からだったから、猿投神社から登るのは初めてだね」

二年前、恵は美奈に誘われて、さくら、そして今は結婚して静岡市に帰った葵(あおい)と四人で猿投山に登っている。そのときは雲興寺から山頂を越え、東宮までのコースを歩いた。

今回は一〇人という大人数なので、美奈は二つのパーティーに分けた。第一のグループは美奈、早紀、瞳、さくら、裕子。第二グループは恵、優月、美貴、陽香、トヨの順で歩く。二つのパーティーに分けるといっても、基本的には一緒に行動する。最後尾はリーダーが歩くのが基本なので、登山経験が豊富なトヨにお願いした。トヨは落伍しそうな人のチェックなど、前を歩く人たちの状態を把握するという役目を負う。先頭を歩く美奈はルートの確認やペース配分を気遣う必要がある。美奈は意識してゆっくりしたペースで歩いた。今日は三〇度を超える真夏日になりそうだというので、喉が渇き始めたら、早めに水分をとるよう、注意した。

さくらは歩き出す前に、ブラウンのプラスチックフレームのメガネをかけた。

「さくらもメガネをかけるの？」

さくらがメガネをかけるところを初めて見た陽香が尋ねた。

「はい。タトゥーの仕事は、目を酷使するんで、視力が落ちちゃって。免許証の更新のとき、車の運転にはメガネが必要、って指摘されちゃいました。せっかく山を歩くんなら、景色がよく見えるほうがいいですから」

「そうねえ。タトゥーの施術のとき、長時間細かい作業をするし、さくらはしょっちゅう絵を描いてるから、視力も落ちるね」

陽香はさくらの仕事ぶりを思い浮かべた。

5

駐車場からしばらくは、舗装された道だ。時々ウグイスがさえずっている。

少し歩いたところで、イタチのような小さな動物が美奈たちの前を素早く横切った。

「あれ、オコジョかな？」

恵が声を上げた。

「さすがに猿投山にはオコジョはいないと思うわ。一瞬のことで私もよく見えなかったけど、イタチかテンでしょうね」

美奈もはっきりしたことはわからなかった。イタチもテンもオコジョも、イタチ科の動物だ。

トロミル水車を通り過ぎ、さらに歩くと、お倉岩という三角の鞍のような形をした岩が目に入った。その少し先が登山道の入り口だ。登山道の階段を登り始めて、すぐのところに御門杉（ごもんすぎ）という大きな木が立っていた。これまでの平坦な舗装道とは打って変わり、かなり急な登りだ。階段も多い。途中の小屋で休憩をした。大人数なので、ほかの登山者の迷惑にならないよう、気を配った。

以前多恵子と時々アウトドアの運動を楽しんでいた早紀はそれほどでもなかったが、瞳はかなり苦しそうだった。

「瞳、頑張って。一八歳と若いんでしょう」

美奈は微笑（ほほえ）みながら瞳に発破をかけた。

「日頃の運動不足が祟っているかな。原チャリばかりでなく、たまには歩かなくちゃ」

瞳はペットボトルのスポーツドリンクを飲んで、一息入れた。

「疲れているときは甘いものがいいのよ」

美奈はチャック付きのポリ袋に小分けしたチョコレートを瞳に勧めた。

一〇分ほど休憩して一行は歩き出した。

名古屋は真夏日の予報だが、登山道は二五度ぐらいだった。低山の猿投山は、それほど涼しいとはいえない。それでも登山道を歩いていると、樹木が日射しを遮り、時々心地よい風も吹いた。

「すぐ後ろを歩いていて気づいたけど、美奈さんって、けっこうお尻がでかいんですね」

早紀が新発見でもしたように言った。

「いやっ!! どこ見て歩いてるの? 早紀。気にしてること、大声で言わないでよ」

「だって上り坂で、ちょうどあたしの目の前に美奈さんのお尻があるんだもん」

美奈が恥ずかしがって叫んだので、みんなが笑った。階段状になっている、急な登り道だった。

途中、登山道から右手にそれ、少し登ったところに、大岩展望台という見晴らしがよい大きな岩がある。ほかに人がいなかったので、そこで小休止して展望を楽しんだ。一〇人程度ならそこで座ることができた。そこからは豊田市の町並みや、遠く三河湾まで見渡せた。猿投山は樹木に覆われており、登山道は展望があまりないが、そこは南側だけとはいえ視界が開けていた。猿投山では、貴重な展望台だ。

休憩中におやつを食べる人もいた。登山ではおやつのことを「行動食」といって、空腹を感じたら、早めに糖分を多く含んだカロリーが高いものを食べる必要がある。

しばらく歩くと林道に出た。近くにトイレがあったので、そこで一息入れた。展望台が近くにあるが、舗装された林道を少し歩かなければならないし、二五〇段以上の階段を登るのもきつい。しかも頂上に行くためには、また元のところに戻らなければならない。眺めも先ほどの大岩展望台とあまり変わらないので、展望台は割愛した。

林道の脇に立っている鳥居をくぐると階段になっている。東宮まで、ゆっくり歩いて四〇分ほどだ。山歩きに慣れていない美貴や優月、瞳がややバテ気味だった。陽香も本格的な山道は初めてで、疲れを感じていた。

「頑張りなさい。私たちも美奈に誘われて初めて山に登ったときは青息吐息だったけど、今はこの程度なら平気になったよ。もうすぐ楽しいお弁当だよ」

恵が美貴や瞳たちを励ました。

東宮に着いたとき、美貴たちはかなり疲れていた。

「事故で傷めたところ、大丈夫ですか？」

美奈は美貴を気遣った。

「うん。膝(ひざ)も肘ももう大丈夫。なんともないよ。膝はサポーター着けてきた」

美貴は左の膝を手のひらで軽く叩いて返事をした。汗でサングラスがずり落ちるので、美貴はサングラスの鼻パッドと鼻柱のあたりをタオルで拭(ぬぐ)った。

東宮の前は広い広場になっている。何人かの登山者が休憩したり、弁当を広げたりしていた。美奈たちはほかの登山者のじゃまにならないよう、隅のほうを陣取った。そこは背が高い樹木が生い茂り、強い日射しを遮っていた。時々心地よい風が吹き、快適だった。

「裕子、いつも控えめでおとなしいのに、意外とタフなんだね」

東宮で一息ついたとき、美貴が平気そうな顔をしている裕子に声をかけた。

「私は以前、兄と時々鈴鹿の山をハイキングしていましたから。でもあまり高い山は登ったことがなくて、そのうちにセブンマウンテンなどに連れてってやる、と言われましたが、結局行けないまま兄は亡くなってしまいました」

鈴鹿セブンマウンテンとは、鈴鹿山脈の代表的な七つの山で、北から藤原岳、竜ヶ岳、釈迦ヶ岳、雨乞岳、御在所岳、鎌ヶ岳、入道ヶ岳だ。鈴鹿最高峰の御池岳は入っていない。標高九〇六メートルの入道ヶ岳以外は、一〇〇〇メートルを超えている。

「そうだったよねぇ。あの事件、大変だったもんね」

「でも、兄は霊界で修行し、力をつけたら、私の守護霊になってくれるそうです」

裕子は兄が守護霊となって再会できるときを、楽しみに待っている。裕子は多少霊感があるので、兄の気配を感じることができる。

「へぇ、裕子さんも感じることができるんですか？　あたいもいろいろなものが見えたり、聞こえたりしたけど、最近、その力がなくなっちゃったみたいなの」

瞳が裕子と美貴の会話に興味を示した。

「去年の秋、鈴鹿の山で二人の女性が連続殺人事件の犯人に人質にされた、っていう事件、知ってる？」

美貴が早紀と瞳に訊いた。

「はい。テレビのニュースで何度もやってたから、知ってる。それがどうしたのですか？」

瞳が答えた。

「あのときの人質になったのが、裕子と美奈なんだよ。犯人は悪霊に取り憑かれていた、元やくざの人だったけど、裕子のお兄さんが裕子を護ってくれたのだよ。美奈にもすごい守護霊がついてるし」

「え、そうだったんですか？　それって、本当だったの？　週刊誌なんかで『悪霊が関係していたか？』なんて面白おかしく書かれていたけど、あたいには信じられなかったな。霊の存在は信じてるけど。美奈さんにも守護霊がいるんですね。でも、あたいに憑いてたのは、やっぱり低級霊だったんかな？」

「もし気になるのなら、後日じっくり調べてあげるよ。私もちょっと心配なの」

「美奈に調べてもらえるなら安心だよ。あたしも美奈の霊能力、存分に見せてもらったから」

美奈と陽香も話に加わった。陽香は大日慈愛会の道場で、美奈と一緒に悪霊と戦ったことがある。

計画では歩いて二〇分ほど先にある頂上で昼食にする予定だったが、みんなは山頂までとても持たないので、ここでお弁当にしよう、と主張した。それで、そこで食事をすることになった。時刻も一二時を回っていた。

みんなは各々用意してきた弁当を開いた。自分で作ってきた者、スーパーマーケットやコンビニエンスストアの弁当で済ます者、お握りやパン、カップ麺を持ってきた者など、いろいろだった。恵とさくらはカップ麺に使う湯を沸かすため、美奈が持参したガスストーブを使わせてもらった。自分が使う分の水は持参していた。

「わあ、おいしそう。あたしも今度はカップラーメン持ってこよう」

恵とさくらがおいしそうにカップ麺をすすっているところを、早紀がうらやましそうに眺めた。

「カップラーメン、寒いときはいいけど、今はちょっと暑いかもしれないよ」

恵が汗を拭きながら言った。カップ麺のスープを捨てると、環境に悪影響を与えるので、飲み干す必要がある。登山で大量に汗をかくから、塩分補給にはちょうどいいかもしれない。

気温が高いので、弁当は保冷剤で冷やすなど、傷まないように工夫をするよう、美奈は事前に注意していた。ペットボトルの飲料を凍らせて保冷剤代わりにするのも有効だが、水は凍ると体積が増すので、ペットボトルが破裂しないように気をつけなければならない。

さくらとトヨは昨夜、空き時間にスーパーマーケットで買った弁当を冷凍室で凍らせてきた。遅い時刻だったので弁当は半額になっていた。歩いているうちにほどよく解凍されていた。さくらのアイディアだ。冷凍したせいか、ご飯が少しぱさぱさしている。

食事が済むと、美奈は湯を沸かし、コーヒーを淹れた。インスタントではなく、折りたためば携帯に便利な、バネ式のドリッパーで抽出した。

「美奈が淹れたコーヒー、おいしいのよね。山でこんなにおいしいコーヒーが飲めるなんて。将来、私が喫茶店開いたとき、お願いね」

恵がブラックで一口飲んで、感心した。恵は近い将来、オアシスを辞め、喫茶店を開く夢を持っている。そのとき、コーヒーのおいしい淹れ方を美奈から教えてもらうつもりだ。

さくらは相変わらずシュガーやフレッシュをたくさん入れた、甘いコーヒーを飲んだ。

「そんなにお砂糖入れると、せっかくのコーヒーの味がわからなくなっちゃうよ」

　トヨが笑いながら注意した。

「私、甘いコーヒーが好きなの。いつもはお砂糖控えめだけど、今日はたっぷり運動するから、糖分取り過ぎても大丈夫」

　さくらは涼しい顔をした。

「さくらは甘いものをたくさん食べても太らない体質だから、うらやましいな。きっと腸内フローラがしっかり調（ととの）っているのね。健康の秘訣は快食、快眠、快便、かな？」

　最近便秘気味の恵がうらやましそうに言った。

　人数が多く、美奈は三回お湯を沸かした。ガスストーブの火力が強いので湯はすぐに沸騰した。紅茶が好きな早紀は、ティーバッグを一つ持参していた。

「ここで冷たい缶ビールをキューッと飲めると最高なんだけどな。車運転するまでにはアルコール抜けそうだし」

「だめですよ、美貴さん。酔ったら転倒や滑落など、事故につながりますから」

　美奈が注意した。

「ビールは下山してからのお楽しみですね。もちろん運転するなら、家に帰ってからですよ」

　トヨも加わった。

「優月、絵の勉強は進んでる？」

　コーヒーを飲みながら、美奈は優月に尋ねた。優月はさくらの弟子になりたがっている。卑美子が育休から復帰したら、見習いとして、「卑美子ボディアートスタジオ」で働く予定だ。それまでは「オアシス」で仕事をしながら、絵の勉強をする。今さくらに背中から太股にかけて、生まれ年の護り本尊である虚空蔵菩薩と、それを取り巻く龍を彫ってもらっている。

「はい。通信教育でデッサンの勉強を始めました。さくら先生からもらった下絵のコピーの模写もしてます」

「そう。頑張ってね。私も練習台になってあげるから」

「だめです。美奈さんの肌で練習なんかできません。卑美子先生やさくら先生が彫った絵が台無しになったら大変です。うまくなったら、何か彫らせてください」

「それじゃあ、あたしの肌、使ってください。あたしの腕、独学で勉強中だった彫り師の練習台になっているから。卑美子先生のところで修業した人なら、安心です」

早紀が左腕をまくって話に加わった。

「なかなかきれいに彫れてるじゃん」

「でも、美奈さんから注意されたけど、その彫り師、針を使い回しだったんです。しかも年齢確認せず、一八歳未満のときに」

「えっ？　そうなの？　それ、ひどくない？」

早紀の話を聞いた優月が驚いた。

「あたいもその彫り師の練習台になったんです。ただだからと勧められ、ついやっちゃいました」

瞳も腕をまくった。早紀とは色違いのバラの図柄だった。登山のときは長袖のほうがよいと美奈から聞いていたので、二人は長袖の服を着ていた。

「肝炎など感染しなくてほんとによかったね。そのバラ、少し直すとぐっと見栄えがよくなるよ。蝶を追加してもいいし。もしよかったら、私が格安でリメイクしてあげるよ。去年追い返した縁があるから。ただし、今朝も言ったように、一八歳になってからね」

さくらが二人のバラを見ながら言った。

「そのときはよろしくお願いします。あたしは八月一五日で一八歳になります」

早紀の誕生日は終戦の日だ。

「あたいは先月一八歳になったから大丈夫かな。親には消せって言われてるけど、せっかく痛い思いをして入れたから、ずっと残そうと思っています。親のこと考えると、当分ほかの場所に新しいタトゥーは入れないつもりだけど、このバラだけはもっときれいにしたい。蝶も足してみたいな。世間的には馬鹿なことをしたと言われるかもしれないけど、大人になったとき、青春時代にはこんな無茶なことをしていたんだな、という思い出にしたいです。そして自分への戒めにも。バイトでお金貯まったら、お願いします」

「それじゃあ、あたしが一八歳になったら、一緒にリメイクしてもらおうよ」

早紀が瞳を誘った。

去年は「いい加減な気持ちで彫ると後悔するから、もう少し考えてから来なさい」と追い返したものの、二人はタトゥーについて、意外としっかりした思いを持っているのだな、とさくらは感じた。

「ところで早紀たちに彫った彫兼という素人(しろうと)彫り師、去年の秋頃、中学生に彫ったということで、警察に捕まっちゃったんだよ。大人びた女の子だったんで、とても中学生だとは思わなかったということだけど、そもそも年齢確認しなかったのがペケよ。女の子はちょっとお化粧すれば、一五歳でも一八歳ぐらいに見えちゃうから。お尻にバラを入れたそうだけど、結局お母さんに見つかって、警察に訴えられちゃったの。一時期アーティスト仲間では話題になってたよ」

その女の子は、家族にタトゥーを入れたことを知られないようにと、見つかりやすい腕や胸を避けて、腰の右側に大きな赤いバラを彫ってもらった。彫ったばかりで傷がまだ癒えず、夜寝ているうちにショーツやパジャマが、彫った部分から浸潤（しんじゅん）した赤や緑のインクが混じったリンパ液で汚れてしまった。学校から帰ってから自分で洗濯するつもりでベッドの上に置いておいた。それを部屋の掃除に来た母親に見つけられた。最初は生理による汚れと思っていたが、どうやらそうではないようだ。なぜ下着にそんな汚れがついたのかを問い詰められて、タトゥーを入れたことがばれてしまったのだった。

「え、そうなんですか？　あたいたち、大丈夫かな？　彫ったときは一七歳だったから、警察来ないかしら？」

瞳が心配そうに言った。

「ひょっとしたら事情聴取ぐらいされるかもしれないけど、その彫兼って人、彫った人のデータは残していなかったそうだから、たぶん大丈夫だと思うよ。彫るときに同意書もとっていなかったんでしょ？　もう半年以上も前のことだし、もし警察が来るなら、とっくに来てるよ」

さくらはちょっと脅かしすぎたかと思って、二人を安心させた。

彫兼はもうずいぶん腕が上がったので、来年一月から料金を取ってプロの彫り師として活動しよう、と計画していた矢先に検挙されてしまった。最近は圧力鍋を導入し、高温で十分に滅菌しているから、衛生面も万全だと考えていた。

「それで彫兼さんは今はどうしてるんですか？　まだ刑務所なんですか？」

早紀は彫兼のことが気になったので、さくらに尋ねた。

「彫兼さんは、罰金刑の略式命令を受けて、しばらく謹慎していたけど、先輩彫り師にとっちめられて、衛生管理などもしっかり勉強するために、その先輩彫り師さんに弟子入りしたと聞いてるわ」

さくらも彫兼のその後のことを知らなかったので、トヨが代わって答えた。

「早紀と瞳もタトゥーをしてるのね」

恵が二人の腕にあるバラを見て言った。

「はい。あたいたち、バイクやロックが好きで、タトゥーにも憧れてるんです。彼氏も彫ってます」

瞳が応え、二人は左腕のバラの絵を恵に見せた。

「私たちの仲間はみんな大きなタトゥーを入れてるのよ。あんたたちも一緒ね。私たちはあんたたちから見ればおばさんと言われそうだけど、これからもよろしく」

恵は改めて挨拶をした。

「卑美子さんって、どうして卑美子という変わったアーティスト名にしたんですか？」

早紀がさくらに尋ねた。

「私が聞いたところでは、昔、日本に邪馬台国（やまたいこく）という国があったでしょう」

中国の『三国志』の一部、通称『魏志倭人伝（ぎしわじんでん）』にある当時の日本についての記述には、「男子無大小（だんしはだいしょうとなく）、皆黥面文身」とある。それは日本における〝入れ墨〟の最古の記録とされる。そのころは邪馬台国で卑弥呼という女王が統治していた時期に重なる。それで卑美子の師匠である彫波は、〝卑美子〟というアーティスト名を与えた。さくらはそんなことを説明した。トヨは卑弥呼の後継者〝台与（臺與）〟に由来している。

「へえ、卑美子先生の名前、そういう由来だったの。初めて聞いた。なんとなく邪馬台国の女王卑弥呼から来ているとは思っていたんだけど」

一緒になってその話を聞いていた恵が頷いた。

しばらく休憩して、一行は猿投山の最高地点を踏んだ。東宮の奥にある、小高い盛り上がりの頂は、標高六三二メートルで、山頂より三メートルほど高い。東宮から踏み跡程度の林の中を登り、五分もかからず到達できた。樹木が生い茂り、眺望は全くないが、最高地点に立った満足感に浸った。

そこから山頂に向かった。緩い上り下りを何度も繰り返す。三ヶ所、北側や北東が開けており、冬なら真っ白に雪化粧した中央アルプスや南アルプスを望むことができる。しかし今日は大気が霞んでおり、遠くを見晴らすことはできなかった。

そこから見える山の概念図や写真が示してあった。

「透明度がよかったら、あんなにきれいに見えるのね。秋の天気がいいときに来てみたい。広葉樹が多いから、秋は紅葉もきれいでしょうね」

裕子が残念そうに呟いた。

その写真には悪沢岳（わるさわだけ）や赤石岳（あかいしだけ）、聖岳（ひじりだけ）など、三〇〇〇メートルを超える南アルプスの山々があった。

途中で蛙（かえる）のような形をした岩が鎮座していた。

「これがカエル岩ね。目を描いたら本当に蛙そっくり」

トヨが感心した。

頂上に向かう登山道で、トトトトトン、という音が聞こえた。何人かが「あれは何の音かしら？」と不思議がった。

「あの音は、キツツキが木の幹をつつく音なのですよ」

美奈はその音の正体について、みんなに教えた。

頂上にはいくつもの木製のテーブルと椅子があった。ほかにも登山者が休憩していた。美奈は三脚を使い、全員で記念写真を撮影した。さくらもタトゥーを記録するために美奈たちから贈られたカメラで写真を写した。ほかのメンバーもコンパクトデジタルカメラや携帯電話のカメラで記念撮影をした。

美奈はみんなで写した記念写真を、写真メールで静岡の葵に送った。すると葵からすぐに、顔文字や絵文字をふんだんに使った返信が来た。

『私が美奈たちと初めて登ったのが猿投山だったね。あのときは辛かった（T_T）けど、山の楽しさを教えてもらったよ（^_^）v。私は8月に出産予定で、しばらく山は自重しているけど、落ち着いたら賤機山（しずはたやま）でも歩いてみる』

葵はまもなく〝お母さん〟になる。もうずいぶんおなかが目立ってきている。生まれたときに楽しみをとっておきたいから、子供の性別はまだ聞いていない。だから男女両方の名前を考えている、とメールの追伸が来た。

　猿投山の山頂も樹木が生い茂り、展望は北の方しかなかった。眼下は瀬戸市、春日井市、多治見市などだ。大気が澄んでいる冬は、真っ白に雪化粧をした御嶽山（おんたけさん）や白山（はくさん）、能郷白山（のうごうはくさん）など、日本百名山に数えられる山々が望める。山頂にもそこから見える山々の写真や展望図があった。しかしやはりここも遠くの山までは見通せなかった。

　それでもこれまであまり山に縁がなかった美貴や優月、瞳たちは、自分自身の足でここまで登ってこられたことに、大いに満足した。

　写真を撮り終え、談笑していると、一眼レフカメラと三脚を携えた若い男の人から、「あの、ひょっとして作家の木原未来さんですか？」と声をかけられた。

「はい、そうです」

「やっぱり。僕、『幻影』読みました。よかったです。ここで著者に会えるなんて、光栄です。写真で見るより、ずっときれいな方なんですね」

「『幻影』読んでくださったのですね。ありがとうございます」

「本があったらサインをお願いしたいのですが、あいにく今日は持ってこなかったので。まさか猿投山で著者に会えるなんて、思ってもみなかったから。本にも猿投山や弥勒山、御在所岳の登山のことが書いてあったけど、山にはよく登られるんですか？」

「はい。山は好きで、時々登っています」

「皆さんは山の仲間なんですか？」

「はい。今日初めて一緒に登った人もいますが、みんな仲間です。こちらのさくらさんは、イラストを担当してくださいました」

美奈はさくらを紹介した。

「え、そうなんですか？　すごい。最近、北村弘樹さんの『復活の巨人』の挿絵も描いてるんですね」

その青年は感無量といった感じだった。青年は「メアドの交換、お願いできますか？」と依頼した。

美奈とさくらはその求めに応じた。

青年と美奈の話を聞いていたほかの登山者たちも近くに寄ってきた。美奈やさくらに握手を求める人や、一緒に写真を撮らせてくださいと依頼する人もいた。

一行はしばらく休憩したあと、下山の途についた。「下りは楽に思えても、膝への負担が大きく、転倒などの事故も多いので、歩幅を小さくして急がないように歩いてください」と美奈は注意を促した。

東宮からは往路とは変えて、自然探勝路を歩き、西宮（にしのみや）に向かった。そのコースはツガやブナ、モミなどの自然林となっている。西宮への途中、御船石（おふないし）という船のような形をした大きな岩がある。

御船石からしばらく歩くと、大碓命（おおうすのみこと）の墓がある。大碓命は日本武尊（やまとたけるのみこと）の双子の兄で、猿投神社の主祭神だ。

大碓命の墓に近づくにつれ、雅楽の篳篥（ひちりき）を奏でるような音が聞こえてきた。ひょっとしたら、西宮で奉納の演奏でもしているのかしら、と美奈は考えた。大碓命の墓の近くに来ると、墓の前で普通の登山者のような出で立ちの男女二人が、篳篥を奏でていた。

大碓命の墓から急な階段を少し下ると、西宮に着いた。西宮は東宮に比べれば、ややこぢんまりとしているが、建物は少し新しいように思えた。

西宮から長い階段を下り、林道に出る直前に大きな鳥居があった。鳥居の手前にある、太い杉の幹に「注意!! 平成一八年四月等にこの先の付近で【熊】らしき動物の目撃情報がありましたのでご注意ください。山に入るときは、安全のため（鈴・笛・ラジオ）等で音を出して、クマに自分の存在をアピールしましょう。」という、熊の絵を添えた張り紙があった。

「え、こんなとこに熊? 大丈夫なの?」

美貴が張り紙を見て叫んだ。

「熊は人間の気配を察知すると、自分から逃げていくというから、美貴が大声上げれば、びっくりして逃げていくよ。熊は出会い頭に鉢合わせすると危険なの」

恵が笑いながら美貴に言った。そういう恵も以前は山中で「クマに注意」という立て札を見て、震えていたことがあった。

「私は以前、南木曽岳を一人で登ったとき、下山途中に熊らしい動物を見たことがあります。遠くだったから、本当に熊かどうかは確認できなかったけど。私、目が悪いし。熊と鉢合わせにならないように、しばらく待ってから、熊に自分の存在を知らせるために、『森のくまさん』を歌いながら歩いたわ。熊除(よ)けの鈴を持っていなかったから」

美奈はそのときの恐怖をみんなに語った。

「熊除けに『森のくまさん』を歌うなんて、皮肉たっぷりだね。歌詞にあるみたいに、逆にくまさんに出会っちゃうんじゃない？」

美貴がおもしろがって『森のくまさん』を歌った。

それから林道を歩き、また山道を少し歩くと、往路にとった道と合流した。そこからすぐのところに、往きに立ち寄った大岩展望台があった。そこでしばらく休憩をした。

「ああ、疲れた。よくこんな山道、歩けたもんだな。年を感じるな。来年あたしはもう三十路に入るのね」

陽香が呟いた。陽香は四月七日で二九歳になった。

「でも、すがすがしい疲れだな。あと少し、頑張らなきゃ」

「あたしももう脚がガクガク。こういうのを膝が笑うっていうのかな」

美貴も音を上げた。登山が初めての優月も疲れたようだった。

下りは急な階段が多いので、先頭の美奈は意識してゆっくり歩いた。疲労も重なり、下りでの事故は多い。

御門杉のある登山口からは、長い舗装道の歩きだ。陽香や美貴、優月、瞳にはつらい歩きだった。

駐車場に着いたのは午後四時頃だった。朝はほぼ満車だったのに、駐車している車はかなり減っていた。休憩を多めに取ったため、やや時間がかかったが、全員事故もなく戻ることができた。

駐車場で、美奈はストレッチ体操を入念にした。

「今日はよく歩いたから、筋肉痛の予防に、ストレッチが有効ですよ。みんなも一緒にお願いします」

まず自分がやることにより、美奈はメンバー全員に運動後のストレッチの大切さを示した。

「猿投温泉で汗を流してさっぱりしたいけど、やっぱりタトゥーがあるとだめでしょうね。まあ、タトゥーを入れたとき、多少の不便は覚悟の上だったんだけど。でもタトゥーをすると汗腺が潰れて汗をかかなくなる、なんて何かで読んだことあるけど、あれは真っ赤な嘘ね。私の背中、汗でびっしょりよ」

恵が残念がった。猿投温泉は車ですぐのところにある。泉質は全国でも珍しい、天然ラドン温泉だという。

多くの温泉で入浴を禁止されていることもタトゥーのデメリットだ。恵は背中から太股にかけて、龍と牡丹を入れている。最近、背中や腕に牡丹や蝶を彫り足した。オアシスの後輩の優月が、全身に彫り進んだことに触発され、後輩に負けていられないと、さくらに彫ってもらったのだった。タトゥーアーティストを目指す優月と、タトゥーの大きさで張り合う必要はないと思いながらも、自分も増やしたくなった。両腕の肘の関節あたりまでタトゥーを入れたので、半袖の服では絵がはみ出してしまう。これまでは実家に帰ったとき、家族に見つからないようにと気遣っていた。けれども今はばれたらばれたときだと、腹をくくっている。

「重度の火傷(やけど)でもあるまいし、汗腺潰しちゃうなんて、よほど下手な彫り師でも、そこまではやりませんよ。タトゥーをすると、皮膚呼吸ができなくなるから長生きできないなんてのもでたらめですよ。もしそれが本当なら、私もさくらもとっくに窒息死してますから」

トヨが意見を述べた。タトゥーアーティストであるトヨもさくらも、衣服で隠れる部分はほとんどタトゥーで埋め尽くされている。二人は時間が空いているとき、練習のためにお互いの肌に彫り合っていた。

「あたしは本格的な登山は初めてで疲れたけど、やったという満足感はあるな。心地よい疲れ。足がちょっと痛いけど。今度はおじいちゃんの家の近くにある笠置山（かさぎやま）に登ってみたいな。昔おじいちゃんから、景色がいい山だって聞いたことがあるから。おじいちゃんの家から御岳や恵那山もよく見えるけど、恵那山はちょっときついかな？」

　陽香がリクエストをした。恵那市に住んでいた陽香の母方の祖父母は、もう亡くなっている。

　笠置山は名前の通り、菅笠（すげがさ）を置いたような形をした山だ。恵那山は日本百名山に数えられ、島崎藤村の『夜明け前』にも描かれている。

「いいですね。笠置山は中央アルプスや御岳の眺めがとてもいいですよ。そんなにきつくないし。次は笠置山にしましょうか。恵那山はちょっと歩きでがあるけど、山小屋の裏の岩から見える、南アルプスや中央アルプスが素晴らしいです。富士山も南アルプスの山並みから、ちょこんと頭を覗かしています。頂上まで行かなくても、野熊の池で引き返してもいいし。それなら楽だし、南アルプスがきれいですよ」

「あたしも疲れたけど、また行きたい。笠置山、連れてってください」

　優月もまた登りたいと思った。

「それじゃあ、またみんなで行こう。早紀ちゃんや瞳ちゃんもどう？」

　恵が二人に訊いた。

「はい、お願いします」

早紀と瞳も満更でもないようだった。

「それじゃあ、安全運転で行きましょう。旅は家に帰るまでが大事ですから」

しばらく休憩したあと、美奈のパッソと恵のセレナは帰路についた。

第三章　謎の童子

1

猿投山から帰った美奈は、まず入浴して登山の汗を流した。夕飯は登山をしたメンバーで、牛丼のチェーン店で済ませた。今池のレストランに行こうという意見も出たが、みんな汗をかいているので、大きなレストランに行くのはためらわれた。繁華街の今池には食事処もいろいろな店がある。それに早紀と瞳はアルバイト料も安く、あまり余裕がなかった。それで安い牛丼チェーン店になった。このときはリーダー格の恵が、「お近づきになった証しに、今日は私が奢ってあげる」と、早紀と瞳の定食の代金を払ってくれた。

猿投山から帰った夜、早紀は帰宅した父親から、「今日、山に行ってきたんだって？　どうだった？」と声をかけられた。

「うん。前にお母さんと登ったときとは違うコースだったけど、楽しかった。たくさんの人たちと知り合えたし。瞳以外は年上の女ばかりのパーティーだったけど、みんなとってもいい人たちだったよ」

ふだんなら父親には気のない返事しかしない早紀だったが、今日はなぜか心がこもった返答をした。父親からの問いかけが、いつになく早紀に関心を持った言い方だったからだ。それに疲れたのではないか、といういたわりが感じられたのだった。

（今日のオヤジ、いったいどうしちゃったんだろう。いつもならあたしが何しようが、ぜんぜん興味を示さなかったのに。タトゥーがばれたときだって、世間体を考えていちおうは叱ったけど、単に見つからないように夏でも長袖を着とれ、と言っただけだった。普通なら消せとか言うだろうけど。瞳だって見つかったとき、費用を出してやるから消すように言われたんだから）

　早紀は心の中で呟いた。父親の態度を「キモい」と思いながらも、少し嬉しかった。

　夫の三浦から、今日は県警に泊まり込むという連絡があった。今手がけている殺人事件もいよいよ大詰めを迎えている。夫婦と幼い長男の、一家三人が惨殺された事件だ。名古屋市中川区の荒子警察署に開設された捜査本部に、三浦が所属する県警捜査一課の石崎班が投入された。三浦は四月に県警に異動した鳥居警部補や野原（のはら）たちと、荒子署の捜査本部に協力している。

　美奈の霊感から飛び出した何気ない言葉がヒントとなり、捜査は大幅に前進した。証人や証拠物件も揃い、容疑者に対し、逮捕状を請求できるまでに進展した。明朝容疑者の身柄拘束に向かうので、今夜は交代で容疑者の自宅を監視する。それで三浦は今夜は帰れなかった。

　三浦にとって、信頼する鳥居が春日井市の篠木（しのぎ）警察署から県警捜査一課石崎班に異動してくれたことは大いに力づけられた。

　鳥居は生涯平刑事として地道に犯罪に向き合うことを信条としていたが、妻や娘から、万年平刑事では家族も世間に対して肩身が狭いから、昇進試験を受けるよう迫られた。それでやむなく昇進試験を受け、警部補となり、県警に異動したのだった。犯罪捜査と受験勉強で、鳥居は一時期かなり大変だったそうだ。

また、今年の初めに捜査一課に配属された若い野原若菜(わかな)巡査長は、三浦に気があるようで、何かと秋(しゅう)波(は)を送ってくる。大きなタトゥーがある美奈のことを、刑事の妻としてはふさわしくないと考え、それとなく、奥さんと別れて私と一緒になってとほのめかす。美奈はまだ入籍していないので、横恋慕ではあっても、不倫ではないと野原は自分に言い聞かせていた。

鳥居は野原の色目使いに迷惑そうな三浦を見て、三浦にとって美奈は最高のパートナーだと認めながらも、「もてる男はつりゃあなも（辛いな）」と笑っている。鳥居は野原の刑事としての資質は認めている。

入浴を済ませた美奈はパソコンで『幻影2』の執筆にかかった。原稿はかなり進んでいる。『魔界大戦』も、原稿用紙一〇〇枚という指定の七割方書いている。こちらはさくらとの共作なので、また近日中に、さくらの空き時間に打ち合わせをする予定だ。雑誌掲載、そして連載を勝ち取るために、ラストをどう持って行くかを相談する。

まもなく時計が午前〇時を指すので、美奈は執筆をやめて就寝することにした。今日は猿投山を歩いて、心地よい運動をしたので、よく眠れそうだ。

けれども若い美奈にとって、三浦がいない夜を過ごすのは寂しかった。いくら登山で疲れていても、身体は三浦を欲していた。

「ああ、私ってエッチね。疲れているときぐらい、ゆっくり休もう」

美奈は身悶(みもだ)えした。それでもいつしか美奈は眠りに落ちた。


どれぐらい眠っただろうか？　美奈は何かの気配を感じて目を覚ました。

「何かしら？　すぐ近くに何かがいる」

三浦ではなかった。泥棒など、人間の気配ではない。

美奈は気配がする方に目を向けた。すると何かがぼんやりと光っている。よく見ると、小学校一、二年生ぐらいの男の子のようだ。粗末な着物を着ている。目鼻立ちなどをはっきり見ることができる。

美奈は強い近視で、メガネなしでは、少し離れれば人の顔がよく見えない。まして明かりもなく、暗い状態だ。見えるはずがないものがよく見える。つまり、その子供は霊的存在で、美奈は霊眼でその子を見ているのだ。初めて千尋の霊を見たときと同じだった。だから美奈は怖いとは思わなかった。

「あなたは誰？　どうしたの？」

美奈は布団(ふとん)から起き上がり、子供に問いかけた。

「僕、よっちゃん。お父さんにはよし坊(ぼう)って言われていたんだ。お姉さんは僕のこと、見えるんだね。この前行ったお姉ちゃんは、僕のこと見えなかったよ」

「ええ、私はあなたのこと、見えるわ。よっちゃんというのね。私は美奈。この前行ったお姉さんって、だれのこと？」

「昨日お姉さんと一緒に山に登った、こっくりさんしてたお姉ちゃん」

「瞳のことね。あなた、瞳のところにも行っていたのね」

「あのお姉ちゃん、瞳っていうの？　名前訊こうと思ったけど、僕のことに気づいてくれなくて、いくら話しかけても応えてくれなかったんだ。お父さんとはお話しできるのに」

美奈が見たところ、この子供の霊は神霊といわれるほどの高みに達してはいないが、低級霊ではない。だから人間にむやみにちょっかいをかけるようなことはしないはずだ。瞳はおそらく低級霊と波長が合っているので、この子供の霊は感知できなかったのだろう。

「瞳に憑いていたこっくりさんって、よっちゃんのお父さんだったの。お父さんはどうしたの？」

「どっか行っちゃった。最初は前のお姉ちゃんに、自分は九尾の狐だと嘘ついて、相手になってもらっていたけど、鶏冠（とさか）みたいな頭の大きなお兄ちゃんのところでこっくりさんやってから、いなくなっちゃった。お父さん、嘘はついたけど、祟ってやろうとかいう悪いことは考えてないから、大丈夫だよ」

やはりそうだったのか、と美奈は考えた。瞳に憑いていた九尾の狐というのは、人間の霊だった。そして〝鶏冠みたいな頭の大きなお兄ちゃん〟というのは、先日会ったリョウというモヒカン刈りの人だろう。

「お父さんってどういう人なの？」

美奈は自称よっちゃんに訊いてみた。

「お父さん、九〇年ぐらい前に、病気で死んじゃったんだ。ひどい流行（はや）り病（やまい）で。僕も妹の節子（せつこ）もお父さんより少し早く、やっぱり同じ病気で死んじゃったんだけど。僕や節子には、とても優しいお父さんだったよ」

おそらくインフルエンザなどの病気だったのだろうと美奈は考えた。九〇年前といえば大正時代だ。日本では一九一九年に流行したスペイン風邪で亡くなったのかもしれない。その頃なら重い風邪から肺炎を併発すれば、死亡するリスクは高かったのだろう。

「僕は薄暗い世界に入っちゃって、最初はどうなっちゃったんだろう、と迷っていたんだけど、多分病気で死んじゃったんだろうな、とようやくわかってきたんだ。すると、死んだおじいちゃんがやってきて、これからいい世界に連れてってあげよう、一緒においで、と僕と節子を連れて行こうとしたんだ。そしたら、お父さんも死んじゃって、その暗い世界で困っているところが見えたんで、僕、おじいちゃんの誘いを振り切って、お父さんのところに行ったんだ」

よっちゃんという子供の霊の話によれば、父親にいくら呼びかけても、父親にはよっちゃんの声は届かず、ずっと薄暗い世界をさまよっていたということだ。

父親は当初、おそらく自分が死んだことに気づかなかったので、霊界に行けず、その前段階の幽界というところに留（とど）まり、苦しんでいたのだろう。自分は死んだはずなのに、意識もあれば身体もある。五感も生きている。身体があるといっても、物質としての人間の肉体ではなく、霊的なものだ。しかし亡くなった人にとっては、それが霊的な身体だとは気づかない。今は神霊として向上している美奈の守護神、千尋も亡くなった当初は自分が死んだとはとても思えなかったと美奈は聞いている。おそらくよっちゃんの父親もそうだったのだろう。

先に亡くなったよっちゃんや妹の節子のほうが、子供だけあって素直に自分の死を受け入れた。また生きていた年数が短い分、悪い業（ごう）を積まなかったので、幽界や地獄で苦しむことはなかったのだろう。

だからおじいさんが霊界入りを促すために迎えに来たのだ。

　しかしそのとき、遅れて亡くなった父親が苦しんでいるのを見て、放っておけず、よっちゃんは幽界に留まった。

　よっちゃんは幽界に残ったとはいえ、霊界に行ける程度には霊格が高まっていたので、まだ自分の死さえ悟っていない父親にはよっちゃんの姿も声も認識できなかった。

　やがて何十年もの歳月が流れ、父親はまだ自分の死を悟れず、浮遊霊と化したのだろう。そしてあるとき、波長が合う瞳がこっくりさんをしているところを見て、自分は九尾の狐だと偽り、瞳のそばにやってきたのだ。今は波長がよりしっくり合うモヒカン刈りのリョウという青年のところに行ってしまったのだろう。美奈はそう考えた。

　よっちゃんのお父さんはそれほど悪さをするような悪霊ではなさそうだ。しかしリョウのところに行ったのか、いなくなってしまったことが気にかかる。瞳のところでは特に悪さはしなかったが、万一リョウがよっちゃんのお父さんとこっくりさんなどでコンタクトをとれるようになり、無理難題を言い出すようになると、困ったことになるかもしれない。いくら悪霊ではないとはいえ、リョウの出方次第では、よっちゃんのお父さんも面倒を引き起こさないとも限らないのだ。

「よっちゃんのお父さん、ひょっとしたらさっき言ってた変な頭の大きなお兄さん、たぶんリョウさんというんだけど、その人のところに行ってしまったかもしれないのよ。よっちゃん、その人のところに行って、確かめてみたらどう？」

「だめだよ。僕、その人と全然波長が合わなくて、そばにいると気分が悪くなるんだ。だからそのお兄さんがどこにいるかもわからない」

なるほど、と美奈は思った。よっちゃんは未浄化な低級霊ではない。だから凶暴そうな亮という青年とは波長が合わず、相手にすることはできない。その点、瞳はよっちゃんを認識できるほどの霊格を持っていないが、よっちゃんは瞳のそばにいることはできる。

「それじゃあ、私がお父さんのこと、調べてあげる。少し時間がかかるかもしれないけど、わかったらよっちゃんにも教えてあげるわ。そして一緒に天界に行けるようにしてあげる。私には千尋大神様という素晴らしい神様がついているから、その神様にお願いすれば、お父さんだって天界に行けるわ」

時間がかかるかもしれないといっても、時間の制約がほとんどない霊にとって、一ヶ月や二ヶ月待つことは何でもないことだ。

「ほんと？　お姉さん、ありがとう。これから、時々お姉さんのところに来てもいい？」

「かまわないわ。でもトイレやお風呂を覗いちゃいやよ。それから旦那と一緒のときも、遠慮してね」

「うん。でも、人間って不便だね。僕たち霊は食べたり飲んだりしないからお便所に行かないし、身体が汚れないからお風呂に入る必要もないよ。でも、死んじゃった最初のころは、何も食べられないというのはとてもつらかったんだ。やっぱり人間だったころの名残で、すごく何か食べたいと思った」

「そうよね。さくらさんだったら、何も食べられないんじゃあ、慣れるまでとても悲しみそう」

美奈はさくらの、おいしいものを食べるときの幸せそうな顔を思い浮かべて、微笑んだ。

「さくらさんって、誰？」

「私のとても大事なお友達。昨日一緒に山登りした人よ。それから、温泉に浸かるのがまた楽しいのよ。

まあ、私は温泉にはなかなか行きづらいけど」

「そうだね。今はいれずみしている人は、温泉は入れないみたいだもんね。前のお姉ちゃんも腕に青いバラの絵が描いてあったよ。昔はいれずみ自体が禁止されていて、彫る人は彫ってるところを警察に見つかると捕まったりして、大変だったんだよ」

「あら、よく知ってるわね」

「僕、毎日何もすることがなくて退屈だから、人間界をあちこち見て回ったんで、いろいろなことを知ってるよ。お姉さんよりずっとたくさん知ってるんだから。ときには僕が見える人もいて、お祓(はら)いされそうになったことも何度かあったけど。それじゃあ、今日はこれで帰るね。バイバイ。また遊んでね」

「今はあまりやることなくて退屈でも、霊界に行けばやることがいっぱいあるそうよ。霊界では、さらに高い境界に向上するために、厳しい修行に毎日明け暮れるそうだから。それじゃあ、またね。バイバイ」

　美奈も手を振ってよっちゃんに別れの挨拶をした。いくら見た目は幼い子供でも、よっちゃんは何十年もの間、ずっと人間界を観察し続けていたようなので、その知識はとても子供と侮ることはできなかった。

2

　翌朝、美奈は目覚まし時計のアラーム音で夢を破られた。普段なら五時半にセットしてある目覚まし時計が鳴る前に目を覚ます。夫の三浦は朝七時前には家を出るので、五時半には起きて、朝食や弁当などの準備をする。連日の捜査などで夜が遅くなることが多い三浦が、目覚まし時計のアラーム音で目を覚ますといけないので、美奈はアラームが鳴る前に目を覚ますよう、習慣づけられていた。

けれども今朝はアラームが鳴るまで、眠り込んでいた。夢を見ていたので、熟睡していたわけではなかったが。夢を見るのは、レム睡眠といって、半ば覚醒しかけた状態のときだ。美奈はよっちゃんと会話する夢を見ていた。

（あら、夢。するとよっちゃんというのは、夢の中の登場人物だったのかしら）

美奈は一瞬そう考えた。だがそうではない。よっちゃんとのやりとりは現実に起こったことだと思い直した。

「とにかく、よっちゃんのお父さんと瞳たちの間に、何も変なことが起こらず、二人とも高い霊界に送ってあげられるといいけど」

美奈は朝起きたとき、最初に千尋と多恵子に挨拶と感謝、そして今日のご守護を心の中で祈りを捧げる。今朝はそれに加え、よっちゃんとお父さんのことを祈った。

美奈はその日一日、『幻影2』と『魔界大戦』の執筆に費やした。昨日は快晴だったが、今日は雲が多くなり、そろそろ梅雨入りが近いという天候だった。

長時間パソコンの画面に向かっていたので、目が疲れてしまった。それで少し休憩を取った。三浦の帰りを待っていると、就寝時刻が遅くなり、睡眠不足になるので、執筆の合間に少し昼寝をすることもある。

休憩中、コーヒーを淹れて、おやつのシュークリームを食べていると、携帯電話の着信音が鳴った。バッハの『主よ、人の望みの喜びよ』のメロディーだ。

「もしもし、美奈さんですか？　昨日はありがとうございました。楽しかったです。ちょっと足が痛かったけど」

電話は早紀からだった。母親の多恵子が亡くなってから、ずっとハイキングには行っていなかったので、誘ってもらえて嬉しかった、というようなことを早紀は話した。

「瞳もまた誘ってほしいって言ってましたよ。今、喫茶店のバイト、休み時間だけど、仕事中で立ってると、ふくらはぎのあたりが筋肉痛で少し痛むって。でも声をかけてくれたことがとても嬉しかったみたい」

早紀と瞳は同じ喫茶店でウエイトレスのアルバイトをしている。半袖のユニフォームからバラのタトゥーが見えないように、隠すのに苦労しているそうだ。バイトのときには、いつもタトゥー隠し用のシールを貼っているが、シールの代金が馬鹿にならない。

「それはよかったわ。もう行きたくないって言われたら、やっぱり誘った私もつらいから。また機会があったら行こうね」

「それから、レインスーツそのまま持って帰っちゃったけど、どうしよう、って言ってましたよ」

「もしよかったらそのまま持っていて、と伝えといてくれない？　また次に行くとき、必要だから。山ではいつ雨が降るかわからないから、雨具は晴れてても必携なのよ」

「はい、わかりました。ちょっと瞳に替わりますね」

美奈は替わった瞳と少し話をして、電話を切った。美奈は早紀と瞳によっちゃんのことを話そうかと思ったが、今はやめておいた。話すなら、仕事の休憩時間に電話でではなく、どこかで落ち着いて話したかった。

その後、「オアシス」で休憩中の恵や美貴、裕子、優月から電話があった。四人が代わる代わる、美奈と話した。初めて本格的な登山を体験したという優月も、昨日は楽しかった、また山登りに行きたいと言った。

夕方、殺人事件の容疑者を逮捕し、自供を引き出したと三浦から連絡が入った。単に自供だけではなく、証拠や証人の証言もあり、事件は解決へと向かうだろうということだった。

「いや、美奈の一言が大きなヒントになったよ。キャップの石崎警部も鳥居さんも、美奈のお手柄だと大喜びさ。石崎警部なんか、助けてもらったのはこれで何度目だったかな、表彰ものだな、と言ってたよ」

「いいえ、これも捜査本部の方々が地道に資料を集めてくれたおかげだわ。私だけの力じゃありません」

「でも美奈が指摘してくれなかったら、たぶん気づくのが遅れて、事件の解決もずっと先に延びていたと思うよ。これで被害者の遺族の方も少しは救われたかもしれない。失われた三人の命はもう戻らないけど」

「そうね。私も被害者の方が成仏（じょうぶつ）できるよう、祈っておくわ」

「ところで今夜、捜査本部の何人かでささやかな打ち上げ会をすると言うんだ。すまないけど、帰りがちょっと遅くなるから。アルコールが入ると運転できないから、車は本庁に置いて、電車で帰るよ。だからそれほど遅くならないようにする。悪いね」

三浦はすまなそうに言った。名古屋から高蔵寺ニュータウンの外れにある自宅までタクシーで帰るのは、料金の負担が大きい。だから終電車に間に合う時間に帰宅の途につかなければならない。

「俊文も大きな事件を抱えて、しばらく大変だったんだから。今夜は楽しんできて。明日の朝は私が高蔵寺駅まで車で送ってあげるわ」

「すまないね。今度の非番には、どこかの山にでも登ろうか。でももうすぐ梅雨入りかな」

天気予報では明後日ぐらいには梅雨入りしそうだと言う。

打ち上げ会といっても、安い居酒屋で、少人数で行うものだ。今夜は野原若菜刑事も参加することが、三浦にとってちょっと心配の種だった。アルコールが入れば、「全身に大きなタトゥーがある美奈さんなんて、刑事の妻にはふさわしくない。私と結婚してください」と迫られるかもしれない。美奈とはまだ入籍していない事実婚なので、野原には強い態度で要求されそうだ。

もちろん曖昧な態度でいれば、美奈も野原も結局は傷つけてしまうことになるので、三浦は野原に、

「僕は美奈を愛しているので、別れるつもりはない」とはっきり宣言している。

四月に開催された歓送迎会でも、酔った野原は三浦にくどくどと恋心を訴え、新しく県警捜査一課に異動してきた鳥居を呆（あき）れさせた。普段はドラマの女性刑事のように颯爽（さっそう）としていて、優秀な刑事である野原も、アルコールが入ると、三浦への思いを抑えきれなくなるようだ。野原は三浦より二歳年下の二五歳で、今は結婚適齢期も上がり、クリスマスケーキという女性差別的なことは言われなくなっている

が、野原としてはそろそろ配偶者が欲しいと考えていた。結婚しても、刑事を続けていくつもりだ。だから相手は同業の警察官がいいと考えている。

今回の事件でも、美奈の協力は県警の上層部からも評価されている。霊感によるひらめきとはいえ、美奈の卓越した推理力がなければ説得力のない助言だった。美奈はそれだけ認められつつある。

容疑者逮捕のきっかけが美奈のアドバイスだったということが、野原にとってはおもしろくなかった。野原が県警に来る以前にも、何度も美奈の助言が事件解決につながっているということを聞き、野原は美奈へのライバル心を燃え立たせたのだった。

まだ籍を入れていないせいで野原から言い寄られるのであれば、この際、子供が生まれるのを待たずに、籍を入れることを美奈に相談しようと三浦は考えた。

三浦は午前一時ごろに帰宅した。高蔵寺駅から歩けば一時間はかかるので、駅からはやむなくタクシーを利用した。深夜料金も加算され、痛い出費だった。美奈に今高蔵寺駅に着いたと電話をすれば、深夜なのに必ず迎えに来ると言いそうだ。三浦は美奈に負担をかけたくなかったから、何も言わず、タクシーに乗った。

「お帰りなさい。事件が解決して、一段落ね」

悲惨な事件だったので、美奈はおめでとうとかよかったとは言わなかった。

今夜の打ち上げ会では、野原刑事は美奈のことを話題にしなかった。鳥居や石崎もあえて美奈の功績に触れず、事件解決に向けての刑事たちの労をねぎらった。それで三浦も心の負担を感じずに済んだ。

それでも野原は、次の事件では民間人の美奈には絶対負けないぞ、という決意をした。

入籍の話はアルコールが入った場ではふさわしくないので、また後日美奈と相談しようと三浦は考えた。

その夜はよっちゃんは現れなかった。「旦那と一緒のときも、遠慮してね」という約束を守ってくれたのだろう。


翌朝、美奈は三浦を県警まで送った。三浦は高蔵寺駅まででいいと遠慮したが、まだ時間が早いので、通勤時の渋滞に巻き込まれることもないだろうと、県警まで車を走らせたのだった。

三浦はこの時間を利用して、籍を入れようと美奈に提案した。

三浦は野原のことには触れず、今回の美奈の協力で事件が解決したことで県警の上層部も美奈に対しての評価を大きく改めている、だからもう入籍をしても大丈夫だ、と話した。

「本当にいいの？　こんな全身にタトゥーがあって、元ソープレディーの私なのに」

「もちろんさ。これまで何度も美奈は容疑者逮捕に協力してくれたから、本部長も美奈の功績を認めてくれてるよ。それに今はベストセラー作家で、一定の社会的評価だってあるしね」

「ベストセラー作家といっても、まだ一冊しか出していないし」

「でも最近雑誌に掲載された作品も評価は高いようだね」

美奈は、北村が『復活の巨人』を連載している光房出版の文芸誌に原稿を頼まれ、短編小説を書いた。それが先月末発売の最新号に掲載された。短期間で原稿を書き、校閲などをして、けっこう大変だった。

校正に時間が取れる単行本とは違った忙しさを体験した。美奈は出版社との原稿のやりとりのために、自宅にファクスを導入したのだった。パソコンのメール添付で原稿を送れば簡単なのだが、ときにはファクスでのやりとりのほうがやりやすいこともある。

まだ雑誌発売から一週間程度しか経っていないが、読者からの反響は上々だという。

「どうせ子供が生まれれば入籍するつもりだったんだから、迷うことないよ。証人として鳥居さん夫婦がなってくれるそうだけど、美奈がほかにお願いしたい人がいれば、それでもいいしね。たとえば北村先生とかメグさんでもいいし」

「そうね。でも、私が入籍することを一番喜んでくれそうなお姉ちゃんに頼みます」

美奈は三浦の言葉を聞き、嬉しさで涙が止まらなかった。こんなに早く入籍できるなんて思ってもみなかった。運転中なので、事故を起こさないよう、それだけは注意した。

「今日帰りに市役所に寄って、婚姻届の用紙をもらってくるね。それから、お姉ちゃんに証人欄、書いてもらってくる」

「それじゃあ、用紙は頼んだよ。書類が整ったら、一緒に役所に提出しに行こう」

美奈は県警に着くまで、三浦と二人で至福の時間を過ごした。とはいえ、運転はおろそかにできない。せっかくの幸せも、事故を起こせば、一瞬で吹き飛んでしまう。

3

「最近俺の古巣だった篠木署管内では、空き巣事件が多いそうだがや。高蔵寺ニュータウンの団地なんかよく狙われとるそうだ。団地は人間関係が希薄だったりするでな。昼間でも意外と人通りは少ないみたいだし。トシ、おみゃーさんのとこも用心しないかんぞ」

野原が淹れてくれたインスタントコーヒーを飲みながら、鳥居が物騒な話題を持ち出した。中川区で起こった悲惨な事件が解決し、ちょっと一息ついたところだ。ここは県警の刑事部捜査一課、鳥居たちが所属する石崎班の一角だ。

「うちは昼間は美奈がいますし、出かけるときもきちんと施錠しているから、大丈夫だとは思いますけどね」

三浦はコーヒーカップを机に置いて言った。

「でも、もし空き巣狙いで入ったのに、美奈さんがいるのに気づいて居直り強盗になったら大変ですね」

傍らにいた野原が笑いながら話に加わった。

「おい、ワカ、それじゃあなんとなく美奈が強盗に襲われたほうがよさそうな言い方だがや」

鳥居も冗談めかして言った。鳥居は野原のことをいつも「ワカ」と呼んでいる。

「いえ、めっそうもない。そんな不謹慎なこと、考えていません」

野原はやや焦り気味に弁解した。

三浦たちがそんな話をしているころ、美奈は天白区の姉の嫁ぎ先のお寺に行っていた。

最初に実家の光照寺に寄り、兄に三浦家に入籍することを報告した。

兄の勝政は法律上でも三浦と夫婦になることを、「おまえもいよいよ三浦美奈になるんだな。おめでとう」と祝福してくれた。勝政は証人になってやろうかと言ったが、もう姉の真美に証人を頼んであった。

「そうだな。たぶん真美がおまえの入籍を一番喜びそうだから、それがいいかもしれん」と勝政も賛成した。

そして実家の近くの東区役所に行き、戸籍抄本と婚姻届の用紙をもらってきた。

姉の家に行く前に、餅文総本店で創業祭をやっていたので、ういろなどの和菓子をお土産に買っておいた。美奈は真美の家に寄るとき、いつもその近くにある餅文総本家の八事店に寄るので、セールの案内状が来る。真美も長女の愛も、ういろが大好物だ。美奈は静岡の葵にもういろを送ってもらった。

「こんなに早く入籍できることになったのね。よかった」

入籍する話はすでに電話で聞いていたが、改めて美奈から直接話してもらい、真美は目頭を熱くした。

「美奈も早く赤ちゃん産んじゃいなさい」

真美は一月に生まれた智恵をあやしながら言った。長女の愛は今幼稚園に行っている。

「でも今は原稿書きにけっこう大変なの。ラノベ雑誌に投稿する原稿をさくらさんと二人で書いてるけど、来週ぐらいには出版社に送らないといけないし」

『魔界大戦』は明日、さくらの空き時間に打ち合わせをして、週明けにも原稿用紙一〇〇枚を完成させる予定だ。

「美奈ももういっぱしの作家なのね」

「いえ、まだまだ駆け出しのひよっこよ。少しでも北村先生の足下に近づけるよう、頑張らなくちゃ」

「美奈も人気作家の北村先生に師事できるなんて、ほんとによかったわね」

「北村先生、ずっと榛名シリーズを書いてきたけど、今度初めて歴史小説に挑戦するそうよ。テーマは忠臣蔵ですって」

　忠臣蔵ではいつも敵役とされている吉良上野介だが、愛知県出身の北村としては、赤穂浪士ばかりではなく、地元三河国幡豆郡（現西尾市）で善政を行った名君として慕われている吉良にも焦点を当てて書こうと、今資料を集めているという。

「北村先生もいよいよ歴史小説も手がけるのね。それは今から待ち遠しいわね」

「幕末もので、坂本龍馬や新撰組を題材にする構想もあるそうよ。アニメで人気が出た斎藤一を中心に書くんですって。郷土の三英傑についても書いてみたいと言ってたわ。歴史小説を榛名シリーズと並ぶ創作の柱にしたいって」

　真美も北村のファンなので、新作を楽しみにしている。郷土の三英傑とは、織田信長、豊臣秀吉、徳川家康だ。

　名古屋は日本の大都市の中で最も魅力に乏しい街といわれている。それで北村も美奈も、作品の中で地元名古屋や愛知を大いにアピールしてみたいと思っている。

　智恵が眠ったので、真美はさっそく婚姻届の証人欄に署名、押印をしてくれた。左側の欄は鳥居に署名をお願いするので、右側に書いてもらった。万一書き損じが生じるといけないので、念のため二枚書いてもらった。証人欄以外は、今夜にでも三浦と一緒に記入するつもりだ。

真美は昼食を食べていくように美奈に勧めた。美奈はそれに甘えることにした。

食事を済ませたころ、三浦から電話がかかった。

「今、お姉ちゃんのところに来ています。婚姻届の証人欄、お姉ちゃんにお願いしたわ」

「そうか。それはよかった。今夜、帰ったら一緒に記入しよう。明日、鳥居さんにも証人をお願いするよ。届を書き、添付書類が揃ったら、できるだけ早く一緒に提出に行こう」

「私たち、それで法律上でも夫婦になれるのね。もちろん今でも本当の夫婦のつもりだけど、私、嬉しいわ。法律上の入籍日ではジューンブライドになるのね」

美奈は話しながら、涙が頬を伝った。それを聞いていた真美も目を潤ませた。

「ところでさっき鳥居さんが言ってたけど、最近高蔵寺ニュータウン付近では、空き巣狙いが多いそうだから、戸締まりなど気をつけてね。万一美奈が在宅中に空き巣が入って、居直り強盗にでも豹変したら大変だし。せっかく美奈が感激してたのに、無粋な話になって、ごめん」

先ほど野原が言っていたことだが、三浦はそれを聞いていて、ちょっと気になった。それで食事に出たついでに、念のために美奈に電話をかけたのだった。

「はい。十分気をつけるから、心配しないで」

美奈は夫に心配をかけないよう、戸締まりはしっかりしておかなければいけないと思った。

食事が終わってしばらくすると、真美は幼稚園に愛のお迎えに行かなければならない。美奈もお迎えについて行った。幼稚園は歩いて一〇分ほどのところにある。幼稚園のママ友との付き合いにもけっこう気を遣うという。美奈が真美の家に行くときは、いつもういろをお土産に持っていくので、愛は美奈の顔を見ると、条件反射でういろを食べたくなる、と真美は笑って言った。最近、愛は美奈のことを「ういろのおばちゃん」と言っているそうだ。

　姉のところから自宅に戻って、美奈は静岡の葵や恵たち仲間に、入籍することをメールで知らせた。するとすぐに祝福の返信があった。師匠の北村にも電話で知らせた。北村は今は妻である優衣の徳山家の籍に入っている。それでもペンネームは〝北村弘樹〟で通している。美奈も同じく〝木原未来〟で行くつもりだ。北村とはそんな話をした。

「お姉さん、嬉しそうだね」

『幻影2』の執筆をしているとき、突然よっちゃんが声をかけてきた。曇り空とはいえ、日が長い今は午後五時過ぎでもまだ明るい。よっちゃんは夜だけではなく、明るい時間帯でも姿を現す。

「あら、よっちゃん。こんにちは。私もいよいよ入籍することになったのよ。それで嬉しいの」

「ニューセキって何？」

「私が夫と新しい戸籍を作って、その籍に入ることよ。私はもうすぐ木原から三浦になるの」

「お姉さん、結婚してるんじゃなかったの？」

「私たち、まだ戸籍の上では正式な夫婦じゃなかったのよ。事実婚ね」

「ジジツコンってなあに？」

「そういえばよっちゃんが生きていた大正のころには、事実婚なんて概念はなかったのね。そうねえ。内縁関係みたいなものっていえばわかるかしら？　でも小学生だったよっちゃんには難しいかな？」

美奈は大正のころの学制でも、確か小学校と言っていたと覚えている。

「内縁なら、僕わかるよ。これでも僕、死んじゃってからとても退屈なので、いろいろな人のところに現れて、こっそり話を聞いたりしていたから。ほとんどの人は僕がいることは気づかなかったけど、たまにお姉さんみたいに、僕のこと見える人がいて、そういう人にはいろいろなことを教えてもらえることもあったんだ」

先日も聞いたが、よっちゃんは霊となっても知識欲は旺盛のようだ。

「お父さんのこと、何かわかった？」

よっちゃんは父親のことを訊いた。

「ごめん。まだわからないの。でも、以前憑いていた瞳のところに戻っていないことだけは確かね。一度リョウとかいう人に会って、霊視してみる必要があるわ。浩さんの話によれば、時々『ポンコツ』という喫茶店にいるそうなので、行ってみようかしら」

「お願いね。僕、あの鶏の鶏冠みたいな頭のお兄さん、どうも苦手なんだ。お父さんを説得できないと、僕も成仏できないから」

よっちゃんは美奈に父親のことを頼んだ。しばらく二人は雑談などをしていたが、美奈の仕事のじゃまになりそうなので、よっちゃんは幽界に帰っていった。

一つの事件が解決し、久しぶりに三浦が早く帰ってきたので、二人はさっそく一緒に婚姻届を記入した。あとは鳥居に証人欄に署名、捺印(なついん)してもらうだけになった。

野原の目が届くところで鳥居に婚姻届の証人欄への署名を依頼すれば、野原の反応が心配なので、三浦は野原がいないところで頼むつもりだ。そのへんのことは鳥居も心得ている。

明日は土曜日で、春日井市役所は閉庁だ。土曜日でも時間外受付窓口で婚姻届を受け取ってはもらえる。けれどもできれば時間内に受理してもらいたい。時間内なら、その場でチェックをしてくれて、もし記入ミスなどがあればすぐに訂正することもできる。

次の月曜日は、三浦にとっては久々の非番だ。事件が起こらず、出勤する必要がなければ、月曜日に二人で婚姻届を提出しに行くことにした。

翌日はさくらの空き時間に『魔界大戦』の最終打ち合わせをした。午後二時から女性客の予約が入っているので、美奈は午前九時に「卑美子ボディアートスタジオ」に行った。

美奈はUSBメモリーにセーブした原稿を、さくらのノートパソコンで読み出した。さくらはタトゥーの見本絵の作成や、『魔界大戦』のイラストを描くのには、デスクトップのマッキントッシュを使っている。ノートパソコンはウィンドウズマシンだ。

今回は原稿用紙一〇〇枚ということで、主人公の一五歳の少女、フジモトアイリが超能力戦隊ミラクルソウルフォース（MSF）の一員となり、副ボスクラスの魔人を倒すまでの成長を描く。

魔獣に襲われたアイリを助けたMSF隊長のケンジは、アイリが類(たぐ)い稀(まれ)なる霊能力を持っていることを見抜き、MSFに加わることを要請する。アイリの両親は、「娘をそんな危険なところに入れるわけにはいかない」「ほかに武道の達人など、強い人がたくさんいるのに、なぜおまえがそんな危険なことをやらなければいけないのだ?」などと猛反対した。けれども魔獣がアイリの家を襲い、両親や弟が魔獣に殺されそうになったとき、アイリは家族を助けたいという一心から、秘められた力の一端が発揮されて、魔獣を倒した。

最初はMSFへの入隊を拒絶したアイリだが、今のままでは、アイリの霊能力が開花することを恐れる魔人たちに襲われ続けることになる。家族と一緒に住んでいれば、家族や周囲の人たちまで巻き込んでしまいかねない。そう感じたアイリは、MSFに入隊することを決意し、両親もやむなく了承する。

MSF隊長のマサオカケンジは、アイリに厳しい訓練を課す。くじけそうになりながらも、ケンジにほのかな恋心を抱くアイリは、特訓に耐え、とうとう強敵を倒すところまで成長する。

特訓や戦闘の様子などはさくらが、アイリのケンジに対する微妙な心の動きの描写は美奈が担当した。お互いの苦手な部分を補い合う。最終的には美奈の文章で統一する。二人の息はぴったり合っていた。

そしていよいよ最後の部分を相談した。編集長や読者に、是非この続きを読んでみたいと思わせるような終わり方にしなければ、連載は勝ち取れない。二人は何通りかのフィナーレを考えた。

途中から加わったトヨに、読者としてどのストーリーが最も次回に期待を抱かせるかを判定してもらった。トヨが選んだストーリーをさらに三人で検討し、ようやくラストのシーンを決めた。

「それじゃあ美奈、その線でラストお願いね」

「はい。書いたらメール添付で原稿送ります」

「私もイラスト描けたら、メールで送るから」

ストーリーがまとまったところで、さくらは空腹を覚えた。ラストの相談で時間がかかり、もう予約の客が来るまであまり時間がない。トヨの予約客も二時に来ることになっている。それで三人は近くの牛丼のチェーン店に食事に行った。食事を終えたころ、雨がぽつぽつと降り始めた。梅雨前線が北上し、このまま梅雨入りしそうな天気だった。

自宅に戻った美奈は一気に『魔界大戦』を書き上げた。じっくり読み返し、点検してから、メールに添付して、原稿をさくらに送った。さくらは夜一〇時過ぎまでタトゥーの仕事をしており、返信は翌日昼頃になった。

「美奈、原稿読んだよ。とても面白い。これなら絶対掲載、そして連載勝ち取れるよ。さっそく私のイラストと一緒に、『ライトドリーム』の安井さんに送っておくね」

そしてさくらもイラストを美奈に送ってくれた。

三浦は今日も早く戻ってきた。

「今日、鳥居さんに署名してもらったよ。書類も揃ったし、明後日二人で婚姻届を提出に行こう。捜査一課長にも今日、籍を入れることを話しておいたよ。課長も祝福してくれた」

「嬉しいわ。こんなに早く入籍できるなんて」

いったん事件が起きれば、帰宅は深夜になったり、場合によっては何日も捜査本部に泊まり込んだりすることがある。美奈の機転により、一家三人惨殺事件が解決して、久々の夫婦団欒だ。このまま月曜日まで大きな事件が起きなければ、三浦は非番の月曜日に、美奈と一緒に春日井市役所に行き、婚姻届を提出する。そしてそのあと、少し豪華な食事をする予定だ。

4

しかし美奈の期待は脆くも打ち砕かれた。翌日曜日の夕方、春日井市高蔵寺ニュータウンの団地で、高齢の女性が荷造り用の紐で絞殺されるという事件が起こった。美奈が住んでいるコーポ大谷の近くの団地だった。夫が外出先から帰ると、部屋の中で妻が死んでいたというのだ。

妻は最近身体の具合が悪く、寝ていることが多かった。夫が外出しているときは、用心のため必ず施錠しておくように言ってあった。それが夫が帰宅したとき、ドアの鍵を差し込み、回そうとしても回らない。確認すると解錠した状態になっていた。夫は「あれほど俺がいないときは施錠しておけ、と注意しておいたのに」とぼやきながら部屋の中に入った。

夫はキッチンで倒れている妻を見て、呆然とした。部屋は荒らされており、箪笥の引き出しなどを引っかき回した形跡があった。調べてみると、箪笥預金をしていた現金三〇〇万円がなくなっていた。足がつきやすい預金通帳や有価証券、貴金属などには手をつけず、そのまま残っていた。

出入り口の扉は、ピッキングが容易な古いタイプのインテグラル錠で、空き巣狙いで入った賊が、キッチンにいた妻を発見し、居直り強盗に変貌した。そして揉めた末に殺害してしまったものと思われた。

最近高蔵寺ニュータウンで何件も起こっていた空き巣狙いが、とうとう殺人事件に発展してしまったものとみられる。

鳥居の古巣である篠木警察署に、ニュータウン主婦強盗殺人事件捜査本部が開設された。これまで空き巣事件は篠木署の刑事課捜査三係が担当していたが、殺人事件に発展したので、捜査一係がそれを引き継いだ。そして県警からは、鳥居が所属する石崎班が投入された。

美奈は三浦から、明日は一緒に婚姻届を提出に行けなくなったという電話を受け、がっかりした。

「美奈、ごめん。せっかく明日二人一緒に婚姻届を出しに行くつもりだったのに、殺人事件が起きたので、非番が吹っ飛んでしまった。今夜は捜査本部に泊まるから、帰れない。本当にごめん」

三浦は平謝りに謝った。

「殺人事件じゃあ仕方ないわ。明日、私一人で提出してくるから、気にしないで。私だって刑事の妻として、こういうことはいつも覚悟してるから。空き巣狙いには私も十分に注意するわ」

美奈は平気を装った。けれども、いくら物わかりのよい美奈でも、今回だけは少し参っていた。婚姻届を出し、法律上でも夫婦になれることをどれだけ心待ちにしていたことか。いくら紙切れ一枚のことといっても、法律で夫婦としての権利が保証されることは大きい。美奈はこの三日間、三浦と一緒に婚姻届を提出しに行けると思い、子供のように胸をときめかせていたのだ。

それが殺人事件が起こったために、二人で提出しに行くことができなくなってしまった。美奈の落胆は大きかった。一人で行っても婚姻届は受理してもらえる。だから何の問題もない。それでも美奈は三浦と一緒に提出に行き、喜びを分かち合いたかった。いくら夫の仕事上のことだから仕方がないと自分に言い聞かせても、心のわだかまりは消えなかった。

「子供みたいにいつまですねてるの？　いいかげん機嫌を直しなさい!!」

美奈は自分自身を叱りつけた。

「明日は笑顔で『婚姻届、出してきたよ。これで私も三浦美奈になったのね』と言えるようにしなければ」

美奈は笑顔で三浦にそう伝えようと誓った。

「でも警察は違法なことを取り締まるところなのに、警察官自体が完全に労基法違反の長時間労働を強いられているんだから。日曜や祝日にも出勤が多いし、労働組合もないし。ある意味、ブラック企業かしら？」

美奈は不満を託った。けれども、市民の治安を守ってくれる警察に対して、そのような失礼なことを言っては申し訳ない、と考え直した。警察は〝権力の暴力装置〟、〝権力のイヌ〟などと悪口を言う人も中にはいる。それでも三浦や鳥居、石崎警部のように、悪を憎み、住民の安全を第一に考えている刑事がいる。三浦の亡くなった父親は、地域住民から頼られ、慕われた優しいお巡りさんだったと、三浦は誇りに思っている。

美奈は静岡の葵に電話をかけた。葵は「オアシス」で働いていたころから、美奈の姉のような存在だった。他の仲間は今仕事中なので、葵に電話をかけたのだった。こういうとき、美奈が一番に頼るのは、姉の真美か葵だった。

葵は最初に、

「美奈、餅文さんのういろ、ありがとう。さっき届いたよ。私からもお礼の電話、かけようと思ってたところ」

と切り出した。

「実は明日、俊文と一緒に婚姻届、出しに行けなくなっちゃった」と美奈は言った。そしてしばらく気持ちのわだかまりを話した。

「美奈が愚痴を言うなんて、ほんと、珍しいね。あれだけ楽しみにしていた美奈の気持ちもよくわかるから、それは仕方がないことだけど。言いたいことあれば、私が聞いてあげるから、何でも言ってね。美奈、どちらかというと、ついつい他人(ひと)のために無理しちゃうところがあるけど、あまりストレス溜め込まないでね。ほんとは美奈のところに駆けつけて、一緒にお酒でも飲みながら話せればいいのだけれど、私も今はあまり動けないから」

葵は優しく美奈に対応した。葵は八月に出産を控え、無理ができない身体だった。

美奈は一時間近く葵と話し、少し気持ちの整理がついた。葵はこういうときに美奈が頼ってくれたことが嬉しかった。

「ありがとう、葵さん。胸の中のわだかまりがすっきりしました。葵さんもお身体に気をつけて、元気な赤ちゃんを産んでくださいね。生まれたら、みんなでお祝いに行きますから」

美奈は葵に感謝して、電話を切った。

通話が終わると、よっちゃんが話しかけてきた。

「お姉さん。コンイントドケ、一緒に出しに行けなくなっちゃったの？」

「あら、よっちゃん、聞いてたの？」

美奈はよっちゃんが来ていたことに驚いた。

「うん。ずっと前から、近くにいたんだよ。お姉さん、僕のこと、ちっとも気づいてくれなかったんだもん。でも、大変だったんだね」

「ごめんね。私もいろいろあって、少し落ち込んでいたの。だからよっちゃんのこと、気づかなかった。でも、もう大丈夫よ。今夜はちょっとやけ食いでもしちゃおかな、という気分だけど」

「お姉さん、電話でこの近くで人殺しがあったって言ってたでしょう。それで僕、退屈だったんで、それ、見に行ったんだ」

よっちゃんは瞳や美奈のところに現れるようになって、高蔵寺ニュータウンのあたりを飛び回っていたので、おおよその状況は知っていた。三浦と美奈の電話で、この近くの団地だと見当をつけ、パトカーが停まっているところを見つけた。

「それで、死んじゃったお婆(ばぁ)さんの霊と少しだけ話したんだけど、犯人はウルトラセブンみたいな頭をしたお兄さんだと言ってたよ。髪の毛は赤い色だったんだって。ウルトラセブンって、僕、テレビで見たことあるよ。前に子供がいる家に行ったら、ちょうどやってて、面白かったから見てたんだ。もちろんその家の人は僕がいることに、全然気づかなかったけど」

特撮番組に疎(うと)い美奈でも、ウルトラセブンは知っている。被害者のお婆さんは、子供が幼かったころ、一緒にテレビでウルトラセブンを見ていたのだろう。確かにモヒカン刈りは、ウルトラセブンの頭についているアイスラッガーに似ている。そして赤いモヒカン頭といえば……。

よっちゃんは容疑者についての重大な発言をした。とはいえ、霊の証言では証拠には使えない。それより、美奈には気になることがあった。

「まさか、よっちゃんのお父さんがその事件に関係があるんじゃないかしら？」

「うん。僕もそのことが気になって仕方ないんだ。お父さん、こっくりさんなんかになって、いろいろいたずらしたりしてたけど、人殺しのお手伝いなんかすると思えない。瞳お姉ちゃんのところにいたときは、訊かれたこと教えてあげるだけで、そんなに悪いことしてなかったんだ。もし本当にそんなことしたら、悪霊になっちゃうよ」

よっちゃんもそれを気にしていて、元気なく言った。

「大丈夫よ。きっとお父さんは悪いことしてないよ。お婆さんを殺しちゃったのは、お父さんのせいではなく、リョウという人が、留守だと思ったら人がいたんで、びっくりしてつい手が出てしまったんだと思う」

美奈はよっちゃんを慰めた。

「そうだったらまだいいんだけど。でもお父さんもこっくりさんで泥棒のお手伝いをしてたんだったら、それだけで悪い業を積んじゃうと思う。僕、お父さんを地獄に堕(お)としたくないんだ」

よっちゃんは外見は小さな小学生なのだが、「悪い業を積む」という難しいことを知っているのだと、美奈は感心した。よっちゃんは九〇年もの間、幽界と人間界を行き来して、いろいろなことを学んでいるのだ。

　それにしても子供がこんなに心配しているのに、世話が焼ける父親だ、と美奈は少し腹が立った。けれども成仏できず、苦しんでいるお父さんを責めるわけにはいかない。一刻も早くお父さんを探し出し、霊界へ送ってあげる必要がある。

「お父さんとはやっぱりお話しできないの？」

「うん。生きてたときはよくお話ししてたけど、死んでからは僕のこと、全然気づかないんだ。鶏冠頭のお兄さんも苦手だから、あまり行きたくないし。それから、殺されたお婆さんの霊、今のままじゃ地縛霊になっちゃうよ。でも僕じゃあなんともしてあげられない。お姉さん、前に、僕やお父さんを成仏させることができる、って言ってたでしょう？　そのお婆さんも成仏させてあげて。このまま何百年も地縛霊としてさまようのはかわいそうだから」

「わかったわ。それは私を守ってくれる守護神様にお願いして、霊界に行けるようにしといてあげる」

　美奈はよっちゃんの優しさに胸を打たれた。そして守護神の千尋と多恵子に、そのお婆さんの霊を成仏させていただけるよう、お願いをした。

　すると多恵子が、「今回の事件は間接的とはいえ、早紀と係わりがあることだから、私が責任を持ってその人の霊を霊界に導いておきます」と約束してくれた。多恵子は千尋の許で修行を積み、今では成仏していない霊を救うだけの力をつけている。

5

鑑識係が現場検証を終えたあと、三浦は篠木署の宮沢刑事と組んで、付近で聞き込みを始めた。野原は三浦と一緒に捜査をしたかったが、石崎警部に鳥居と組むように指示された。石崎は基本的に「県警と所轄署」というように振り分けた。しかし若い野原に鳥居の老練さを学ばせたくて、野原と鳥居をペアにした。

（あーん、私、トリピーは苦手なのにー）

野原は心の中で愚痴った。野原は鳥居のことを、秘かに〝トリピー〟と呼んでいた。それでも最近、鳥居には厳しい中にも優しさや思いやりがあることがわかってきたので、それほどいやではなかった。ただ、三浦と一緒に行動できないことが残念だった。

今回の三浦の相棒である、四〇歳のベテラン刑事宮沢は、篠木署時代の鳥居の後輩で、階級は巡査部長。三浦は巡査長だ。

巡査長というのは正式な階級ではなく、巡査のうち優れた指導力があるものに与えられる職制で、階級としては巡査である。だが宮沢は鳥居から、三浦は若いが非常に優秀な刑事だと聞いていたので、年齢も階級も下の三浦に対して、上から目線で見るようなことはしなかった。三浦と宮沢は去年の北村弘樹の作品にまつわる連続殺人事件で、石崎班が投入されていた小幡（おばた）署と篠木署の捜査本部が合同し、一緒に捜査をしたことがあって、旧知の仲だった。

被害者の部屋は階段室型で、隣り合う二戸で一つの階段を共有している形式だ。エレベーターの設置義務がない、古い五階建ての建物で、二階の自室まで階段を上り下りしている。ニュータウンの外れにある団地で、高蔵寺駅からかなり離れている。バスの便はあるとはいえ、バス停からは少し離れており、本数も少ないので、自家用車がないと高齢者には少し不便かもしれない。病気がちの妻は運転免許証を返納していたが、夫は軽自動車を所有していて、妻の送り迎えなどを引き受けている。

そのせいもあり、そのあたりの棟には空き部屋が多かった。高蔵寺ニュータウンは最近居住者の高齢化や人口減少が問題となっている。最も多いときには住人が五万二〇〇〇人に達したが、今では約五〇〇〇人減っている。それに伴い、空き家も増え始めていた。

聞き込みでは、死亡時刻から推定される、空き巣が入ったと思われる時間帯は、近くの部屋の多くは留守にしていた。隣の階段に出入り口がある部屋には、その時間帯に在室していた人もいた。けれどもだれもこれといった異変には気づかなかった。そういえば悲鳴のようなものを聞いたが、てっきりテレビの音だと思い、全く気にかけなかったという住人もいた。

今日は日曜日なので、団地の草刈りや清掃を請け負っている人もいなかった。それに雨も降っていた。

「マンモス団地といっても、意外と昼間は人通りが少ないんですね」

「そうだな。最近、近所付き合いや人間関係が空疎になっているというけど、こうやって聞き込みをかけると、本当にそれを実感するな」

「僕の妻も結婚前はこの近くの団地に住んでいて、非番のときによく行ったのですが、昼間でも思ったより人の行き来が少なくて、驚きましたよ」

三浦は「僕の妻」と言うとき、少しはにかんだ。明日、美奈と一緒に婚姻届を提出に行けなくなってしまったことで、胸を痛めた。

「そうか。君の奥さんはこの近くに住んでいたのか。チョーさんから、三浦君の奥さんはいくつもの事件を解決している名探偵だと聞いてるよ。北村弘樹関連の連続殺人事件では、奥さんが見事に解決したそうだね」

鳥居が篠木署にいた当時、階級は同じ巡査部長でも、年齢が上で経験豊富な鳥居に、宮沢は敬意を払っていた。鳥居は部長刑事、通称デカ長だったので、チョーさんと呼ばれていた。

「いえ、名探偵というほどでもないですが、いろいろな助言をしてくれて助かっています」

三浦は謙遜気味に言った。

その後もしばらく団地内で聞き込みを続けたが、これといった収穫はなかった。多くの人が住む巨大な団地だというのに、その時間帯に被害者の部屋がある階段に出入りした人影を見たという人は一人も見つからなかった。梅雨入りし、雨も降っていたので、屋外を歩いていた人も少なかったようだ。それに被害者夫婦が住んでいる棟は空き室が多かった。

「全く人と人とのつながりがこれほど希薄になっているとはね。俺が子供のころはもう少し近所付き合いというものがあったんだが。俺も近所の人とは家族ぐるみの付き合いがあった。まあ、俺の故郷は足(あ)助(すけ)の田舎だったんで、都会とは違うけどよ」

今は合併で豊田市になっているが、宮沢が子供のころ住んでいた足助町は、今でも豊かな自然が残っている。

その後も聞き込みを続けていると、犯行時間帯に、近くに見慣れない青い車が駐車していたという目撃情報があった。目撃者は車のことはよく知らないと言い、車種はわからないということだ。ナンバープレートにも注意を払っていなかった。ただ、車の中にはサングラスをかけた若いきれいな女性が乗っていたという。

三浦たちは夜遅く、篠木警察署の会議室で、捜査会議を行った。まず捜査本部長である篠木署長の挨拶、訓示から始まった。そして進行役は県警捜査一課の石崎警部が担当した。

被害者は稲山嘉美（いなやまよしみ）、七六歳。首を荷造り紐で絞められて殺害された。

嘉美の夫、邦男（くにお）は朝から友人と俳句同好会の会合に行き、午後四時ごろ帰宅すると、妻がキッチンで倒れているところを発見した。室内を物色された形跡があり、強盗が入ったと思い、慌てて110番した。同時に救急車も要請したが、嘉美はすでに死亡しており、救急車はそのまま帰っていった。

嘉美は朝から少し具合が悪かったので、夫が出かける前に、車で病院に送ってもらった。診察が終わったころには雨が降っており、帰りはバスではなくタクシーを利用した。それについて、タクシードライバーの証言は取れている。留守中に賊が侵入し、そこに嘉美が帰ってきたのか、嘉美が帰宅した後に賊が押し入ったのかは、現時点ではわからない。いつものようにバスを利用していれば、帰宅時刻がもう少し遅くなり、犯人と鉢合わせすることはなかったかもしれない。その点は返すがえす残念だ、と夫の邦男が言っていた。

嘉美は普段は近くの診療所で診察を受けている。けれどもその日は日曜日だったので、休日診療をしてくれる総合病院で診（み）てもらった。嘉美は時々その病院にもかかっていたので、なじみの医師がいた。

夫の邦男は、嘉美が具合が悪くなることはよくあるし、大丈夫だと言うので、妻に付き添わず、俳句同好会の会合に行ってしまったことを悔やんでいた。

凶器は幅五〇ミリの赤いポリエチレン製平テープだ。一〇〇円ショップで売っている製品で、嘉美が古新聞などを縛るために購入したものだった。だからこのテープから犯人を手繰(たぐ)ることはできない。犯人は手袋をしていたようで、テープには被害者以外の指紋は付着していなかった。

現場の捜索で、赤く染めた毛髪が残されていた。老夫婦やその友人たちに赤く染めた髪は似つかわしくないので、容疑者の髪の可能性がある。被害者は絞殺されるとき、かなり抵抗した模様で、犯人の髪を何本も引き抜いたのだろう。また、被害者の右手の人差し指、中指には容疑者のものと思われる皮膚組織や血液、服装のものと思われる繊維片も、微量ながら付着していた。それらの証拠物件は科学捜査研究所で調べてもらっている。

部屋に残された指紋の多くは被害者や夫、近所の人たちのものだろう。

前科のあるものは本庁のコンピューターにはヒットしなかった。

嘉美が住んでいた棟の近くには防犯カメラが設置されていない。犯人が逃走用として使用した可能性がある青い車も、防犯カメラを避けて駐車していたようだった。

石崎はこれまでわかったことを簡単に説明した。

「採取された毛髪や皮膚片は、科捜研の分析を待たないとはっきりしたことは言えませんが、おそらくこれまで何件もこの近くで起きた空き巣事件の犯人(ホシ)と同一のものではないかと思われます。今日採取された毛髪も赤く染められていたそうですが、過去の空き巣事件のものも同じように赤く染められていたと聞いています」

篠木署の刑事が、採取された試料について説明した。

「最初から同一のものと決めてかかるのはどうかと思うが。まあまもなく分析の結果もわかるだろうが」

ほかの篠木署の刑事が釘を刺した。空き巣事件は篠木署の刑事課捜査三係が担当している。最近六件確認されている空き巣事件の中の一件で、赤い毛髪が遺留されていた。また、現場の近くで複数回青い車が目撃されたという情報もある。車種はスバルのインプレッサと思われる。宮沢は三係と連絡を取らなければと考えた。

この日の会議では、当面の捜査方針として、以下のことが決定された。

①現場周辺の聞き込み捜査の徹底。

②被害者の生前の交友、人脈の捜査。強盗事件を装った怨恨などの可能性も捨てられないため。

③最近頻発している空き巣事件との関連の捜査。

会議が終わったころには、もう日付が変わっていた。鳥居と三浦は篠木署の柔道場に泊まった。鳥居にとっては、最近まで所属していた古巣で、〝勝手知ったる他人の家〟だ。三浦も以前、鳥居が篠木署にいたころ、コンビを組んだときに何度も篠木署に泊まっている。鳥居は「自宅は近いんだで、帰ったらどうだ?」と勧めてくれる。しかし三浦は自分だけ甘えるわけにはいかない、と断った。

野原は警察学校の女子寮の空き部屋に泊めさせてもらった。警察学校は「ニュータウン強盗殺人事件」の事件現場から直線距離で一・五キロほどのところにある。野原は警察学校時代、この寮で過ごしており、数年ぶりで懐かしい部屋に泊まった。

三浦は携帯電話で、美奈にお詫びのメールを送った。

「あれだけ婚姻届を一緒に出しに行くことを楽しみにしていたのに、本当に申し訳ない」

三浦はそんな思いを込めてメールを打った。すると打ち終わったあと、すぐに美奈から電話がかかった。

「今、電話、大丈夫？」

「ああ。先ほど捜査会議が終わって、今夜は篠木署に泊めさせてもらうよ。明日、いや、もう今日になるけど、一緒に婚姻届を出しに行けなくなって、本当にごめん」

「いいのよ、そのことは。私も刑事の妻だから、いつ何が起きても、覚悟してるわ。明日、私が市役所に行って提出してきます」

「事件が解決したら、休暇を取って温泉旅行にでも行こうよ。ミニ・ハネムーンとして」

「はい。期待してるわ。でも私、大きなタトゥーがあるから、温泉はだめかしら」

「あ、ごめんごめん。でもホテルの部屋に付属するバスなら大丈夫だね。入籍を記念して、観光地のいいホテルに泊まろう」

三浦はまた美奈に詫びた。

「それより、強盗殺人事件の容疑者として、時々高蔵寺駅南口の近くにある『ポンコツ』という喫茶店に姿を現す、赤いモヒカン刈りのリョウという人を調べてみて。二〇歳ぐらいの、背が高い人だけど」

このことを聞いて三浦は驚いた。美奈は赤いモヒカン刈りと言ったが、確かに現場には赤く染められた毛髪が残されていた。このことはまだどこにも発表されていない。

「今、赤いモヒカン刈りと言ったの？　なぜ赤い髪だとわかったんだ？」

「実は目撃者がいるのよ。というより、殺された本人なんだけど。でも生きた人間ではないから、証人にはなれないわ。最近時々私のところに遊びに来る、よっちゃんという子供の霊が、直接被害者の霊から聞いたそうなの。そのリョウという人の顔を知ってるから、何なら一緒に行ってもいいよ」

また美奈の霊能力か。でも、美奈の言うことなら間違いないだろう。霊の証言といっても、証拠能力はないけど、信じてくれる鳥居さんと一緒に調べてみよう。

電話を切ってから、三浦はそう考えた。

6

「おい、亮、どうする気だよ？　おまえ、人一人殺(ころ)いてまった（殺してしまった）んだぞ」

三人組の一人、隼が亮に迫った。ここは亮と香織が同棲しているアパートだ。

「そんなこと、知らんがや。俺だって、殺すつもりはなかったんだ。まさかババァが帰ってくるとは思わんかったんだがや。ババァがギャーギャー騒ぐし、俺やおまえの顔も見られてまったんで、目の前にあった荷造り紐で、つい首を絞めてまった。そのときババァに手をひっかかれ、ちょっと怪我してまったがや。ちくしょう、こっくりのやつめ、でたらめ教えやがって」

「何言ってんの。こっくりさんのお告げは本当だったじゃないの。三〇〇万という金額だって、お告げ通りだったんだし。そんなこと言うと、罰（ばち）が当たるよ。あんたが一時間も遅刻してこなかったら、ババァが帰ってくる前に、きちんと仕事が終わっていたんだよ。やっぱりあたいがずっとあんたと一緒にいてやればよかった。それとも遅れた時点でやめときゃよかったんだ。あたいもつい、三〇〇万に目がくらんじまった。なんせこれまでで一番多かったんだからな」

三人組の紅一点、香織が反論した。香織の髪型もソフトモヒカンだ。亮は大仕事を前に緊張をほぐすため、パチンコ屋に行った。三〇分程度でやめるつもりだったのが、ついのめり込んだために、大幅に遅れてしまった。それでもパチンコ屋で非常についていたから、空き巣もきっとうまくいくと亮は思い込み、犯行に及んだのだった。

「まあ、済んでまったことは仕方ないじゃんかよ。それより、三〇〇万円も入ったんだ。人の一人や二人、死んだってやむを得んがや。でも空き巣狙いということで、特に変装しとらんかったのはまずかったな。そのときは帽子をかぶってただけだったし。せめてマスクぐらいしときゃあよかったな」

仕事中はじゃまになるからと、亮はサングラスとマスクを外していた。かぶっていた帽子も、嘉美ともみ合っているうちに当たった右手で撥（は）ね飛ばされ、特徴的な赤いモヒカン刈りの頭を見られたのだった。自慢の髪を手で引っかき回され、ぐちゃぐちゃになってしまった。

「あたいはいやだよ。人殺してまで手に入れた金なんて。寝起きが悪いよ」

空き巣の実行は亮と隼がやっており、香織は現場から少し離れたところに停（と）めた車の中で待機していた。二人が戻ったらすぐに車を発進させて逃走するのが香織の役割である。かつて暴走族のレディースに所属していた香織は、運転の技術は確かだ。香織は殺人の現場を見ていない。それでも仲間が人を殺したという事実には衝撃を受けた。

「じゃあおまえには分け前なしだ」

「ああ、いらないね。そんな人を殺して手に入れた金なんか、気色悪くて仕方がないぜ」

　亮と香織の間に、いやな雰囲気が漂いだした。

「まあ、二人とも落ち着けよ。今は仲間割れしとる場合じゃないだろ。俺も亮が遅れてきたとき、今度の計画は中止すべきだと進言すればよかったと後悔している。亮がパチンコで大当たりして、今日はついてる、なんて言ったんで、俺もついその気になってまった。でも、もう起きてしまったことだ。今さら後悔しても仕方ないがや。それよりこれからどうするかだ」

　三人の中でもっとも冷静な隼が亮と香織をなだめた。三人のリーダーは亮だが、冷静な判断を求められる今は、実質隼が仕切っていた。

「ああ、そうだな。それじゃあ、これからどうしたらいいか、こっくりに訊いてみるか」

　亮は「おい、これから俺たちはどうしたらいい？」とこっくりさんに質問した。隼は、もしこっくりさんの超能力で時間を巻き戻せるなら、空き巣に入る前に戻り、亮が遅刻した時点で中止してしまいたいと思った。しかしそれは無理な願いだった。

　以前、瞳にコンサートの成否を占ってもらったあと、亮は自分に狐の霊が憑いていることに気がついた。狐といっても、人間の霊が狐に化けたものだが、亮にはそんなことはわからなかった。

　目の前にいる狐に驚いた亮は、「おまえはなんだ」と尋ねた。

「私は九尾の狐だ。今まで瞳に憑いていたが、おまえのほうがより相性がいいので、おまえに乗り換えた。これからはおまえに力を貸そう」

「力を貸すと言っても、おれはあんなめんどくさいこと、ようやらんぞ」

亮は瞳のように、鳥居や五〇音などを書いた紙と一〇円硬貨を使ってこっくりさんにお伺いを立てるといった、伝統的な儀式を踏襲するような面倒なことはごめんだった。

「大丈夫だ。おまえとは瞳のときより、より意思の疎通が簡単にできる。直接聞きたいことを私に訊けばよい」

そう言ってこっくりさんは亮に乗り移ったのだった。

そうと知って、亮は最初に、ライブコンサートの赤字をなんとか埋められないかと考えた。

「空き巣なんか簡単だな。どこかいいところはないか？」

亮は軽い気持ちで呟いた。すると、こっくりさんはいつ、どこを狙えばよい、ということを教えてくれた。対象はピッキングが簡単な団地の一室だ。亮はものは試しと、隼や香織には黙って、一人で空き巣を働いた。亮は初歩的なピッキングならできる。それに空き巣狙いは初めてではない。もし難しいようなら、無理せず引き返そうと、こっくりさんが示した時間に、その部屋に行ったのだった。

するとその部屋は留守で、扉も簡単に解錠することができた。そして箪笥の中に隠してあった一〇〇万円以上の現金を手にしたのだった。

亮はそのことを隼と香織に話した。二人は驚いた。

「亮、大丈夫なのかよ？　そんなことして」

こっくりさんを見ることができない隼と香織は不安だった。

「こっくりの言うとおりにすれば、絶対大丈夫だがや。俺は瞳より相性がいいらしく、訊いたことはしっかり答えてくれるぞ」

それで三人はチームを組んで空き巣狙いを続けた。しかしこっくりさんが指定した時刻に一時間ほど遅れたために、家の人と鉢合わせになり、殺してしまったのだ。

「おまえたちはまもなく警察に捕まる。私の言うとおり、午前中に仕事を終えていれば、こんなことにならなかったのだ」

これからどうしたらいいかという亮の問いかけに、こっくりさんは答えた。

「何だって？」

亮は驚いて、大声を上げた。

「おい、亮、こっくりさんはなんて言ったんだ？」

隼が亮に問うた。隼と香織には、こっくりさんの声が聞こえない。こっくりさんと交信する能力を持っているのは、三人のうちでは亮だけだ。

「俺たちはまもなく捕まると言ってやがる」

「捕まるのか？　俺たちは」

「そんなのいやよ。あたいは人殺しには一切関係ないんだから」

「今さら何言っとるんだ。これは俺たち三人で始めたことだがや。おまえだって同罪だぞ。イチレンチクショーとかいうやつだ」

「それを言うなら一蓮托生だろ。しかし捕まるというのは、もう決定的で逃れられない運命なのか？」

隼が尋ねた。

「それじゃあもう一度訊いてみる。おい、こっくり、捕まるという運命は変えることができないのか？」

隼と香織は、いろいろなことを教えてくれるこっくりさんに対して、もう少し丁寧にお願いしろ、と思うのだが、亮はいつも乱暴な訊き方をする。そのうち罰を当てられるのじゃないか、と二人は時々不安になる。いや、今回人を殺してしまったのは、その罰かもしれない。

「運命は変えることができないわけではないが、非常に難しい」

こっくりさんは答えた。

「でも、全く不可能ではないんだな？」

「おまえたちの努力により、わずかだが可能性はある。だからいくつかの宗教では、因縁解脱や罪障消滅の修行をして、運命を変えようとする。そして実際変えることができる者もいる」

「それじゃあ、俺たちも逃げ切ることができる可能性もあるのだな？」

「それはおまえたちの努力次第だ」

隼と香織は亮の対応を聞き、逃げ切ることも不可能ではないと感じた。

「とにかく今は逃げるしかないな。今日の三〇〇万は逃走資金だ。それだけあれば、しばらくはしのげる。どうするかは逃げながら考えよう。それから亮、その頭、目立つから切ってこいよ」

隼はそう結論した。犯行に使用した香織の車は手配されている可能性があるので、逃走には隼の軽自動車を使うことにする。準備ができ次第、夜にでもこの地を離れようということになった。まずは中央自動車道で、信州方面にでも行こう、と話は決まった。こっくりさんが、信州の北の方に行け、と示唆したからだった。

　どこか山間の鄙びた温泉ではとぼりが冷めるまで身を隠す。高飛びするほどの金もないし、そのあとは東京にでも行くか。これまで空き巣で稼いだ金を合わせれば八〇〇万円近くはある。急に金遣いが荒くなっては怪しまれるからと、隼は自制するよう、二人に注意していた。それだけあれば、当分はなんとかなる。

　三人はそんな相談をしていた。

第四章　逃避行

1

翌日、美奈は愛車のパッソを運転し、一人で春日井市役所一階の市民課に婚姻届を提出に行った。昨日の雨は上がり、朝から晴天だった。午後からまた天気が崩れるという予報なので、美奈は早めに洗濯を終え、午前中に出かけたのだった。

自宅の近くの市役所出先機関である東部市民センターでも婚姻届を受け付けてくれるが、やはり大きくて立派な市役所で提出したかった。窓口では本人確認のために証明書を要求されたので、美奈は運転免許証を提示した。

「本日、夫と一緒に提出に来る予定でしたが、夫に急な仕事が入ってしまい、私一人で参りました」

免許証を提示するとき、美奈は言い訳のように言った。窓口の係の人は、婚姻届と添付書類をチェックし、「はい。書類に不備はありませんので、本日付で受理させていただきます。おめでとうございます」と微笑んだ。

美奈は「これで法律上でも正式な夫婦になれたのだ」と思うと嬉しかった。今日から私は木原美奈から三浦美奈となったのだ。美奈は昨日のもやもやした気持ちが吹っ飛んだ。

「あの……」

事務的な対応が終わったあと、窓口の女性が口ごもりながら言った。

「ひょっとして、作家の木原未来さんでは？」

「はい、そうですが」

「やっぱりそうですか。私、『幻影』読みました。感動しました。木原さんの婚姻届、受け付けるなんて、夢のようです」

「私の本読んでくださり、ありがとうございます」

「ご主人、刑事さんだそうですね。今日来られなかったのは、事件ですか？　すみません。本当は勤務中にプライベートなことを詮索してはいけないのですが」

窓口の女性は勤務時間中で十分に話ができないことが、いかにも残念そうだった。美奈より少し年上と思われる女性だった。

「業務上知り得たことを私的に利用することはいけないのですが、この住所にファンレターを送らせてもらってもいいですか？　木原さんのデータは許可なくほかの人に教えることは、決してしませんから」

窓口の女性は小声で美奈に尋ねた。

「はい、どうぞ。かまいませんよ。よろしくお願いします」

本人の許可を得たので、彼女は手早く美奈の住所を手帳に書き写した。

最近、美奈が作家だということで、時々声をかけられる。中にはタトゥー専門誌を見て、美奈のタトゥーのことを知っている人もいる。作家はタレントと違い、あまり作家自身がマスコミに登場することはないので、作品は知っていても顔まで知っている読者はそれほど多くない。けれども美奈の場合は、三度も殺人事件に巻き込まれ、娯楽週刊誌やテレビのワイドショーなどで報道されていたので、タレント並みに知られていた。

有名になることは嬉しいが、どこでだれに見られているかわからない。特に最近は、こっそり写真を撮られ、インターネットにアップロードされてしまうこともある。日頃の立ち居振る舞いに注意しなければと、美奈は実感した。

夕方、美奈は三浦、野原と待ち合わせて「ポンコツ」に行った。喫茶店の前にパトカーを停めれば警戒されるので、三浦と野原はＪＲ中央本線の電車で来ていた。

三浦は鳥居と組むつもりだったが、つい最近まで篠木署に所属していた鳥居は、春日井市の不良少年や暴走族などに顔を知られている可能性がある。それで「たまにはワカと一緒に行ってこい」と指示をした。警部補の鳥居は、石崎班では実質的なリーダーだった。

美奈が店に入ると、三浦と野原はすでに来ていた。天気はまだなんとか持っていた。

店内は美奈の知らないロック音楽がかかっており、騒々しかった。のんびり飲み物を飲みながら、語り合おうという雰囲気の店ではない。壁にはオートバイやスポーツカーなどの写真がたくさん貼ってある。店内にはいかにもバイクやロックが好きだと思われるような若者が何人も集（つど）っていた。

「今日はその赤いモヒカンの人は来ていないようだね」

美奈がオーダーを済ますと、三浦はさっそく小声で尋ねた。

「まあ、あのようなことがあった翌日だし、もしその人が犯人なら、こんなところにのこのこやってこないだろうけど」

「そうね。あからさまな聞き込みをしても警戒されそうだし」

民間人の美奈ではあるが、ここでは刑事のような目つきになっていた。そんな美奈に対し、野原はライバル心を抱いていた。

「あれ？　美奈さんじゃないですか？　刑事さんも一緒に」

奥の席から大きな男性が近づいてきた。

「あら、大井君。それに彩花ちゃんも。今日はこの喫茶店でデート？」

近づいてきたのは、大井翔太（おおいしょうた）と河村彩花（かわむらあやか）だった。メタルフレームのメガネをかけた彩花は高校三年生。大井は高校を一年留年したが、今年の春卒業し、父親が経営する大井電工に就職した。

「未来さん、三浦さん、こんにちは。こちらの方も刑事さんですか？」

彩花は一緒にいる野原のことを小声で尋ねた。彩花なりに、あまり刑事ということを周囲に知られないほうがいいだろう、と配慮していた。

「ええ、県警の野原刑事さんよ」

「女性の刑事さんなんですね。きれいな方。かっこいいです」

野原は彩花からきれいと言われ、少し嬉しそうだった。野原は半年前までは南区の笠寺警察署刑事課で内勤をしていた。それまでいくつもの事件で、卓越した洞察力で刑事たちをサポートしたことがあり、刑事としての素質を評価された。そして署長より推薦され、捜査専科講習を受け、優秀な成績を収めた。それで県警本部に刑事として抜擢（ばってき）され、今では行動派刑事としてスーツ姿が板についてきた。高卒でノンキャリアの巡査の野原が、二五歳で本庁捜査一課に刑事として抜擢されたのは、いかに優秀であるかを示している。特に剣道では顕著な成績を残している。野原は県警捜査一課の刑事として異動したとき、巡査長となった。

「ちょうどよかった。大井君、リョウという赤いモヒカン刈りの人を知らない？　年齢は大井君と同じくらいの大きな人」

　美奈は大井に尋ねた。

「モヒカンのリョウ？　大場（おおば）亮のことですか？　そいつなら時々この『ポンコツ』で見かけるけど、今日は来とらんみたいだがや。亮が何かやらかしたんですか？」

「ある事件の参考に、ちょっと話を聞きたいと思っているんだけどね」

　三浦が大井に応えた。

　美奈たちが注文したホットコーヒーが運ばれてきたので、一時話を中断した。大井と彩花も自分たちがオーダーしたものを持ってきて、美奈たちの隣の席に移動した。

「最近、そのリョウという人のことで、何か変わったことは聞いてない？」

　野原が大井に尋ねた。野原は素人探偵の美奈に負けまいと、自分の存在感を示したかった。大音量でロック音楽が流れているので、ほかの客に話の内容を聞かれる虞（おそれ）はあまりなかった。

「そうですね。俺も亮たちのことはよく知らんけど。あいつとはあんまり関わりたくないんで。でも最近、ちょっと金回りがよくなってきたみたいなこと聞いとるがや」

「というと？」

「亮のナナハンのマフラーを改造したり、いつも亮と一緒にいる牧野香織という女の服が派手になったりとか、金をかけているようなんですが。まあ、俺が知っとるのはそれぐらいですが」

三人組の一人、隼は怪しまれないようにあまり派手に金を使うなと注意し、抑えてはいるものの、やはり多少は噂になっているようだ。

「そういえばあいつら、プロのロックシンガーになるのが夢だけど、今までは場末のスタジオしか借りられなかったのが、これからは名古屋、東京へと進出する、なんてでかいことを言っとったがや。東京はもちろん、名古屋でいいスタジオを借りるだけでもけっこう金がかかるのに、よほど客の入りでもよくなったんかな、と思っとったとこです。まあ、確かにあいつら、うまいことは認めますけど」

美奈は以前、早紀から、亮たちのバンドはなかなかライブコンサートのチケットが売れず、また赤字だとぼやいていたと言っていたことを聞いていた。それで浩たちはチケットを売りつけられたという。

三浦と野原は、最近亮たちの金回りが少しよくなったということが気になった。

「そのリョウという人の家は知らない？」

「いえ、家までは知らんがや」

大井は刑事が相手なので、丁寧な口調で話しているつもりだが、つい地の名古屋弁が出てしまう。

「そういえば瞳たちが少し前、亮にこっくりさんの占いを頼まれて、亮の家に行ったと言っとったから、瞳に聞けばわかるがや」

「ヒトミというと、入谷瞳さんね」

「あれ？　美奈さんも瞳のこと、知ってるんですか？」

美奈の対応に、大井はそう尋ねた。

「ええ、最近瞳や早紀、大村君、中崎君と知り合ったの。先週、瞳や早紀と一緒に猿投山に登ったわ。水曜日で学校があるから、彩花ちゃんたちには声をかけられなかったけど」

「猿投山、いいですね。今度は私たちも誘ってくださいね」

彩花が美奈に頼んだ。大井は携帯電話で浩に連絡をした。浩は今、剛や早紀たちと一緒にいるので、すぐに「ポンコツ」に来るという。

「今日は鳥居のおっさんは来ないんですか？」

浩たちが来るまで少し時間がかかるから、その間に大井が三浦に尋ねた。

「ああ、鳥居さんとは同じ事件を担当してるけど、今日は別行動をしているよ。鳥居さんは地元だったから、面が割れてるしね」

「そうですか。おっさんに『真面目にやってますよ』と直接伝えたいんだけど。今は親父の会社に就職しましてね」

「鳥居さんは四月から県警に異動になり、一緒にやっているから、伝えておくよ。鳥居さん、今は警部補になっている」

「へえ、おっさん、出世したんですね」

「あら、あんた、トリピー知ってるの？」

野原は心の中だけで使っている「トリピー」という呼び名を、つい出してしまった。

「トリピーって、鳥居のおっさんのことですか？　あの顔でトリピーだなんて、笑ってまうがや。俺、トリピーには昔、さんざん絞られましたから。でも、人情味があって、いい刑事（デカ）さんですよ」

三浦も美奈も大井も、トリピーには笑ってしまった。

「私が秘かに『トリピー』って言ってること、鳥居警部補には内緒にしてくださいね」

野原は三浦にお願いした。

そのとき噂の鳥居から、三浦の携帯電話に着信があった。

「おう、トシか。さっき科捜研から連絡が入ったが、やっぱり三係担当の空き巣と、この前の強盗殺人の犯人（ホシ）の髪の毛は同一のものと思われる、という見解だったがや。おそらく計画的な殺しではなく、空き巣に入ったら稲山の婆さんがいたか帰ってきたかで、動転して殺（や）ってまったんだろうな。まあ、予断は禁物だが」

鳥居は自分の見解を述べた。

まもなく浩たちがやって来た。まだ雨が降っていなかったので、オートバイ二台で来たという。早紀と瞳は後ろに乗せてもらった。

「美奈さん、こんばんは。あれ、彩花もいるの？」

早紀や瞳と彩花も知り合いのようだ。バイク好きの大井と一緒に「ポンコツ」に来て知り合ったのだろうと美奈は考えた。早紀も瞳も退学していなければ、彩花と同じ高校三年生だ。

「君たちはリョウという人の家を知ってる？」

浩たちがオーダーを終え、一息ついたころを見計らって、野原が尋ねた。

「ええ、この前亮のアパートに行きましたから。亮が何かしでかしたんですか？」

「ちょっと事件の参考で話を聞きたいのよ。住所を教えてくれない？」

「いや、住所まではわからないですが」

「内津川（うつつ）近くのヴィラ内々（うつつ）の二〇二（にーまるに）号室よ。ヴィラ内々の『うつつ』は内々神社のほうの内々です。神屋（かぎや）町の何番地かはわからないけど、郵便局や中学校の近くです」

早紀が浩を補足した。

「そんなこと、よう覚えとれるな（よく覚えていられるな）」

浩が感心した。

「『内（うち）』を重ねるほうのうつつね。そこまでわかれば十分よ。ありがとう。あとは私たちだけでやるわ」

野原がメモをとりながら確認した。

「俺たち、そこまで案内するぜ」

「いえ、これ以上は民間人を巻き込むわけにはいかないわ。あとは私と三浦刑事に任せて」

野原は浩たちの申し出を断った。

「それじゃあ美奈。今日はありがとう。これから張り込みになるだろうから、今夜も帰れないかもしれない。大事な日だったのに、申し訳ない」

「気にしないで。明日、篠木署に着替えを持っていくわ」

三浦は野原がいるので、小声で美奈に謝った。三浦は大井や浩たちの勘定書きを持って、代金も払っていった。

2

「せっかくみんなが集まったから、晩ご飯食べに行かない？　私、おごるよ」

美奈は「ポンコツ」に残っていたメンバーに提案した。

「いいんですか？　あたしたち、たくさんいますけど」

早紀が気を遣った。

「実は私、今日入籍したのよ。婚姻届、旦那と一緒に提出に行く予定だったけど、事件が起きて、私一人で行くことになっちゃったの。記念で豪華な食事をするつもりだったのに、それがだめになったから、その分みんなにおごるよ」

「わー、未来さん、とうとう念願が叶ったんですね。おめでとうございます」

彩花が声を上げると、ほかのメンバーも拍手した。

食事は「ポンコツ」の近くのGというファミリーレストランに行くことになった。近いといっても「ポンコツ」から歩けば一〇分ほどかかる。浩や剛のオートバイの後ろに乗ってきた早紀と瞳は、美奈のパッソに同乗した。彩花は大井の車に乗った。大井は就職し、父親が乗っていたウィッシュを譲り受けた。

美奈たちは食事をしながらしばらく談笑した。

「大井君と大村君たちは以前からの知り合いなの？」

美奈は尋ねた。

「俺たち、高校時代はよくけんかしましたからね。でも、鳥高（鳥居松高校）で番を張っとった大井にはとてもかなわなかったけどな。今は友達ですよ。昨日の敵は今日の友、というか、今ではいい仲間です。大大コンビなんて言われることがあります。でも大場亮と合わせて、三大怪獣なんて言われるのはごめんですが」

浩が笑いながら言った。

「その大井もかわいい彼女ができて、今はしがないサラリーマン、といったところだがや」

中崎も加わった。

「おみゃーんたー（おまえたち）だって、かわいい彼女がいるだろ」

大井が言い返した。

「彩花ちゃんは大学進学、諦めちゃったの？　鳥居松高校ではトップクラスの成績だって聞いたのに、もったいないわ」

今度は美奈が彩花に訊いた。

「はい。卒業したら大井電工に就職します。お父さんが亡くなって、経済的に厳しいし、私、あの人の世話にはなりたくないんです」

あの人というのは、母親の再婚相手のことだ。お父さんっ子だった彩花は、父親が亡くなって一年半が経ってから再婚した継父のことを、父として受け入れることができなかった。いい人で、嫌いではないのだが、大好きだった実の父親から母を奪った継父と、一緒に暮らす気にはなれなかった。

　母親は継父の姓に変わったが、彩花は河村家を守るのだと言って、子供がいない叔父夫婦の養女となり、河村姓を貫くつもりだ。今は叔父夫婦と一緒に住んでいる。

「継母（けいぼ）をままははというのなら、継父は〝パパチチ〟になるのかな？」と彩花は仲間を笑わせて、明るく振る舞った。そのような複雑な家庭の事情があるのに、いつも明るい彩花を、美奈は偉いと思った。

「未来さんだって進学しようと思えば、いい大学に行けたんでしょう？　でも大学に行かなくても、今は作家として羽ばたきつつあるんですから。私の身近にこんないいお手本、目標がありますからね」

　彩花も作家を目指している。美奈から北村弘樹を紹介してもらい、書いた作品を北村に見てもらっている。今はまだプロとしてやっていけるレベルには及ばないが、きらりと光るものを持っているので、社会でいろいろなことを経験し、感性を磨けば、きっといい作家になれると、北村に励まされている。

「彩花が作家になるという大きな目標を持って頑張っているのに、あたしたちがいいかげんな生活してるのは申し訳ないな、って彩花に会うと、いつもそう思っちゃうんだよ。あたしたちも不良なんて言われないように、頑張らなくちゃ」

　早紀が反省した。

「そうだな。大井も親父の会社で真面目に働いとるのに、俺たちはプータローみたいなもんだでな。大井に負けとれんがや」

「でも大村君も中崎君も自動車関連会社の期間工として働いているんでしょう」

「だけどいつ契約打ち切られるかわからんで。やっぱりもうちょっと安定した仕事に就きたいですわ」

浩が言った。

「ところで、亮たちは何をやらかしたんですか?」

大井は気になっていることを尋ねた。

「まだ亮さんが犯人と決まったわけじゃないけど、最近の空き巣事件のことで、ちょっと訊きたいことがあるの。あくまでも参考人としてね」

「でも、美奈さんのご主人、捜査一課の刑事さんでしょう? 捜査一課だったら、殺人とか強盗の担当ですよね。昼のニュースで、ニュータウンで強盗殺人事件があったと言っとったけど、まさかそれじゃないでしょうね」

大井は踏み込んだ指摘をした。

「ごめんなさい。現時点では、それ以上のことは言えないの」

「未来さんにも立場があるから、あまり突っ込んだ質問はしないほうがいいよ」

さらに詳しく知りたそうな大井たちだったが、彩花が助け船を出した。

「やっぱりあのときのこっくりさん、関係があったのかしら? 彩花にも、こっくりさんはやめるほうがいい、って何度も注意されたけど」

瞳が不安そうに言った。美奈は瞳の質問に対し、よっちゃんのことを言うかどうか少し迷った。するとよっちゃんが「僕やお父さんのこと、瞳お姉ちゃんに話していいよ」とささやいたので、美奈は話す決心をした。

「実は瞳に憑いていたこっくりさん、亮さんのところに移ってしまったらしいの」

「えっ、やっぱりそうだったんですか？　だからあたいの力がなくなっちゃったんだ」

瞳は残念そうだった。

「それから瞳のところには、こっくりさんの子供の霊も来てたのよ。もちろんこっくりさんといっても、狐じゃなくて、人間の霊だったんだけど。子供はよっちゃんといって、今から九〇年ぐらい前に、病気で亡くなった小学一年生ぐらいの男の子なの」

「そうなんですか？　あたい、子供の霊がいるなんて、わからなかったんだけど」

「お父さんはまだ未浄化な浮遊霊だけど、よっちゃんは高級霊なの。だからよっちゃんの霊と瞳とは、波長が合わなかったんで、気配を感じられなかったと思うよ」

「高級霊とは波長が合わなかったんですか。あたいの霊能力はたいしたことなかったのね」

「悲観することないよ。瞳はまだ霊的な修行をしたことがないでしょう？　それにあまり霊とは関わらないほうがいいの。人間的に成長すれば、低級霊は波長が合わなくなって自然と寄りつかなくなるし、たとえ見えなくても真心を込めて真剣に神に祈れば、神や高級霊のご守護をいただけるようになるものよ」

「そう。霊が見えなくなるのは、悪いことではないんだね。でも、ちょっと残念だな」

「瞳はもともと霊的な素質があるから、精神的にずっと成長すれば、守護霊様に守ってもらえるようになるよ」

「この前、山に登ったときに会った陽香さんや裕子さんも守護霊がいると聞きました」

「裕子さんは今お兄さんが霊界で修行中で、守護霊としての力がつけば、裕子さんの守護霊になることになってるわ」

「それで、今度の事件は瞳のこっくりさんが関係してたのですか?」

早紀が美奈に尋ねた。

「その可能性はあるわ。でも、瞳の責任ではないから、心配しないで。咎められるとしたら、よっちゃんのお父さんを犯罪に利用した亮さんのほうよ」

美奈は瞳を安心させるように言った。

「それならいいけど、あたい、亮たちがこっくりさんをどんなことに使ったのか、ちょっと気になってたんだ」

こっくりさんに関することなどを話しているうちに、二時間近く経ってしまったので、そろそろ帰ることにした。

「未来さん、今日はご馳走様。久しぶりに早紀たちにも会えて、楽しかった。今度山に行くときは、私たちも誘ってくださいね」

彩花は別れの挨拶をした。雨が降りだしたので、美奈は早紀と瞳を自宅までパッソで送った。

3

三浦と野原は美奈たちと別れたあと、高蔵寺駅南口からタクシーで出川(てがわ)交番に向かった。交番でヴィラ内々の場所を調べてもらった。ニュータウン強盗殺人事件の捜査で、県警の刑事が訪ねてきたというので、交番の警察官たちは緊張した。彼らも事件のことは報告を受けており、地域の住民たちに、戸締まりの徹底や、二重ロックの採用を訴えていた。

ヴィラ内々の所在地を確認し、タクシーでそこまで行こうとしたら、交番の所長が「パトカーでそこまでお送りします」と申し出た。一度は辞退したものの、強盗殺人事件の捜査ということで、「是非とも協力させてください」と勧められ、好意に甘えることにした。交番所長は警部補で、階級は三浦や野原よりも上である。しかし県警の刑事が殺人事件の捜査で訪れたので、所長は気を遣った。

三浦たちは若い制服姿の巡査が運転するパトカーで、ヴィラ内々に向かった。白と黒のパンダと呼ばれるパトカーで、パッソをベースとしたミニパトだった。

「小さな交番だから、配備されているパトカーも小型車なんですよ。主に地域巡回に使っています。本庁の刑事さんには失礼かもしれませんが」

巡査が運転しながら申し訳なさそうに言った。

「そんなことないですよ。私も交通課にいたころ、違法駐車取締するときはいつも軽のミニパトでした」

野原は卒業配置で、しばらく交通課で勤務していた。

「刑事さんは以前は交通課にいらっしゃったのですか？」

巡査が野原に尋ねた。

「はい。私は県警の刑事になってまだ半年ちょっとの新米ですから。その前は笠寺署の刑事課の内勤で、庶務など担当してました」

野原は答えた。

一〇分もかからず、ヴィラ内々に到着した。仕事帰りの車で、出川の交差点以南の県道五〇八号線は混雑していたが、北に向かう方面は、それほど流れは悪くなかった。パトカーはサイレンを鳴らさず、制限速度を守って走った。

亮たちに警戒させないように、パトカーを少し離れた駐車可能な空き地に駐め、三人はヴィラ内々に向かった。アパート前の駐車場には、牧野香織の青いインプレッサが駐車してあった。大場亮のナナハンも駐めてある。

強盗殺人事件の近くで青い車が目撃されている。乗っていたのは若い女性だったという。その女性は牧野香織ではないか？　先入観にとらわれるのはよくないが、三浦はその可能性を考えた。

しかし二〇二号室は明かりが点いていなかった。日が長い六月中旬の、まだ七時前とはいえ、梅雨空で小雨が降っており、暗くなっているので、在宅ならもう明かりを灯す時間帯だ。一階にある二〇二号室の郵便受けには、「大場♡牧野」と二人の名前が記されている。

「部屋にはいないのかな」

「私が宗教の勧誘を装って、声をかけてみます」

三浦に断って、野原が階段を上った。宗教の勧誘なら、「最近は世相が乱れていますが、あなたはどう思いますか」と語りかけ、空き巣事件のこともあまり疑われずに話を引き出すことができそうだ。

三浦は階段の下で隠れて見張っていた。部屋の窓から飛び降りでもしない限り、その階段以外に逃げるルートはない。万一、二階の窓から飛び降りて逃走するという事態も想定して、出川交番の巡査は窓側で待機した。巡査は「必要ならば県警の刑事さんたちに協力せよ」と交番所長から命じられていた。

「ごめんくださーい」

ドアの横にあるチャイムを押しながら、澄ました声を作って、野原は声をかけた。返事がなかったので、もう一度チャイムを押して「こんばんはー」と呼んでみた。耳を澄ませていると、部屋の中では「ピンポーン」と鳴っている。しばらく待ったが、やはり応答がない。野原はドアの右上にある電気メーターを確認した。円盤状のメーターは全く動いていなかった。冷蔵庫などに通電してあれば、多少とも円盤は回転するはずだ。それが全く止まったままになっている。

「さては逃げたかな」

野原は隣の二〇一号室のチャイムを押した。隣は蛍光灯が点いているので、在宅しているだろう。

「はい、なんでしょう」

隣のドアが少し開いて、男が顔を出した。無精ひげを生やし、生気がない目をしているので、年配のように見えるが、まだ二〇代半ばぐらいかと野原は考えた。

「あの、すみません。私、隣に住んでいる牧野香織の姉なんですが、香織に急用があって来ました。でも香織、留守のようですけど、どこへ行ったか知りませんか？」

「へえ、香織さんにお姉さんがいたのですか？　あんまり似てねえな。まあ、きつそうな美人、ということでは共通しとるけど。でも香織さんがどこに行ったかは知りませんね。俺は隣の番をしているわけじゃないですからね。それより、あんた、ちょっと寄ってかない？　お茶でも出すからさ。それともビールがいいかな？」

隣の住人は野原を誘った。

「いえ、私は急いでいますから。香織がここにいなければ、ほかを当たらなければならないし」

「まあ、いいじゃないかよ、ちょっとぐらい。ひょっとしてお茶を飲んでいる間に、何か思い出すかもしれないからさ」

男は野原の左腕を引っ張り、部屋の中に引きずり込もうとした。

「何するの!!」

野原は男の腕を振り払い、逆に右腕をとって思いっきりねじ上げた。野原は剣道、柔道の有段者だ。特に剣道では、全国大会で上位の成績をあげている。

「いてててて!!　わかった、わかったよ。わかったからもうその腕、放してくれ」

男は悲鳴を上げた。

「何がわかったのよ。さっき何か思い出すかもしれないと言ってたけど、さっそく思い出してもらうよ」

そう言いながら、野原は男の腕を放した。

「実は昨日の夜中、階段がかんかん音がするんでちょっと覗いてみたら、隣の亮と香織が降りていくところだったんだ。香織一人だったら声をかけようかと思ったら、亮のやつもいやがったんで。夜中でも街灯が点いていたから、顔はわかった。亮はなぜか自慢のモヒカンをきれいに剃(そ)って、スキンヘッドになっとった。そしてアパートのすぐ前に停まっていた軽に乗ってどこかへ行ったよ」

「どういう車なの？」

「そのときは暗くてよくわからなかったけど、たぶんよく亮のところに来ている、ジュンとかいうやつの、シルバーのeKワゴンだと思う」

「ジュンというのは海野(うみの)隼のことね。昨日の夜中、何時ごろかもっと詳しくわかる?」

「う～ん、そうだなぁ。寝る少し前だったから、一時は回ってたかなあ。というと、昨日じゃなくて、もう今日になるかな」

それ以上のことは、隣の住人から引き出すことはできなかった。

「さすが香織の姉貴。元レディースの香織も強いけど、あんたも相当強いんだな」

男はてっきり野原を香織の姉と信じているようだ。

野原は一言お礼とお詫びを言って、そのアパートをあとにした。

「ありがと。乱暴して悪かったわね」

野原は三浦に報告をした。

「結局大場たちは昨夜のうちに逃げたようですよ」

「野原君はいったん捜査本部に戻って、石崎警部に報告してくれ。僕は今晩、部屋を見張る。戻ってくる可能性もゼロではないからね。部屋の捜索令状は現状では無理だろうけど、ドアの近くで毛髪でも入手でき、DNAが一致すれば令状は取れる」

三浦は野原に指示をした。

「これ、大場の部屋の前に落ちてたんです。口紅が付いていないから、大場のものの可能性があります」

野原はティッシュペーパーに包んだタバコの吸い殻を三浦に示した。

「もしタバコのフィルターに付着している唾液のＤＮＡと、昨日被害者宅に遺留してあった毛髪や皮膚組織のＤＮＡが一致すれば、捜索令状を取れますね。いや、令状どころか容疑者と断定できます。まだ新しそうな吸い殻なので、鑑定は可能だと思います」

タバコは靴で踏んで火を消したあとがあるが、踏まれたのは先端部分で、フィルターはきれいに残っている。また、庇（ひさし）があるので、雨で濡れてもいなかった。

「その通りだ。よく見つけたね。さっそく科捜研に頼んでみてくれ」

三浦に賞賛され、野原は嬉しかった。しかし容疑者と断定できるのは、そのタバコの吸い殻が大場本人のものだった場合に限るが。とにかく一刻も早く科捜研で調べてもらおうと野原ははやった。

「承知しました。それから、三浦さんに応援の刑事を派遣してもらいます」

野原は出川交番の巡査に、パトカーで篠木警察署まで送ってもらった。

4

未明に亮のアパートを出た三人は、隼が運転するｅＫワゴンで、中央自動車道から長野自動車道に入り、長野市方面に向かっていた。

「なんであたいのインプレッサにしなかったんだよ。信州は山が多いから、こんな軽じゃあパワー不足だろ。インプレッサなら中央道も楽々さ」

上り坂でエンジンが悲鳴をあげている軽自動車に、香織が後部座席から文句を言った。

「仕方ないだろ。おまえのインプレッサはこれまで空き巣の逃走用として何度も使っているんだ。昨日、もし目撃されてて、手配でもされてたら、捕まっちまうぜ」

隼が香織をたしなめた。

「明るくなったのに、あいにくの雨でせっかくの信州の景色が全然見えんがや。つまらんな」

助手席で亮が愚痴った。名古屋方面では晴れ間も覗いているが、伊那谷は雨が降っていた。

「もう梅雨入りだからな」

隼が運転しながら応えた。

「景色が見えんなら、俺はちょっと寝るぜ。夜中ずっと走っていたんだからな」

「のんきなもんだな。夜中にずっと運転しとったのは、俺なんだぞ」

「ところで、どこの温泉に行くんだ？　あたい、昼神(ひるがみ)温泉に行きたかったけど、もうとっくに通り過ぎちゃったし」

「昼神は有名になって人の目が多いからな。それより信州の北の方に、鄙びたいい温泉がいくつもあるから、そっちの方に行こうと思っている。こっくりさんも、そっちに行けって言ってたようだしな」

「へぇ、信州の北の果てか。いいじゃん。行ってみたいね」

「おい、香織。俺たちは遊びに行くんじゃないぞ。逃避行だということを忘れるなよ」

隼は旅行気分ではしゃいでいる香織を、注意した。

「へーい。だけど腹減ったな。そろそろどっかで朝飯でも食わないか？　もう一〇時だろ。あたい、信州そばを食いたい」

「そうだな。そろそろ下道に出て、うまいそばでも食わせる店を探してみるか。俺もずっと運転しとったから、休憩したいからな」

「飯食ったら、あたいが運転代わってやるよ」

隼たちは途中のサービスエリアで仮眠をとったものの、狭い軽自動車の中では十分休養が取れず、隼は疲労と眠気が溜まっていた。隼は更埴（こうしょく）インターチェンジで長野自動車道を降り、国道一八号線を南下して、千曲（ちくま）市の市街地に向かった。

途中、信州そばの看板を見つけ、そこに入った。

「俺は十割そばの天ぷらそば定食にするけど、おまえらも一緒でいいか？」

掘りごたつがある和室に案内され、落ち着いてから隼がお品書きを見て言った。掘りごたつといっても、もちろん今は熱源は入れていない。床が切り取られているので、背の低い座卓でも、椅子にかけてテーブルに向かっているような感覚で、楽だった。

「ああ。いいぜ」

「あたいもそれでいいよ。食後はコーヒーを頼んでね」

「そばにはそば湯か日本茶だろ」

亮が突っ込んだ。

「いいの。あたいは飯食ったあとはコーヒーが飲みたくなるんだ」

「それなら俺もコーヒー頼むか」

亮もコーヒーを希望したので、隼は天ぷらそば定食とコーヒーを三つ注文した。隼も眠気覚ましにコーヒーを飲むことにした。

「この辺には戸倉（とくら）温泉とか上山田（うえやまだ）温泉があるだろ？　そこでどうだ？」

亮が店に置いてあった観光パンフレットを見ながら提案した。

「とくら温泉じゃなくて、とぐらと濁るんだ。それからうえやまだじゃなくかみやまだだ。しかしもう少し山深いところのほうが目立たんだろ。俺としては、新潟県境近くの秋山郷（あきやまごう）の方を考えているんだがな。ネットで見てみたけど、切明（きりあけ）温泉は近くの川の河原をスコップで掘ると、温泉が湧くそうだ」

隼は逃避行に入る前に、長野県北部のどのあたりに行こうか下調べをしていた。

「え、それ、面白そう。行ってみたい」

香織が河原で温泉が湧くと聞いて、興味を示した。

「かなり山奥で、車の運転も慎重にしなければならんそうだ。まあ、俺は香織の運転テクニックに期待しとるがな」

「オッケー。運転なら任せてくれ。これでもあたいは少し前までは、四駆（よんく）のクイーンって言われてたんだぜ」

香織は去年まで暴走族のレディースに所属し、単車ではなく、四輪駆動車で走り回っていた。

天ぷらそば定食が届いたので、三人はまず食べることに専念した。

「この辺まで手配は来とるんかな？」

亮が心配げに言った。

「いや、春日井のローカルな事件だで、さすがに長野県まで報道はされとらんだろ」

隼は小声で希望的観測を述べた。三人は事件の報道がどうなっているか、不安だった。

当時はまだフィーチャーフォンと呼ばれる携帯電話が主流で、スマートフォンで手軽にニュースを確認することができなかった。携帯電話でもヤフーニュースなどを見ることができるとはいえ、接続に時間がかかったり、画面が小さかったりで、あまり実用的ではない。タッチパネルが使えないので操作性もよくなかった。それで彼らは携帯電話のインターネットニュースを利用せず、テレビやラジオが頼りだった。無線でインターネットにつながるノートパソコンを持参することを、慌てていて忘れてしまった。車の中でつけておいたカーラジオのニュースでは、長野県に入ってから事件の報道はなかった。

「とにかく極力目立つようなことはしないことだ。亮の赤いモヒカンは目立つんで剃らせてもらったが、ツルツルのスキンヘッドもけっこう目立つな」

「もう少し伸びるまでは、帽子をかぶっとくよ。四、五日経てば、普通の丸刈り程度で目立たなくなる」

亮はトレードマークの髪を剃り落としてしまったことが残念だった。香織もソフトモヒカンだった髪をブラシでなでつけ、感じを変えている。

「『北斗の拳』ではモヒカンは悪党の雑魚(ざこ)キャラってことになってるから、この際、ヘアスタイルを変えたらどうだ？」

隼が亮の頭を冷やかした。

「たーけか。俺のモヒカンは、ロックンローラー亮の魂だ。また髪が伸びたら、きっちりモヒカンにしたるがや。俺が現役でいる間は、ずっとモヒカンで通したる」

亮は得意のポーズをした。

「温泉に入るとき、あたいたちのタトゥーもちょっと目立つかな。ロックンローラーのアイデンティティーとして、腕や胸に入れちまったからな」

香織が心配げに言った。亮がモヒカンカットなら、香織にとっては、タトゥーがロックミュージシャンとしてのシンボルだった。

三人は浩たちと同じく、彫兼に練習台として、無料で彫ってもらった。ロックのライブのときは、腕や胸のタトゥーを曝(さら)け出している。彼らは「マッドフェニックス」というバンド名にちなみ、三人とも胸から肩、肘にかけて鳳凰のタトゥーを入れている。亮と隼は左に青、緑系統の鳳凰、香織は右に赤、黄系統だ。

彫兼がそろそろ料金を取り、プロとしてやっていこうかと考え始めたころの作品だ。腕もかなり上達していたため、なかなかよい仕上がりになっている。トヨやさくらのような精緻なタトゥー作品とは違い、伝統的な和彫り風の絵柄といえた。プロとしてやっていくことを視野に入れ、多少は改善したとはいえ、衛生管理はまだ不十分だった。タトゥーに使うニードルやノズルは、圧力鍋で五分ほど煮沸して再利用していた。彫兼は「圧力鍋で十分に煮沸消毒してあるので、衛生面は安心だ」と言い張っていた。

亮たちの作品が完成した後、しばらくしてから中学生の女の子に彫り、彫兼は警察に検挙された。

フェニックスと鳳凰は厳密には違うものだ。譬(たと)えれば西洋のドラゴンと東洋の龍の違いに相当するだろうか。けれども鳳凰とフェニックスは同一視されることがある。それで彼らもバンド名の象徴として、鳳凰を入れたのだった。

「確かに無理やり温泉に入れれば、揉めて目立ってまう可能性もあるな」

最近は多くの温泉で、タトゥーを入れている人の入浴を断っている。

「それじゃあ温泉地に行く意味ないじゃないかよ」

河原を掘れば温泉が湧くという隼の説明に期待していた香織は落胆した。

「人がいないところで温泉掘ればいいだろう」

亮が言った。

「そうだね。ちょっと奥の方に入ればいいか」

香織が期待を持ち直した。

「行ってみないとわからんけどな。梅雨で川が増水してないといいが。しかし、とりあえず行ってみよう」

隼は慎重な対応をした。

食事を済ませ、少し休憩してから三人は出発した。隼はサービスエリアで少し仮眠をとったものの、ずっと運転しっぱなしだったので、後部座席で十分睡眠をとっていた香織に運転を代わってもらった。

隼は交代するとき、香織が迷わないように、カーナビゲーションを切明温泉にセットした。

「雨が降ってるから、慎重に運転してくれよ。高速道路はともかく、山道はけっこう大変なようだから。事故って警察が来たら、一巻の終わりだでな。俺は後ろでちょっと寝させてもらうで」

「任しとけって。あたいの運転テクニックはあんたらより上なんだ。まあ、軽自動車じゃ、あたいの水平対向エンジンのインプレッサみたいにはスピードが出ないんで、のんびり行くよ」

千曲市内でガソリンを給油し、香織は更埴インターチェンジから長野自動車道、そして上信越自動車道に入った。

高速道路を豊田飯山(とよたいいやま)インターチェンジで降りたあと、香織はカーナビの指示に従って、国道一一七号線を進んだ。国道一一七号線の大野割交差点を右折すると、国道四〇五号線に入る。しばらく走り、左手にある秋山郷の看板を通り過ぎて少し行くと、道幅が狭くなった。雨が大降りになってきた。三人乗っていると、車のフロントガラスなどがすぐに曇るので、デフロスターを強くして曇りを消した。スリップに気をつけなければならないし、時々霧が出て、視界が悪くなる。山が深くなると、GPSの電波をうまく受信できないのか、カーナビの表示がおかしくなる区間もあった。気軽なドライブというわけにはいかなくなった。

「ち、こんな雨じゃあ慎重にならざるを得んな。河原の露天風呂、大丈夫かな？」

香織は雨で増水し、露天風呂に入れなくなることが心配だった。

国道四〇五号線は山間部が多く、急カーブも随所にあるので、香織は慎重に運転した。ときには車がすれ違うのも困難に思われるほど道幅が狭いところもある。こんなときはスピードも出せないし、自分の大きなインプレッサではなく、小回りが利く軽自動車でよかったと香織は考えた。

香織は途中、萌木(もえぎ)の里に寄った。運転には自信がある香織も、雨の中、ヘアピンカーブが連続する山道を走るのは緊張感の連続で、さすがに一休みしたくなった。トイレも我慢していた。

二人はそこでレストランに入り、少し遅めの昼食をとった。朝はそばだったので、今度は和定食を注文した。

「なんとかという温泉は、ここから近いのか？」

亮が食事しながら隼に尋ねた。

「切明温泉でしょ。ナビではあと二〇キロほどだよ。まあ、山道だし、雨であまりスピードも出せないけど、四、五〇分も見とけばいいだろ」

萌木の里に着いたとき、目的地までの距離を確認していた香織が代わって答えた。

「あと四、五〇分か。もしなんならこの辺でもいいんじゃないか？　ここでも泊まれるんだろ？　こんな山奥まで、俺たちのこと、伝わってないよ」

「いや、せっかくここまで来たんだから、あたいは河原の露天風呂がいい」

香織は河原の露天風呂にこだわり、亮に反対した。

「それならこっくりに訊いてみるよ」

亮がこっくりさんに尋ねると、「切明温泉に行け」と応えた。それで三人は切明温泉まで行くことに決めた。

「亮はいいな。こっくりさんに気に入られて。あたいのところに来てくれたら、もっとこっくりさんを敬うんだけどな。今からでもいいから、あたいのところに来てくれないかしら」

「こっくりは香織より俺のほうがいいんだとよ。こういうのはやっぱり霊感が強くないとな」

亮は優越感に浸って香織に言った。

三人は萌木の里で十分に休んでから、切明温泉に向かった。ハンドルは引き続き香織が握った。今度は亮が運転すると主張したが、乱暴な運転をする亮には任せられなかった。

しばらく走り、新潟県中魚沼郡津南町から長野県下水内郡栄村に入った。秋山郷は新潟県から長野県にまたがっている。やがて国道四〇五号線は終点となり、群馬県側の野反湖までは不通となっている。香織はカーナビの指示に従い、林道に入った。切明温泉までは直線距離なら一キロもない。それでも林道はきついカーブが多く、香織は慎重にならざるを得なかった。

途中、林道で対向車とすれ違ったとき、対向車が香織が運転するeKワゴンを避けようとして、道路からはみ出し、道路脇にあった何かに当たったようだった。しかしその車はなにも言わずに、そのまま走り去った。

「あの車、何かにぶつけたみたいだったぞ。ガリガリって鈍い音がしとったけど」

後部座席にいる隼が香織たちに言った。

「まあ、そのまま行っちまったからいいんじゃない？　ぶつけたのはあいつの責任なんだし。あたいは道のぎりぎりのところまで寄せて、通らせてやったんだから、文句を言われる筋合いはないよ」

「まあ、なにも言わずに行ってまったからよかったけどな。下手にいちゃもんつけられてトラブったりしたくないでよ」

亮もこんなところで何か一悶着を起こして顔を覚えられずによかったと安堵した。それ以後、香織はさらに慎重に運転をした。

「ふう、やっと着いたぜ。さすがに雨の中、あんな山道じゃ、あたいでも運転きつかったよ」

香織は運転の緊張から解き放たれ、一息ついた。近くには温泉宿が三軒あった。香織は最初に目についた、レトロな感じの秋山閣(しゅうざんかく)という宿の駐車場に車を着けた。平日のためか、ほかに車は一台しか駐車していなかった。

5

三人は宿の帳場に行き、今日は泊まれるかを確認した。平日で宿泊客が少なく、余裕があるというので、部屋を二つ取った。逃走の身である以上、宿帳に本名を書くわけにはいかないので、隼は「伊東隼(いとうはや)人(と)、他二人」という偽名を使い、以前住んでいた名古屋市西区の住所を、少し変えて記入した。とりあえず二泊の滞在を予約した。

「あの、俺たち、ロックのバンドやってて、腕にタトゥーをしてるけど、温泉、大丈夫ですか？」

何も告げずに温泉に入り、ほかの客とトラブルになってはまずいと思い、隼はあらかじめフロントクラークに確認した。隼は乱暴なばかりの亮とは違い、いろいろなことに気配りができる。

「タトゥーといいますと？」

フロントクラークはタトゥーという言葉がピンとこないようだった。

「いれずみです。でも決して暴力団関係ではなく、ロックバンドやってるので、その象徴として入れたんですが。まあ、ファッションみたいなもんです」

「いれずみですか？　いれずみがある方は暴力団関係者でなくても、入浴はお断りしています。そうですね。大浴場や露天風呂はまずいですが、家族風呂が空いていれば、そちらのほうに入っていただければ、今日は宿泊客が少ないので、まあ目をつぶりますが」

　フロントクラークは困惑しながらも説明した。

　三人は宿泊手続きを済ませ、仲居に部屋まで案内をしてもらった。部屋は二階で、隣り合った部屋二室だ。どちらも八畳で、純和風の造りだった。

「ご夕食は六時から、こちらの部屋にお料理をお運びします。それではごゆっくり。今日はあいにくの雨で、河原の野天温泉や近くの散歩はやめたほうがいいですが、館内の温泉をお楽しみください」

　三人にタトゥーがあることを聞いていない仲居は、入浴を勧めた。

「ねえ、河原を掘ると温泉が湧く、っていうのは、この近くなの？」

　河原の温泉に関心がある香織が仲居に尋ねた。

「はい。この近くの中津川渓谷の川床を掘れば温泉が出ます。場所は表の案内板を見ていただければわかります。湧き出す湯が熱いので、川の水を混ぜて、好みの温度にできますよ。スコップは受付でお貸しします。最近やっと雪解けによる増水が収まってきたのに、今日はこの雨ですから、ちょっと残念ですね。予報では明日は雨が上がるそうですので、川の水嵩（みずかさ）が増していなければ大丈夫だと思います」

　仲居は三人に説明した。

「へえ、明日、晴れるといいな。河原の露天風呂、楽しみだ」

　香織は逃避行という身を忘れ、期待を抱いた。

　仲居は部屋に備え付けてある電気ポットで湯を沸かし、お茶を淹れてくれた。仲居が戻ってから、三人はタバコを吸いながら部屋の中で一息ついた。

「おい、隼、わざわざタトゥーのこと、フロントで言わんでもよかったのに。温泉に黙って入ってまえばわっかれせん（わからない）がや」

亮が隼に文句を言った。

「でももしこっそり入って、タトゥーが見つかって騒ぎになってしまったらまずいだろ。今はなるべく目立たんようにしないといかんで。まあ、フロントで言われたように、家族風呂で我慢するか。そこも天然温泉だというでな」

隼は亮をたしなめた。

「まあ、ここは隼が言うように、おとなしくしとこうよ。あたいたちはお尋ね者になってるかもしれないし。河原の温泉は岩陰の見えないところでも探して。そうそう、テレビつけようよ。ニュースやってるかもしれない」

香織も自分たちが起こした事件が報道されているかどうかを知りたかった。

テレビはサスペンスドラマの再放送などをやっており、その時間にはニュース番組を放送していなかった。電波の状況が悪いのか、都市部のようにたくさんの局を選択することができなかった。

「心配せんでも、そうそう俺たちがやったことだとわかったりはしないぜ。手袋をしとったで、指紋は残してねえし、俺の顔を見たババアは死んでまったからな」

「そんな軽々しく言わないでよ。人が死んだんだよ」

香織は亮の言葉に反駁（はんばく）した。

「俺は殺したくて殺したんじゃない。あれは不運な事故だったんだ。俺だって空き巣やカツアゲはやっても、強盗（タタキ）や殺しまではやりたくねえ」

「ねえ、あたい、ずっと考えてたんだけど、やっぱり自首しない？　今ならまだ軽く済むよ。きちんと説明すれば、あれはいきなり婆さんが現れて、動転したあげくにやっちまったことで、最初から殺意はなかったということはわかってもらえるよ。最初はあたいも、秘境の温泉で逃避行、なんてことに浮かれて軽く考えていたけど、やっぱり逃げ切れっこない。日本の警察は、そんなに甘くないよ。ここで二、三日楽しんだら、自首しよう。刑を終えたら、またやり直せばいい」

「俺もそれがいいと思う。やっぱり無理だ。こっくりさんだって、捕まると言ったんだろ？　運命を変えるのだって、並大抵なことではできないんだろ？」

　隼も香織の意見に賛成した。

「俺はいやだぜ。おまえらは従犯だで、それほど重い罪にはならんだろうが、俺はババアを殺（や）っちまったんだ。捕まったら何年も豚箱行きだがや」

　亮は自首に反対した。豚箱とは留置場の俗称だが、亮は留置場と拘置所、刑務所の違いを知らなかった。

「だけどこれからずっと逃げ回るのか？　殺人の時効は一五年だぜ」

「ああ、一五年でも二〇年でも逃げおおせてやるがや」

　二〇一〇年に成立した刑事訴訟法の改正により、〝人を死亡させて死刑に当たる罪（殺人罪・強盗殺人罪など）〟については、公訴時効が廃止された。しかし当時はまだ殺人事件の時効は一五年だった。

「でもおまえ、あのとき、婆さんに手首をひっかかれて怪我をしただろう。そのときおまえの皮膚が削り取られた可能性がある。ＤＮＡを調べられれば、犯人がおまえだってことがわかってまうぞ。逃げ切るのはやはり絶対無理だ。それなら、自首するほうが罪が軽くなる」

隼は重ねて自首を勧めた。厳密に言えば、自首というのは犯罪事実や容疑者がわかっていないうちに、自ら申告することである。すでに亮たちは重要参考人となっているので、この場合は出頭になる。それでも自主的に出頭すれば、情状酌量の要素にはなる。

「それじゃあ、もう一度こっくりに訊いてみる。自首するべきか、逃げるべきかを」

こっくりさんに問いかけると、すぐに返答があった。

「私としては自首したほうがいいと考える。昨日は運命を変えることは不可能ではないと言ったが、それは非常に難しく、時間もかかる。私はおまえの守護霊ではないが、おまえのために言うならば、早めに警察に出頭するがよい」

こっくりさんのお告げに、亮は少し失望を覚えた。その様子を見て、香織は「やはり自首するほうがいいんだね」と亮に訊いた。

「ああ。早めに出頭しろだとよ。もうちょっと考えさせてくれ」

「まあ、二、三日ここで遊んで、結論を出すのはそれからにしようぜ。娑婆（しゃば）での遊び納めになるかもしれんからな」

隼は今日明日に捕まることはないだろうから、しばらくはのんびりして、自首はそれからにしようと、亮と香織に勧めた。

6

捜査本部の刑事が交代で夜通し亮と香織の部屋を見張っていたが、二人は帰ってこなかった。海野隼のアパートも無人のようだった。隼が借りている駐車場に車がなかったので、亮の隣人が言うように、隼の軽自動車に乗って三人は逃亡したと思われる。

科捜研より、野原が採取したタバコの吸い殻から検出された唾液と、稲山嘉美の爪に剥ぎ取られた皮膚のＤＮＡが一致したとの報告があった。

タバコの吸い殻が大場亮のものなのか、まだ断定できたわけではないが、自宅の捜索令状を取るには十分な試料だった。捜査本部長の篠木警察署長は、さっそく名古屋地方裁判所に捜索令状を申請した。

捜査本部はアパートの管理人立ち会いの下（もと）で、大場亮の自宅の家宅捜索を実施した。

その結果、室内に落ちていた毛髪とニュータウン強盗殺人現場に遺留された毛髪が同一のものと思われるという鑑定結果が得られた。ＤＮＡ鑑定にはもう少し時間がかかるものの、毛髪の同一性が確認されたため、大場亮、牧野香織、海野隼の三名が事件の容疑者として全国指名手配された。

亮たちは切明温泉の秋山閣で、月曜日、火曜日の二日をのんびり過ごした。タトゥーがあるので、大浴場や露天風呂には入らなかったが、家族風呂でも十分に温泉の雰囲気を味わえた。家族風呂なので、香織も他人の目をはばかることなく亮たちと一緒に入浴することができた。

近くに歓楽施設が全くない山里なので、夜は旅館内の売店でビールや日本酒などを買い、部屋でささやかな酒盛りをした。

火曜日夜のニュースでは、とうとう全国指名手配されたと言っていた。まだ旅館の人たちは気づいていないようだが、逮捕されるのは時間の問題だ。自首するかどうか、亮にはまだ迷う気持ちもあった。しかし指名手配されていることを知り、出頭することに踏ん切りがついた。全国に指名手配されてしまったのでは、プロのロックミュージシャンになる夢も潰えてしまう。

明日天気がよければ、昼間河原で野天風呂を楽しんで、午後には地元の警察署か交番に出頭することを、三人で決めた。一度は逃げおおせてやると考えていたけれども、冷静に考えれば優れた日本の警察から逃げ延びることはとうてい不可能だし、自首をすれば刑も軽くなる、という香織や隼に説得されたのだった。さすがに乱暴者の亮も、弾みとはいえ、人一人を死なせてしまったことには、自責の念を抱いていた。金貸しの老婆を殺害した『罪と罰』の主人公、確信犯のラスコーリニコフとは、元々が違っていた。

結果的に強盗殺人になってしまった。しかし殺した対象が一人のみなら、まず死刑にはならない。それに最初から殺意を持っていたわけではなく、その場の成り行きで、無我夢中になり、気づいたらお婆さんは死んでいた。優秀な弁護士に依頼すれば、執行猶予は無理でも、過失致死でそれほど重い刑にはならないかもしれない、と亮は都合よく考えることにした。

火曜日は曇りがちの天気だったが、その翌日は朝から晴れ間が出ていた。

「今日は最後だから、河原の野天風呂に行こうよ。天気もよくなったし」

香織が亮と隼を誘った。

「そうだな。せっかくだから、行ってみよう」

亮と隼も賛成した。三人はチェックアウト時間の午前一〇時に帳場で宿泊料の精算をした。そのとき、河原の温泉に入りたいからと、スコップを借りた。

「このところの雨で川が少し増水しているので、お気をつけください」

帳場で対応した女性は、最初の日にタトゥーのことを話した人ではなかったので、タトゥーについての言及はなかった。

三人は中津川渓谷の河原に出た。深山の趣がある素晴らしい眺めだった。標高は八〇〇メートルを超え、六月中旬とはいえ、まだ新緑の季節といっても差し支えなかった。昨夜の雨に濡れた木の葉は瑞々しい。紅葉の季節は、さぞかし美しいだろう。目の前には二〇〇〇メートルを超える鳥甲山(とりかぶとやま)を始めとした、北信州の山々が屹立している。山の高いところには、まだ残雪がある。

「きれい。刑期を終えて娑婆に戻ったら、三人でまた来ようよ」

香織が眼前の光景に目を奪われた。これまで天気が悪かったので、これほど素晴らしい景色だとは気づかなかった。

しばらく中津川の河原を歩き、岩に隠れて周囲から直接見えないところを選んだ。彼らは水着を持ってきていないので、いくらタオルを身体に巻くといっても、他人から見えないところを選ぶ必要があった。

「よし、この辺を掘ってみよう」

亮がスコップで河原を掘り始めた。川床を掘るときの注意点などは帳場の女性に教えてもらった。

するとそのとき、「誰か、誰か子供を助けて!!」という女性の声が遠くから聞こえた。

声がする方角に目を向けると、少し上流の方で小さな女の子が川に流されているようだった。河原の野天風呂を楽しんでいた親子連れの、小さな子供が誤って本流に流されてしまった。温泉が熱いので、川の水で冷やそうとして本流に近づき、流れに飲み込まれてしまったのだろう。昨日の朝まで三日間雨が続き、中津川は少し増水していた。

「大変だ。子供が流されている」

視力がよい香織が最初に見つけた。そして亮、隼もそれを確認した。

「どうする？　亮、おまえ、水泳得意だろ？」

「俺たちには関係ない。ほっとこう。面倒ごとに巻き込まれるのはごめんんだ。それに俺たちにはどうしようもないがや」

隼の投げかけに、亮は素っ気（そけ）なく応えた。

「亮、助けてあげて。そうすればあんたの罪は軽くなるかもしれないよ」

香織も亮に提言した。

そのとき、亮の頭の中に声が響いた。

「亮、あの子を助けろ。人の命を奪った罪障は、人の命を救うことでしか償えない。業をなくすことはできなくても、軽減することはできる。私がおまえたちを切明温泉に導いたのは、このためなのだ」

こっくりさんの声だった。亮はこっくりさんに操られるかのように、持っていたスコップを投げ出し、河原を上流に向かって駆け出した。

　香織と隼は、急に走り出した亮を見てびっくりした。

「おい、亮、どこへ行くんだよ？　ひょっとしたらあの子を助けるのか？」

　隼の呼びかけにも応えず、亮は一目散に上流に向かって走った。


　篠木警察署にあるニュータウン強盗殺人事件捜査本部に、長野県警察本部より、指名手配中の大場亮、海野隼、牧野香織の三名の身柄を確保したという情報がもたらされた。大場は意識不明の重体とのことだった。

「大場亮が意識不明の重体とはどういうことなんだ？」

　鳥居が石崎に質した。

「署長が言うには、大場は川で溺（おぼ）れていた小さな女の子を助けようとして流され、岩に頭をぶつけたそうだ。かなりの山奥だったので、近くに大きな病院はなく、長野市の総合病院に移されたが、助かるかどうか、今夜が山だということだ。女の子は無事だったそうだが。ほかの二人は今、飯山市の長野北警察署に留置されている」

「大場が身を挺（てい）して女の子を救ったのか」

　鳥居は石崎の説明を聞いて複雑な気分だった。それでも大場が自身を顧みず幼女を救ったということは、鳥居を始め、捜査本部にいた者たちの心を明るくした。

　捜査本部から鳥居、三浦、野原、そして篠木署の松原警部の四人が、隼と香織が留置されている長野北警察署に向かうことになった。松原は鳥居のかつての上司だった。

　四人は三浦が運転するミニバン型の覆面パトカーに乗った。その車は護送車としても使用できる。今夜は飯山市で宿泊することになりそうなので、三浦は携帯電話で美奈に連絡をした。

「亮さんが意識不明の重体？」

　三浦の報告を聞いて、美奈は驚いた。美奈は以前会ったときの、悪ぶっていた亮の顔を思い出した。

「ああ、川で流されている小さな女の子を助けようと飛び込み、岩に頭をぶつけたそうだ。女の子は無事だったが、大場はどうなるかわからない状態だという」

　美奈は亮が自分の身の危険を顧みず女の子を助けたと聞き、思わず胸が熱くなった。

「それからありがとう。美奈が霊感で被疑者を大場たちだと助言してくれたおかげで、事件が早く解決したよ。大場たちも自分たちが指名手配されていることを知り、出頭する決意ができたそうだ」

　指名手配をされていなければ、大場たちは幼女を救うこともなく、まだ逃避行を続けていたことだろう。

　美奈は大場が大怪我をしたことを聞いて、「千尋さん、どうか亮さんを助けてあげてください」と守護神の千尋に祈念せずにはいられなかった。

「大丈夫です。かなり容態は悪いですが、大場亮さんは助かります」

　千尋は美奈の心の中に話しかけた。

「よかった。亮さんは助かるのですね」

「運び込まれた長野市の病院に脳外科のいい先生がいたので、助かります。後遺症も問題ないでしょう。でも、亮さんはとんでもない災厄を呼び込んでしまったようです」

「とんでもない災厄？　それ、どういうことですか？」

「亮さんたちが身を隠していた秋山郷には、平家の落人（おちうど）伝説があります。どうやらその伝説が絡んできそうなのです。私にもこれからどうなるのか、今は見当もつきませんが、瞳さんや早紀さんたちにも影響が出そうです。私と多恵子さんも彼女たちを見守るようにしますが、美奈さんも注意してあげてください」

　美奈は千尋にも見通すことができないような災厄を呼び込んでしまったということが不安だった。そういえば大日慈愛会管長の治子も、「また何かよくない騒動に巻き込まれるような気がしてならないのです」と言っていた。厳しい密教の修行をしていただけに、治子は高い法力（ほうりき）を身につけており、多少の予知力を持っている。

　美奈はこれから起こるであろう事態について、十分に気をつけなければと、気を引き締めた。

　すると「僕も協力するよ」とよっちゃんが言ってきた。

「僕、さっき初めて美奈お姉さんの神様に会ったけど、ほんと、すごい神様だ。千尋大神様なら、僕のお父さん、助けられるかもしれない。お父さん、あの変な頭のお兄さんのところを離れて、また瞳お姉ちゃんのところに戻ってきたよ」

　よっちゃんは千尋に会うことができて感激していた。よっちゃんはまだ千尋の位（くらい）まで霊格が高まっていないので、これまで千尋を見ることも話すこともできなかった。かろうじて多恵子の波動を感じられる程度だった。それが先ほど、美奈が千尋と交信をするとき、美奈を通じてようやく千尋のオーラを浴びることができた。千尋の高きオーラを浴びたおかげで、よっちゃんは霊格を向上させることができた。それで千尋に会うことができたのだった。

「あなたが村井義和さんですね。こんにちは」

千尋がよっちゃんに挨拶をした。千尋は人間としては六〇歳以上年長だったよっちゃんに敬意を表した。美奈はよっちゃんの本名が「村井義和」であることを初めて知った。漢字も脳裏に浮かんだ。

「千尋大神様。お目にかかれて、光栄です。私もまもなくとてつもない困難が発生することを感じます。私の父、義秀もその困難に巻き込まれそうですが、どうか、大神様のお力で父をお救いください。多恵子神様もよろしくお願いいします」

これまで美奈に対しては幼児のような話し方だったよっちゃんは、霊界語で千尋と多恵子に語りかけた。その霊界語は心に直接話しかけるので、千尋を通して美奈にも理解することができた。

「はい。義和さん。是非とも協力をお願いします。そしてお父様の義秀さんを高き霊界にお連れしましょう」

千尋はよっちゃんに返答をした。

7

鳥居たちは夜遅く、まず長野県警察本部に寄り、刑事部長に挨拶をした。そして大場亮たちのことで連絡をしてもらえたことに感謝の意を表した。大場が入院している病院に行きたかったのだが、もうかなり遅い時刻だったし、手術後まだ大場の意識が戻らないというので、飯山市の長野北警察署に向かった。手術がうまくいき、大場はもう大丈夫だと聞いて、鳥居たちはひとまず安心した。長野北警察署では刑事課長が不在だった。それでも捜査第一係の竹村警部が鳥居たちのために残っていてくれた。

以下は竹村の話の要約である。

大場たちは今日の昼前、切明温泉の中津川の河原で野天風呂を楽しもうとしたとき、「誰か助けて」という叫び声を聞いた。見れば、幼稚園児ぐらいの女の子が上流の方で川に流されている。大場は河原を上流の方に走り、幼女が溺れているあたりで飛び込んだ。そして幼女を無事キャッチした。しかし幼女を抱きかかえているために身体の自由が利かず、水流に巻き込まれて岩に頭を強打した。

幼女は無事保護されたが、大場は意識不明の重体だった。

海野たちの知らせにより、秋山閣の従業員は救急車を呼んだ。事故ということで、警察にも連絡をした。警察も来ると聞き、海野と牧野は警察官が来たら犯罪を自供する覚悟を決めた。どのみち、今日中には出頭するつもりだった。

その日の午後、大場の傷がひどいので、小さな病院では対応ができず、長野市内の総合病院に搬送され、緊急手術が行われた。一時期危険な状態であったが、今は危機を脱したので、もう大丈夫とのことだ。

切明温泉を管轄する長野北警察署管内の北信(ほくしん)駐在所で、川での事故について、海野と牧野、そして幼女の両親に事情を聞くことになった。

幼女の両親は休暇を取り、昨日自宅がある新潟市を出発し、切明温泉で一泊した。河原の野天風呂も目的の一つだったので、今日は天気が回復した午前一〇時過ぎに河原に出て、野天風呂を楽しんでいた。梅雨で少し川は増水していたものの、川の本流から切り離されたところを掘れば大丈夫だと考え、河原の野天風呂に行った。しかし湯の温度が思ったより熱く、それを嫌った子供が、ちょっと目を離した隙に冷たい川の水の方に行った。そして激しい川の流れに攫（さら）われてしまったのだった。

海野、牧野は、大場を含めた三人で、愛知県春日井市で空き巣狙いをしていたら過（あやま）って家の人を死なせてしまい、切明温泉に逃避行をしていたと供述した。昨夜のニュースで全国指名手配されたことを知り、逃げ切れないと覚悟し、今日中に出頭するつもりだったという。事情聴取に当たった警察官はそれを聞いて驚いた。そしてニュータウン強盗殺人事件の容疑者として、大場亮、海野隼、牧野香織の三名が指名手配をされていることを確認した。海野と牧野の身柄は北信駐在所から長野北警察署に移された。

海野は留守だと思っていたら、突然家の人が帰ってきて大声をあげたので、動転してつい死なせてしまったのであり、決して殺すつもりではなかったことを強調した。

「確かに彼らは空き巣狙いやカツアゲはしても、殺人（コロシ）や強盗（タタキ）をするほどの悪党ではないかもしれませんね。現に主犯格の大場は自分の身の危険も顧みず、女の子を助けていますしね。女の子の両親は、子供がかすり傷や軽い打撲で済んだので、大場たちに非常に感謝しているそうです。まあ、そのへんは愛知県に引き渡してから、お宅たちで調べてください」

竹村は「これはよその県の事件(ヤマ)だから、犯人(ホシ)を引き渡せば自分たちの仕事は終わり」と言わんばかりだった。

鳥居たちは飯山市のビジネスホテルで一泊し、翌日ミニバンの覆面パトカーに隼と香織を乗せ、捜査本部がある篠木署まで護送した。亮は一命を取り留め、しばらくは治療で長野市内の病院に留まる。回復し次第、身柄を篠木署に移すこととなった。それまでは長野県警に亮の監視などを依頼した。

第五章　平家伝説の里

1

「こっくりさんがあたいのところに戻ってきました」

瞳から美奈に電話があったのは、その翌日だった。

「亮さんが子供を助けるために大怪我したそうなのよ。それで戻ってきたみたいね」

「えっ？　亮、大怪我したんですか？　子供を助けて。テレビのニュースで亮たちが指名手配されたと聞いて、びっくりしたけど。早紀や剛たちとはその話で持ち切りでした」

瞳は亮たちが指名手配をされたことはニュースで知ったが、捕まったことや亮が大怪我で入院したことは知らなかった。美奈は、亮は大丈夫だったからと、瞳を安心させた。

「それから、私の守護神様が言われることだけど、亮さんたち、隠れていた山の方で、平家の落人伝説に絡む因縁霊を引き寄せてしまったみたいなの。ひょっとしたら、こっくりさんを通じて、瞳たちにも影響が行くかもしれないから、十分気をつけてね。あなたたちにもし何かおかしなことがあったら、すぐ私に連絡して」

美奈は瞳に注意を喚起した。

「平家の亡霊ですか？　耳なし芳一みたいで、なんか怖いです。あたいも全身にお経を書いてもらわないといけないかしら。耳にも忘れずに。何かあったら、すぐ電話します」

「お願いね。何も起こらなければいいんだけど、万一のことがあったら大変だから。今のところはあなたたちにはこっくりさん以外は何も憑いていないみたいね。前にも言ったけど、こっくりさんは九尾の狐ではなく、九〇年ほど前に亡くなった村井義秀さんという人の霊なのよ。悪い霊ではないから、こっくりさんに関しては心配ないわ」

「美奈さんって、すごいんですね。そんなことまでわかっちゃうなんて。美奈さんの守護神様って、あたいのこっくりさんよりずっとすごい」

　ボキャブラリーがあまり豊かではない瞳には、「すごい」としか表現できなかった。

「この前、こっくりさんにはよっちゃんという子供がいると話したでしょう。そのよっちゃんの霊が、私のご守護神の力を借りて、こっくりさんを成仏させてほしいと言っているの」

「こっくりさんが成仏すれば、あたいのところからいなくなっちゃうの？　せっかく戻ってきたのに」

「たぶん浄化されて高級霊になれば霊界に帰って、さらに向上するために修行することになると思うわ」

　瞳はこっくりさんを守護霊のように思っていたので、いなくなってしまうのは残念だった。

「でもそれが一番いいことなの。瞳には寂しいことかもしれないけど。前に私の親友の裕子さんのお兄さんが、霊界で修行して力をつけたら裕子さんの守護霊になってくれるという話をしたでしょう。ひょっとしたらこっくりさんも将来瞳の守護霊になってくれるかもしれないよ」

「ほんと？」

瞳は目を輝かせて言った。

「絶対と約束はできないけど、私のご守護神に頼んでもらうわ。でも、瞳が守護するだけの価値がない人間だと思われたら、守護霊にはなってもらえないので、瞳も護ってもらえるのにふさわしい立派な人になれるよう、努力しなければいけないよ」

「あたい、なる。こっくりさんが守護霊になってくれるよう、立派な人になる。そうなれるように、頑張るから」

瞳は、何年も一緒に過ごしていたこっくりさんに守護霊になってもらえるかもしれないと思うと、嬉しさで声を弾ませた。


それからしばらくして、「月刊ライトドリーム」編集者の鈴木と名乗る人から電話があった。

「木原未来さんですね。先日送っていただいた『魔界大戦』の原稿、とてもよかったですよ。九月号、一〇月号の『ライトドリーム』に、二回に分けて掲載させていただきます。編集長の安井も絶賛しておりました。先ほども高橋さくらさんとお話しさせてもらいましたが、以前高橋さんの弱点だった心理描写やストーリーの構成も、木原さんとのコンビで克服されていると安井も申しておりました。今、校閲部で前半分の校閲をしていますので、終了したらゲラを送ります。届いたら確認をよろしくお願いします」

さくらとの共作、『魔界大戦』が「ライトドリーム」に掲載決定の知らせだった。今後鈴木がさくらと美奈の担当になるという。彼は、バトルものには男性主人公を中心とした作品が多い中、女性の恋心や恐怖感などが繊細に描写されている、というところも斬新で秀逸だと評価した。まだ連載になるかどうかはわからないが、一〇〇枚の原稿が雑誌に載ることになった。

美奈の短編が先月、光房出版が発行している文芸誌に掲載されたが、今回はまた違った喜びがあった。なんといっても親友のさくらとの共作が載せてもらえることが嬉しかった。美奈はさくらに電話をかけようと思った。けれども今は仕事中だと考え、やめておいた。

三浦が帰宅したので、『魔界大戦』が雑誌掲載決定になったことを伝えると、喜んでくれた。

「美奈も作家としての地位をしっかり固めつつあるね。今回はさくらさんとの共作だから、また新しい分野が開けるようで、楽しみだよ」

三浦は今度の水曜日の非番に続いて木曜日に休暇を申請したので、一泊二日で旅行に行こうと提案した。これは一緒に婚姻届を出しに行けなくなった代償として、三浦が美奈に約束したことだった。

「本当？　嬉しいわ」

「一泊しかできなくてごめん。まだハネムーンにも行っていないしね。ハネムーンにしてはちょっとお粗末だけど」

「でも俊文と行けるんだから、とても楽しみ」

「どこに行こうか。一泊二日だとあまり遠くには行けないし。温泉だと熱海（あたみ）とか下呂（げろ）、勝浦（かつうら）ぐらいかな。能登（のと）や若狭（わかさ）もいいかもしれない。近場では湯の山温泉や三河湾の西浦（にしうら）温泉などがあるね。湯の山なら御在所岳に登山もできるし。でも温泉だとタトゥーがあると厳しいから、山にでも登るか？」

しかし今は梅雨の時季で、快晴はあまり期待できない。雨の中の登山は、小雨ならそれなりに魅力があるとはいえ、せっかくハネムーン登山に行くのなら、快晴の下で登りたい。

「ねえ、亮さんたちが行っていた切明温泉、どうかしら。ちょっと遠いけど、高速使えば五、六時間で行けるし、日本の秘境一〇〇選に入っているんでしょう」

「いいね。この前は飯山市までしか行かなかったから、切明温泉、行ってみたいね。平日だから、今からでも予約取れるかもしれないな」

「今からネットで予約状況見てみる」

今まで執筆していた『幻影2』をいったんセーブし、美奈は切明温泉で検索してみた。すると切明温泉の三軒の温泉宿すべてに空きがあった。

「その日は梅雨の時季の平日だから、まだ空きがあるみたいよ」

二人で相談し、亮たちが泊まった秋山閣に予約を入れた。

美奈は三浦と泊まりがけで旅行に行けるのが嬉しかった。一緒に日帰りで登山に行ったことは何度もあるものの、泊まりで旅行したことが一度もなかった。もちろん刑事という仕事は、事件が起これば休暇も非番も吹き飛んでしまう。そのことは美奈も十分に理解している。


その夜遅く、仕事を終えたさくらから電話があった。

「私たちの『魔界大戦』、『ライトドリーム』に掲載決定ですね」

「うん。担当編集者になった鈴木さんから連絡があって、すぐ美奈に電話したかったんだけど、私も仕事があったんで、遅くなっちゃった。美奈にも連絡あったんだよね」

「私も仕事中かと思って、電話控えていたんです。でも、よかったですね。さくらさんとの共作が掲載決定で、とても嬉しいです」

「卑美子先生やトヨさんも祝福してくれたよ。今度は連載勝ち取れるよう、頑張ろうね」

連載になるかどうかは、読者の反応が大きくものをいう。こればかりは読者からの評価待ちだ。編集長の安井は『魔界大戦』は魔物とのバトルものとはいえ、男性ばかりではなく、女性読者の心も掴みそうだと予想した。

さくらは続編の構想も考えているので、なんとか連載になるようにと、美奈は祈った。

2

三浦は約束通り、休暇を取って一泊二日で美奈を切明温泉に連れて行った。

三浦は一九日の火曜日は当直で、翌二〇日朝、帰宅した。その日は非番で、翌日結婚式以来の休暇を取得した。大きな事件がなく、休暇は受理された。

三浦は帰ってから入浴し、朝食を食べてしばらく休憩してから出発した。いつでも出発できるように、旅行の準備は美奈が済ませていた。車は三浦の軽自動車ではなく、美奈のパッソを使い、運転は美奈が担当した。山道があるから、三浦のムーヴでは少し荷が重いかもしれない。

「俊文、運転は私に任せて、車の中では眠っていて。宿直であまり寝ていないんでしょ？」

車をスタートさせ、美奈は助手席の三浦に言った。今日は梅雨の中休みか、雲は多いものの太陽が顔を覗かせていた。

「うん。それじゃあ少し眠らせてもらうよ」

美奈は東名高速道路の春日井インターチェンジではなく、愛岐（あいぎ）道路と呼ばれる県道一五号で多治見に向かった。そして二四八号線を経由して、多治見インターチェンジから直接中央自動車道に入った。三浦は助手席の背もたれを少し倒して眠っていた。夜中も宿直や張り込みなどで眠れないことが多い三浦は、ちょっとした空き時間を利用して、どこでも眠れるといった特技がある。今回は美奈が運転する車の中で、ぐっすり眠ることができた。

恵那山トンネルを抜けて、伊那路をしばらく走っていると、三浦は目を覚ました。右に南アルプス、左は中央アルプスの山並みを見ることができた。もう六月も下旬で、車の窓からでは、三〇〇〇メートル近い稜線でも雪はほとんど見えなくなっていた。

「まもなく駒ヶ岳サービスエリアよ。少し休もうか？　そろそろお手洗いに行きたいし、もうお昼だから、食事もしましょう」

「そうだね。山の景色でも見ながら、しばらく休もうか」

美奈はサービスエリアの駐車場に車を駐め、商業施設に入った。赤いとんがった屋根の、しゃれた建物だった。まずトイレに寄ってから、フードコートで、駒ヶ根名物のソースカツ丼を注文した。三浦も同じものを頼んだ。

「前に駒ヶ岳に登ったとき、駒ヶ根駅近くの食堂で食べたことがあるけど、久しぶり」

「僕も以前、中央アルプスを縦走したときに、食べたことがあるよ」

駒ヶ根のソースカツ丼は、ご飯の上に千切りにしたキャベツが敷かれ、その上にロースカツが載っている。カツには卵とじではなく、甘辛いソースをかけてある。

美奈と三浦は久しぶりに食べるソースカツ丼に舌鼓(したつづみ)を打った。名古屋ではソースの代わりに赤味噌をかけたカツ丼を提供する店もある。

ソースカツ丼を食べ終えてから、二人は自動販売機のコーヒーを飲んだ。外に出ると、遠く南アルプス連山、そして商業施設の建物の向こうには、雄大な中央アルプスが見えた。快晴とはいえないまでも、木曽駒ヶ岳や宝剣岳(ほうけんだけ)、空木岳(うつぎだけ)の雄姿が素晴らしい。走行中の車の中からではあまり見えなかったが、山頂近くにはまだかなり残雪があった。美奈も三浦も中央アルプスの木曽駒ヶ岳から空木岳まで縦走した経験がある。中央アルプスは広大な北アルプスや南アルプスより規模が小さく、山域も浅いとはいえ、三〇〇〇メートル近い稜線を歩く山旅は素晴らしかった。南北アルプスに比べ、前山が少なく、麓(ふもと)から一気にそそり立っているだけあって、その高度感は目を見張るものがある。

三浦は越百山(こすもやま)から南駒ヶ岳、空木岳まで北上したこともある。三浦はいつか木曽駒ヶ岳から越百山まで、中央アルプス北部を全山縦走しよう、と美奈に提案した。越百山以南の稜線は、二〇〇〇メートルを超えているとはいえ、黒木に覆われた藪山が多くなる。

「まあ、刑事は長い休暇がなかなか取れないから、いつになるかは約束できないけど」

三浦は済まなさそうに言った。

美奈は持参したニコンD50で風景の写真を撮った。そして三脚とセルフタイマーを使い、三浦と二人で記念撮影をした。

景色を堪能すると、二人は出発した。少し眠ったから、三浦が運転を代わろうかと言ったが、サービスエリアで十分休憩したので、もうしばらく美奈が運転することにした。

美奈のパッソは諏訪湖や八ヶ岳を望む岡谷ジャンクションで長野自動車道に入った。ジャンクションからすぐのところで、諏訪湖から流れ出る天竜川を渡った。大河の天竜川も、源流のすぐ近くなので、小さな川といった感じだった。雲が多くなってきた。

渋滞もなくパッソはスムーズに走ったものの、上信越自動車道を豊田飯山インターチェンジから降りるころには、もう午後二時を回っていた。

国道一一七号線に入ってすぐのところに道の駅があり、美奈はそこに寄った。残念ながら道の駅にある売店などは定休日だった。それでトイレを借り、自販機で飲み物を買って、車中で少し休憩した。自販機で買うよりも、自宅から持ってきたペットボトルの飲料を飲めば安いのだが、駐車場やトイレを使わせてもらうのだから、少しぐらいはお金を使おうと考えた。

そのあとは三浦が運転を代わってくれた。

「あと二時間ぐらいね。着くころには夕方になっちゃうわ」

「でも今は日が長いから助かるよ。今日はなんとか天気も持ちそうだし」

山中の曲がりくねった細い道もあると聞いているので、明るいうちに宿泊地に着ければ安心できる。

一一七号線をしばらく走ると、飯山市街に入った。右のほうを見ると、千曲川が流れていた。先日隼と香織を引き渡してもらった長野北警察署もその近くにある。三浦はそのとき対応してくれた竹村警部を思い出した。三浦は国道沿いにあるガソリンスタンドで給油した。燃料計を見るとまだ半分以上ガソリンが残っていた。それでもこれから山道を走るので、念のために満タンにしておいた。もう自宅を出て三〇〇キロ近く走っているが、なかなか燃費がよかった。美奈も三浦も、車の流れを妨げない範囲でのエコ運転を心がけている。

飯山市、栄村を過ぎると、新潟県津南町となった。千曲川も信濃川と名称を変える。美奈は新潟県に入るのは初めてだった。津南町に入ってすぐ、三浦は右折して国道四〇五号線を南に向かった。信濃川の支流、中津川に沿って走ると、そこはもう秋山郷だった。

最初は田園風景だったが、やがて山が深くなってくる。中津川の柱状節理も見事だ。

「このあたりは秋の紅葉もきれいだってネットに書いてあったよ」

「そうだね。広葉樹が多いから、秋になったらきれいに色づきそうだな。この前長野北署まで容疑者の護送で行ったけど、ドライブを楽しむ余裕なんてなかったから、今日美奈と一緒に来られてよかったよ」

新潟県から長野県にまたがる、広大な秋山郷には、見どころ満載なのだが、あまりのんびりしている時間がなかったので、三浦は切明温泉に急いだ。

「今朝は僕が宿直明けで、早朝に家を出られなかったのが残念だ。もう少し早く出られていたら、この辺の景色がいいところでもっとゆっくりできたんだけどね」

「ううん。それでも俊文とこんなに素晴らしいところを一緒にドライブできただけでも私、満足よ。欲を言えば、この辺に伝わる平家伝説のことも調べてみたいんだけど」

「平家伝説か。美奈の小説の題材になりそうだね」

平家落人伝説は小説の題材にはもってこいだ。しかしそれだけではなく、「平家の落人伝説が絡む災厄が起こりそうだ」という千尋の予言が気になっていた。


午後四時をいくらか過ぎたころ、予約を取ってある秋山閣に着いた。途中、二度休憩をとったので、自宅からここまで六時間以上かかった。さすがに長野県は広い。

宿で受付を済ませ、三浦と美奈は二階の部屋に落ち着いた。先日亮たちが泊まった部屋とは別の部屋だった。

亮たちが泊まったときは、あまり他人と顔を合わせたくなかったので、夕食を部屋まで運んでもらうサービスを頼んだが、美奈たちは一階の大広間で食事をすることにした。そのほうが賑やかな雰囲気で、美奈たちにはありがたかった。

「せっかく温泉地に来たんだけど、どうする？」

三浦は美奈に尋ねた。やはり大きなタトゥーがあると、温泉には入りづらい。

「この旅館は家族風呂があるから、空いていたら入ろう」

それで家族風呂の様子を見に行ったら、「入浴中」という札がかかり、施錠されていた。先客が入浴しているようだ。

「またあとから見に来ましょう。でも俊文だけでも大浴場か露天風呂に入ってきたら？」

「僕だけ、いいのかい？」

「私にはタトゥーがあるから仕方ないわ。またあとで見に来て、家族風呂が空いていたら、一緒に入りましょう。私はちょっとそのへんを歩いてくる」

「そうか。気をつけてね」

三浦は申し訳なさそうに大浴場に向かった。

三浦が入浴している間、美奈は高倍率のズームレンズをつけたニコンD50を持参して、近くを歩いてみた。大きな案内板があったので、河原の野天風呂に行く道はすぐにわかった。二日後が夏至（げし）にあたり、日没が遅い時期なので、太陽はまだ稜線の上にある。

周囲は鳥甲山や苗場山（なえばさん）などの上信越の山々が並んでいる。冬は日本有数の豪雪地となる。今回は時間的にも無理だが、またいつか三浦と一緒にここに来て、近くの山々に登ってみたいと思った。

美奈は宿の近くにある吊り橋を渡り、川に向かって歩いた。スニーカーでは滑りやすいところがあり、転ばないように気をつけた。雑魚川（ざっこがわ）と魚野川（うおのがわ）が合流し、中津川となっているあたりが野天温泉の場で、川床を掘れば熱い湯が沸き出してくるという。美奈はカメラで周囲の風景を撮影した。

今回はスコップを借りていないので、手や適当な形状の石で川床を掘ろうとした。けれどもちょっと見渡すと、以前野天風呂に入った人たちが掘ったと思われる湯船がいくつかあった。美奈はその一つに行ってみた。小さめの湯船を選び、美奈はパンツの裾をまくり、裸足になって足を突っ込んだ。浅めのところだったので、足湯にはちょうどいい。少し川床を掘ってみると、湯が沸き出す感触があった。湯の温度はかなり熱いので、川の水を導入してうめなければならない。

美奈の膝から下、足首から甲にかけては、龍や鳳凰、バラや桜などのタトゥーで鮮やかに彩られている。脚だけでもこんなに目立つタトゥーがある。とても他の人が入浴する温泉には浸かれなかった。

美奈はだれもいない河原で、しばらく足湯を楽しんだ。湧き出す湯はけっこう熱いようだ。時々足で川の水をかき混ぜ、適温にした。まもなく太陽は山の稜線に没した。それで暗くならないうちに美奈は宿に戻った。

3

もうすぐ夕食なので、三浦と美奈は大広間に向かった。二人とも浴衣（ゆかた）に着替えていた。美奈はタトゥーが衿や裾から覗かないように気を配った。素足では足のタトゥーが見えるので、靴下を着用した。

食事は旬の山菜の天ぷらや新鮮なイワナの塩焼きなど、都会では味わえない食材がたくさんあった。

三浦は「地酒でも飲むかい？」と美奈に尋ねた。

「そうね。少しだけいただこうかしら」

それで三浦は秋山郷の地酒をとっくり二本注文した。

「さっき河原の野天風呂まで行ってきたよ」

「そうか。どうだった？」

「なかなかいいところだったわ。部屋に帰ったら写真見せてあげる。さっきは足湯だけにしておいたけど、せっかくここまで来たんだから、ぜひ入ってみたい。でも、こういうとき、やっぱりタトゥーがあると温泉にも入りづらいので、不便ね」

美奈は杯から一口地酒を飲んで応えた。

「このお酒、おいしい。飲みやすいわ」

普段飲酒をせず、あまり酒の味がわからない美奈にも、その地酒はおいしいと思えた。

「でも美奈はアルコールが入るとすぐ寝ちゃうから、ほどほどにね。あとで家族風呂に入れなくなっちゃうから」

「メグさんたちにもよく言われるわ」

美奈はほろ酔い加減で、いい気持ちだった。

食事が終わり、売店を覗いているところに、若い女性から声をかけられた。

「あの、すみません。もしかして、作家の木原先生でしょうか？」

美奈は北村弘樹と卑美子のことを「先生」と呼んでいるが、自分が「先生」と言われ、なんとなく面はゆく感じられた。それでも「はい、そうですが」と応えた。

「やっぱり。すみません、突然声をかけて。先生の本、読みました。よかったです」

「ありがとうございます」

美奈はこんな鄙びた温泉宿で、自分の本を読んでくれたという人に出会い、ありがたかった。まだ本を出版して三ヶ月も経っていないというのに、多くの人から声をかけられている。これは自分の実力というよりは、〝全身刺青の女流作家〟としてインターネットなどで拡散してしまった影響だといえる。

最初は美奈が『幻影』にも描いた繁藤の殺人事件（作中では繁藤の名前は仮名にしてある）で、「容疑者は全身刺青のソープ嬢⁉」とゴシップ週刊誌や娯楽紙に大々的に書き立てられた。そして北村弘樹の作品の通りに起こった連続殺人事件で、裕子と共に犯人に拉致(らち)され、そのときも週刊誌やテレビのワイドショーでもてはやされた。最近では大日慈愛会の教祖、不破雷光の事件でも現場に居合わせ、話題になった。そんなこともあり、美奈は「全身に入れ墨を彫りまくったバカ女」「キモい」などと非難中傷され、ネット上で晒(さら)し者にされた。

恵やさくらなど、美奈の友人たちは、「美奈のこと、なんにも知らないくせに、なにを正義漢ぶって批判してるのよ。それも自分たちは匿名(とくめい)で。全く無責任なんだから」と憤っている。まさに後に〝デジタルタトゥー〟と表現されるように、もう取り消すことができないほどに美奈のタトゥーが拡散してしまった。

けれども作家デビューすると、それが逆に木原未来の知名度を高め、『幻影』はすでに発行部数三〇万部に迫るベストセラーとなっている。

それでも美奈は慢心しないよう、自らを戒めている。

その女性は平野千春(ひらのちはる)と名乗った。まだ二〇歳ぐらいだ。

「今日は誰かと一緒に来ているの?」

「はい。おじいちゃんが湯治(とうじ)に来ているので、その付き添いです」

千春は今定職には就いておらず、少しお小遣いをもらって祖父の付き添いをしているそうだ。祖父の付き添いは、今回で三回目だという。

「高校卒業して東京で働いていたけど、やっぱり都会の水には馴染めず、また戻ってきちゃったんです。

私にはのんびりした田舎が似合ってます。今、実家で農業の手伝いをしています。それで時々おじいちゃんが湯治をするときにお供を頼まれます。でもさすがに五日間もおじいちゃんに付き合っているのは、ちょっと退屈です」

　千春の実家は長野県中野市だ。二年ほど東京にいただけに、わずかな訛りはあるものの、標準語が流暢だ。かえって美奈のほうが、名古屋特有の言い回しが出ている。三日前に祖父を乗せて、志賀高原ルートで車でやって来た。五日ほど湯治で秋山閣に逗留するそうだ。

「私は今日は国道一一七号線経由で来たけど、明日は志賀高原の方から帰る予定です」

「えっ、たった一泊しかしないんですか？　中野からならともかく、遠い名古屋の方から来たのに。ここはいいところだから、最低二泊はしないともったいないですよ」

「私もそう思うんですけど、旦那の仕事の都合で、一泊しかできないんです。できれば作品の題材に、平家の落人伝説なんかをじっくり調べたいんですが。苗場山や鳥甲山にも登ってみたいし」

「私、地元の生まれですが、高校の登山会ぐらいしか山に登ったことがないんです。低い山をハイキングしたことは何度もありますが。今は中野に住んでいるけど、先祖は秋山郷にいたそうなので、私もひょっとしたら平家の末裔かもしれません。名字の平野は平氏に由来している、とおじいちゃんが言っていました。落人伝説については、おじいちゃんが詳しいです。あとでちょっと話を聞いてみたらどうですか？　おじいちゃんも話し相手ができて、喜ぶと思いますよ」

　それで後ほど千春の祖父に訊いてみて、体調などの都合がよければ話を聞くことになった。

　千春は美奈と一緒に温泉に入りたいと希望した。しかし美奈は大浴場には入れなかった。ゴシップなどの記事を読んでいるので、千春は美奈にタトゥーがあることを知っている。

「それじゃあ、家族風呂が空いていたら、一緒に入りましょうか」と美奈は提案した。

いったん部屋に戻り、三浦にさっき知り合った千春と入浴することを告げてから、美奈は家族風呂に行った。三浦は今度は露天風呂に入ってみるつもりだ。

千春は家族風呂の前のベンチにかけて待っていた。少し三浦と話をしていたので、千春を待たせてしまったかもしれない。

「ごめんなさい。少し遅れてしまって。待った？」

「いいえ、私もおじいちゃんを露天風呂に送っていったから、先ほど来たところです。ついさっき、家族連れが出たばかりだから、今空いてますよ」

大浴場や露天風呂も家族風呂と同じ一階にある。

千春は「入浴中」の札を出入り口のノブに掛け、中から施錠した。家族風呂の入浴は三〇分以内というのが秋山閣のルールだ。

脱衣場で服を脱ぐとき、初めて会った女性の前で裸になることが恥ずかしかった。タトゥーイベントなどでは下着だけになり、多くの人から写真を撮られることに慣れている美奈ではある。ときにはショーツまで脱いで、お尻のタトゥーを露出するよう頼まれることもある。しかしそれはあくまでもタトゥー愛好者との間であった。

家族風呂の湯船はそれほど広くはないが、掛け流しの天然温泉で、温泉の雰囲気は十分に味わえた。

「美奈さんのタトゥー、写真では見たことあるけど、本物はすごいですね。きれいです」

美奈は「先生」と言われるのが気恥ずかしいので、「美奈」と呼ぶように依頼していた。

二人は一緒に湯船に浸かった。千春は長い髪がお湯に浸からないよう、アップにしていた。東京にいたころ、渋谷や原宿の竹下通りを歩いていたときに、腕や脚にタトゥーをした男女を見かけたことはあるが、美奈のような全身に彫ったタトゥーを見るのは初めてだった。千春は美奈の極彩色に彩られた肌に感動した。

「ちょっと触ってもいいですか？」

千春は美奈のタトゥーに興味津々(しんしん)だった。

「肌の上に描いてあるんじゃなくて、肌そのものが染まっちゃっているんですね」

千春は湯船の中で美奈の腕や背中をさすりながら言った。

「女性でそこまで入れている人、そんなにいないんじゃないですか？」

「いえ、最近は女性でも大きなタトゥーを入れる人、けっこういますよ。私が彫ってもらった女性アーティストさんは、三人とも顔と手首から先を除いて、全身にびっしり入ってます」

「彫る人も女性なんですか？」

「昔は男性社会だった彫り師の世界も、今は女性がたくさん進出していますよ。私が知っている女性アーティストさんだけでも、六人います。知り合いの二〇歳(はたち)の女の子も、今アーティストを目指して勉強中ですし」

美奈は岐阜市の「皐月(さつき)タトゥースタジオ」に所属している女性アーティスト、殺鬼(さつき)、冥(めい)、鬼々(きき)とも親交を持っている。

「そうなのですか。でも、女の彫り師さんじゃないと、胸やお尻に彫るとき、恥ずかしいですよね。あとで写真撮らせてください。私、東京にいたので、美奈さんのことを職場の先輩なんかが噂話してたから知ったんですが、中野にいたら、美奈さんのことずっと知らずにいたと思います。新聞に美奈さんの本の広告が出ていたんで、あ、以前話題になった人だ、と気づいて、読んでみたんです。『幻影』、とてもよかったです」

「私は週刊誌に『全身刺青のソープレディー』なんてよく書かれてましたから」

「正直言って、最初は週刊誌の記事を真に受けて、同じ女性として、美奈さんのことあまり快く思っていなかったんですが、美奈さんの本を読んだら、週刊誌に書かれたようなひどい人じゃないってこと、よくわかりました。あんなに温かいお話が書ける人が、悪い人であるわけがないですから。週刊誌に書いてあることはいいかげんなことばかりですね」

千春は自分に誤った認識を持たせた週刊誌に対し、憤りを感じた。

「いえ、もちろんきちんと取材して、ちゃんとした記事を書いてくれる週刊誌もたくさんありますけどね」

美奈は週刊誌を発行している出版社と関係を持っているので、週刊誌の擁護をした。

身体を洗うとき、千春は背中を流させてくださいと申し出た。

「美奈さんみたいに全身に彫ってあると、正直ちょっと引いちゃうけど、牡丹の花一輪ぐらいなら、ファッションとしてありかな、と思います。小さなものなら、私もやってみてもいいかな、とちょっとだけ思っちゃいました。でも、たぶん実際に入れる勇気はないでしょうね。やっちゃうと、もう一生消すことができないんですよね？」

「はい。一度入れると、もう二度と元のきれいな肌には戻れなくなります。小さいタトゥーなら手術で消すことはできなくもないけど、これだけ大きくてはまず無理ですし。小さなタトゥーでも消せば大きな傷痕が残ります。だから私も、タトゥーを彫りたいと相談を受けることもあるけど、彫ったらもう消せないから、一生タトゥーと付き合う覚悟がないのならやめておきなさい、と忠告しています。今はタトゥーシールやボディペインティングで肌を飾ることができますから。

今日は家族風呂があったんで、千春さんと一緒に入ることができたけど、温泉やスパ、プールにはなかなか入れません。タトゥーを入れるということは、日本ではけっこう社会的な制約があるんです。私は作家という仕事に就けたからいいですけど、タトゥーがあると就職だって難しくなります。

でも、タトゥーを入れたおかげで、素晴らしい友達と出会えたことも事実ですから、私は後悔はしていません」

美奈はタトゥーに興味を示している千春に、忠告の意味を込めて、ややきつめな言い方をした。

「『幻影』にも書いてありましたね。ヒロインの如月美穂がタトゥーを入れたことにより、いろいろな人との出会いがあって、成長していくということが」

「もちろんあれはフィクションですけど、でも私の体験が土台になっていますから」

千春と話していると、あっという間に時間が経ってしまった。家族風呂は三〇分以内というルールがあるので、二人は少し早めに風呂から上がった。千春は脱衣場で、携帯電話のカメラで美奈のタトゥーを写させてもらった。

「おじいちゃんがオーケーしてくれたから、あとで私たちの部屋まで来てくださいね」

平家の落人伝説の話を聞きたいと美奈が言っていたことに対し、千春は祖父が承諾してくれたことを伝えた。

美奈が部屋に戻ったとき、三浦はまだ露天風呂から帰っていなかった。それで売店を覗いていた。しばらくすると、三浦がお爺(じい)さんと一緒に歩いている姿を認めたので、美奈は三浦に声をかけた。

「俊文、ゆっくりだったのね」

「あ、美奈。この方は浴場で会った平野さんでね。部屋まで送ってあげようと思って」

「ひょっとして、千春さんのおじいさまでいらっしゃいますか?」

美奈は三浦の隣にいるお爺さんに尋ねた。

「はい、そうだが。するとおまえさんが、千春が言っていた作家先生かね?」

千春の祖父は美奈に確認した。七〇代後半と思われる、白髪の大柄な人で、身長は一七〇センチぐらいありそうだ。彼は平野喜平(きへい)と名乗った。

「はい。三浦美奈です。ペンネームは木原未来です」

「風呂から上がったばかりでしばらくゆっくりしたいんで、少し経ってから来てくれんか。今何時かね?」

「まもなく八時半です」

三浦が売店の時計を見て答えた。

「それじゃあ、九時ごろわしの部屋に来てくれ」

三浦と美奈は千春の祖父を部屋の前まで送っていった。部屋は美奈たちの部屋の、一つ置いたところだった。千春が祖父の気配を感じ取って、部屋から出てきた。

「あら、美奈さん。おじいちゃんをわざわざ送ってくれたんですか？」

「夫がお風呂でおじいさまに出会って、いろいろ話をしていたそうです」

「まあ、ご主人ですか？　祖父を送ってくれて、ありがとうございます」

「また三〇分ほど経ったら改めて伺います」

美奈は喜平と千春にそう言って、いったん喜平たちの部屋を辞した。

「露天風呂の湯船で喜平さんと出会って、温泉に浸かりながら、平家の隠れ里の話などを聞かされたよ」

自分たちの部屋に戻り、三浦は美奈に浴場での出来事を話した。美奈も千春と話したことを三浦に語った。

もうそろそろ時間なので、喜平たちの部屋を訪問することにした。三浦は部屋に行く前に、喜平が日本酒が好きだと言っていたので、売店に寄って、地酒の小瓶とつまみになるものを買ってきた。

喜平たちの部屋に行くと、千春が待ちかねたように扉を開けた。三浦は携えた地酒の小瓶を喜平に渡すと、「これは気が利くねぇ。千春、湯呑みを持ってきなさい」と指示をした。

「おじいちゃん、年なんだから、あまり飲み過ぎないようにしてね」

千春はちくりと祖父をたしなめながらも、部屋に備え付けてある湯呑みやコップを四つ用意した。

「それじゃあ、まず乾杯を」

喜平は上機嫌で乾杯の音頭をとった。美奈と千春はウーロン茶で乾杯した。

喜平はまず、秋山郷の落人は、一一八五年の壇ノ浦の戦いで源氏に敗れ、秋山郷に落ち延びた平勝秀一党の子孫だと伝えられる、と語った。美奈は喜平の許可を得て、メモをとりながら喜平の話を聞いた。人名や地名の漢字など、わからないことはとりあえずひらがなで書き、あとで調べることにした。

それから喜平は、『秋山紀行』を表した江戸時代後期の文人、鈴木牧之は、秋山郷に落ち延びた平家の落人というのは、平維茂の子孫にあたる城氏のことではないかと言っている」ということを紹介した。そのことは「栄村秋山郷観光協会」のホームページに紹介されているそうだ。美奈は後ほど、持参したノートパソコンで確認してみようと思った。

自分たちの先祖も以前は秋山郷の小赤沢の方に住んでいたようだが、天保の飢饉のころに、今の中野市に移り住んだと喜平は語った。平野家は実際に平氏の子孫かどうか、正確なところはわからないが、先祖代々平家の系統だと言い伝えられている。姓の平野も平氏に由来しているという。

「そうそう。中野にはわしの知り合いの婆さんがいてな。その婆さんは神様をやっとって、近所の人たちから病気治しや人生相談など頼まれとるんじゃが」

喜平は突然話題を変えた。喜平の家の近所に住んでいる、お米さんというお婆さんには霊能力があり、何十人もの信者がいるという。

「お米婆さんが言うには、秋山郷には今でも平家の亡霊が何人もいるそうでの。まるで『耳なし芳一の話』みたいだが。それが最近、その亡霊がいなくなってしまったんだそうじゃ」

「平家の亡霊ですか？」

いきなり亡霊の話が出たので、美奈は驚いた。

「おじいちゃん、またそんな話をして。美奈さんを驚かせないでください。美奈さん、ごめんなさい。そんな話、真に受けないでください」

千春が祖父をたしなめた。

「いえ、私もその話、関心があります。よろしかったらもう少しお聞かせください」

美奈は話の続きを促した。以前千尋が、亮たちと平家落人伝説が絡んでいるかもしれないと言っていたことが気になった。

「続きといっても、わしも詳しいことは知らん。それはお米婆さんから直接聞いてもらいたい」

そう言って喜平は明日、帰りにお米さんの家に寄ってはどうかと提案した。

「お米婆さんにはわしから明日あんたが道場を訪問してよいかを訊いておく。婆さんは夜が早いので、明日の朝電話で訊いておこう」

喜平は明日アポイントメントを取ってくれることを約束した。話し終わったころには、もう一〇時半に近かった。

「ありがとうございました。とても素晴らしいお話でした」

美奈は喜平にお礼を言った。

「あんた、物書きだと聞いたが、小説の参考になったかね？」

「はい。次の作品は平家の落人伝説をテーマにしてみようと思います」

「そうか。本になったら、ぜひ教えてくれ。わしは目が悪くなったんであまり細かい字は読めんで、千春に読んでもらうよ」

「はい。本が出たら、千春さんにお送りします」

喜平は眠くなったので、そろそろ布団に入りたいと言った。

「悪いのう。年寄りは夜が早いもんじゃから。そのくせ夜中には必ず目が覚めてしまうんじゃ」

喜平は部屋の奥の、布団が敷いてあるスペースに移動した。千春は美奈に携帯電話の番号とメールアドレスを交換してください、と依頼した。美奈は「はい、いいですよ」とそれに応じた。二人は赤外線通信を使って、お互いのデータを交換した。

4

翌日の午前一〇時前に三浦と美奈は秋山閣をチェックアウトした。早朝、喜平がお米さんに美奈が訪問することを話すと、「昼頃なら時間がとれるので、めしでも食いながら話をしよう」と了承してくれた。千春はお米さんの道場の住所と電話番号を教えてくれた。

駐車場まで千春が見送った。喜平は朝風呂に入っているそうだ。

「せっかく来たのに、たった一泊ではもったいないですね」

「そうですね。この次来るときは、二、三泊できるようにしたいですね」

「来るときは連絡くださいね。私もご一緒します。私は近くですから」

「でも、タトゥーがあると、大浴場には入れないし、河原の野天風呂も他人の目があるから、ちょっと無理です。水着で隠せるようなタトゥーじゃないから。今は下手すれば、写真撮られてインターネットでアップされちゃいそうです」

「今は何かあると、すぐ動画撮られてネットで晒し者にされちゃいますからね。ある意味、いやな世の中になったもんです。あ、私は昨日撮らせてもらった美奈さんの写真、絶対アップしたり他人に見せたりしませんから。携帯の待ち受け画面にもしません。それは信用してください。それじゃあ、お気をつけて」

「ありがとうございます。でも、私のタトゥーはもうあちこちでばらまかれていますから、それは気にしません。またメールしますね。喜平さんにもよろしくお伝えください。みんなで写した写真、帰ったらパソコンで送ります」

二人は別れの挨拶をし、美奈はパッソを発進させた。千春と喜平も、もう少しゆっくりして、昼前には帰宅の途に就くそうだ。帰りは往路とは違って、奥志賀スーパー林道を経由する。二時間あれば中野市のお米さんの道場には十分間に合うと千春が保証してくれた。

最初の雑魚川林道は急カーブが多い。舗装はされているものの、道幅も狭いので慎重に運転しなければならない。県道五〇二号線、四七一号線に入っても、しばらくは雑魚川に沿って走る。ブナの森が美しい。展望が開けると、志賀高原のスキー場だ。気持ちがよいドライブを楽しめる。美奈は途中、時間調整を兼ねて、志賀高原のホテルのラウンジで少し休憩した。このあと三浦が運転を交代してくれた。

道は国道二九二号線に接続した。左に行けば、国道としては標高二一七二メートルの日本最高地点を通過する。三浦は右にハンドルを切り、中野市方面に向かった。

お米さんの道場の住所はカーナビに入力してある。美奈は道場が近づくと、「まもなく着きます」と携帯電話でお米さんに連絡をした。お米さんの道場はすぐにわかった。市街地から少し離れた、田畑が多い田園地域だ。周りは山に囲まれ、景色がよい。道場といっても、農家の離れを改装した、こぢんまりとしたものだった。

「飯縄命(いいづなのみこと)　霧島米(きりしまよね)神霊道場」と小さな看板が出ていた。

「先ほどお電話した、三浦です」と玄関口に設置されたインターホンで声をかけると、米は「はい、開いてますから、入ってきてください」と応えた。三浦と美奈は引き戸を開け、「失礼します」と言いながら中に入った。霧島米は三浦と美奈を玄関の上がりかまちまで出迎えた。米は白髪で、身長一四五センチほどの、小柄な女性だ。年齢は喜平と同じくらいかと美奈には思えた。米は上がり口で突然額(ぬか)ずいた。

「これはなんと尊い神様が、しかもお二方(ふたかた)も。今朝喜平の爺さんから電話があったとき、私の神様が、非常に格が高い神様がお越しになるとおっしゃったので、あなた方の訪問を許したのだが、思っていた以上の高貴な神様が来なさった」

米は千尋と多恵子の姿を霊視できるようだ。

「あの、霧島さん、どうか頭をお上げください」

床板に頭をすりつけて礼拝する米に、美奈は丁寧に言った。

「いやはや、あんたさんは素晴らしい神様のご守護を受けていなさる。私の神様よりも、ずっと格が上じゃ」

米は恐縮し、平身低頭した。

美奈たちは米の道場にあがった。道場の上座の奥にある床の間には、大きな祭壇が祀られている。それは米が祀っている、飯縄命という祭神（さいじん）を鎮めた神棚だ。米はその神にお伺いを立て、信者の病気治しや相談などをこなしている。

米は大きな教団には属さず、個人で小さな神霊道場を運営している。米は四〇歳になったころ、自分自身に神がかかったことを自覚した。その神は飯縄山で修行した、飯縄命と名乗った。米を守護している飯縄命は、実際に飯縄山で厳しい修行をした修験者の霊で、かなり高い霊格を有しているようだ。

米は夫や親戚、知人などに神から告げられた託宣を伝えた。それがよく当たるので、いつの間にか米の周りに信者といえるような人たちが集まった。喜平もその一人だ。

病気治しの祈祷を頼まれると、飯縄命に対して病気がよくなるよう祈念した。すると二人に一人は病状が快復に向かった。風邪などのウイルスや細菌に感染した病気にはあまり効果はないが、長年の腰痛や肩痛、頭痛などの除去はかなり成果が上がった。初期のがんを消滅させたことも一度や二度ではない。

「病院で治せるような病気や怪我は病院へ行けばいい。病院ではどうにもならないような病気をしたときこそ、私のところに来なさい」

米は信者に対し、そう言った。そして実際、医療ではなかなかよくならない、長年にわたる頑固な痛みには効果があった。米は病気治しでも評判になった。米は信者たちから要望されて、神霊道場を主宰した。個人の小さな道場で、宗教法人にはなっていない。米は信者からの寄進で、なんとか生活をしているのだった。夫とは二年前に死別したが、息子夫婦や孫たちも母屋（おもや）に住んでおり、生活への不安がないので、今は地域の生き神様として宗教活動に専念している。

米は信州そばをごちそうしてくれた。孫が近くの信州そばのレストランに勤めているので、そこから出前を取った。届いたそばは、丸いざるに盛られている。信州はそばの本場だけあって、戸隠（とがくし）そばと銘打ったそれは、腰があり、喉ごしもよかった。地元で採れる辛味（からみ）大根のおろしや、山菜の天ぷらも付いていた。ちなみに戸隠そばは、出雲（いずも）そば、わんこそばと並んで、三大そばといわれている。

食事が終わり、さっそく本題に入った。

「昨日、平野さんから、秋山郷から平家の落人の亡霊がいなくなったという話を聞きましたけど、そのことを詳しく伺いたいと思いまして」

最初に美奈が切り出した。

「おう、その話かの。私もその霊が本当に平家の落人の霊なのかどうか、はっきりしたことはわからん。ただ、本人たちは壇ノ浦で敗れ、秋山郷まで落ち延びた平家の残党の霊だと言っていた。まあ、喜平爺さんが言うには、秋山郷の平家は、壇ノ浦の戦いで敗走した平家の武将などではなく、平維茂の子孫の城氏のことじゃないかとのことだが。キリスト教の牧師がそんなこと言っていたそうだが、わたしゃそのへんのことはようわからんがの」

「あの、プロテスタントの牧師さんじゃなくて、鈴木牧之（ぼくし）さんという江戸時代の随筆家のことだそうです。私も喜平さんに教えてもらった『栄村秋山郷観光協会』のホームページで確認しました」

美奈は米の勘違いをやんわりと指摘した。

「ま、それはともかく、秋山郷には力が強い荒ぶる神が三体ほどおってな、村の人たちに祟りをしたりしていたが、昔、偉い坊さんが慰霊し、封じ込めたという話が伝えられておった。それは一部に伝わる伝説で、その真偽は定かでないが、私の守護神様の飯縄命に伺うと、確かに邪悪な亡霊は実在し、長いこと封印されとったそうだ。それで私は飯縄命にお願いして、その封印を護ってきた。あんたなら強力なご守護神様がおられるんで、信じてくれるだろうが」

「はい。私の守護神様も、とある霊が、平家伝説にまつわる霊を引きつけてしまったので、注意するようおっしゃっていました」

美奈は米が言っていることは確かなことだと思った。

米が言うには、江戸時代中期に力のある修行僧が、平家の武将を名乗る荒ぶる神を封じ込め、切明温泉の近くに石仏を設置して村の者が供養をしていたという。ところが時代が下り、人口減によってその供養もおろそかになった。封印した場所のすぐ近くに林道が通った。最初は林道の工事の際、その石仏を撤去する予定だった。しかし荒ぶる神を鎮めた石仏を破壊してはならんと、伝説を知っている地域の長老が工事を担当していた建設会社にねじ込み、石仏の撤去を断念させた。それで封印は破られずに済んだ。

しかし最近、狭い林道で香織が運転する軽自動車とすれ違った車が、運転を誤り、その石仏を倒してしまったのだった。そのことは米も知らない。

封印から解放された三体の悪霊は、亮に憑いていたこっくりさん――よっちゃんの父親、義秀の霊に引っ張られるかのように、亮に憑依した。義秀は悪霊を引きつけるつもりは全くなかった。それでも悪霊たちは義秀に気づかれないよう、巧みに亮に憑依した。

美奈の守護神、千尋でさえ、亮に悪霊が憑依したことは気づいたものの、気配を消してしまった悪霊について、それ以上のことはわからなかった。

美奈は千尋から教えてもらったことを米に伝えた。

「そうか。運転を誤った自動車が石仏を倒したため、封印が解かれてしまったのか。恐ろしや恐ろしや。私らはどうしたらいいのじゃ？　今さら石仏を元に戻しても、どうにもならんのじゃろ？」

米は恐れおののいた。これまで、供養する者がほとんどいなくなった石仏を、米と米を守護する飯縄命が護ってきた。しかし封印が解かれてしまった以上は、飯縄命でもどうすることもできない。相手は飯縄命を上回る霊力を持っている。さらにそれが三体もいるという。

「今のところはその霊たちも、霊界のどこかに隠れてしまい、姿を現していないので、どうしようもないそうです。でも万一のことを考えて、私の守護神様が飯縄命様の神格をアップしてくれるそうです」

以前、千尋は将来起こるであろう惨事に備え、親友の陽香に出現した龍の守護神をパワーアップしたことがある。今回も同じように、米の守護神に千尋の高き神霊のオーラを浴びせ、大きく神格を向上させた。

「おおお。確かに感じる。我がご守護神様、飯縄命の力がどんどん膨れ上がってくるのを。ほんとにあんたさんの神様はどれだけすごいお方なんじゃ!!」

米は守護神飯縄命のオーラが今まで以上に明るく輝いていることを霊視して、感激した。

飯縄命は千尋の力により、かなりの神格向上が叶った。それでももし三体の悪霊たちが中野市や秋山郷の近くで祟りをなした場合、飯縄命だけでは力不足だ。千尋や多恵子の力も結集しなければならないだろう。

悪霊たちはまだ亮に憑依したままだ。その亮は今、長野市内の病院に入院している。地獄魔界のどこかに潜んでいるとはいえ、今も亮に取り憑いていることを千尋は感じている。万一悪霊たちが長野周辺で活動しだした場合、パワーを増した飯縄命は短い間なら悪霊たちを抑えることはできる。その間に美奈は千尋、多恵子と共に行動を起こさなければならないと考えた。

悪霊たちはこっくりさん、義秀の霊に引き寄せられて亮のところに集まった。もし大きな動きをするとすれば、亮が春日井市の篠木署に移送され、瞳のところに戻ったこっくりさんと接近したときになる可能性が高いと思われる。

どんな状況でも対応できるよう、千尋は、常時悪霊たちの動きに気を配っている、ということを美奈に伝えた。

「そうかのう。なんか大変なことになりそうじゃな。わたしゃ三〇年以上飯縄命を祭神として神様をやってきたが、こんなことは初めてだて」

これまでいくつかの奇跡を行ってきた米でさえ、美奈の話はにわかに信じられなかった。それでも自分の守護神の神格を瞬時に大きく向上させた千尋の力を信じざるを得なかった。

傍らで二人の話を聞いていた三浦にも、美奈の話は荒唐無稽（こうとうむけい）に思われた。しかし過去にもそのようなことは何度もあった。藤原岳での悪霊との戦い、大日慈愛会の本部道場での大自在天を名乗る邪神との戦いでは、三浦もその場に居合わせて共に悪霊と対峙（たいじ）した。美奈の言うことは信じざるを得なかった。

美奈と三浦は二時間ほど米の道場で話をし、辞去することになった。美奈は米に、くれぐれも気をつけるように伝えた。何かあればすぐ連絡をくれるようにと、美奈の携帯電話の番号を教えておいた。

今日は善光寺など、長野市内を観光する予定だった。けれども米の道場で長居をしたので、二人はまっすぐ帰宅することにした。美奈は志賀中野有料道路を経由して、上信越自動車道に入った。長野自動車道、中央自動車道、東名高速道路と乗り継いだ。途中で二度サービスエリアで休憩し、夕飯も外で済ませてきたので、自宅に着いたころはもう暗くなっていた。梅雨の時季だったが、二日間、なんとか天気は持ってくれた。

「俊文、ありがとう。楽しかった」

「僕のほうこそありがとう。結婚してから泊まりがけで旅行に行ったのは初めてだね。婚姻届、一緒に提出に行けなかったし、ハネムーンにも連れて行ってあげられなくて、ごめん」

「しょうがないわ。刑事さんの仕事は忙しいんだから。でも、これからも事件がなくて、休暇が取れるときがあれば、たとえ一泊でもいいから旅行に行きましょう」

自宅に帰り、少し落ち着いてから二人は抱擁し合った。あえて平家落人伝説の話はしなかった。

5

それからしばらくして、大場亮を長野市の病院から篠木署に移送することとなった。一時は意識不明の重体だったが、意外と早い回復だった。

前回と同じく、松原、鳥居、三浦、野原の四人が、ワンボックス型の護送車で長野県警本部に向かった。松原と鳥居は何度も長野県警に出向き、亮の取り調べをしていた。

前夜、「明日、長野まで大場を迎えに行くことになったよ」と三浦から聞いた美奈は、三浦が出かける前、自分の写真を渡した。

「この写真には千尋さんの分け御霊をお鎮めさせてもらったわ。これをお守りの代わりに持っていって」

美奈は小さな写真に、千尋の分け御霊が鎮まるよう、祈念した。その写真を卵形のロケットに入れた。自分の写真をお守りのお札にするのは気恥ずかしかったのだが、さりとて単なるボール紙に〝お守り〟と書いて、そこに千尋の分け御霊を鎮めるのもどうかと思った。

「やあ、これはかわいいお守りだね。昨夜、何してるのかなと思ったら、これを作っていたんだね」

三浦はそれを首にかけるのが照れくさかったので、スーツの胸ポケットに入れた。美奈の写真が入ったロケットを首から提げているのを野原に見つかると冷やかされそうだ。単に冷やかされるぐらいならいいが、妬まれてはいけない。

先日米の道場で、邪悪な霊が亮に憑依しているという話を聞いたので、美奈から千尋の分け御霊を鎮めたお守りをもらったことは心強かった。

往路は三浦と野原が交代で護送車を運転した。その日は梅雨空で、しとしとと雨が降っていた。長野県警で刑事部長に挨拶をして、亮を引き渡してもらった。亮はもうすっかりよくなっていた。剃り上げた頭は少し髪が伸びていた。けれども幼女を救ったときに負った傷は、髪の中でも手術の痕が生々しかった。

「俺はもう観念したから、逆らったりはしないぜ。俺も一度は死んだ人間だ。生まれ変わったつもりで、しっかり償いをして、今度はまっとうな人生を送るよ」

手錠、腰縄をつけられた亮は、迎えに来た四人の刑事に力なく言った。

「おみゃーさんはものの弾みで婆さんを死なせてまったが、身の危険を顧みず、子供を助けたことは賞賛に値するがや。子供の両親からも感謝されとる。まあ、ちょっと長くなるかもしれんが、仮釈放もあるし。娑婆に出たら頑張れよ。何でも相談に乗ったるでな。おみゃーさんが出るころには、俺は定年退職しとるかもしれんが、それでも力になったるがや。おみゃーさんも知っとる大井翔太も俺の知り合いだがや」

鳥居が亮を励ました。けれどもそう思いながらも、いくら弾みだったとはいえ、遺族の悲しみと怒りについても、鳥居はよくわかっている。亮の勇気ある行動を遺族が理解してくれ、少しでも刑が軽くなることを鳥居は心より願った。

強盗殺人の場合、死刑を含む無期懲役以上の量刑が科されることが多い。それでも鳥居は、隼や香織への取り調べで、最初から殺意があったのではなく、空き巣狙いだったのが、不幸が重なり、被害者を死に至らしめてしまった、と確信している。また自首（この場合は出頭にあたる）するつもりだったこと、幼女を自分の身の危険も顧みずに救ったことなど、情状酌量の余地もある。刑期は一〇年近くになるかもしれないが、亮はきっと更生できるだろうと鳥居は期待した。

「あんた、大井の知り合いなのか。あいつとはウマが合わんかったがな。あいつは最近、急に真面目になりやがって、おもしろくねえ。まあ、俺もそういう意味ではおもしろくない人間になるさ」

亮はそう言いながら護送車に乗り込んだ。せっかくこっくりの野郎が、俺に真人間になるチャンスをくれたんだから、今度娑婆に出たら、まっとうに生きていってやろうと亮は決意した。親父やお袋にもずいぶん迷惑をかけてしまったし、せめて元気なうちに親孝行をしてやりたいとも思った。

帰りは篠木署の警部、松原が運転をした。

長野自動車道に入り、安曇野（あづみの）にさしかかったころ、運転をしていた松原の具合が突然おかしくなった。車が蛇行し始め、走行車線を走っていたのが、ウインカーも出さず、急に追い越し車線にはみ出し、中央分離帯に衝突しかけた。松原の異常に気づいた、助手席にいた鳥居が、一瞬の判断でハンドルを戻し、そのまま追い越し車線を走行した。アクセルを踏み続け、スピードはどんどん上がっている。このままではいくら鳥居が補助しても事故は避けられない。まだ前を行く車とかなり離れていたからよかったものの、車間距離にゆとりがなければ追突していたところだ。安曇野では雨が激しく降っており、スリップもしやすかった。

「松原、いったいどうしたんだ？」

鳥居は助手席から運転席に乗り出し、大声で叫んだ。後ろの席にいる三浦や野原も、大きな声で松原の名を呼んだ。一番後ろのシートに掛けていた亮も「おい、何やってんだ、俺はこんなところで死にたないぞ!!　せっかく拾った命だから、真面目に生きようと決意したんでな」と叫んだ。しかし松原の目は虚（うつ）ろだった。意識がないようだ。

ひょっとしたら何かの病気で気を失っているのかもしれない、と三浦は考えた。それで美奈からもらったロケットを胸ポケットから取り出し、右手で握って、「千尋大神様、どうか松原警部を正気に戻してください」と心の中で強く祈った。

すると松原はすぐに正気を取り戻した。

「おい、少しずつスピードを落とせ、そしてしっかり運転しろ!!」

鳥居の言葉で、松原は今どういう状態にあるかを理解し、正常な運転に戻った。一同はほっと胸をなで下ろした。

「俺はいったいどうしていたんだ?」

「どうもこうもないがや。おみゃーさんはちょっと疲れとるんじゃないか? もうすぐ梓川（あずさがわ）サービスエリアだ。そこで俺が運転を替わったる」

松原はその後は正常に戻り、無事梓川サービスエリアの駐車場に着いた。

「おい、松原、さっきはいったいどうしたんだ。なんとか助かったでよかったが、一つ間違ったら俺たち全員、あの世行きだったんだぞ」

鳥居は強い言葉で言った。決して責めているつもりではないが、危うく大事故になるところだったので、つい言葉が強くなってしまった。警部の松原は、階級は警部補の鳥居より上で、鳥居が篠木署にいたときは上司だった。それでも年上で経験豊富な鳥居には松原も一目置いていた。もちろん鳥居は驕（おご）るようなことはなく、松原を上司として立てていた。

「いや、済まん。何だかわからないが、少しぼうっとしていたようだ。まるで何かに憑かれているみたいだった」

何かに憑かれている、と松原が言ったのを聞いて、三浦はひょっとしたら亮に憑いているという平家の落ち武者（?）の霊が悪さをしたのではないかと考えた。三浦がロケットのお守りに強く祈念したらすぐに松原の具合がよくなった。それは千尋の力で、悪霊の怨念を抑えたからではないか？　それはあとで美奈に確認してみるとして、篠木署に着くまでは、お守りのロケットに、悪霊が悪さをしないよう、祈り続けておかなければならない。

「ついでだから、私、ちょっとお手洗いに行ってきます」

野原がそう断ってサービスエリアのトイレに行った。トイレが混んでいたようで、野原が戻るまで少し時間がかかった。野原は眠気覚ましにと缶入りのコーヒーを人数分買ってきた。

その後は鳥居が運転を替わり、無事篠木署に着くことができた。


夜、自宅に戻ってから、三浦は今日の出来事を美奈に報告した。美奈が淹れてくれたコーヒーを飲みながら、安曇野での一件を話すと、美奈はそのことをすでに知っていたので、三浦は驚いた。松原が具合が悪くなった時間もぴたりと言い当てたのだった。

「実は私は千尋さん、多恵子さんから報告を受けたの。俊文が思ったとおり、やっぱり〝平家の落人の亡霊〟の仕業のようね」

「そうか。やはり米さんが言っていたことは現実のものだったんだね。お守りをもらっておいて、助かったよ」

三浦は美奈が事前に危険を察知して、千尋の分け御霊を鎮めたお守りを渡してくれたことに感謝した。もし亮の移送に三浦が加わっていなければ、護送車は大事故を起こしていたかもしれない。

「そういえば美奈もそれ以前から平家の落人伝説のことを気にかけていたね。旅行を秋山郷にしたのも、そのことを調べるためというのも目的の一つだったんだし」

「ええ。喜平さんや米さんに出会って、いろいろな話を聞けてよかったんだけど」

美奈は旅行から帰ってから、図書館やインターネットで秋山郷の平家伝説について、いろいろ調べたのだった。

「でも亮さんに憑いていた落人の亡霊は、事故を起こしかけたあと、亮さんから離れてしまったみたいなの。千尋さんが確認してみたけど、霊界か魔界に姿を隠してしまったのね。たぶん今日、お守りに鎮めた千尋さんの力を感じ取って、どこかに隠れたのでしょうね」

「それじゃあ悪霊の件はもう大丈夫なのかい？」

「それはなんともいえないわ。悪霊はまだ浄化されたわけじゃないんだから。一番心配なのは、瞳よ。もともと封印から解き放された霊たちは、亮さんに憑いていたこっくりさんに引き寄せられるように亮さんに憑依したそうなんだけど、今、こっくりさんは瞳のところに戻っているのだから」

瞳や早紀たちのことは、早紀の母親である多恵子が気を配っている。もし瞳たちに何かが起これば、すぐに多恵子が対応してくれる。その点では美奈は安心だった。

6

七月に入り、『魔界大戦』前編の二回目の校閲ゲラが届いた。一回目は書いてある内容の誤りなどに主眼を置いていたが、二回目はどちらかといえば〝校正〟で、誤字、脱字などのチェックが主だった。美奈はまず自分でゲラをチェックした。そしてさくらが休みの日に卑美子ボディアートスタジオに行き、さくらと一緒にゲラに目を通した。早く作品を読みたいからと、トヨと美貴も来ていた。美貴は今日は公休日だ。

「いいね。私から見ると、完璧。さすが美奈」

さくらは美奈が赤ペンなどを入れたゲラ刷りを読んで、評価した。

「うん、きっと人気出るよ。ラノベやアニメ、ゲームオタクと言われるあたしが保証するから、大丈夫」

美貴も太鼓判を押した。

「絶対連載、勝ち取ろうね。頑張ろう!!」

さくらが右手の拳を突き上げた。美奈、トヨ、美貴もそれにならった。

「なんか労働組合の〝団結ガンバロー〟みたいね」

トヨは地方銀行に勤めていたころ労働組合に加入していて、支店単位で分会活動などを行っていた。二年間分会委員を務めており、銀行との団体交渉のときなど、全員で「団結して、ガンバロー」と叫んでいた。

「そう。私たち、みんな仲間だから、団結して頑張ろー」

さくらが気勢を上げた。

二度の校閲を経て、『魔界大戦』前編は八月初旬に発売される「月刊ライトドリーム」九月号に掲載される予定だ。まもなく一〇月号に掲載される、後編の校閲が始まる。

「そういえば美奈の新作『流れ星』の校正も終わったんだったね」

さくらが話題を美奈の新作に変えた。

「はい。先月校了して、九月に書店に並ぶ予定です。来月、見本が届くと思います」

「それは楽しみですね。今度もさくらがイラスト描いてるし」

トヨが発言した。『流れ星』の表紙カバーは、満天の星の下、主人公たちが天体望遠鏡を覗いているという構図だ。星空には一つ、火球ともいうべき明るい流れ星が描かれている。さくらは天の川や星座、天体望遠鏡のデザインもとことんこだわっていた。天体望遠鏡はさくらの姓と同じ、高橋製作所の望遠鏡を参考にして描いた。カバーに掛ける帯には、今回も北村が推薦文を書いてくれた。

「あたしも見本見せてもらったけど、すごくよかった。表紙見ただけでも買いたくなっちゃう。もちろん、中身もすごく面白いけど」

美貴はさくらのカバーイラストと、美奈の新作を絶賛した。

「『幻影』の続編も今、書いてるんでしょう。それは北村先生の作品にまつわる連続殺人事件がモチーフになっているのでしたね」

「はい。もうすぐ完成だから、書き上がったら、文学舎の担当の久保田さんに読んでもらいます。北村先生が、あの事件は自分では手に負えないので、ぜひ私に書いてほしいと言ってくれました。本来なら北村先生自身が『榛名シリーズ』として書きたかったのでしょうけど、私に譲ってくれました」

トヨの問いかけに美奈が応えた。

「あの事件は裕子のお兄さんの霊が絡んでいて、美奈も裕子も大変な目に遭ったんだね」

美貴もその事件については、美奈や裕子から詳しく聞いている。

「悲惨な事件だったけど、あの事件があったから、北村先生も優衣さんと出会えて、結婚できたんです」

連続殺人の最初の犠牲者が、優衣の姉、久美だった。しかしそれ以前に久美の恋人だった宏明が殺され、そのことがすべての事件の発端となった。

「北村先生と優衣さん、ほんと、素敵なカップルだね。トヨさんにもフィアンセがいるんだし、私も早く彼氏作らなくちゃ。ね、美貴、お互い頑張ろうね」

「あたしたちも団結して頑張ろう、さくら」

さくらと美貴が右の拳をコツンと軽くぶつけた。

四人は栄の味噌カツの店に夕飯を食べに行った。安くてボリュームがあり、味もいいので、時々仲間が集まるとその店に食べに行く。小降りの雨の中、さくらが運転するフィットに四人が乗った。

「梅雨はまだしばらく明けそうにないね」

「梅雨明けは二〇日ぐらいだから、まだ少し先ね」

車の中で天気の話題など語り合っているうちに、味噌カツの店に着いた。

さくらが、おいしくてボリュームもあると勧めたので、みんなわらじ味噌カツ定食を注文した。オーダーした品が来るまで、美貴のことを話題にした。

美貴は七月いっぱいで「オアシス」を辞める。仲違いをしていた父親と和解して実家に帰った美貴だが、父親が風俗店で働くことに反対している。美貴は親しい仲間たちと別れることがいやで、もうしばらく勤めたいと抵抗した。父親は、タトゥーはもう消せないから容認しても、風俗店だけは辞めてくれ、と泣き脅しのように懇願した。

美貴は「オアシス」で特に仲良くしている恵、裕子、優月に相談した。みんなは「お父さんがそこまで言うのなら、寂しいけど辞めるべきだよ。せっかくお父さんと仲直りできたんだから。美貴は一人っ子だから、お父さん、大事にしてあげて」とアドバイスした。ほかの仲間も、そろそろ風俗を卒業して、新しい道へ進みたいと考えている。恵はかなり貯金ができたので、その資金を元手にして、喫茶店を経営することを夢見ている。優月は、卑美子が育休から復帰すれば、タトゥーアーティストとして弟子入りすることになっている。美貴と裕子は恵が喫茶店を開いたら、それを手伝うつもりだ。

「私たちの世代の仲間、どんどん『オアシス』辞めちゃって、寂しくなるね。美奈も結婚で辞めちゃったし」

タトゥーアーティストを目指し、卑美子に弟子入りして「オアシス」を辞めたさくらが言った。

「でも、辞めてからもみんな仲間として、時々会ってるじゃない。静岡に行っちゃった葵さんは、遠くなったから電話やメールでしか連絡できないけど。あたしだって『オアシス』辞めても、これからもずっと、みんなと友達だから、寂しくなんてないよ」

そう言いながらも、美貴は目を潤ませていた。

「また送別会やるから、みんなも来てね。今、メグさんが計画してくれてる。八月は夏休みなんかで混むから、九月になる予定だけど」

こういうときは、リーダー格の恵が率先して行動する。去年の一二月、美奈が退職したときも、南知多温泉郷、豊浜への温泉とフグ料理の旅を計画してくれた。

「『オアシス』の仲間はいいね。私だけは同業とはいっても、別の店だったから」

トヨは「オアシス」のすぐ近くにある同業の店、「サンライズ」に勤めていた。

「でもトヨさんだって、あたしたちの大事な仲間だから。同じマーガレットのタトゥーを入れた仲間だもん」

美奈たちは〝真実の友情〟が花言葉のマーガレットの花を、友情の証として身体に彫り込んでいる。みんなにマーガレットのタトゥーを施術したのはトヨだが、トヨ自身も自分で同じ絵を太股に彫ったのだった。

そんな話をしているところに、注文の料理が届いた。

「美貴さん、『オアシス』辞めたらどうするんですか?」

食事をしながら美奈が尋ねた。

「そうねえ。あたしは美奈や優月みたいに文才や絵の才能がないから、どうしようかな、って考え中なんだ。けっこう大きくタトゥーを彫っちゃったから、会社勤めも難しそうだし。親父は風俗は絶対だめだと言うんだ。すぐに結婚、という気にもなれないし」

美貴は、結婚相手はタトゥーに理解がある男性でなければ無理だと思っている。腕や腰、太股に大きく彫っているので、今さら消すこともできない。消すぐらいなら、最初から彫らなければよいと考えている。それに、親友のさくらやトヨに彫ってもらったタトゥーなので、大切にしたい。

「その点、美奈は刑事なのにタトゥーに理解がある男性に巡り会えて、よかったね」

「タトゥーに理解がある、というわけじゃないけど、私の人柄を見てくれたんです。タトゥーに関しては、もう消せないから、諦めています」

「それこそ理想の旦那さんじゃない」

横からさくらが割り込んだ。

「まあ、メグさんが喫茶店を開いたら、店で使ってもらおうかな、とは思ってるんだけど。メグさんも来年か再来年には『オアシス』辞めて、自分の店を持ちたいと言ってるから。それまで喫茶店でバイトして、コーヒーのおいしい淹れ方でも修業しようかな。今、知り合いから、そんな話も来てるんだ」

美貴は結婚の話から、これから何をするか、という話に戻した。

「美奈も一緒に喫茶店やりたいと言ってたけど、最近は作家として超忙しいから、ちょっと無理かな」

「はい。私もこんなに忙しくなるなんて、思ってもみませんでした。でもそれもいつまで続くか」

「木原未来先生はこれからもずっと忙しくなりますよ。さくらとの共作のラノベも、きっとヒットするでしょうし。そのうちに北村先生以上になったりして」

「いえ、私はまだまだ北村先生の足元にも及びません」

美奈はトヨの突っ込みに、謙遜した。

話は美貴の将来のことが中心となり、盛り上がった。タトゥーアーティストを目指している優月も話題に上った。

優月は週刊誌やタトゥー専門誌で見た美奈のタトゥーの美しさに憧れて、昨年一二月にオアシスに入店した。しかし一足違いで美奈が「オアシス」を辞めていたので、がっかりした。けれども恵の誕生日会に招かれ、そこで美奈やさくらと知り合うことができ、さくらに初めてのタトゥーを入れてもらった。そして彫り進むにつれ、自分も好きなタトゥーの道を進みたい、という夢を育んだのだった。

優月は隔週の火曜日にさくらに背中を彫ってもらっている。一回の施術は三時間だ。昨日は虚空蔵菩薩を取り巻く龍の鱗に、緑色の塗りを行った。単に緑一色ではなく、ダークグリーンから鮮やかな緑、薄い緑と、巧みにグラデーションをつけている。

「優月の背中もずいぶん進んだね。卑美子先生が復帰して、許可が出たら、すぐ弟子入りするつもりみたいだよ。ほんとはマシン買って、自分の太股なんかに彫って練習してみたいんだけど、勝手に練習しないように止められているんで、今は絵の勉強をしてるんだって」

「オアシス」では後輩として、美貴は優月を優しく見守っているが、まもなく一緒に仕事ができなくなることが残念だった。

「自己流で変な癖つけちゃうと、直すのが大変だからね。先生、旦那さんのお母さんが健(たけし)ちゃんの面倒を見てくれるから、来年には復帰するみたい。でもあまりお義母(かあ)さんに迷惑かけられないからと、保育所も探しているの。優月、来年には弟子入りさせてもらえそうだよ」

卑美子は時々スタジオに来て、小さなワンポイントなどを彫ることはあるが、本格的な復帰は長男の健が満一歳になる、来年二月の予定だ。優月にやる気があることを認めているので、卑美子の復帰と同時に、弟子入りを許可するつもりでいる。

優月が来ると、今のスタジオでは手狭になる。卑美子はスタジオが入っているマンションの、同じ二階の部屋に住んでいた人が転居して空き家になったので、その部屋を安く購入した。今年の秋には、トヨが同じ彫波一門の彫豊（ほりとよ）と結婚する。彫豊を「卑美子ボディアートスタジオ」に迎え入れ、新しく購入した部屋を二人の仕事場として提供することを考えている。彫波と相談して決めたことで、彫豊移籍に関しては、すでに本人やトヨ、さくらも了承している。「卑美子ボディアートスタジオ」としては、初の男性アーティストが誕生することになる。

そのあと、美奈は切明温泉への旅行の話をした。平家落人伝説には、みんなが興味を示した。

食事も終わり、いったんスタジオに戻ってから、四人は別れた。小雨が降る中、さくらは美貴と美奈が駐車しているコインパーキングまでフィットで送ってくれた。

「それじゃあ九月号の『ライトドリーム』、期待してるよ。『魔界大戦』、絶対連載勝ち取ってね」

美貴は別れ際に、さくらと美奈を応援した。

第六章　新たな憑依者(ターゲット)

1

梅雨が明け、季節は真夏へと移行した。

美奈は執筆の合間を縫って、ときどき弥勒山や猿投山、鈴鹿の山などに登った。たまには運動をしないと身体がなまってしまう。夏休みに入ったので、高校生の友人、彩花や美咲たちと登ることもあった。

今回は美咲の両親が仕事をしている学生寮の寮生、波多野麻衣(はたのまい)も山歩きに付き合った。麻衣には前にも会ったことがあり、彩花のフィアンセでもある大井を好きだということを美奈は感じていた。けれども麻衣は自分の感情を十分コントロールしていて、露骨に大井に干渉をしなかった。そこは、三浦を巡って美奈に恋のライバル意識をむき出しにしている野原若菜刑事とは違っていた。その野原も、美奈が入籍して以来、少しおとなしくなっている。

その日は美咲のボーイフレンドの松本拓哉(たくや)、通称タレ目のマッタク君は進学塾の講義があり、参加できなかった。拓哉は大学受験で、今は大忙しだ。来年早々センター試験が行われる。夏休みはほとんど進学塾に監禁状態だと本人は言っている。美咲と離ればなれになりたくないから、是が非でも地元の国立大学の法学部に入りたいと頑張っている。たまには息抜きで山に行きたいと残念がっていた。

高校二年生の美咲は家庭の経済事情もあり、高校卒業後は就職するつもりだった。ところがかつて小学校で教鞭（きょうべん）を執っていた、伯母の杉下由紀子（すぎしたゆきこ）としばらく一緒に過ごすうちに、自分も学校の先生になりたいという希望を抱いた。両親は、学費は心配しなくてもいいから、自分が望む道を進みなさい、と助言した。美咲は二年生に進学したときに、拓哉と同じ進学塾に入塾するよう両親に勧められたが、月謝の負担のことを考えて、「塾は三年になってからでいい」と断った。浪人するとまた大変なので、現役で教育大学に進学できるよう、美咲は三年生でトップクラスの成績をあげている彩花に勉強を見てもらっている。

美咲は高校では歴史研究会、通称レッケンの部長となり、部活動でも活躍している。彩花や拓哉もレッケンの部員だが、三年生は実質引退している。ただ、彩花は大学に進学しないため、時々部室に顔を出して、後輩たちにアドバイスをする。それでも後輩たちの自主性を重んじ、あまり重圧をかけないように気を配っている。

今日一緒に登山する宏美は、自慢の英語力にさらに磨きをかけるため、外国語大学進学を目指している。将来は世界を股にかける仕事をしたいと言っている。宏美は合唱部だ。

美咲の寮に大好きな彩花や宏美が訪れたので、美咲の大事な家族でもあるラブラドール・レトリーバーのジョンが、大喜びをした。美奈がパッソで寮まで迎えに来て、美咲たちがどこかに出かけそうな雰囲気だったので、ジョンは自分も一緒に行きたいとずいぶんだだをこねた。けれどもみろくの森一帯は犬を同伴することを禁止しており、なだめすかしてジョンを寮に置いてきたのだった。

「ジョン君、置いてけぼりをくって、かわいそうね」

運転しながら美咲たちの話を聞いて、美奈は気の毒に思った。美奈の実家の寺では、かつて犬や猫を飼っていた。姉の嫁ぎ先の寺にも、ゴロという雑種犬がいる。美奈も犬が好きだ。

「今日は大井君は仕事なのね。マックタク君は受験勉強？」

美奈は彩花たちに尋ねた。

「はい。二人とも今日はだめだから、また今度誘ってほしいと言ってました」

「残念ね。今日は女性だけになっちゃって」

大井が来られなくなって最も残念そうだったのは麻衣だった。麻衣は去年、美咲がある宗教団体に拉致・監禁された際、美咲を連れ戻しに行くために大井たちに同行した。そのとき、大井の活躍を眼前にし、異性として好意を抱いたのだった。

「瞳と早紀も今日はバイトだそうだし。波多野さんは、就職は内定したとはいえ、大学の卒論などもあって大変ですね。のんびりしてられるのは私だけかな。私はもう大井さんの会社に就職決定してるから。もっとも大井さんのところには永久就職なんだけど」

彩花は最後のところで顔を赤らめた。

「でも河村さんも未来さんみたいに作家を目指しているんだから、一番大変じゃないですか？　北村先生の二番弟子だし」と宏美が彩花に訊いた。北村の一番弟子は美奈だと一同は認識している。今日の参加者は全員、北村と美奈の作品の大ファンだ。北村は美奈と彩花のことを、「僕は君たちのことは弟子ではなく、友、仲間だと思っているよ」と言っている。

「波多野さんは富山に帰らないで、名古屋の方で就職するのでしたね」

美咲が麻衣に確認した。麻衣は美奈より一歳年下で、大学四年生だ。

「ええ。うちは兄が継ぐから、両親も名古屋にいたければそれでいいって言ってくれるから。うちは富山市といっても、街からちょっと外れて山の方だし、名古屋のほうが就職先はずっと多くて、やりたいこともできるでしょう」

「波多野さんの故郷、剱岳（つるぎだけ）や立山など、北アルプスの山がきれいに見えるんでしょう。憧れちゃうな」

美奈にも負けない山好きの彩花が言った。

「山はきれいだけど、冬は雪が多くて大変なのよ。もちろん故郷（ふるさと）だから大好きだけど、私はしばらく名古屋で生活したい」

「将来は富山に戻るんですか？」

「それはそのときの都合次第。もし名古屋の人と結婚して、ずっとこちらに住むことになっても、両親はそれはそれでいい、って言ってるしね」

美咲の問いに対し、麻衣は一歳年下の大井の顔を思い浮かべながら応えた。

（でも、大井君には彩花ちゃんというとても素晴らしい女性がいるんだから、私は潔く退かなきゃ。今日は大井君が参加しなくて、かえってよかった）

麻衣は心の中でそう呟いた。

美奈のパッソは自分が借りている自宅近くの駐車場に駐め、そこから道樹山（どうじゅさん）の登山口、細野キャンプ場まで歩いた。夏休みでキャンプ場の駐車場は満車で、あふれた車がトイレの前や車道にも駐車してあった。ちょっと歩かなければならないけれど、自分の駐車場に入れておいてよかったと美奈は考えた。

登山道は彩花が先頭を務め、宏美、美咲、麻衣、美奈の順で歩いた。真夏の低山歩きはけっこう暑い。四〇〇メートル程度の標高では、麓とあまり気温は変わらない。それでも樹林で覆われた登山道は日射しを遮り、持参した携帯温度計が示す温度が、一気に八度ほど下降した。時折爽やかな風が吹く。クマゼミやアブラゼミの鳴き声が騒がしい。少し上の方に行くと、ヒグラシも鳴いていた。途中の沢にある水場で一本立てた。一本立てるとは、登山などで小休憩することをいう。

山が浅いので、その水場の水をそのまま飲むことは少しためらわれるが、煮沸(しゃふつ)すれば問題ない。美奈はガスストーブで湯を沸かし、コーヒーや紅茶を淹れた。沢の水は埃(ほこり)などが入らないよう、濾過(ろか)してある。暑い中、汗をかきながら熱いコーヒーや紅茶を飲むのも、また楽しかった。

沢道を途中から右に折れて、道樹山に向かう。道樹山は春日井市第二の高さで、四二九メートル。山頂は高木に覆われ、展望はほとんどなかった。そこでしばらく休憩し、縦走路を大谷山に向かう。汗かきの美咲は盛んに流れ出る顔の汗をタオルで拭った。

「私の汗かきは、お母さんの遺伝子を受け継いでいるからなのよね」

美咲は母が大好きなのだが、少しだけ母親を呪いたい気分だった。

縦走路はほとんどスギ、ヒノキや広葉樹の樹林の中だ。途中、何人かの登山者とすれ違った。ほかの登山者と会うと、「こんにちは」と挨拶を交わす。

大谷山では、北西の犬山市方面が見渡せる。樹木の間に、本宮山(ほんぐうさん)から尾張富士、その麓に入鹿池(いるかいけ)がある。尾張富士の標高は二七五メートル。二九三メートルの本宮山と背比べをして、わずかに及ばなかったという伝説がある。それで毎年八月に尾張富士の山頂にある大宮浅間（おおみやせんげん）神社に石を運ぶという、石上げ祭りが行われている。

大谷山の山頂のベンチでは、三人のパーティーが休憩していた。

大谷山から下ったり登ったりを繰り返し、最低鞍部から一気に標高差七〇メートルほどを、弥勒山頂まで階段を登る。段差があり、大きな歩幅を強制されるので、左右の階段から少し外れた部分を登るのが楽だ。

やっと弥勒山の山頂に着いた。春日井市の最高峰、四三七メートルだ。山頂には大勢の人がいて、ベンチや四阿（あずまや）は人でいっぱいだった。樹林を抜け、山頂は真夏の日射しが強烈だ。

弥勒山の頂上は、北から北東方向の眺めがよい。大気が澄んでいれば、白山から御嶽山、中央アルプス連峰、恵那山などがきれいに望める。しかし今日は地平線が霞んでいて、御嶽山や中央アルプスがかすかに見える程度だった。恵那市の笠置山は近いため、菅笠のような三角形の端麗な姿を望むことができた。

四阿からは名古屋市方面が見渡せる。右手の方は伊吹山（いぶきやま）から鈴鹿の山並みだ。能郷白山などの奥美濃（おくみの）の山々は霞んでいた。名古屋駅周辺の超高層ビルやナゴヤドームも見える。左前方には、伊勢湾が日光を反射して輝いていた。

「夏はどうしても透明度が低下するから、秋や冬みたいにはきれいに見えないわね」

アルプスの山並みがよく見えないことは予想していたものの、それでも残念だった。山頂は人が多いので、食事は少し下ったところにあるみろくの小屋ですることにした。小屋までは二〇分ほどだ。

みろくの小屋では三人が休憩していたが、広いので美奈たちが食事をするスペースは十分だった。麻衣の弁当は美咲の母親が一緒に用意してくれた。みろくの小屋付近から見上げる弥勒山は堂々としていた。よく見ると、山頂には先ほどの四阿が見える。七年前の東海豪雨で、弥勒山の山肌も一部崩落した。今では植樹などをして、その傷痕はほとんどわからなくなった。

美奈たちは食事を終え、しばらく休憩したあと、下山した。帰りには麓の春日井市緑化植物園に寄った。

「みんな、うちでシャワーでも浴びていかない？　みんな汗まみれだから」

美奈が提案した。植物園から美奈の自宅までは、歩いて一〇分もかからない。

「お宅におじゃましていいんですか？　未来さんの仕事場、見せてもらえますか？」

彩花が感激した。

「今日は旦那も仕事でいないから、ゆっくりしてね。書きかけの原稿も見せてあげる」

美奈はみんなを自宅に誘った。

彩花たちは美奈のアパートのバスルームでシャワーを使わせてもらった。そのとき、みんなは初めて美奈の全身のタトゥーを見た。

「すごい。未来さん、本当にきれいです。早紀と瞳もバラのワンポイントを入れてるけど、全然スケールが違います」

彩花が美奈のタトゥーに驚いた。彩花はこれまで、雑誌の写真では全身のタトゥーを見たことがあるが、実物は腕の牡丹と蝶しか見ていなかった。

「そういえば、『メビウスの輪』で初めて彩花ちゃんに会って、まもなく一年ね。一年経ってとうとう私の背中を見られちゃったわ」

美奈はいたずらっ子のように笑いながら言った。「メビウスの輪」は、名古屋市の大須にあるアクセサリーショップだ。ショップのオーナーの女性も、全身にタトゥーを入れている。

麻衣も左肩甲骨(けんこうこつ)のあたりに、自分の守り本尊である虚空蔵菩薩の梵字(ぼんじ)をあしらった如意宝珠(にょいほうじゅ)のタトゥーを入れている。二年前に卑美子に彫ってもらったものだ。デザインやイラストの勉強をしている麻衣は、タトゥーにも興味を持っていた。

丑年、寅年の守り本尊が虚空蔵菩薩で、一歳年下の優月も同じ虚空蔵菩薩だ。

麻衣は名古屋市内のデザイン関係の会社に就職が内定している。社員の資質としては、デザインの技量やセンスを問うので、小さなタトゥーなら問題にしていなかった。


その後、デザートを食べながら、美奈の仕事について少し説明をした。最新作の『幻影2』や『魔界大戦』の原稿も見せた。『幻影2』はもう完成し、原稿を文学舎の担当編集者、久保田に送ってある。

「今度はラノベに挑戦ですね。来月号の『ライトドリーム』、ぜひ読んでみます。私も未来先生を見習って、頑張らなくては」

大学への進学の夢を捨てた彩花は、次は作家という新たな夢を目指して頑張ろうと決意した。

「この次は日曜日で、大井君の仕事やマックタク君の進学塾が休みのとき、猿投山か鈴鹿の山にでも登ろうね。早紀や瞳も誘って。でもそれじゃあ私の車一台じゃ、みんな乗れないかな」

「そのときは大井さんにも車を出してもらいます。大井さんの車なら七人乗れますから。マッタク君もたまには息抜きが必要だし。ぜひ行きましょう」

　彩花が美奈の提案に非常に乗り気だった。

2

二〇日の拘留期間が切れ、亮は名古屋地方検察庁に送致された。

亮は取り調べで、犯した罪を大方認め、遺族に謝罪した。ただ、殺意だけは否定した。

なんの過失もないのに突然命を奪われた稲山嘉美の遺族、夫の邦男や息子、娘夫婦などは、亮を許せなかった。亮の弁護士に、「なぜあんな極悪非道なやつを弁護するのですか？」と語りかけ、極刑に処してやりたいと気持ちを訴えた。邦男は妻を亡くし、生きていく気力が萎(な)えてしまった。

それでも亮の真摯な謝罪や、幼い娘の命を救われた両親の亮への感謝の言葉などを聞き、少しは憎悪の感情を和(やわ)らげた。自分自身の命を脅かすほどの重傷を負いながら、幼女を救ったという事実は、大きなインパクトがあった。

「その子を命がけで救うぐらいなら、なぜお母さんを殺してしまったんだ‼」

　嘉美の子供たちはやりきれない気持ちだった。けれども心のどこかでは、亮を許してもいいという気持ちが芽生え始めていた。死刑にしても母親は生き返らない。それより、これからずっと生きて、罪を償ってほしい。邦男も子供たちから励まされ、少しずつ立ち直り始めた。

亮の両親は罪を犯した息子を許せなかった。亮は高校もろくに行かず、悪い仲間たちと連んでいた。やがて家を飛び出し、高校も退学した。いくら自宅に呼び戻そうとしても、話を聞こうとはしなかった。万引きや傷害事件を起こし、少年院に入れられてからは、もう両親は「勘当だ」と言って息子を見捨ててしまった。少年院を出たあとは、ロックミュージシャンになると言ってそれなりに頑張っているという話は、人づてに聞いていた。ロック歌手でもいいから、少しでも真面目になってくれれば、と両親は少しは期待していた。

それが強盗殺人を犯したと聞き、両親はもう生きていく気力すらなくしてしまった。けれども、鳥居という刑事が何度も両親を訪ね、励ましてくれた。そして、息子が自分の命を危険にさらしてまで小さな女の子を助けたという話を聞き、わずかばかりだが光明を見いだした。両親はなんとか亮に立ち直ってもらいたいと思い、拘置所に面会に行った。亮は、償いを終えたら今度こそ真面目になり、自分を産み育ててくれた両親の恩に報いたいと涙ながらに訴えたのだった。


これまで、よっちゃんの父親である義秀が憑依している瞳には、特に問題は起きなかった。最近は千尋の協力もあり、よっちゃんと義秀の交信ができるようになった。よっちゃんは、早く一緒に霊界に行くよう、義秀に促した。しかし義秀は瞳やその仲間が心配なので、今少し幽界、人間界に留まると主張している。義秀も亮たちが秋山郷に行ったとき、邪悪な複数の霊と交錯したことに気づいていた。その後その霊たちがどうなったかはわからない。それが瞳たちにどう関わるか、多少は未来を見通す能力がある義秀やよっちゃんにも、見当がつかなかった。それでもしきりにいやな予感がする。義秀は縁あって憑依した瞳たちを守りたかった。

義秀は千尋のオーラを浴び、霊格がぐっと向上したので、もうこっくりさんの真似のようないたずらはしない。すぐにでも霊界の高いところへ行くことができる。それでも瞳たちを見守るために、あえて人間界に残ることを選択した。

義秀はちょっとしたいたずらのつもりで、亮に空き巣に入りやすい家を教えていたことを、非常に悔いていた。当時は低級霊で、霊界での辛い境遇を少しでも紛(まぎ)らわすために、そのような低劣な行為をしてしまったのだった。ただ、悪霊というほどの存在ではなかったので、亮たちを不幸のどん底にたたき落とそうとまでは考えなかった。けれども千尋の力で浄化された今は、そのような愚行を後悔していた。贖罪(しょくざい)として、瞳や亮たちが生きている間は、彼らを護り導いていこうと決意したのだった。

ほとんど永遠といってもよい命脈を保つ霊にとって、人間の寿命の数十年など、たいした時間ではない。瞳たちの寿命が尽き、霊界入りを果たせば、義秀も霊界に戻り、義和やその妹たちと霊界で暮らすつもりだ。

葵から「赤ちゃん、生まれちゃった」いうメールが美奈の携帯電話に届いた。

「予定日はもう少し先だったから、昨日のお昼、近所を買い物がてらちょっと散歩してたら、突然破水して、びっくりしちゃった。その場で秀樹に電話したら、すぐ会社からタクシーで駆けつけてくれて、そのまま産科の病院へ。即入院になって、今日の明け方、無事出産。破水したときは焦りまくってパニクったけど、秀樹がきちんと対応してくれて、大感謝。男の子だよ。名前は悠斗（ゆうと）。おなかを痛めて初めて産んだ子、とてもかわいくて愛おしい。この子のためなら、自分の命さえ犠牲にできる。

これから秀樹のこと、パパと呼ぶか、お父さんと呼ぶか、考え中。でも、秀樹はパパというがらじゃないかな。とーちゃんがぴったりかもしれない（笑）」

メールには生まれたばかりの赤ちゃんの写真が添えてあった。誕生は二〇〇七年七月二八日、土曜日、午前四時三二分。

「赤ちゃん生まれたんですね。これで葵さんもお母さんですね。悠斗君、誕生おめでとうございます」

美奈は葵に返信するとき、新しい生命の誕生に感動し、涙があふれた。散歩中に破水するなんて、大変なことだ。秀樹さんも連絡を受けて、すぐに駆けつけてくれたようだし、無事生まれて本当によかった。美奈は心からそう思えた。

「葵さん、赤ちゃん生まれたんだって（^_^）。みんなにメール来てたみたい。葵さんが落ち着いたら、みんなで静岡までお祝いに行こうよ。ついでに焼津に寄って、おいしいお魚いっぱい食べたい」

さくらからメールが届いた。葵からのメールは、同じマーガレットのタトゥーを入れた仲間たち、恵、さくら、トヨ、美貴、裕子、美奈の六人、そして陽香の携帯電話にも発信された。

美奈も恵や美貴たちと連絡を取り合い、葵の都合を確認した上で、静岡までお祝いに行こうと提案した。優月は葵に会ったことがない。それでもオアシスの大先輩である葵に、この機会に一緒に挨拶に行きたいと言っている。葵もよく優月の話を聞くので、一度会ってみたいと希望した。

その後しばらくは何事も起こらなかった。七月末に美奈の新しい著作『流れ星』の見本が一〇冊届き、師事する北村弘樹に最初に届けた。本と手土産を携えて北村のマンションに行くと、優衣も美奈を迎えてくれた。優衣は美奈に会うため、パートをしている持ち帰り弁当、惣菜店のシフトを同僚と交替してもらった。優衣は新しい本の上梓を祝って手料理を振る舞ってくれた。美奈は北村に、推薦文を書いてくれたお礼を言った。

「お姉さんの久美さん、もうすぐ霊界での修行を終え、優衣さんと北村先生、そして間もなく生まれる赤ちゃんの守護霊となってくれるそうですよ」

美奈は千尋からの伝言を優衣に伝えた。

「本当ですか？　お姉ちゃんが私の守護霊になってくれるのね。弘樹さんや子供まで護ってくれるなんて、本当にありがたい」

優衣は涙を浮かべて言った。去年の一〇月、優衣は美奈から、姉の久美が今霊界でどういう状況にあるかという報告を受けた。最初はそんな荒唐無稽な話は信じられなかった。けれども美奈が霊媒となり、霊界にいる久美と会話をさせてくれた。それは美奈の演技ではなく、間違いなく久美本人からのメッセージだ、ということを確信できた。血を分けた姉妹としての直感だった。そのとき、久美は霊界で修行をし、力をつけたら、優衣の守護霊になってくれると約束してくれたのだった。

「あのとき一緒に話をした、裕子さんのお兄さん、宏明さんも、久美さんと同じ時期に、裕子さんの守護霊になってくれますよ」

「ゆうちゃんも。よかった。また近いうちにゆうちゃんも誘って、食事会でもしましょうよ。結婚式後はバタバタして、一度も会っていないから」

「そうだね。あれからまもなく一〇ヶ月か。ゆうちゃんとは結婚式に来てもらって以来になるかな。日程を調整して、ぜひやろう」

北村も食事会に賛成した。

「お姉ちゃんと宏明さんは、恋人同士だったから、私もゆうちゃんとはずっと友達でいたいな」

今はソープランドで働いているが、裕子も美奈と同じように、真面目で純真な女性だということを優衣はよく理解している。

「北村先生の『復活の巨人』、大人気ですね。物語はこれから盛り上がるから、さらに人気出そうです」

美奈は話題を変えた。『復活の巨人』は今、文芸誌に連載中だが、その文芸誌の人気アンケートではトップを独走している。

「いや、さくらさんのイラストのおかげだよ。さすが漫画家志望だっただけあって、ほんとに素晴らしい絵を描いてくれる。タトゥーアーティストとしても、今や世界中にファンがいるそうだね」

北村は本心からさくらのイラストを褒めた。

「まもなくさくらさんとの共作の『魔界大戦』もラノベ誌に掲載されるんだね。楽しみにしているよ」

「はい。明後日発売です。『魔界大戦　前編』が掲載された『ライトドリーム』九月号、昨日届きました」

そう言いながら、美奈は届いたばかりの「ライトドリーム」も北村に手渡した。北村はその場で「ライトドリーム」のページをめくり、さくらのイラストを眺めた。美奈は北村に渡すつもりだったが、「今はこれ一冊しかないんだろ」と北村が辞退した。物語の内容はすでに美奈から原稿を読ませてもらっている。『魔界大戦』は巻頭ではないものの、前の方のページに掲載されている。

「さくらさん、頑張ってるね。『復活の巨人』とは絵柄が違って、魔獣や魔人のイラスト、すごく迫力ある」

『復活の巨人』のイラストは美奈の『幻影』や『流れ星』とよく似たタッチで描かれているが、『魔界大戦』は全く別の人が描いたのではと思えるほど、おどろおどろしい雰囲気を湛(たた)えている。

優衣が食事の支度ができたというので、北村と美奈はダイニングキッチンのテーブルについた。

北村の家を辞したあと、美奈は『流れ星』をトヨとさくらに手渡すため、「卑美子ボディアートスタジオ」に向かった。

美貴が七月末に「オアシス」を辞めたので、名古屋駅の西にある商店街の和食レストランで昼食会を開催した。美貴へのささやかな歓送会でもある。参加者は美貴、恵、裕子、優月、そして美奈も招かれた。午後には美奈以外の三人は出勤しなければならない。それで「オアシス」から近い場所が選ばれた。

その日は「ライトドリーム」発売日で、美貴はさっそく書店で購入した。

レストランで味噌煮込みうどんなどのオーダーを済ませたあと、みんなで「ライトドリーム」を回し読みした。美奈も送付された本を持ってきていた。真夏に味噌煮込みうどんは暑いように思われるが、冷房が効いた店ではちょうどよかった。

「今日発売日だったんだ。私もあとで本屋に寄って、買ってこよう」

恵が「ライトドリーム」のページをめくりながら言った。絵を中心としたコミックならともかく、文字が主体のライトノベル誌なので、レストランでじっくり読むことはできなかった。それでさくらのイラストを見ながら語り合った。みんなはさくらの絵を絶賛した。事前に美奈の原稿を読んでいるので、ストーリーはすでに知っている。

「今美貴は何しているの？」

オーダー品が届いたので、食べながら恵が尋ねた。

「今職探し。でも何するか、大体は決めてるけど。高校時代の先輩が脱サラして、喫茶店やってるので、そこでバイトしようと思ってるんだ」

その先輩は美貴が「オアシス」で働いているという噂を聞いて、一度だけ客として遊びに来たことがある。

「そういうのって、なんかいやだね。やっぱり知っている人には店に来てほしくない」

恵が顔をしかめた。美貴もその先輩が「オアシス」に来たことを、最初はあまりよく思っていなかった。

美貴の高校時代の知人が、たまたま「オアシス」のホームページを見て、美貴がアイリという源氏名で働いていることを知った。彼はそのことを何人かの友人に言いふらした。それで、美貴と親しい女性の友人が心配して、そのことを美貴の父親に話してしまったのだった。

美貴の父親は美貴を溺愛していた。母親を病気で亡くしたあと、それが顕著になった。

美貴はそんな父親に感謝しながらも、過度に思える愛情が心の負担になり、高校を卒業して就職すると、実家を飛び出してアパートに転居した。

しかし勤務先での人間関係に悩み、父親に無断で会社を辞めた。それから二度転職したものの、うまくいかず、生活費を稼ぐために「オアシス」に入店した。「オアシス」では葵や陽香、恵、さくらなど友人に恵まれた。けれども友人にソープレディーをしていることを知られ、父親の耳にも入ってしまった。それで父親と対立し、仲違いをしてしまったのだった。今では和解して実家に戻り、父娘(ちちこ)の関係は良好になっている。

「オアシス」の美貴のところに訪ねてきた男性は、高校のときに所属していたアニメ・特撮研究会（アニ研）の先輩、工藤(くどう)である。当時美貴は彼に異性として好意を抱いていた。高校卒業後、工藤は東京の大学に進んだこともあり、年賀状のやりとり程度で没交渉になった。それが美貴がソープランドで働いていると友人から聞いた。アニ研に所属していたころ、美樹にほのかな恋心を抱いていた彼は、心配になって、実家に帰ってきたときに「オアシス」に様子を見に行ったのだった。

「工藤さん？」

その男性の顔を見て、美貴は驚いた。工藤はいきなり、「オラオラオラオラオラオラ……」と叫びながら、美貴に殴りかかる真似をした。

「無駄無駄無駄無駄無駄無駄……」

美貴も負けずに応酬した。そして二人で「アハハハ……」と笑った。最初は工藤が来たことを知り、いやだなと思った美貴であったが、これでわだかまりが消えたのだった。

「アニ研のころはみんなよくジョジョの真似をして、オラオララッシュをしてましたね」

「最後の決め台詞(ぜりふ)は名古屋弁で『おみゃーはもう死んどるぎゃ』だったね」

二人は高校時代を懐かしんだ。

「美貴は、高校生のころはおかっぱ頭でメガネをかけた、アニメオタクのちょっと野暮ったい女の子、っていう感じだったけど、すごくきれいになったね。見違えたよ」

何年かぶりで会った美貴の変わりように、工藤は感嘆した。

「ちょっと、それって、ひどくないですか？」

野暮ったいと言われたことに、美貴はすねたような顔つきで抗議した。工藤は何も言わずに笑っていた。彼は美貴のことを心から心配しているようだった。当時美貴はまだタトゥーを入れていなかった。

結局その日は行為はなく、ずっと話し合っていた。工藤は美貴をお金で買うという関係にはしたくなかった。だから美貴もサービス料をもらおうとしなかった。

「お金取らないと、美貴がその分、負担しなければならないんだろ？」

「だって行為がなかったのに、もらえないですよ。それに工藤さんだって少なからぬ入泉料を払ってるのだし。ここはお互い、負担し合いましょう」

美貴は頑(がん)として受け取らなかった。

「オアシス」ではソープレディーが客と店外で関係を持つことを禁じていた。しかし工藤とは客としてではなく、高校時代の友人ということで、携帯電話の番号やメールアドレスを交換したのだった。

工藤は東京の私立大学の経営学部を卒業して、横浜で経営コンサルタント会社に就職した。それが今年の四月、脱サラして清須市に戻り、念願だった喫茶店を開店した。就職氷河期といわれる時期に、契約社員として入社して、その会社にいても将来の希望が持てないからだった。工藤はコーヒーが好きで、会社にいたころからおいしいコーヒーの淹れ方を研究していた。

美貴が「オアシス」を辞めると聞いて、「ウエイトレスとしてうちで働かないか？　給料はあまりたくさんは出せないけど」と誘ったのだった。工藤は今、一人で喫茶店をやりくりしていた。「のぶなが」という小さな店だが、うまい本格的なコーヒーを出すというので、コーヒーにうるさい客の支持を得ている。「のぶなが」という店名は、織田信長が一時期、清洲城を本拠としていたことに由来している。

「将来メグさんが喫茶店を開くなら、あたしがマスターからいろいろノウハウを聞き出しちゃうから」

「え、ほんと？　それならぜひお願い。最初は美奈においしいコーヒー淹れてもらうつもりだったけど、美奈は作家として忙しくなって、とても『来てくれ』なんて言えないから」

「でも、手が空いたときならお手伝いに行きますよ」

美奈もできれば恵の役に立ちたかった。

「みんなで『のぶなが』に、飲みに行きますからね。その工藤さんとうまくいくといいですね」

裕子が言った。裕子は真剣に結婚を考えていた会社の同僚から突然別れを告げられたため、会社を辞めて自暴自棄になって「オアシス」に入店したのだった。しかし美奈たちと出会え、立ち直ることができた。

「でもあたし、ソープに勤めていたし、大きなタトゥーを入れたことも彼、知ってるから、あまり高望みはしていない。だからお店で働かせてもらえるだけで十分だよ。彼、けっこうがたいがでかいから、あたしと組むと『海坊主』と『美樹』みたい。もちろんスキンヘッドじゃないけど。店名も〝キャッツアイ〟に変えると、お客さんの注目を引くかな。裕子も早く『オアシス』卒業して、自分の目的を見つけられたらいいね」

アニメファンの美貴らしく、自らを『シティーハンター』のキャラクターになぞらえた。

「はい。私も頑張ります」

「先輩、新しいところでも頑張ってくださいね」

「優月が来年、タトゥーアーティストになったら、あたしにも何かきれいな絵を彫ってね。次はアニメじゃない絵にしようかな。アーティストとしての名前、何にするか、考えてる？」

「あたし、今のカエデという源氏名、すごく気に入ってるから、彫り師になっても『楓（かえで）』でいこうと思ってます。さくら先生も木に関係ある名前だし。和彫りのときは『彫楓（ほりふう）』。あたしがうまくなったら、先輩にも彫らせてください」

「ほりふうか。かっこいいね。さくらに負けないように、頑張ってね」

「まだ先の話ですけど。さくら先生はあたしにとってはすごく巨大な存在で、追いかける目標でもあります。でもいつかはきっと超えられるように頑張ります」

「そうそう。その意気で頑張って。あたしも応援してるから」

食事会は美貴の話を中心に盛り上がった。オアシスから離れても、これからもみんなずっと親友でいようと誓い合った。来月には陽香とさくらも誘い、一泊で送別旅行に行く予定だ。場所は豊田市笹戸（ささど）町（ちょう）の笹戸温泉に決まった。

別れ際、美奈は新刊の『流れ星』をみんなに手渡した。

3

仕事が休みの日に、早紀、瞳、浩、剛の四人は、岐阜県恵那市の岩村城(いわむらじょう)や日本大正村(にほんたいしょうむら)方面へのツーリングを楽しんだ。行きは国道一九号線、帰りは国道三六三号線や愛知県道二一〇号線などを経由した。早紀と瞳は原動機付自転車なので、浩と剛はゆっくり走ってくれた。夏の炎天下は暑かったが、バイクで風を切るのは気持ちよかった。

四人は高蔵寺に着くと、いつものたまり場である「ポンコツ」に寄った。そしてアイスコーヒーやチョコパフェなど、好みのものを注文し、今日のツーリングについて語り合っていた。

「今度は大井や彩花も誘ってやろうか」

「彩花はバイク持ってないから、大井の後ろに乗っけてもらわないといかんな。それとも大井にウィッシュを出してもらって、女性陣を乗せてもらってもいいか。そのほうが遠くまで行けるしな」

そんな話も飛び出した。四人が盛り上がっているとき、「ポンコツ」に三人の男たちが入ってきた。彼らは浩たちを見つけると、「おう、おめえら、相変わらずスケといちゃついてやがるな」と絡んできた。

「あ、砂川(すなかわ)さんか。今日はちょっと岐阜県の方まで行ってきたんだよ」

浩は、いやな奴らが来やがったと思いながらも愛想よく応えた。浩は砂川たちとは関わりたくないし、もめ事も起こしたくなかった。砂川たちを下手に刺激しないほうがよい。

　彼らはクレージーパンサーという暴走族の主力メンバーだった。砂川がヘッドで、他の二人はその取り巻きだ。三巨頭とか言っているようだった。三人は暴力団ともつながりがあると聞いている。亮が乱暴だといっても、彼らに比べればずっとましだった。亮、隼、香織は今、拘置所で公判を待っている身だが、亮が命がけで幼女を助けたという話は浩たちも聞いており、亮に対する認識を改めたのだった。

　砂川、町田(まちだ)、森脇(もりわき)の三人が組織するクレージーパンサーは、今は暴走族というより、半グレといえる集団だ。道路交通法改正により摘発が厳しくなったために、暴走族という形態が成り立たなくなり、半グレ集団と化してしまったのだ。

　砂川たちは違法改造したアメリカ車に乗り、あおり運転や、気に入らない走り方をしている車が前にいると、無理やり停めさせて暴行を加えるなど、危険な運転をしている。実際彼らの危険運転により、絡まれた車が事故を起こしたことも一度ならずあった。その際、砂川たちは「事故った車のドライバーが下手くそなんだよ」と、全く良心の呵責(かしゃく)を感じることもなく、平然と走り去っていった。

「おまえたち、占いしてくれるんだってな。亮から聞いたぜ。しかし亮もドジ踏んだもんだな。空き巣してて、ババア殺して豚箱行きとはな」

　砂川がドスを利かせた声で瞳たちに言った。

「今ではもう占いはしてません。あたい、もうその力がなくなってしまったんで」

「亮はばあさんを死なせてまったことを心底悔いていて、娑婆に出たら真面目に生きていくそうですよ」

瞳と剛が応えた。

「なんだ。おみゃんたー、もう占いはやれせん（やらない）のかよ。俺たちも占ってもらおまいかと思ったんだけどよ」

取り巻きの森脇が冷やかし半分に言った。

「すみません。あたいに憑いてたこっくりさんが、もう一切占いはしないと言っていましたんで。だからもうそのことは、なしにしてください」

義秀の霊は瞳に、「もう二度とこっくりさんの真似はしない。それよりも守護霊の代わりにおまえたちを護ってやろう」と霊言（れいげん）したのだった。義秀は千尋の力によって、遥かに霊格を高めたため、本来高い境界にある義秀の声を瞳は聞くことはできないのだが、向上した義秀の霊能力により、瞳に意思を伝えることができるようになった。

「ふん、まあいい。おまえに憑いていたこっくりとやらはたいしたことねえやつだな。そんなやつにゃ用はない」

砂川はそう言い捨てて、店の奥に入っていった。浩たちはこれ以上絡まれないうちに、会計を済ませて「ポンコツ」から出た。

（あたいのこっくりさんを悪く言うな!!）

瞳は怒りをこめて、心の中で呟いた。

「『ポンコツ』はせっかくの俺たちのたまり場なのに、ああいう奴らが来ると、雰囲気悪くなるよな」

剛が悔しそうに呟いた。

「ねえ、剛、浩、あいつら、やばいよ。もう絶対相手にしちゃあ、だめ」

瞳が三人に警告した。

「そうだな。あいつらは亮なんかよりもずっとやばそうな奴らだぜ。なんせやくざとも連（つる）んでるって噂だからな。大井も、あいつらには手を出すな、と言っとったし」

浩が瞳に対応した。

「そんなんじゃなくて、もっとやばいんだよ。あたいのこっくりさん、いや、守護霊様が、あいつらにはとんでもない悪霊が憑いてるって言うんだ。美奈さんがちょっと前に、亮さんが長野の方に行ってたとき、平家の落ち武者の因縁霊を拾ってきたと言ってたけど、その平家の霊があいつらに取り憑いちゃったんだって」

「平家の落ち武者の霊？　マジかよ？　それってけっこうやばそうだな」

剛が気味悪がった。

「あたしもその話、美奈さんからちょっと聞いたよ。美奈さん、すごい霊能力があるっていうしね。触らぬ神に祟りなしだよね」

「触らぬ神、というより、触らぬ悪魔じゃねえのか？　とにかく砂川たちにはなるべく関わらないようにしよう」

早紀の発言に浩も同調した。

その日の夜、美奈は瞳から、平家の落ち武者の霊と会ったという電話をもらった。

「義秀さんの霊がそう言っていたのね？」

美奈は多恵子からそのことを聞いていた。

「うん。亮さんに憑いていたとき、長野県のなんとかいうところで出会った霊に間違いない、と言ってました。あたい、どうしたらいいですか？」

瞳は気味悪がっていた。

「瞳についている義秀さんは、今はこっくりさんじゃなくて、霊格の高い守護霊になっているから、心をこめて、『お護りください、よろしくお願いします』と祈るのよ。呼びかけるときは『こっくりさん』じゃなくて、『守護霊様』だからね。私の守護神様も、早紀や浩さんたちを守ってくれるから」

美奈はそろそろ早紀に多恵子のことを話してもいい時期じゃないかと考えた。それに応え、多恵子が「近いうちに早紀に姿を見せる機会がやって来ます」と美奈にテレパシーを送った。

4

名古屋市北区の閑静な住宅街を、黒塗りのベンツが、黒いエルグランドに先導されて、ゆっくりと進んでいた。二台の車は臨徳寺（りんとくじ）という念仏宗系の寺の前で停まった。

ベンツの後部座席からは、恰幅のよい紳士が降り立った。そしてその周りを、先導車に乗っていた四人が取り囲んだ。さらにベンツから降りた二人もその横に立った。彼らは三五度を超える猛暑の中、黒いスーツと黒ネクタイを着用していた。

「社長、住職には話をつけてあります。まずは墓参りから」

ベンツの運転をしていた、サングラスをかけた、精悍な顔つきの男が言った。彼は左目の下に、サングラスでは隠しきれない大きな傷があった。彼らは「社長」と呼ばれた男を中心に、前後左右をしっかり固めながら寺の山門をくぐり、墓地に向けて歩いていった。

社長と呼ばれた男は、大阪を拠点とする広域暴力団龍爪会(りゅうそう)傘下の二次団体、新田(にった)組二代目組長、高山利康(たかやまとしやす)だ。高山は龍爪会では中部ブロック長で、若頭の地位にある。今日は八月一〇日。お盆の墓参りとして、先代組長新田正司(しょうじ)が眠る臨徳寺にやって来たのだった。翌一一日の土曜日から一五日にかけては、盆休みの会社も多く、一般市民が墓参にやって来る。そんな中で目つきの鋭い黒ずくめの男たちが何人も訪れては、迷惑になるだろう、と彼らなりの配慮だった。墓参のあとには、寺の近くのレストランで、精進料理とはほど遠い、豪華な昼食を用意してある。

先代の生家の宗派は真言宗だった。暴力団組長という業の深い生業(なりわい)をやっていては、死後の地獄行きは免れられない。実際死後の世界があるかどうかはわからないが、悪人往生を説く念仏宗に惹かれ、先代は念仏宗に改宗した。いくらやくざとはいえ、死後の堕獄(だごく)は恐ろしい。どんな悪人でも、ただ南無阿弥陀仏(なむあみだぶつ)と唱えるだけで、死後、極楽浄土に往生できるという宗旨が、悪行の限りを尽くし、多くの人々を踏みにじってきた暴力団組長には魅力的に思われたのだった。

そして高山も先代と同じく、悪人正機(しょうき)に望みを託して、実家の禅宗から念仏宗に改宗した。

墓参の用品は用心棒を兼ねた若衆が用意している。全ては若衆たちがお膳立てをしたので、高山は墓前で手を合わせるだけでよかった。

高山は先代の墓前でしばらく額ずき、念仏を唱えていた。そして頭を上げた、その瞬間だった。墓石をかすめるような角度で何かが飛んできた。直後、高山は「いひゃい（痛い）!!」と悲鳴をあげ、その場に倒れた。用心棒たちは一瞬、何が起こったのかわからなかった。

その中で、目の下に傷があるサングラスの男がいち早く状況を把握した。そして何かが飛んできた方向に向かって走り出した。

「てめえ、何しやがった⁉　待ちやがれ!!」

サングラスの男は前方で誰かが逃走していくのを見た。その何者かに追いつかんと、全速力で駆け出した。そして走りながら、逃走者めがけて拳銃を発砲した。しかしその者は速く、弾丸は命中しなかった。それに逃走経路も事前に十分検討しているようだった。逃走者は寺の境内から抜け出し、用意してあった自動車に乗り込んだ。その車はエンジンをかけた状態で待機しており、サングラスの男がその場にたどり着いたときには、すでに走り去っていた。

黒川警察署より、墓参に来た暴力団組長が射殺されたという一報を受け、県警捜査一課石崎班のメンバーは直ちに現場の臨徳寺に向かった。

臨徳寺の墓地には何人もの人たちがお盆の墓参りに来ていた。しかし黄色のテープで規制線が張られ、墓参が制限された。大勢の捜査員や鑑識課員などが入り乱れ、お盆の墓地は大混乱だった。

「お盆を前にして、墓場で人を殺すとは、罰当たりなやつだがや」

神聖であるべき墓地が、暴力団の抗争に巻き込まれた惨状を見て、鳥居がぼやいた。

「凶器は拳銃の類いではなく、クロスボウ、いわゆるボウガンだそうですね」

三浦が鳥居に確認した。

「拳銃(チャカ)や刃物(ヤッパ)ならわかるが、ボウガンで狙うとは、暴力団らしくないがや。昔流行(はや)った『北斗の拳』ではボウガンがよく凶器として使われとったがな」

「私、知ってます。高校時代、男子たちが学校に持ってきたコミック、借りて読んだらはまっちゃいました。二指真空把(にししんくうは)、なんちゃって」

野原は右手の指二本でボウガンの矢をつかみ、それを投げ返す仕草をした。

「ワカ、そんな技の名前、よう覚えとれるな。よっぽど熱狂しとったんだろ」

鳥居と野原が珍しく漫画の話で対応した。

「暴力団らしくない、というと、犯人像はどんなやつでしょうね。確かにボウガンだと銃声がないから、撃った場所を特定されにくく、逃げやすいという利点がありますが」

「内藤がボウガンの発射地点を推測して、すぐあとを追ったそうだが、結局一拍の遅れが影響して、狙撃者を逃がしてまったそうだな」

三浦の問いに鳥居が応じた。サングラスの男、内藤は新田組の若頭補佐で、将来の組長候補だ。

「そこまで計算して、犯人(ホシ)はチャカではなく、ボウガンを使ったのかもしれん。だで、犯人は暴力団関係者という線も考慮せねばならん。とにかくボウガンの矢は犯人割り出しの大きな試料だな」

銃を使用したのなら、その入手経路をたどることができる。また銃痕の解析や硝煙反応を調べるなど、比較的犯人に迫りやすい。だがクロスボウは銃と違い、購入や所持に対して規制がないので、所有者をたどりにくい。鳥居は今回の事件は長引きそうだと直感した。けれども犯人が素人なら、意外と防犯カメラなどの線から割れるかもしれない、とも考えた。

「まあ、人間のくずは殺されて当然だ。くずはくず同士、殺し合いでも何でもやってくれ。そのほうが害虫が減っていいわ。でも盆だというのに、こんな事件で俺たちが忙しくなるのはたまったもんじゃないぜ。な」

現場付近で遺留品などを探しているとき、黒川署の制服警察官の一人が同僚に同意を求めた。それを鳥居が聞きとがめた。

「おまえ、まっぺん（もう一度）言ってみろ‼　たとえやくざでも死んでいい命なんて、一つもないがや。くず同士殺し合いをやってくれだと？　おみゃーんたー、人の命をなんだと思っとる‼」

鳥居が一喝すると、二人の地元署の警察官は身をすくませた。

鳥居は、どんな悪人であろうと、命を粗末にすることを絶対に許せなかった。鳥居は、生まれついての悪人など一人もいないと考えている。人が悪に走るのは環境の影響が大きい、だから罪を犯した人にはその罪を償わせ、更生させるべきだ、というのが鳥居の持論だ。空き巣狙いだったのがたまたま折悪しくお婆さんの命を奪ってしまった亮に対しても、人生をやり直す手助けを惜しまないつもりだ。

もちろん一介の刑事である鳥居が、保護観察官や保護司のように、犯罪者の更生に専念できるわけではない。それでも相談などには極力乗るようにしている。

しかし中には刑期を終えて釈放されても、全く反省することもなく、さらにひどい罪を重ねてしまう者もいる。自分が関係した犯罪者が再び罪を犯して、逮捕しなければならなくなるときが、鳥居にとっては最も辛かった。

美奈は三浦から、「暴力団の組長が射殺され、しばらく家に帰れそうにない」という連絡を受けた。三浦は黒川署の刑事とペアを組んで、現場付近の一地区の地取りを割り振られていた。

「射殺というと、暴力団同士で銃撃戦でもあったの？」

「いや、射殺といっても拳銃ではなく、クロスボウ、つまりボウガンの矢で射られて殺されたんだ。ボウガンなんて、暴力団らしくない。それで暴力団関係者と、それ以外の線の可能性も考えて捜査することになった。いくらその組が『堅気衆（かたぎしゅう）には迷惑をかけない』をモットーとしていても、どこでどんな恨みを買っているか知れたもんじゃないから」

「そうなの。確かボウガンは銃や刃物と違って、銃刀法の規制外だったんじゃないかしら。私が通っていた高校にも、弓道部と洋弓部があったから。ボウガンの矢も、アーチェリーの矢と同じような取り扱いよね」

「ああ。だから拳銃なら入手経路が限られるから、追跡もしやすいんだけど、ボウガンじゃあ雲を掴むような話だ。それでしばらく休みも取れないだろう。約束していた南アルプス登山も、だめになりそうだ」

「それは仕方がないわ。俊文の仕事だから。休みが取れたら、そのとき行こうね。赤石岳は少なくとも二、三泊必要だから、一泊で行ける中央アルプスや八ヶ岳（やつがたけ）でもいいよ」

「本当にごめん。婚姻届を提出するときも一緒に行ってあげられなかったし」

「でもそのあと切明温泉に連れてってもらったから、十分よ。また別の機会に行きましょう」

三浦はこの夏、休暇が取れれば美奈と三泊ぐらいで、南アルプス南部の荒川岳（あらかわだけ）と赤石岳、もしくは聖岳から光岳（てかりだけ）方面を縦走しようと約束していた。美奈はまだ南アルプスには登ったことがなかったので、楽しみにしていた。けれどもそれも空（から）約束に終わりそうだ。刑事の仕事とはそういうものだと、美奈は半ば諦めている。

「殺人事件の捜査、それも暴力団絡みとあっては、危険なこともあるんでしょう？　十分気をつけてね。前に渡したお守りのロケット、いつも身につけていて」

美奈は三浦の身を案じた。

「もちろんだよ。美奈の特製のお守りだから、肌身離さず持ってるよ。野原君には気づかれないようにね」

三浦は電話の向こうで、少し照れながら言った。

美奈は民間放送のニュース番組を見るつもりでテレビのスイッチを入れた。地元のローカルニュースではなく、全国ニュースで、「名古屋市北区の臨徳寺で、暴力団組長殺害事件」と報道されていた。テレビでは「凶器はクロスボウ」との発表はあったものの、詳しいことは報道されていなかった。その後のＮＨＫニュースでも、似たり寄ったりの内容だった。

夜遅くに、黒川警察署で捜査会議が行われた。暴力団組長殺人事件とあって、近隣署にも応援を依頼し、総勢七〇名以上が黒川警察署に設置された捜査会議に参加した。

まず捜査本部長である黒川警察署長が挨拶、訓示をした。黒川警察署長の階級は警視正だ。そのあと黒川署捜査一係の下山警部より、事件についての説明があった。

今回の事件は、八月一〇日午後〇時二〇分ごろ、名古屋市北区に本拠を置く暴力団新田組組長、高山利康、六二歳が、先代組長の墓参に来たときに、何者かによりクロスボウで左眼球を貫かれ、死亡した。矢は眼球から入り、脳の側頭葉まで達しており、被害者はほぼ即死の状態だった。

高山の側近、若頭補佐の内藤祐二が矢が発射されたと思われるところに目をやると、数十メートル先に、その場から逃走しようとしていた人影を認めた。それですぐ追いかけたのだが、逃走用の車が用意されており、逃げられてしまった。内藤は、逃走に使われた車は、古い年式の白いカローラセダンということはわかっていたが、ナンバーまでは確認できなかった。臨徳寺近くの防犯カメラに、逃走する車の映像が映っていたので、そのデータを画像処理などをして分析している。

捜査本部はカローラの逃走経路として、現場のすぐ近くに名古屋高速道路が通っているので、高速一号楠線、一一号小牧線を通って小牧方面に向かったか、逆に南の三号大高線を利用したと考え、すぐに検問所を設けた。しかし東名阪自動車道（現名古屋第二環状自動車道）や名神高速道路、東名高速道路、伊勢湾岸自動車道などに入る可能性も考慮し、各地に非常線を張った。追及されやすい高速道路を避け、一般道路を使用した可能性もあるので、逃走経路と想定される地域にある警察署にも応援を依頼した。

その日の夜遅く、犯行に使用されたカローラは、一宮市内の１３８タワーパークの駐車場に駐めてあったところを発見された。午後九時の閉園時刻を過ぎても駐車したままになっていた白いカローラが、ひょっとしたらその盗難車じゃないかという情報を受け、タワーパークから近い、島村交番の交番所長より捜査本部に通報があった。

そのカローラには盗難届が出されていた。盗難届自体が狂言という可能性もないではない。けれども犯人がわざわざ使用した車を盗難車と偽るメリットはほとんど考えられないので、その車の持ち主は犯行とはまず関係ないだろうと思われる。それでも万一の可能性も考えられるので、カローラの持ち主も事情聴取した。そしてアリバイが確認された。

車の中から、何本かの毛髪のほか、コンビニエンスストアのレシートが見つかった。レシートに記録されている時刻は、事件が起こる四〇分ほど前だった。その時間を考慮すれば、レシートは事件の関係者が遺留した可能性が高い。今、レシートについている指紋の照合をしている。そのコンビニは、現場からそれほど遠くないところにある。そのコンビニの買い物があった前後の時間帯に映っている防犯カメラのデータを取り寄せ、画像の確認作業も急いでいる。

襲撃者は快晴なのにネイビーのフード付きレインコートを羽織り、サングラスとマスクで顔を隠していたので、顔の特徴はよくわからなかった。身長は内藤より高く、一八〇センチはありそうで、体型はコートで隠されていたが、見た感じではかなりいい体格をしているようだ。襲撃者に関しては、内藤は全く心当たりがない、ということだった。

なお、内藤は逃走する容疑者に向けて拳銃を発砲していたので、銃砲刀剣類所持等取締法違反の容疑で拘束されている。銃声を聞いていた墓参者などが複数いたので、言い逃れはできなかった。内藤が撃った拳銃の弾丸も、複数個見つかっている。

現在新田組は別の組織と対立しているような情報はない。上部団体の龍爪会も、関東を勢力圏とする朱雀会とは、以前は覇権争いをしていたが、今は手打ちをして、表面上は共存共栄の関係を示している。暴対法による警察の取締も厳しくなり、わざわざ事を荒立てて抗争を引き起こすような愚かな真似はしないだろう。

しかし鳥居が親しくしている捜査四課の刑事に訊くと、龍爪会内部では次期会長候補に高山の名前も挙がっており、関西を本拠地とする傘下の団体には、名古屋の新田組から会長を出すことをおもしろく思っていない連中がいる、という噂を聞き込んでいるということだった。また、新田組内部でも、水面下でポスト高山の派閥争いがあり、一枚岩ではないという。

「こいつは下手すると、龍爪会や新田組内部でドンパチやらかすかもしれんぞ」

暴力団などを担当して〝マル暴〟と言われている、組織犯罪対策局捜査四課の刑事は、鳥居に耳打ちした。その捜査会議には、暴力団が関係しているということで、県警捜査四課の刑事も参加していた。

凶器はクロスボウのアロー。二〇インチのアルミ製で、ヘッドの部分に細工を加え、貫通力を増している。

クロスボウといえども、強力なものは数十メートルの射程距離があり、専用のスコープをつければ、命中精度もアップする。人を殺傷するには十分な威力がある。なお、アルミ製のクロスボウのアローから検出された指紋は、当日高山の護衛についた側近たちのもののみだった。

今後の捜査方針として、

①龍爪会や新田組内部の対立関係の調査。

②襲撃者が暴力団関係者以外の可能性もあるので、被害者の人間関係の洗い出し。いわゆる敷鑑。

③逃走車の足取りの捜査、併せて車両内に残されていたレシートの指紋の照合、及びコンビニの防犯カメラの映像解析。そのレシートの落とし主は、レシートに記された日時を考慮すれば、犯行関係者の可能性が高い。

④クロスボウのアローの購入経路。及びクロスボウ、アーチェリー、和弓経験者への聞き込み。

⑤現場付近での徹底的な地取り（現場周辺での情報収集）

等が決められた。

三浦や野原たちは黒川署の刑事とペアとなり、定められた範囲の徹底的な情報収集を指示された。⑤の地取りである。鳥居は黒川署の巡査部長と組み、被害者、高山の関係者への聞き込みを担当した。

翌々日、一宮市内のコンビニエンスストアに設置された防犯カメラに、逃走に使用したカローラが映っていることが確認された。地取りや敷鑑ではかばかしい成果がなかったので、鳥居と三浦が、もし臨徳寺から138タワーパークまで逃走するなら、どのあたりで休憩を入れたくなるかを考えた。そして何組かの刑事たちがパトカーを走らせ、何十軒ものコンビニを回った。逃亡者の心理を考えれば、スーパーマーケットやドラッグストアより手軽なコンビニに寄りそうだと考え、コンビニに絞ったのだった。スーパーやドラッグストアまで捜査対象に加えれば、立ち寄る可能性がありそうな店を回るだけでも大変な数になる。それにスーパーの駐車場は広いところが多い。それでまずはコンビニから潰していこうということになった。

それらの防犯カメラのデータを提供してもらったうちの一本に、件（くだん）のカローラが映っていたのだった。

ほんの一瞬ではあるが、そのカローラの助手席から降りてくる人影も捉えていた。捜査本部はそのデータから犯人像の解析を行った。おそらくそちらの人物が、高山組長を射たのであろうと捜査本部では判断した。

5

「追っ手もないようだし、うまくいったな」

ここは岐阜県大垣市の市街地から少し離れた喫茶店。臨徳寺で新田組の高山組長が射殺されて二時間ほど後のことだ。砂川、町田、森脇の三人がアイスコーヒーで乾杯しながら遅めの昼食をとっていた。彼らは禁煙席だというのに傍若無人にタバコを吹かしていた。店の人たちは威圧され、注意をすることができなかった。

「これで俺たちの将来は約束されたようなもんだ。ほとぼりが冷めたら、いよいよ俺たちも吉崎(よしざき)一家の幹部だぜ」

タバコをくゆらせながら、リーダー格の砂川が上機嫌で言った。

「でも砂川さん、ボウガンすごいですね。吉崎さんはチャカを使えって言ったのに、砂川さんはボウガンでやると言いだしたんで、驚いたぜ。確かに砂川さんは、以前からボウガンで動物など撃ってましたけど」

森脇が砂川に媚(こ)びるように言った。もちろんボウガンなどで動物を射殺することは法律で禁じられている。もしその現場が見つかれば、「動物の愛護及び管理に関する法律」によって処罰される。

「チャカだとどうしても大きな音が出るし、射程距離だって強力なボウガンに比べて短い。下手すれば鉄砲玉として相手を殺(や)っても、自分も用心棒に蜂の巣にされておしまいだがや。実際逃げるときに、何発も撃ってきやがったしよ。死んでまっては何の意味もねえ」

「本当にすごいですね。たった一発で仕留めるなんて」

　今度は町田がへつらった。

「なんせ俺には平家の武士だった神が付いているからな。有名な那須与一(なすのよいち)は源氏だったが、俺に付いてる神は、生前そいつに負けないほどの弓矢の達人だったそうだ。そんな神がいるから、俺は狙った獲物は、絶対外さん。俺の神は源平合戦には負けたが、あの世で八〇〇年以上も悔しさをバネに、死に物狂いの修行しとったそうだ」

　砂川は得意げだった。

「もう死んどるのに死に物狂い、とはこれ如何(いか)に、なーんちゃって」

　森脇が混ぜ返した。

「言葉の綾(あや)だ。俺はそういう冗談は好かん。いいか、俺たちの神に対して、冒涜するようなことは言うな。今度言ったら、おまえらでもただではおかんぞ」

　砂川が凄んだ。

「わ、悪かった。神をけなすようなことはもう言わん」

「もう二度と言うなよ。おまえらにも同じ平家の武士だった神が付いているんだからな。おまえらの神も剣や格闘術の達人だったんだ。神についてだけは絶対ふざけるな。俺たちに天下を取らせてくれる、尊い存在だでな。言ってみれば守護神みたいなもんだがや」

　砂川の言葉に対し、森脇と町田は神への忠誠を誓った。

「俺たちにはそんな神は見えんけど、砂川さんがそんなすごい霊能者だったなんて、知りませんでしたよ。砂川さん、意外と信心深いんですね」

「俺だって最近になってやっとわかったんだ。神のお告げがあってな」

「神が付いてるんじゃ、俺たち、無敵ですね」

「ああ。いつか俺が砂川組を作って、おまえらを若頭にしたるがや（してやろう）。これからはこの世界で、伸して伸して、伸しまくってやるぜ。日本の極道界は俺が制覇したる」

　砂川が息巻いた。絶対この世界で天下を取ってやる、と町田と森脇に宣言をした。

　彼らにとって、高山組長の命を取ったことは勲章でしかない。人の命を奪ったことに対する改悟の気持ちなどひとかけらもなかった。そのあたりが亮たちとは全く違っていた。

　それに平家の落ち武者を名乗る悪霊は、「我らは戦で多くの敵兵を殺してきた。敵の命を奪うことは武士にとっては当然のことだ。人を殺すことに、罪悪など感じる必要はない」と、殺人を正当化するメッセージを砂川たちに送った。

　神を敬っているとはいえ、それは自分たちに利益を与えてくれるからであり、もともと信仰心など露ほども持ち合わせていない連中だ。神であろうと悪魔であろうと、自分を利するものはとことん利用する、というのが彼らの生き方といえた。

砂川は高山組長を射殺したあと、森脇が運転するカローラで国道四一号線や一五五号線、二二号線などを経由して逃走した。森脇は前もって逃走用にとカローラを盗み、臨徳寺近くで待機していた。時々脇道に逸れ、追跡車がいないことを確認した。高速道路は途中で楠ジャンクションがあるものの、逃走経路が限られて追跡されやすいので、使用しなかった。

そして１３８タワーパークの駐車場で、待機していた町田のミニバンに乗り換えた。盗んだカローラはそのまま駐車場に乗り捨てた。

１３８タワーパークは愛知県一宮市の、木曽川沿いにある。木曽三川公園の一角だ。１３８というのは一宮の語呂でもあるが、〝一宮の三八市〟にちなんでの命名だ。タワーの高さも一三八メートルだ。

砂川は町田にタワーパークの駐車場で待機するよう指示をした。万一のことを考慮して、タワーパークへの移動中、時々後ろを注意して、不審な車がつけていないかを確認するよう言っておいた。もちろん防犯カメラの有無などは、事前にチェックしてある。

平日といっても盆休みの時期で、広い駐車場は満車に近い状態だった。人の目があるとはいえ、それだけ来場者（車）が多ければ、逆に大勢の中に紛れて目立たない。

砂川と森脇は盗難車のカローラから町田の黒いプレマシーに乗り換え、タワーパークの駐車場を出発した。砂川の愛車、赤いシボレー・カマロはかなり目立つので、逃走用には町田のミニバンを使用したのだった。町田は大垣市まで走り、三人は大垣駅から少し離れた喫茶店で一息入れた。

警察は防犯カメラの映像から逃走車の車種、ナンバーなどを割り出し、愛知県内で何か所もの非常線を張って検問した。しかし砂川たちはそれらに引っかからなかった。

「吉崎さんから少し金をもらったんで、ほとぼりが冷めるまで、どっか温泉地にでも行って遊んでくるか」

砂川が二人に提案した。

「どうせなら外国に行きましょうよ」

「そうですね。俺も海外に行きたい」

森脇に町田が同調した。

「馬鹿野郎。遊びに行くんじゃねえんだぞ。外国に行けるほどの金でもないし。それに、いつでも吉崎さんと連絡をとれるところにいなければいかん。場合によっては俺たちは高山殺しの犯人として、自首しなければならんかもしれんしな」

「自首？　俺、いやだぜ、別荘行きは」

森脇は刑務所のことを隠語で〝別荘〟と言った。

「別荘から出たら、俺たちは幹部になれるんだぜ。もし警察（サツ）に捕まったとしても、何年か別荘暮らしを我慢すれば、出るときには高級車でお出迎えよ。どうせ殺（や）ったのは、殺されても当然のやくざだから、それほど長く喰らい込むこともないだろう。まあ、捕まればの話だがな」

砂川は吉崎より、万一の場合は自首するよう、言い含められていた。吉崎は新田組の若頭の一人だ。また、新田組の二次団体（龍爪会から見れば三次団体）、吉崎一家の組長でもある。そのあくどさから、陰では〝良し崎〟ならぬ〝悪崎（わるざき）〟と言われている。穏健派で上部団体の龍爪会からの信任が厚い、高山組長が次期龍爪会会長となれば、武闘派の代表格である吉崎は、新田組に自分の居場所がなくなり、いわば飼い殺しの状態になってしまいかねない。そのことに危惧を抱いた吉崎は、新田組を抜けて、新団体を興すか、もしくは高山を排除し、自分が組長の座に納まるかを画策した。

しかし新しく組を興すといっても、中京地区の縄張り（シマ）は新田組と、その友好団体によってがっちり抑えられている。龍爪会との関係もギクシャクする。新田組を分裂させることは得策とはいえない。それならば高山を排除し、自分が組長の座に納まるほうが手っ取り早く、しかも確実だ。

もし高山が次期龍爪会会長になれば、新田組の組長には穏健派の若頭、中山を指名するだろう。ただ、中山は若い内藤に経験を積ませるためのワンポイントリリーフで、ゆくゆくは高山の娘婿、内藤がそのあとを継ぐことが既定路線とされている。実績では新田組で若頭を一〇年近く務め、高山の右腕といわれてきた吉崎が遙かに有利なはずだ。極道の世界でも、吉崎のほうが顔が利く。だが武闘派と言われ、ほかの組との間で何かと波風を立てている吉崎は、高山から疎まれていた。

とはいえ、組長を消したことが知られては、新田組も龍爪会も敵に回すことになる。うかつに手を出すことはできない。

それで目をつけたのは、元暴走族、そして今では半グレ集団として頭角を現してきた、クレージーパンサーのリーダー、砂川だった。春日井市を拠点としている集団ではあるが、名古屋までその悪名が轟いていた。吉崎は砂川に近づき、金をやったり便宜を図ったりして手なずけた。巧妙に接近したため、吉崎とクレージーパンサーとの関係は、吉崎子飼いの子分を除けば、他人には悟られていない。

そんなある日、吉崎は砂川に高山暗殺を持ちかけた。鉄砲玉になれば、高山を殺（や）っても、生還できる可能性は極めて低い。しかし吉崎は言葉巧みに砂川を口説いた。砂川はいくら「俺の言うとおりにやれば絶対大丈夫だ」と説得されても、万一返り討ちにあって死んでしまえば意味がない、と迷っていた。そんな折、平家の武士だと名乗る霊が砂川、町田、森脇の三人に憑いた。神が付いたのなら絶対に成功すると確信を持った砂川は、吉崎の提案を受けたのだった。

それで砂川たちは吉崎と何度も打ち合わせ、襲撃の日にちや場所、その方法などの検討を重ねた。吉崎は「得物はこいつを使え」と拳銃を手渡した。けれども砂川は「俺はこいつでやりますよ」と断り、ボウガンを示したのだった。

「こんなもんで大丈夫なのか？　遊びじゃねえんだぞ」

吉崎は難色を示した。

「吉崎さん、ボウガンをなめちゃあいけませんぜ。俺はだれもいない山なんかへ行って、野良犬やリス、鳥なんかをボウガンで仕留めていたんです。まあ、さすがに人は撃てないんで、その代わりに動物で楽しんでいましたが」

「しかし今度は狩りとは訳が違うんだぞ」

「大丈夫ですよ。俺は人間よりすばしこくて狙いにくい動物で腕を鍛えているんです」

砂川はボウガンの威力を説明した。

「ライフルならともかく、素人が扱ったんじゃあ、拳銃はせいぜい数メートルのところで撃たないと、なかなか当たらないでしょう。それじゃあせっかく組長を殺っても、俺まで蜂の巣にされる可能性がありますからね。しかしですね。ボウガンは強力なものを使えば、五〇メートル以上離れたところからでも、相手を射貫くことができるんですよ。俺にはその自信がある」

　そして今では、弓矢の達人だった神が付いているので、絶対外さねえ、と砂川は心の中で付け加えた。

　砂川が自信満々なので、結局吉崎も凶器にボウガンを使うことに同意した。


　襲撃は成功し、逃走もうまくいった。このまま犯人がわからずうやむやになれば、ほとぼりが冷めたころを見計らい、砂川、町田、森脇の三人を吉崎の舎弟として迎えてもらえることになる。そのときは、クレージーパンサーも吉崎の配下に入る。そして頃合いを見て砂川たちを幹部に取り立てる、と約束をしてくれた。

　だが、警察を甘く見てはいかん、と吉崎は続けた。もし砂川たちが容疑者として疑われた場合は警察に出頭するよう指示された。けれども絶対に吉崎のことを口にしてはならない。動機としては、クレージーパンサーのメンバーが、新田組の者に痛めつけられたことを恨んでの報復と、でかいことをやって名前を上げたかった、ということにするよう指示された。

〝自首〟すれば、相手は反社会組織の暴力団組長でもあるし、それほど重い刑になることはない。出所したときには幹部として組に迎え入れると吉崎は説明した。

「組長を殺(や)った者を幹部に取り立てていいのかよ？」

　砂川は疑問を投げかけた。

「その頃には俺が新田組の組長になっている。たとえ前組長を殺ったやつでも、俺に忠誠心を示せば、その度胸と腕っ節を認めてやる、という太っ腹なところを見せてやるさ。だからそのときは、おまえも部にしてやろう」

芝居しろ。心の底から前のオヤジを殺ったことを悔いているとな。そうすればおまえたちをやがては幹部にしてやろう」

　やくざの口約束など、どこまで信用してよいかはわからない。しかし吉崎が約束を守らない場合は、前組長を殺すことを教唆したのは吉崎だと逆に脅迫してやるつもりだ。砂川はそのときの保険として、吉崎との会話をこっそり録音していた。通信販売で手に入れた、スパイの七つ道具のような、ボールペンに内蔵した録音機を使用した。あまり音質はよくないものの、吉崎の声ということははっきり識別できた。その録音を、警察よりも新田組のほかの幹部や龍爪会に売ると脅迫すれば、かなり有効な手立てとなる。録音や写真撮影を警戒し、持ち物を点検されたが、さしもの吉崎もボールペンが録音機だとは気づかなかった。

　ともかく、平家の武士だった神が俺には付いている。極道の世界で頂点を目指してやる、できれば日本の政界、財界も手中に収めてやる、と砂川は町田たちに息巻いた。

「温泉行くなら、別府か湯布院はどうっすか？　指宿もいいな」

　町田が提案した。

「いいっすね。湯布院、俺も行きたかったんですよ。どうせなら温泉じゃないけど、沖縄はどうですか？　サンゴ礁の海で泳いでみたいですよ。北海道も涼しそうでいいし」

　森脇はさらに遠くを希望した。

「だが沖縄や北海道はちょっと遠いな。さっきも言っただろ。吉崎さんから何か連絡があれば、すぐ駆けつけることができるところじゃないといかん。観光に行くんじゃねえんだぞ」

「でも飛行機使えばすぐですよ。沖縄でも北海道でも、二時間ぐらいです」

反対する砂川に、町田が飛行機の利用を勧めた。

「しかしまあ、吉崎さんの意向もあるし、距離的に近いところでもいいところはたくさんあるだろ。下呂なんかどうだ？　確か日本三名泉の一つだぞ」

砂川は下呂温泉を提案した。三名泉とは有馬(ありま)温泉、草津(くさつ)温泉、そして下呂温泉だ。

「下呂は山のほうだし、俺的には海がいいです」

「俺も海のほうが。今は夏だから、海のレジャーとしゃれ込みたいですよ」

町田の意見に森脇も同意した。

「海だと蒲郡(がまごおり)とか、浜名湖の方にも温泉はあるな」

「別に温泉にこだわらなくてもいいじゃないですか。鳥羽(とば)はどうですか？　海の幸もうまそうだし。伊勢志摩(いせしま)は〝美し国(うましくに)〟ともいいますしね」

〝美し国〟とは伊勢志摩だけではなく、三重県全体を指すとも言われているが、海産物が豊富な伊勢志摩地方は、〝美味し国(うましくに)〟と宣伝されることもある。結局町田の意見が通り、鳥羽方面に行ってみることになった。

「それじゃあ、善は急げで、さっそく鳥羽のほうに向かうか。いや、悪は急げ、かな」

砂川は町田たちを促した。

「え？　もう行くんですか？　準備ぐらいさせてくださいよ」

「当分は俺たちの家には帰らんほうがいい。金は手付けとして一〇〇万円もらってある。いるものがあれば、途中で買っていけばいい。四日市や津になら、買い物できる店はたくさんあるだろう」

手付金の一〇〇万円は全額砂川が預かっている。それは逃走資金でもある。高山殺害が成功すれば、後日、報酬として六〇〇万円もらえることになっている。それは均等に二〇〇万円ずつ分けるという約束だ。手付金を全額砂川が預かっていることについては、組長殺害の実行役は砂川だったので、町田も森脇も異存はなかった。

伊勢方面に行くことが決まり、三人は町田のプレマシーで移動を開始した。

6

盗難車内に残されたレシートに付着した指紋を警察庁の指紋データベースに照合したが、該当する者はなかった。おそらくコンビニの店員のものだろう。レシートが発行されたコンビニの防犯カメラデータを借りて調べたところ、レシートを発行した時間の前後に、野球帽を目深(まぶか)にかぶり、黒っぽいサングラスをかけた人物が写っていた。その人物がちょうどレシートに印刷された時刻に、ペットボトル入りのスポーツ飲料と、缶コーヒーをレジに持ち込んでいる。それはレシートに記された購入品と一致していた。

「そういえば大きなグラサンで顔を隠した、怪しそうな人がいました。このくそ暑いのに手袋をしていて、財布から金を取り出しにくそうでしたが。ドライビンググローブというのですかね。会計のときぐらい外せばいいのに、と思いましたよ。それでよく覚えています」

その頃レジを担当していた店員に尋ねると、そう応えた。

「その人の特徴、何か覚えていないかね？」

二人組の刑事のうちの一人が店員に質問した。

「そうですね。年はまだ二〇代半ば、っていう感じかな。身長は俺と同じぐらいだったから、一七五センチぐらいでしょうかね。少し太り気味で、ごついという感じでした」

服装は防犯カメラで確認している。上半身は半袖の青いTシャツだ。前にドクロのような絵がプリントされているが、量販品で、手がかりになりそうにない。下は紺色のジーンズだ。

「それ以外に、何か気づいたこと、なかったかね？」

「気づいたことといっても、さっきも言ったように、帽子や黒いグラサンしてましたからね。見えるところにはタトゥーなんかもなかったし。口ひげやあごひげが少し伸びていましたね。いかにも全身から凶悪そうなオーラが発散しているようで、怖かったですよ。ひょっとしたら刃物でも突きつけられて、金を出せ、と言われるんじゃないかと思ったぐらいでしたから」

指紋をつけないためにドライビンググローブを着けたり、帽子とサングラスで顔を隠したりしているわりには、凶悪そうな雰囲気を漂わせて、コンビニの店員に強く印象づけている。そのような不用意なところがあるので、ほかにも何か目立つ特徴を残しているのではないかと刑事たちは期待した。

「些細なことでもいいから、何か思い出してくれんかね？」

刑事はなお食らいついた。

「そんなこと言われても、ほかにもお客さんが何人もいたから、そうはじろじろ見ていられませんよ。怖かったし。あ、そういえば左の腕に、根性焼きのような痕がいくつもありました。けっこう毛深い腕だったんですが、その中で傷痕がはっきり見えました」

店員は、自分の左手首から肘のあたりを示して、「このへんにありました」と傷があるあたりを指し示した。

一宮のコンビニの防犯カメラに捉えられた、もう一人の男には全く見覚えがないと言った。こちらの画像はかなり不鮮明だった。パソコンで画像処理をして、かろうじて目鼻立ちがわかるかという程度だった。

念のために、レジスター内にあった千円札も領置させてもらおうとも考えた。ひょっとしたら、グローブを着ける前に指紋を残している可能性もある。けれども、そのあと五千円札を出した客がいたので、その千円札は釣りとして渡してしまったとのことだった。

結局レシートの主に対して得られた情報はその程度だった。刑事たちは「また協力をお願いすることがあるかもしれないので、そのときはよろしく」と挨拶をして、コンビニを立ち去った。

コンビニの店員の証言を基に、捜査本部では防犯カメラの映像をもう一度見直した。左腕のあたりの傷痕を画像処理し、鮮明にした。確かに左前腕に、四つずつ二列で、八つの火傷の痕のようなものがある。

「これはけっこう特徴的な傷ですね。根性焼きといえば、今はいじめなんかで無理やりつけられることがありますが、これはいじめに遭ったというより、自分で根性を示すためにつけたものじゃないでしょうか」

「この写真を元に聞き込みをすれば、この傷の持ち主がわかるのではないか？」

そのような意見が刑事たちから出された。それでこの写真をコピーし、名古屋市を中心として、左腕にこのような火傷痕を持つ人物を当たることになった。併せて一宮の写真も使用した。

7

砂川、町田、森脇の三人は大垣から国道二五八号線を南下し、桑名東インターチェンジから東名阪自動車道に入った。国道二五八号線は、右側に養老山から多度山に至る養老山地が迫っていたが、砂川たちは山の風景には全く興味を示さなかった。そろそろ盆休みに入る会社も多く、東名阪自動車道は四日市から鈴鹿、亀山あたりはかなり渋滞していた。それでも伊勢自動車道は車の流れはそこそこよかった。

伊勢自動車道を走っているとき、夕立で土砂降りとなった。雷鳴も鳴り響いた。

「おう、なんとなく怪しい雰囲気になってきたな。雷も俺たちの門出を祝福しとるようだ」

砂川はこの轟く雷鳴こそ、自分たちの門出にふさわしいと思った。夕立は短時間でやんだ。

夕方、彼らは松坂でいったん伊勢自動車道を降り、松坂市内のステーキハウスに入った。そこで松阪牛のステーキを奢って、新田組組長殺害の成功を祝い、祝杯をあげた。運転を担当している町田だけは、乾杯で少し口をつけただけだった。砂川は「少し休んでいけばいいで、おまえもちょっとぐらい飲め」と勧めた。けれども森脇が「万一飲酒運転であげられたら大変なので、やめといたほうがいいですよ」

と意見した。

「そうだな。今は行動を慎まないといかんかったな。俺もちょっと舞い上がっとったがや」

砂川は珍しく、反省の弁を口にした。

食事や買い物で二時間ほどを費やし、砂川たちは鳥羽方面に向かった。

鳥羽市に到着した砂川たちは、鳥羽市内で宿泊ができるホテルなどを探した。しかし盆休みということで、ホテルや旅館、民宿などはどこも空室がなく、宿泊はできなかった。遅い時間なので、観光案内所も閉まっていた。

彼らは何軒もの宿で宿泊を断られた。ただ、予約が満杯というだけではなく、三人の身形を見て断られたという要素もあった。服装が安っぽいというより、暴力団組長を殺害してきたという、一種の殺気のようなものを纏った、微妙な雰囲気を醸し出していた。それを感じ取って断ったフロントクラークもいた。服装に関しては、途中、松坂市のステーキハウスに行く前に、ディスカウントショップで買ったポロシャツやカッターシャツに着替えていたので、こざっぱりとした格好をしていた。

「空いてる部屋はありませんか？　どんな部屋でもいいですから。これまで何軒も回ったんですが、全て予約がいっぱいで、断られたんですよ。金はありますから。なんなら前払いしますよ」

森脇が小さなホテルのフロントで食い下がった。

「申し訳ございません。今はお盆のシーズンで、予約で満杯なんですよ。予約なしで泊まれるところはなかなかないと思いますよ」

「それじゃあ、鳥羽以外で泊まれそうなところはないですか？」

「そうですね。賢島周辺は混んでいるかもしれませんが、もう少し先の五ヶ所湾あたりまで行けば、空いている宿泊施設もあると思います。ちょっと待ってくださいね。うちと提携している宿を確認してみますから」

フロントクラークは何軒かの系列の宿泊施設をインターネットで調べ、その中で南伊勢町の町役場庁舎に近い、楓江荘という旅館を紹介してくれた。

「それほど大きな旅館ではありませんが、海の幸をたっぷり使った海鮮料理はとても評判がいいですよ」

彼は系列の旅館を自慢げに紹介した。

砂川たちはフロントクラークから楓江荘のパンフレットをもらい、そちらに向かった。カーナビで検索すると、楓江荘はすぐに出てきた。町田が運転する黒いミニバンは、約三〇キロの道のりを、紹介された旅館に向かって走った。昼間なら風光明媚なところなのだろうが、夜間の道なので、景色を楽しむことはできなかった。それに車で走っているうちに、また雨が降り出してきた。

彼らは初めて人を殺してしまった。これまでけんかで何人もの人に重傷を負わせ、傷害罪で有罪判決を受けたこともあった。しかし人を殺すということは、それまでとは心の負担が全く違った。ボウガンで高山の頭部を射貫いた直後は精神が高揚し、さも英雄的な行為をしたような誇らしい気分に浸っていた。ところが時間が経つにつれ、人を殺したという思いがこみ上げてきた。それは罪悪感ではないが、砂川の心にしこりのような、何らかの負債のようなものを残した。そんなこともあり、たとえ天気がよい昼間であったとしても、砂川は風景を楽しむというような心の余裕はなかったであろう。

そんなときに、砂川は神の声を聞いた。

――何を沈み込んでいる。おまえは今日から新しい人間に生まれ変わったのだ。戦場で敵を殺すことは当然のことだ。罪悪感など抱く必要はない。一人を殺せば殺人者でも、大勢を殺せば英雄なのだ。私は源氏に敗れて覇権を握るという夢は果たせなかったが、おまえは天下を握るのだ。おまえが言う、極道の世界をおまえの手中に収めよ。そのために我らがおまえたちに力を貸しているのだ。

神の声を聞いたことで、砂川は安堵した。俺には強力な神が付いている。絶対に負けるわけがない。俺は極道界の英雄になってやる。どうせ地獄に堕ちる身なら、堕ちるところまでとことん堕ちてやろうじゃないか。俺は魔王になる。そして地獄までをも支配してやる。

最初は沈みがちだった砂川だが、神の啓示を受け、気持ちが段々と高揚してきた。

昼間とは違って、道は流れがよかったので一時間もかからず彼らは楓江荘に到着した。その頃には雨は上がっていた。月がない暗い夜でよくわからなかったが、それほど大きな旅館ではないようだ。それでも車中泊よりはずっとありがたい。遅い時間にもかかわらず、鳥羽のホテルから連絡が行っていたため、チェックインの手続きはスムーズにできた。

砂川、町田、森脇の三人は楓江荘に着くとすぐに入浴し、汗を流した。泉質はアルカリ単純泉とのことだ。彼らにはタトゥーがなく、大浴場に入ることに何の障害もなかった。夕食は松坂で済ませている。風呂から上がると、自動販売機でビールやカップ酒などの酒類とつまみを買い、部屋で酒盛りをした。

旅館の売店はもう閉まっていた。

「やっと一息ついた、って感じだな」

ビールで乾杯し、砂川が言った。

「しかしさすが砂川さん。ボウガン一撃で仕留めるんだからな。たいしたもんだがや。俺もその場面、見たかったぜ」

森脇がさっそくよいしょした。

「馬鹿野郎。おまえらがそこにいたら、用心棒たちに蜂の巣にされとったかもしれんぞ。実際黒いグラサンの野郎が何発も俺に撃ってきたからな」

砂川はそのときのことを思い出すと冷や汗が出た。しかし俺には神が付いているのだから、絶対弾は当たらないと確信していた。そしてこれからも。俺は極道の世界で頂点を極めるのだ。砂川は町田たちにそう語り、モチベーションを高めた。

「今日は松阪牛のステーキだったんで、明日は海の幸をたらふく食いましょう」

町田は話題を食べ物に持っていった。

「おまえは食うことばかりだな。まあ、金はたんまりもらっているんだし、そうだな。美味い魚や伊勢エビでも食うか。このへんは『美味し国』とも言うそうだしな」

砂川も町田に賛成した。

「どうせならいい女も欲しいですね」

森脇が提案した。

「まあ、それは都会に戻ってからだ。大きな仕事をやったあとだで、今は伊勢志摩の自然や食い物を楽しもう」

彼らはしばらく宴会を続けた。羽目を外して大声を出そうとする森脇に対し、「今はあまり目立たんほうがいい。客も多いようだし、あまり騒ぐな」と砂川は冷静だった。

翌朝、バイキング形式の朝食を終えたあと、彼らはチェックアウトした。そのとき、今夜ももう一泊したいと予約を入れた。夜は豪勢な活き造り、アワビや旬の魚などの料理を注文した。伊勢エビは今は産卵期で漁ができず、冷凍物しかないので、お勧めしないとのことだった。彼らは周辺の観光地を案内したパンフレットをもらい、プレマシーに乗り込んだ。それから五ヶ所湾の湾口近くにある、田曽白浜に向かった。

彼らは半日、田曽白浜や宿田曽漁港で海水浴や釣りをして、のんびりと過ごした。釣り道具は近くの釣り道具店で貸してもらえた。昼食は海辺の大きな食堂で、海の幸を味わった。

「いつも喧嘩三昧の修羅の世界にいると、たまにはこんなのんびりした時を過ごすのも悪くないもんだな」

大きな突堤で釣り糸を垂らしながら、砂川が言った。盆休みということもあり、釣り人がけっこう多い。宿田曽漁港は五ヶ所湾内にあり、海面に波はほとんどなく、湖のように静かだった。

「でもこんな暑いところで釣りなんかしとったら、熱中症になってまうよ」

気が短い森脇は海に飛び込んだ。

「馬鹿野郎!! 魚が逃げるだろ」

「どうせたいして釣れないじゃないですか」

「こういうところでは、釣れる、釣れないより、雰囲気を味わうものなんだ」

分かったようなことを言いながらも、砂川は釣りにも飽きたので、そろそろ旅館に戻ることにした。

雲行きも怪しくなり、ゴロゴロと雷鳴が響き始めた。しばらくして、激しい雨が降り出した。

第七章　美し国へ

1

八月一五日の敗戦の日は早紀の誕生日だ。まもなく一八歳になる。

「早紀、おまえの誕生日、会社の保養所に行って祝わないか？」

早紀は父親の哲朗（てつろう）から突然そう告げられて驚いた。あたしのことなんか一切かまってくれないオヤジが、何をとち狂ってあたしの誕生日を、会社の保養所に行ってまで祝おうというのか？　いや、誕生日を覚えていたこと自体、早紀にとっては驚きだった。

「一五日は珍しく保養所の利用者がなくて、ちょうど空いているんだ。盆休みなのに、信じられんがな。だからそこでおまえの誕生日を祝ってやりたいんだよ」

父親が経営している荻野精密機器製作所、通称「オギセイ」の保養所「志摩乃波（しまのなみ）」は、三重県鳥羽市の的矢湾（まとやわん）近くにある。風光明媚なところで、海水浴場まで歩いて行ける距離だ。三階建てで、大きな建物ではないとはいえ、宿泊施設としては、小さな旅館には負けないサービスを提供している。社員の紹介があれば、社員以外の人でも利用することができる。

オギセイは工作機械の部品などを作っている会社で、精密加工の技術には定評がある。会社に所属する技術者たちは、小さな町工場ではあるが、自分たちが擁している技術には、自信と誇りを持っている。

一一日、一二日の土日を中心に、保養所は社員やその家族の利用で満杯だが、一五日は会社の盆休みの最終日なのに、一件の予約も入っていなかった。それで哲郎としてはその日に、保養所で早紀の誕生日を祝ってやろうと考えた。オギセイの盆休みは一〇日から一五日の六日間だ。一六、一七日に有給休暇を取得し、次の土日と合わせて、一〇連休にする社員も多い。

「志摩乃波」という保養所の名称に対して、早紀はお相撲さんの四股名(しこな)みたいで、ネーミングセンスが今ひとつという印象を抱いている。そのことを言うと、哲朗は「志摩乃波」と名付けたのは相撲好きのおまえの祖父(じい)さんだから、俺のせいではない、と躱すのだった。

「どうだ？　保養所は部屋がいくつかあるで、おまえの友達も呼んでやってもいいんだぞ。もちろん費用は全部俺が負担する」

「オヤジ、どういう風の吹き回しなんだよ？　雨でも降る、いや、大地震でも来るんじゃないか？」

「最近、よく多恵子、母さんが夢に出てくるんだよ。夢の中で、母さんに『もっと早紀のことを大事にしてやってくれ、早紀はちょっとぐれたところがあるけど、ほんとはとてもいい子なんだよ』と叱られるんだ」

哲朗の話を聞き、早紀はなんとなく納得したような気になった。そういえば早紀自身も最近、よく母が身近にいると感じることがある。美奈から「いつもお母さんが早紀のことを見守っているよ」と言われたため、そう錯覚しているのかな、とも考えた。けれども美奈には高い霊能力があるという。瞳もそう感じているし、前に一緒に猿投山に登った美奈の友人たちも、美奈の霊能力で解決した事件のことを話してくれた。それに錯覚とは思えないほど、母親のぬくもりを感じることがある。

おそらくオヤジにもお袋の思いが通じているのだろう。今になって思い返してみると、あたしが美奈さんに会って、お袋のことを感じ始めたころから、オヤジも少しずつ変わってきたような気がする。だからオヤジは今までは考えられないような提案をしてきたのだ。

最初に気づいたのは、美奈たちと猿投山に登ったあとのことだ。突然、「今日、山に行ってどうだった？」と声をかけられ、びっくりしたことがあった。そして登山の話をした。それ以来、少しずつ父娘の会話が成り立つようになってきた。

少し前の早紀なら、「くそオヤジの言うことなんか、だれが聞いてやるものか」と即座に拒否してしまったことだろう。けれども早紀は、

「うん。それなら友達、たくさん呼んでいいかな。オヤジと二人きりじゃあ息苦しいから」

と、提案を受け入れた。早紀自身が、なぜそれほど素直に了承してしまったのか、不思議なくらいだった。小さな子供の頃、まだ父親がよくかまってくれた頃のことを思い出した。

兄はその時期、盆休みを利用して会社の同僚たちと、〝白夜とフィヨルドの旅〟と銘打たれた北欧旅行に参加する予定なので、誕生日会には来られない。

「ああ、たくさん呼んでやってくれ。ツーリング仲間の彼氏とか、いつも一緒に喫茶店でアルバイトしている瞳という娘もな。一八歳といえば、ある意味大人の仲間入りなんだから、誕生日は賑やかにいこう」

早紀には父親が瞳の名前を知っていたことが意外だった。浩と剛は不良仲間として、父は嫌っている

とばかり思っていた。

早紀は浩と剛、瞳のツーリング仲間に加え、彩花と大井、そして美奈も誘ってみようと考えた。それでみんなにメールで連絡をした。日にちは八月一五、一六日の一泊二日だ。早紀が連絡した友人たちは全員参加を了承してくれた。浩は「退屈な先祖の墓参りを断る口実ができて、よかったぜ」と喜んでいた。浩の実家は静岡県浜松市の山間(やまあい)にあり、両親と実家に帰るのが退屈でいやだと思っていた。浜松市といっても、都心から離れた北区の、旧引佐町(いなさちょう)だ。


その後、黒川警察署管内で暴力団組長殺害事件が起こり、三浦もその捜査に加わっているので、美奈は志摩半島の方まで出かけることをためらった。隣の県とはいえ、鳥羽市まではけっこう距離がある。春日井市から的矢湾まで直線距離で約一〇〇キロメートル。高速道路を東名阪自動車道（現在名古屋第二環状自動車道となっている部分を含む）、伊勢自動車道と乗り継げば、渋滞がなくても二時間ほどかかりそうだ。盆休みということを考えれば、かなりの渋滞が予想される。

「どうせしばらくは黒川署や県警に泊まることが多いだろうし、君まで事件でカリカリすることはないよ。せっかくだから行っておいで」

三浦は迷っていた美奈の背中を押してくれた。せっかくの好意だったので、美奈は最初の予定通り、早紀の誕生日パーティーに行くことにした。


暴力団組長殺害事件の捜査は、クロスボウのアローの入手経路や、事件に使用された盗難車に関する聞き込みに加え、コンビニでの聞き込みを基に、腕にタバコの火を押しつけたような傷がある二〇代の男の捜査を中心に置いた。しかし捜査はなかなかはかどらなかった。

根性焼きの男について名古屋市内を聞き回ったが、それらしい人物は見つからなかった。それで名古屋市周辺にも捜査を拡大することになった。

野原は黒川署の小川美里（みさと）と、以前聞き込みをした「ポンコツ」に立ち寄った。小川は四〇歳ぐらいの巡査部長だ。すると早紀が「あ、前に会った刑事さん。今日もまた何かの捜査ですか？」と小声で声をかけた。さすがに早紀も大きな声で話しかけるのはまずいだろうと配慮した。まあ、店内はロックの音楽が大音響で鳴り響いているので、多少大きな声で話しかけても、ほかの客に刑事だと知られることはないだろうが。

「あら、あなた。この前はありがとう。おかげで事件の早期解決に役立ったわ。今日は仕事は休みなの？」

「はい。盆休みです。この『ポンコツ』も明日から盆休みに入ります」

「それなら今日来てよかった。そういえばもうお盆の休みに入るのね。刑事なんて仕事をしてると、盆も正月も関係ないのよ。こんなことじゃあ、恋人もできないわ」

野原は少しぼやき気味に言った。

「今日は美奈さんのご主人と一緒ではないんですね」

「基本的には県警と所轄署の刑事がペアを組むことになっているのでね。今日は黒川署の刑事さんと一緒よ。私よりずっと先輩の小川デカ長さん」

野原は小川を早紀に紹介しながら、根性焼きや顔、全身が写った写真を何枚か取り出した。

「早紀さん、こんな火傷の痕がある男の人、知らない？　防犯カメラから切り取った写真だから、あまり鮮明ではないけど」

野原はさっそく早紀に尋ねた。その写真の一枚を見た早紀は、「あれ？　よく似た傷痕、どっかで見たような」と言いながら、野原を浩たちがいるテーブルまで連れて行った。

「ねえ、みんな、この傷痕って、見たことない？」

「え、これって森脇の左腕の根性焼きに似てないか？」

写真を覗き込んだ浩が言った。

「森脇って、あの砂川の取り巻きのか？　そういえばあいつにもそんな根性焼きの痕があったな」

剛が一番鮮明に写っている写真を見て、傷の数を数えた。

「あいつも確か、四つずつ二列だった。これと同じだ。それに帽子やグラサンしてるけど、顔や体型の感じもよく似てるぜ」

「毛深いところも似てるよ。あたい、毛深い男、あまり好きくないから、森脇にはいい印象ないんだ。どっちにしてもあんな乱暴な奴らごめんだけど。まだ亮たちのほうがずっといいよ。あんな森脇を好きな女がいるなんて、驚きだよ。あのメガネブス、よっぽど目が悪いんだね」

瞳も写真を見て、話に加わった。

「メガネブスって愛海（まなみ）のことか？　そこまで言ったら気の毒だろ？　あいつ、そんなに悪いやつじゃないみたいだし。たぶん森脇に騙されているんだろ。ある意味、あいつだって被害者だがや」

剛が森脇を好きだという女性を擁護した。

早紀が森脇には唇の左上にほくろがあったことを思い出した。防犯カメラの画像では口ひげがあるのでよくわからない。けれども動画から一部を切り取った静止画像に、パソコンで処理を施して鮮明にした写真で確認すると、確かにほくろらしいものが写っている。

さらに一宮市のコンビニの写真を見せると、不鮮明な画像にもかかわらず、浩たち四人が、「これは砂川に間違いない」と断言した。

野原は森脇たちの写真を持っていないか、浩たちに尋ねた。けれども砂川たちとは仲間でも何でもないし、写真を撮るほどの間柄でもないので、写真はないとのことだった。彼らは春日井市ではけっこう有名な不良グループ、クレージーパンサーを組織しており、砂川と森脇は傷害罪でパクられたことがある、という情報を提供してくれた。


野原は小川と一緒に篠木署に立ち寄った。逮捕歴があるなら、篠木署に森脇の写真などのデータがあるだろうと考えたからだ。

高蔵寺駅から中央本線の快速電車に乗り、春日井駅から篠木署までは、歩くには少し距離があるので、バスを使った。タクシーに乗りたいところだが、電車や路線バスがあるのに、捜査費用を無駄に使うことはためらわれた。

小川はいったん黒川署の捜査本部に戻り、実質上の責任者である下山警部に報告した上で、篠木署に挨拶するべきだと意見した。けれども野原は、篠木署には強盗殺人事件の捜査で顔なじみになった刑事が何人もいるから、と押し通した。いったん捜査本部に戻る、その時間が惜しかった。

野原はかつて篠木署で鳥居の上司だった松原警部に、暴力団組長殺害事件の容疑者としてクレージーパンサーの森脇が浮かび上がったということを話し、森脇のデータの提供を依頼した。

「本来なら黒川署の捜査本部長を通して依頼してもらうのが筋だが、野中君は今は鳥居さんの部下ということでもあるし、まあ、大目に見ましょう」

松原は野原の姓を間違えて言ったが、快く依頼に応じた。野原は「あの、自分はのなかではなく、野原であります」と遠慮がちに訂正した。

森脇は傷害事件で篠木署に逮捕された過去がある。松原はそのとき担当した刑事を確認して、呼んでくれた。幸いその刑事は篠木署にいた。

「やあ、若様か。この前の事件ではお世話になったな」

岩田という人がよさそうな年配の巡査部長は、ニュータウン強盗殺人事件で野原と顔なじみになっていた。鳥居が野原のことを「ワカ」と呼んでいたので、岩田は階級が下とはいえ、本庁の刑事をワカと呼び捨てにするのもどうかと思い、「若様」と様をつけていた。若様と聞いて、小川は大笑いした。

「その若様っていうのはやめてください。照れくさいです。バカ様みたいですし。ワカでけっこうです」

森脇の傷害事件というのは、暴力団員三人と砂川、森脇がもめ事を起こし、三人に重傷を負わせた事件だ。先に因縁をつけたのは暴力団員のほうだった。強面（こわもて）の暴力団員が、素人に完膚（かんぷ）なきまでに叩きのめされた。そのことを恥じた暴力団員たちは、結局訴えを取り下げた。それで砂川と森脇は不起訴となった。この一件で、砂川たちは地元のやくざや不良たちの間で一目置かれるようになった。

小川は岩田に防犯カメラの画像をプリントした、人物の顔と左腕の傷痕の写真を何枚も見せた。岩田はしばらく写真を見つめていたが、「うん。これらの人物は、森脇和夫(かずお)と砂川智広(ともひろ)でまず間違いないでしょう」と判断した。

岩田は自分の推理を話した。

「砂川はボウガンを持っていると聞いたことがあるので、高山を撃ったのはおそらく砂川。逃走車を運転していたのが森脇、そしてその逃走に使った盗難車は１３８タワーパークに放置してあったそうですが、おそらくもう一人のメンバー、町田がもう一台車を用意して、そこで乗り換えたんでしょうね」

「ただしこれは俺自身の勝手な憶測なので、黒川署のほうで事実をじっくり調べてくださいね。俺が捜査を間違った方向に誘導してしまったら大変ですから」

岩田はそう付け加え、くれぐれも先入観による捜査をしないよう、忠告した。小川の階級が同じ巡査部長なので、彼は丁寧語を使った。

「もしあのとき、鳥居警部補がその事件を担当していれば、たぶんすぐ気づいたのでしょうが、当時、鳥居警部補は別の事件で殺人犯を追っていましたからな」

その事件とは、鳥居が初めて三浦と組み、美奈が事件解決に導いた、外之原峠(とのはらとうげ)遺体遺棄事件だ。その事件がきっかけで美奈は三浦と出会い、そして事件の被害者だった千尋が美奈の守護霊となったのであった。

小川と野原は砂川、森脇の写真などのデータを借り受けて、捜査本部に戻った。

捜査本部では小川と野原が持ち帰った情報に色めき立った。

「いいえ、これはトリピ……鳥居警部補が私たちに『ポンコツ』に行くよう、指示してくれたからです」

野原は鳥居を立てるように言った。

「確かに篠木署の岩田巡査部長が言うように、予断を持って捜査に臨むことは許されないが、一つの方向として砂川、森脇、町田の線も当たってみよう。まずは森脇の写真を持って、コンビニの店員に当たってみるか。小川巡査部長、野原巡査長、戻ったばかりで済まないが、君たちに頼む」

黒川警察署の下山警部は砂川と森脇を手繰り寄せた二人に依頼した。

小川と野原はさっそくコンビニに急いだ。そのコンビニは黒川署からそれほど遠くない。幸い容疑者と思われる者に対応した店員はシフトに入っていた。彼は店長の許可を得て、事務所で刑事の話を聞くことにした。その事務所はロッカーや事務机、広告の束などが無造作に置いてあり、あまり広いとはいえなかった。

「お忙しいでしょうから単刀直入にお話しします。先日ほかの刑事から話を聞いたと思いますが、そのときの対象者はこの写真の中にいますか？」

階級が上の小川が切り出し、店員に六枚の写真を見せた。写真の一枚は篠木署から提供された森脇のもので、それ以外は黒川署の警察官だ。森脇と年齢が近い警察官を、私服を着た状態で写させてもらったものだった。

「これだと思います」

店員は写真を一枚一枚よく見てから、迷わず森脇を選んだ。

「これで間違いありませんか？」

小川は念を押した。

「この写真にはひげがないから絶対とは言えないけど、たぶん」

今度は野原が写真のコピーに、帽子とサングラス、ひげを描き加えたものを見せた。

「これだと感じがよく似てます。たぶんこの人で間違いないと思います」

店員は一〇〇パーセントという自信はないまでも、そう判断した。

盗難車の車内に残されていた毛髪の根毛から抽出されたＤＮＡを、篠木署で保管されていた森脇、砂川の試料と照合した結果、そのうちの一本が砂川のＤＮＡ型と一致した。それで捜査本部は、砂川、森脇の二人をこの事件の有力な容疑者と断定した。そして逮捕状を請求し、全国の捜査機関に手配した。

また、１３８タワーパークで二人を待ち受けていたのはおそらく町田だろうということで、町田も重要参考人として行方を追及することとなった。

ただし、公表すれば新田組組長殺害犯人として暴力団が警察より先に砂川たちを見つけ出し、制裁する可能性があるので、マスコミには公開されなかった。

2

砂川たちは楓江荘に二泊した。超満員ともいえる盆休み中の土日ではあったが、運よく空いている部屋があった。次の日は伊勢市に行った。右翼的な思想の持ち主である彼らは、たまには日本人の心の故郷(ふるさと)ともいえる伊勢神宮に参拝しよう、ということになった。

その日の夜は伊勢市の旅館に泊まった。しかしさすがに旅館に泊まるのが退屈になってきた。どこかおもしろいところはないかと三人は相談した。

翌朝、チェックアウトするまでの時間に、旅館のラウンジに置いてあった貸別荘、コテージのパンフレットを見ていた町田は、「おい、ここなんかどうだ？」と砂川と森脇に提案した。そこは「ヴィレッジ宮川」というところだった。

「俺は以前、開田(かいだ)高原の貸別荘で泊まったことがあるけど、貸別荘は戸建てだで、夜中に酒盛りして騒いでいても文句言われんし、なかなかいいですよ」

開田高原は、御嶽山の東側にある高原で、雄大な御嶽山を眺めることができる。標高一〇〇〇メートルを超えているので、夏でも爽やかだ。

「めしはどうなんだ？」

砂川が尋ねた。

「めしは自炊だけど、みんなで調理するのもけっこう楽しいですぜ。ここはバーベキューの設備もあるし。このヴィレッジ宮川の中にはホテルやレストランもあるから、めし作るのが面倒ならそこで食ってもいいですよ」

町田は貸別荘についていろいろ説明した。

「家一軒まるごと借りるわけか。面白そうだな」

　砂川が興味を抱いた。

「この別荘は大台町の方だで、伊勢、紀勢自動車道を使えば、そんなに時間はかからんぜ。もし空いとったら、行ってみますか？」

「貸別荘に行くんなら、女も呼ばないか。俺の彼女なら、たぶん来るだろうと思うし。めしを作るの、手伝ってくれるし。これから来い、と言えば、夕方には現地で合流できると思いますよ」

　森脇が提案した。

「愛海か。だが俺たちは遊びに来とるわけじゃないぜ。ま、実際遊んどるようなもんだけどな。それにもしものことがあって、女を巻き添えにしてはいかんだろ」

　砂川は森脇に注意を促した。

「まあ、そう固いことを言わずに。こんな遠いところまで、だれも追ってはこないですよ。まだ犯人が分からんようだし。もし何かやばいことになりそうなら、女に車で逃げるように言えばいいし。町田も淑乃を呼んだらどうだ？　砂川さんなら何人か女がいるでしょう。そのうちの誰かを呼びましょうよ」

「そうだな。たまには貸別荘もいいかもしれん。行ってみるか。どうせならパッとやるか。貸別荘ならホテルや旅館と違って、夜中に騒いでも問題ないようだしな」

　砂川の心が動いた。結局砂川も貸別荘に同意した。町田は携帯電話で、パンフレットにある問い合わせ先に電話をかけた。すると幸い五人用の棟のキャンセルがあったので、さっそく予約を入れた。盆休みの期間は割増料金になっているが、それはやむを得ない。

　町田も淑乃を呼ぶことにした。彼女たちはこれから落ち合って、愛海の車で貸別荘に向かうことになった。ヴィレッジ宮川の住所を伝えておいたので、カーナビゲーションを頼りに車を走らせる。紀勢自動車道の大宮大台インターチェンジを降りたら、携帯電話で連絡を取り合い、合流すればよい。

砂川が付き合っている女性は何人もいたが、特定の女性はいなかった。それで砂川はだれも呼ばなかった。

彼らはテレビやラジオのニュースでときどき臨徳寺の事件をチェックしていた。けれども事件の容疑者が見つかったという報道はなかった。しかし警察はすでに砂川たち三人を、高山組長殺害の容疑者、重要参考人として、極秘裏に手配していたのだった。

その頃、新田組の若頭、吉崎に、高山殺害の容疑者が特定されたという情報が入っていた。警察は容疑者の保護のために、その情報をマスコミに流してはいなかった。しかしある警察回りの老練な記者が、知り合いの警察官にしつこくつきまとい、容疑者が浮かび上がったということをリークさせた。吉崎が利用している情報屋が、そのことを聞きつけたのだった。

「思ったより早くわかってしまったようだ。さすがに警察をなめてはいかんかったな」

吉崎は腹心の部下に言った。

「まだ組長(オヤジ)の葬儀も終わらないうちに、面倒なことにならないといいですが。デカや検事に厳しく追及されれば、Sはともかく、MOとMAは専務のことをゲロしかねんですね」

池田が吉崎に応じた。Sというのは砂川、MOは森脇、MAは町田のことだ。また、高山組長は社長もしくはオヤジ、吉崎は専務と呼ばれていた。

「今、Ｓたちはどこにいる？」

「伊勢の方でほとぼりを冷ましているってことですぜ」

「そうか。交通事故にでも遭わんといいがな。気をつけるよう、伝えておいてくれ」

　吉崎はにやりと笑った。池田は吉崎の意を汲み取り、「御意にございます」と応えた。

　森脇から連絡を受けた西田（にしだ）愛海は、蛯名（えびな）淑乃を迎えに行った。森脇から教えてもらった住所をカーナビにインプットして、車を大台町の貸別荘に走らせた。彼女らは途中、鳥羽に寄って水族館やミキモト真珠島などを見学しながら、頼まれた食材を買った。新鮮な魚やアワビなどだ。伊勢エビは今産卵期で禁漁期間のため、扱っていないとのことだった。海産物ばかりではなく、肉や野菜も大量に買い込んだ。そして醤油や焼き肉のタレ、塩などの調味料や紙コップ、紙皿、割り箸なども。夜はバーベキューをすることになっていた。「五人分、金はあとで返すから、たくさん買ってきてくれ」と森脇に依頼された。

　夕方、完成して間もない紀勢自動車道の大宮大台インターチェンジを降りた愛海は、紀勢本線三瀬谷（みせだに）駅近くの道の駅奥伊勢おおだいに車を停め、携帯電話で森脇に連絡した。森脇は場所を確認し、すぐ町田と一緒に迎えに行く、と伝えた。

　砂川たちは午後三時前にヴィレッジ宮川に到着していた。宿泊手続きはメインのホテルで行う。宿泊は五人で、二人は遅れてチェックインするとフロントに伝えておいた。宿泊の手続きをした後、部屋でしばらく休憩してから、〝日本一の清流〟と言われる宮川の近くを散策した。殺伐とした毎日を送っている彼らにとっては、五ヶ所湾や伊勢神宮、宮川で過ごす時間は貴重なものだった。散策をしているときに愛海から「今、道の駅に着いたよ」と連絡を受けた。

道の駅の場所を確認すると、近くに大台警察署があることが気になった。けれども素知らぬ顔をして警察署の前を通り過ぎた。彼らはヴィレッジ宮川に行くとき、気づかず警察署の前を通っていたのだった。

「よう、遠いところをご苦労さん」

サクラメタリックのマーチを見つけ、森脇がプレマシーから降りて、愛海たちに声をかけた。

「すぐ行くと言いながら、遅いー。ずいぶん待ったよ」

丸顔で度が強いメガネをかけた小柄な愛海が、頬を膨らませた。

「まあ、そう怒るな。たかが三〇分やそこらだろ。せっかくのかわいい顔が台無しだがや」

愛海は美人というよりも愛らしい顔つきだ。栗色に染めたセミロングの髪は、三日月型の飾りがついた黒いヘアゴムでまとめ、ポニーテールにしている。髪をまとめると、耳の後ろに彫ってある小さなタトゥーが目立つ。淑乃は面長で目つきがややきつい。愛海よりずっと背が高い。長い黒髪にパーマを当てている。

町田が運転するプレマシーの後ろについて、愛海はヴィレッジ宮川に向けてマーチを走らせた。

彼らは自宅からずっと、黒いセリカがついてきていることに気づいていなかった。愛海も淑乃も、運転しながらおしゃべりに夢中で、尾行には全く注意を払っていない。尾行する側としては最もやりやすい相手だ。行き先も志摩半島の方だと当たりをつけていたので、東名阪、伊勢自動車道を利用するだろうということも予想できた。

森脇も、まさか自分のガールフレンドたちが吉崎の部下に見張られていたとは考えてもみなかった。だから尾行に注意しろと伝えることを思いつきさえもしなかった。

「あー、疲れた。ずっと運転していたんだから。東名阪、メチャ渋滞していたし、魚なんかもけっこう重かったんだよ。力仕事はか弱い女にやらせないで、男どもでやってよ」

コテージに着くと愛海はソファーに倒れ込んだ。木造二階建てで、二階は屋根裏部屋のようになっている。ずっと運転していたといっても、途中のサービスエリアで少し淑乃に運転を替わってもらった。運転は、かつて暴走族レディースに所属していた淑乃のほうがうまい。うまいというより、荒っぽい。それでも全行程の三分の二近くは愛海がハンドルを握っていた。

「でもいい部屋じゃん。木のぬくもりが伝わってくるというか。あたし、こんなところに泊まりたかったんだ」

淑乃が部屋を見回した。愛海たちが買ってきた食材は、コテージに横付けしたマーチのラゲッジルームから、町田と森脇が運んだ。ビールやワインなどは町田たちが買い込んでいた。

「お金、ちゃんと払ってね。肉やアワビ、けっこう高かったんだから。そうそう、伊勢エビは今、禁漁期だからといって、売ってなかったよ」

愛海が食材のレシートを森脇に渡し、代金を請求した。

「ああ、わかってる。あとで砂川さんに言っとくから。金は砂川さんが出してくれる」

「今日は暑かったから、もう汗でびしょびしょ。ここって露天風呂に入れるんでしょう。少し休んだら、淑乃と入ってこよう」

愛海は淑乃に目配(めくば)せした。淑乃も「そうだね」と頷いた。

「野天風呂に入るなら、ごちゃごちゃもめたくないから、いれずみにはシール貼って隠しとけよ」

愛海は、旅行に出るときは、タトゥーを隠すためのシールを携行している。ただ、腰に彫ったタトゥーはけっこう大きいし、貼りにくい場所なので、シールで隠すのに苦労する。今日は淑乃がいるから、あとで淑乃に貼ってもらおうと考えた。淑乃への目配せは、そのことも含まれていた。

「わかってるよ。それからいれずみじゃなくて、タトゥーだよ、ファッションタトゥー。あたしはやくざじゃないんだから」

愛海は不満そうに言った。彼女は〝入れ墨〟と言われることを嫌っていた。些細なことではあるが、彼女はタトゥーと〝入れ墨〟とはきっちり区別をしていた。

森脇は心の中で、「今に砂川さんは日本の極道の頂点に上り詰める。そうすれば俺は若頭だ。二次団体の組を持たしてもらえるかもしれん。愛海、おまえも立派な極妻(ごくつま)にしてやるぜ。そのときはそんなかわいいタトゥーではなく、極道の女にふさわしい本格的な和彫りを、背中一面に入れるんだぞ。そうそう、そんなダサいメガネはやめて、コンタクトにしたほうが極妻には似合ってるな」と呟いた。

五人のうちで、愛海一人がタトゥーを入れている。胸の中央に赤いイチゴ二つと真ん中に白い花一輪、そしてその下に〝Love〟の文字だ。また、左の腰から臀部にかけて、赤と青のダリアとカラフルなハチドリが入っている。バラや牡丹はタトゥーの図柄としてはよく見かけるので、少し変わったものをと、彼女が好きなダリアの花を彫ってもらった。

ダリアの花言葉にはいい意味と悪い意味がある。いいイメージがあるものは「感謝」「優雅」「華麗」、あまりよくないものは「裏切り」「移り気」などだ。愛海は悪いほうの花言葉は考えないようにしている。

高校生のころまでは、愛海は真面目な優等生だった。女子生徒が少ない理系進学クラスに進級した三年生のとき、クラスメートからいじめを受け、不登校になった。これまで彼女にどうしても成績では勝てなかった男子生徒が、多くのクラスメートに虚偽の噂を吹き込み、彼女に嫌がらせをしたのだった。愛海は何度も自殺をしようと思い詰めたが、ぎりぎりのところで踏みとどまり、なんとか高校は卒業した。けれども精神的な痛手が大きく、大学受験を諦めてしまった。車椅子の天才と言われたスティーヴン・ホーキング博士に憧れ、将来宇宙物理学を専攻したいという夢も断念せざるを得なかった。彼女は相対性理論や量子力学を学び、宇宙の誕生や終焉（しゅうえん）、ブラックホールなどについて研究したいという壮大なロマンを思い描いていた。彼女が通っていた高校では数年に一人の才媛と嘱望（しょくぼう）されていたのに、いじめにより、その才能が潰されてしまった。

そんなある日、愛海は自分を変えたいと思い、タトゥーを入れる決心をした。施術の激痛に耐え、一生肌に残るタトゥーを入れるほどの決意ができれば、自分も強くなれるだろうと考えた。もともとファッションとしてのタトゥーには興味を持っていた。自分は美人だとはとても思えないので、せめて肌をきれいに飾ってみたかった。

インターネットで検索し、卑美子のことを知った。女性アーティストで、ホームページに載っている作品はどれも美しい。衛生管理もしっかりしていそうだ。このアーティストさんになら、自分の肌を安心して委ねることができると思い、さっそく卑美子に連絡を取った。図柄の相談をした結果、花言葉に「尊敬と愛」「幸福な家庭」「先見の明」というような意味がある、イチゴの絵を彫ることにした。以前から、タトゥーを入れるなら、かわいい絵にしたいと考えていた。そしてイチゴの下に、筆記体で〝Love〟という文字と、ピンク色のハートと四つ葉のクローバーの飾りも入れてもらった。「尊敬と愛」という花言葉から、「Love」を選んだのだった。

娘がタトゥーを入れたことを知って驚いた両親は、美容外科に行ってすぐ消すように命じた。両親はインターネットなどで調べて、タトゥーはレーザー照射で簡単に消せると思い込んでいた。けれども愛海は頑（かたく）なに拒否をした。

「このタトゥーは、あたしは生まれ変わるんだという決意の象徴なんだから、絶対に消さない。くじけそうになったとき、このタトゥーを見て、気持ちを強く持つようにするんだ。もし消しちゃったら、また元の弱い自分に戻ってしまいそうだから」

タトゥーを消せば、胸に大きな傷が残ってしまうこともいやだった。女性にとって大切なバストに傷をつけることは、我慢できない。目立つ大きな傷より、かわいい絵のほうがずっとよかった。今はファッションとして、きれいなタトゥーを入れている女性も増えている。

結局両親は妥協して、もうこれ以上増やさないことを条件にタトゥーを容認した。愛海さえ元気になってくれれば、それでよいと考えた。

大学進学を断念した愛海は、時々アルバイトをする程度だった。けれども、いつまでもぶらぶらしているわけにはいかないので、醤油や味噌などを作るシチビキという醸造会社に就職した。会社では作業着の襟元からタトゥーが覗かないよう、いつも気を遣った。健康診断のときには、ネットで検索して見つけた、タトゥー隠し用のシールを貼った。これならX線撮影でも影響は出なかった。同僚からは変な目で見られたものの、「胸に傷があるから隠しているんです」と言い張った。タトゥーもある意味、傷といえるので、あながち嘘をついているのではないと自分に言い聞かせて、罪悪感を軽減させた。

周りは愛海に結婚を勧めたが、タトゥーがあることが気がかりで結婚に踏み切れずにいた。そしてずるずると年齢を重ねてしまった。年齢を重ねたといっても、愛海はまだ二五歳だ。それでも愛海はタトゥーを入れたことに後悔はなかった。後悔どころか、両親には内緒で、さらにタトゥーを増やしたのだった。

第二のタトゥーは他人に見つかりにくいところがいいと考え、左の腰からお尻にかけて、大きなダリアとハチドリを彫ってもらった。こちらも卑美子の作品だ。タトゥーは麻薬のようなもので、一つ入れるとさらに増やしたくなるものだと聞いたが、自分にとってはまさにその通りだと愛海は納得した。初めてタトゥーを入れるときに比べ、二つめとなるとハードルはぐっと低くなる。今では職場以外では、あまりタトゥーを隠さなくなった。

また、右耳の後ろには三日月と星、左耳にはリングをまとった土星を図案化した絵を入れた。ここはふだんは髪で隠している。

世間では〝全身刺青の女流作家〟と呼ばれている木原未来のことを知り、さっそく処女作を読んでみた。なかなか味わい深い作品で、著者の全身のタトゥーも美しい。その作家のタトゥーの写真は、インターネットで検索すればいくつも見つけることができた。それらの写真は、美奈が与り知らぬところで勝手にアップされたものだ。それがどんどん拡散したのだった。後にデジタルタトゥーと表現されるが、まさに一度ネット上で拡散した美奈のタトゥーの写真は、削除しようもないほど広がってしまった。

愛海は木原未来に憧れを抱いた。彼女のように、自分ももっとタトゥーを増やしてみたくなった。それで最近、新たにタトゥーの予約を入れた。卑美子は今、育休中だというので、弟子のトヨに右の太股に鳳凰の図柄を依頼した。トヨは多忙で、施術の日は一ヶ月ほど先になる。愛海の感覚では、鮮明さくらより、繊細なトヨの作風のほうが好みに合っていた。

もし高校時代にいじめを受けなければ、大学に進み、真面目に勉学に勤しんでいただろう。今頃は海外の研究機関に留学し、夢だった天体物理学の研究に没頭していたかもしれない。ハワイ島マウナケア山頂に設置された、すばる望遠鏡だって使用する機会があったかもしれない。タトゥーに多少の関心は抱いていても、実際に入れてみようという踏ん切りはとてもつかなかっただろう。いや、日本とは違い、タトゥーをファッションとして受け入れている欧米でなら、小さなワンポイントぐらいなら入れた可能性はあるかもしれないと愛海は考えた。

そんな折に出会ったのが森脇だった。二枚目ではないけれど、自分だってあまり美人とはいえないから、釣り合っているかな、と思った。森脇は「俺も腕に火傷の痕があるから」と、愛海にタトゥーがあることを気にしなかった。彼は、腕の火傷は高校時代にいじめられてできたものだと言った。高校を中退したのも、ひどいいじめを受けたからとのことだ。「彼もあたしと同じように、いじめに遭っていたんだ」と思うと、森脇を愛おしく感じた。愛海も自殺寸前まで追い詰められたのだから。それなのに明るくてなんとなくユーモアがある。愛海は森脇に傾倒していった。ただ、森脇が高校を退学したのは、いじめによるものではなく、何度もけんかや恐喝、暴走行為などで問題を起こしたためだった。

森脇が以前は暴走族に所属し、今はやくざも恐れるクレージーパンサーの幹部だと知ったときには、もう森脇から離れられなくなっていた。

淑乃と町田は暴走族時代からの付き合いだった。淑乃は高校時代、万引きを繰り返し、補導されたので、高校は退学させられた。彼女は愛海より二歳年下だ。暴走族のメンバーにオートバイの後ろに乗せてもらっているうちに、風を切って疾走する快感に魅せられ、淑乃はバイクの虜（とりこ）になった。暴走族のサブリーダーだった町田は、バイクが大好きとはいえ、まだ大型二輪の免許を取得したばかりで、テクニックが伴わない淑乃に目をかけてやった。そんなことから淑乃と町田は接近していった。

リーダーの砂川は、メンバーには「タトゥーや入れ墨はするな」という方針を打ち出していた。それで暴走族クレージーパンサーの主要なメンバーには、タトゥーを入れている者はいなかった。タトゥーを入れれば、何か面倒を起こしたとき、かっこうの目印になってしまう。砂川に言わせれば、手配書に書かれるような特徴を自らの肌に刻むのは、愚の骨頂だということだ。


夕方六時前に、彼らは食材を持ち込み、バーベキューを行った。日没までまだ間があった。貸別荘村の指定された場所にバーベキューサイトがあり、コンロやテーブルを借りることができる。炭や着火剤などは、近くの売店で購入した。いつもは肉主体のバーベキューだったが、今回は魚がメインだった。

盆休みの期間なので、バーベキューを楽しむ人たちは、ほかにも大勢いた。砂川は、「こんなところでもめ事を起こすなよ。楽しくやろうぜ」と釘を刺した。夕方といってもまだ気温が高いので、みんなはTシャツ一枚といったような気軽な出で立ちだった。愛海は胸が開いた服を着ていて、イチゴのタトゥーが覗いていた。遊びに来ているときぐらい、タトゥーのことであまり神経質になりたくなかった。

まずは缶ビールで乾杯した。

「こういうときはケチらんで、本物のビールを買ってこいよ。それぐらいの金はもらっているから」

砂川は少し文句を言った。もちろん乾杯用にビールも買ってきたが、安い発泡酒のほうが多かった。

「どうせ酔えばビールも発泡酒も違いがわからなくなるから、もったいないと思って」

森脇が弁解した。

鍋奉行ならぬ網奉行は、町田が引き受けた。町田はこういうとき、テキパキと動いた。食材はたくさん買ってきたつもりだったが、男性三人の食欲は凄まじく、すべて食べ尽くしてしまった。愛海と淑乃もバーベキューを堪能した。名古屋などの都会とは違って、日が沈むと一気に気温が下がり、心地よかった。

彼らはアルコール類もけっこう飲んだ。バーベキューの後片付けをすると、コテージに戻ってシャワーを浴びた。そしてあまり夜更かしはせず、早めに眠ってしまった。夜通し酒盛りをして騒ごう、というつもりではあったのだが。

3

深夜、砂川たちが寝静まっている頃、彼らが泊まっているコテージに近づいている四つの人影があった。昼間、愛海たちを黒いセリカで尾行していた、暴走族あがりの準構成員たちが砂川の宿泊先を突き止めた。その報告を聞いた吉崎が送り込んだ刺客たちだった。

「いいか、チャカやヤッパは使うなよ。首も絞めるな。交通事故に見せかけるんだ。銃創や創傷があったら、交通事故を偽装した殺人だと疑われるからな」

　四人のうち、黒っぽいサングラスをかけた男が言った。その男が指揮官らしかった。四人は皆、喪服のような黒い服を着ていた。

「ああ、わかってますぜ。気を失わせる程度にしておきますよ。骨折なら大丈夫ですね」

「交通事故の打撲で負った傷と見なされるような怪我ならいいだろう。ただし殺すなよ。死亡推定時間に誤差が出るとまずい。町田のミニバンが運転ミスで、崖から転落した、という想定だからな。かなり死体が傷んでいたところで、不自然でない範囲でならオーケーだ」

「女も一緒に殺っちまうんですか？」

「気の毒だがやむを得ん。生かしておいて、何か気づいたことをしゃべられてはまずいからな。あくまで男女五人で夜中にドライブ中、おしゃべりに気をとられて運転を誤った、ということにしとかねばならん」

　コテージに押し入る前に、彼らはこれから成し遂げるべき仕事について確認した。

「奴らは地元のやくざも一目置くような連中だ。かなり腕は立つ。油断するな」

　指揮官は注意を促した。ほかの三人は、新田組でも武闘派で名をなしている、吉崎一家の腕利きたちだった。

「多少けんかが強くても、所詮（しょせん）、ど素人のチンピラですよ。殺しのプロである俺たちにかかっちゃ、カス同然でさ」

彼らは柔道や空手などの武道だけではなく、人間の急所を攻め、確実に相手にとどめを刺す訓練も受けている。一種の殺し屋集団といえた。殺し屋といえば、日本ではマンガや小説にしか登場しない架空の存在のように思われるが、彼らはいざというときには狙ったターゲットを確実に仕留める技術の習得に励んでいた。料金をもらって殺人を引き受けるのではなく、吉崎の命令を受け、吉崎にとって都合が悪い人物を闇に葬ってきた。彼らは吉崎個人の秘密機関であり、組長だった高山さえ、その存在を知らなかった。

コテージでは一階に砂川、町田、森脇の三人が、二階で愛海、淑乃の女性二人が寝ていた。四人の侵入者の中にピッキングの名人がいて、簡単に錠をこじ開けた。侵入者は音がしないようにドアを開け、土足のまま部屋の中に上がり込んだ。

そのとき、ちょうど愛海がトイレに行こうと階段を降りてきた。

「やっぱ、ビールは利尿作用があるんだな。すぐおしっこ溜まっちゃう」

愛海は眠い目を擦りながら呟いた。一階の部屋はナツメ球を点けたままにしてあり、ほのかな明るさがあった。愛海はかなり視力が悪く、メガネをかけていないと、あまりよく見えなかった。それでも森脇たちとは違う人影がいくつもあることはわかる。愛海は侵入者に気がついた。

「だれ？　あんたたち。だれなの？」

愛海は恐怖で大きな声が出ず、震える小声で問いかけた。

「このアマー」

一人が愛海に襲いかかった。そのとき愛海は殺されると怯(おび)え、「きゃー!!」と大声を上げた。侵入者に顔面に軽く蹴りを入れられただけで、愛海は壁まで吹き飛ばされて、気を失った。

愛海の悲鳴や壁にぶつかったときの大きな音で、砂川たちが目を覚ました。

「てめえら、だれだ!?　まさか、吉崎さんが……」

砂川たちが伊勢の方面にいることを知っているのは吉崎しかいないはずだ。吉崎には居所を報告するように言われていたので、連絡を取っていた。

「愛海!!」

森脇は壁に激突して気を失った愛海の許に駆け寄った。

「きさまら、何だ!!　愛海を……。許せねぇ」

森脇は愛海を蹴り飛ばした侵入者に飛びかかった。しかしレバーの辺りに強烈な蹴りを受け、その場に頽(くずお)れた。肝臓が破裂しそうな衝撃だった。砂川も侵入者の一人に殴りかかったものの、全く相手にならず、殴り倒されてしまった。

階下の悲鳴や騒音で目を覚ました淑乃は、いったい何事かと思い、様子を見るために階段を降りてきた。その気配を感じた町田が、「淑乃、来るな!!　来ちゃあだめだ!!」と叫んだ。その声を聞いて、淑乃は二階に逃げ戻った。

「おまえもうるさいんだよ」

町田は鳩尾(みぞおち)に一撃を受け、へたり込んだ。

砂川たち三人は、地元のやくざさえ恐れて避けていくと噂されているほどだった。それでも軍隊のように確実に人を仕留める訓練を受けている侵入者たちには、とても敵わなかった。

「おい、ここでは出血などさせるんじゃないぜ。ここで暴行の痕跡が残ると、事故が疑われる可能性があるからな」

サングラスの男は他の三人に注意した。せっかく自動車事故に見せかけても、その前に泊まっていた貸別荘で暴行の痕跡があっては、いらぬ嫌疑を招きかねない。

「おまえらも気の毒だな。吉崎さんに利用され、結局虫けらのように踏み潰されて終わりだ」

サングラスを外して指揮官らしき男が砂川たちに告げた。

「て、てめえは池田か⁉　吉崎さんは最初から俺たちを始末するつもりだったんか」

吉崎の腹心、池田の顔を確認した砂川は悔しげに言った。

「いや、場合によってはもう少し利用させてもらうつもりだったさ。しかしもう警察もおまえらの犯行だと割り出してしまったみたいだからな。危険なので処分させてもらう」

「処分だと？　俺たち全員、殺す気か？　女どもは関係ないぜ」

「関係ないとは言えんだろ。今のこの状況を見られている。まあ、俺は親切だから、おまえらが寂しくないよう、全員一緒にあの世に送ってやるよ。黒いミニバンで、みんなであの世にダイビングしてな」

池田は高笑いをした。

「てめえらの思うとおりにはさせねえ」

砂川は池田に殴りかかった。するとすかさず、池田を守るべく、黒服の一人が砂川の前に躍り出た。

そして砂川のこめかみに強烈なフックを食らわせた。砂川はもんどりうって、その場に倒れた。

「無理無理無理ー。ここにいる三人は吉崎一家でも特殊な訓練を受けている、殺しのエキスパートでな。おまえらが敵う相手じゃねえ。おまえらは夜道をドライブしていて、運転を誤って全員事故でおっ死(ち)んじまう、という筋書きだ。それとも組長(オヤジ)を殺したが、結局逃げ切れないと観念して、女を巻き込んで無理心中かな。大王崎(だいおうざき)からダイビングなんてどうだ？　それとも宮川に転落か？　せっかくの清流が汚れてしまうがな。それでも死に場所としてはいかしているだろ？」

池田は勝ち誇った。そして「こいつら全員、動けなくしてミニバンの中に連れて行け。上にいる女もだ」と他の三人に命じた。

「くそ、ここまでか。俺の神、力を貸してくれ。それとも神の力なんて、こんなもんかよ」

砂川は自らを守護するという落ち武者の霊に問いかけた。

「神だって？　この期に及んで、神様助けて、か。とんだ見かけ倒しだぜ。この世に神など、いてたまるか。いるのは人間という名の、悪魔だけだ」

池田は神に助けを請うている砂川を見下した。

――おまえたちには地獄の底まで我らについてくるだけの覚悟はあるか？

そのとき、砂川、町田、森脇の三人の心に、この世のものとは思えないような恐ろしい、それでいて高貴な響きがある声が聞こえてきた。

「ああ、俺の神か。このままじゃあ、殺されるだけだ。ついていくぜ、地獄の果てまででも。前にもそう言ったじゃないか」

――今一度、おまえたちの覚悟を確かめたかった。ほかの二人もよいな？

「はい。助かるなら、どんなことでもします」

平家の落ち武者を名乗る霊は町田、森脇にも念を押した。これまで町田と森脇は、神の声を聞いたことがなかった。自分たちには霊感がないから、砂川にしかわからないと信じ込んでいた。それが今回、初めて二人は神の声を聞いた、というより、心の中で受け取ったのだった。

――ならば我ら三人は、おまえたちに力を与えよう。ここで我らとおまえたちの間に新たな契約が成り立った。もう引き返すことはできんぞよ。

三体の悪霊は砂川たち三人の体内に入り込んだ。そして胸に留まり、三人の心と肉体を支配した。心を支配したといっても、完全に意識を乗っ取ったのではなく、共存の関係だった。自由意思は保たせていた。砂川たちは身体の中に力が満ちあふれてくるように感じた。

「さあ、立ちやがれ」

黒服の一人が倒れている砂川の胸ぐらを掴み、力ずくで立たせようとした。交通事故を偽装するために、町田のミニバンに連れ込まなければならない。本来なら手足を縛り、完全に自由を奪いたいところではあるが、紐の痕がつけば疑いを招くことになる。それで、もう反抗もできないようになるまで、存分に痛めつけたのだった。

しかし砂川は力強く立ち上がった。

「こいつ、まだ立てる力が残っていたのか？」

人間の急所を執拗(しつよう)に攻撃し、もう反撃する余力を完全に奪っているはずなのに、なぜ自力で立ち上がれるのか。そう考えた瞬間、黒服は顎に砂川の強烈なアッパーカットを食らった。黒服はその一撃で顎(あご)を砕かれ、気絶してしまった。

町田、森脇を連行しようとしていた二人の黒服も、砂川の反撃に驚いた。

「おまえも他人のことに気をとられている場合じゃないだろ？」

今度は森脇が黒服に向かった。

「ば、ばかな⁉」

森脇に対応していた黒服は、信じられない光景に驚いた。殺しの技術を習得するために厳しい訓練を重ねていたので、彼は相手の殺気を敏感に感じることができる。だから森脇の放つ気配が今までとは全く違い、尋常でないことを感じ取っていた。懐に忍ばせておいた短刀を抜いた。もはや「切り傷をつけるな」という命令に従う余裕はなかった。

今すぐこいつを殺さなければ、こっちが殺(や)られる。黒服は森脇の心臓を狙い、素早く突きを繰り出した。相手を確実に仕留めるには、斬撃よりも突きのほうが有効だ。スポーツ化した剣道の突きとは次元が違う、必殺の突きだった。しかし森脇は右の手刀で短刀の刀身を真っ二つに切断した。これには黒服はもちろん、森脇自身も驚愕した。

「俺は無意識に手刀を打ち下ろしたけど、いったいどういうことだ？　刀のほうがすっぱり切れてまった」

一つ間違えば、自分のほうが心臓を串刺しにされていた。そう思うと、森脇は今になって冷や汗が出てきた。

――それが私が与えた能力（ちから）だ。早くとどめを刺してしまえ。

森脇の心に声が鳴り響いた。森脇に憑いている悪霊は、生前、剣の達人だった。それで、森脇の右手に、霊体を物質化した鋭い刃（やいば）を出現させたのだった。その剣は森脇の意思で、自由に出現させ、また消滅させることができる。

「す、すげえ。これが神の力か。まるで何でも切り裂く聖剣（エクスカリバー）みたいだ」

森脇は自分の右手を眺め、以前読んだ漫画のシーンをダブらせた。このときの森脇は隙だらけだった。しかし相手は身がすくみ、微動だにしなかった。砂川が駆けつけ、黒服に強烈な蹴りを食らわせた。町田ももう一人の黒服に組み付き、強烈な体落としを食らわせた。体落とし一本で黒服は気を失った。町田は柔道二段だ。しかし殺人の訓練を受けた黒服は、柔道の高段者でもおいそれと投げられるものではない。そこには町田に憑いた悪霊の力が働いていた。彼は生前、格闘術に優れていた。

「さあ、残ったのはあんた一人だ」

砂川は池田に詰め寄った。

「ばかな……。あいつらは特殊な訓練を受けた、殺しのエキスパートだぞ。それをいとも簡単に……」

砂川に追い詰められた池田は、一歩、二歩と後退した。

「どうやら吉崎さん、いや悪崎は最初から俺たちを殺すつもりで利用しやがったんだな。だからヒットマンを差し向けるために、居場所を明らかにしろと言ったんだろ」

「いや、そうじゃない。うまくいけばおまえらを幹部に取り立てるというのは本当だった。だが警察（サツ）はもう組長（オヤジ）を殺（や）ったのはおまえらだと割り出しちまった。だからやむなく……」

「その場合は、自首すれば刑期が終わったときに幹部にする、という約束だったんじゃないか？　俺たちは、組長を殺れと命じたのは吉崎さんだ、なんて自白（ゲロ）するつもりは全くなかったのによ」

「すまん。吉崎さんにはおまえらは絶対ゲロするようなことはしないから、もう狙わないよう伝えておく。だから殺さないでくれ」

　池田は土下座して、額を床に擦りつけながら助命を嘆願した。

「フン。泣く子も黙るという吉崎一家鬼の切り込み隊長、池田さんもその程度の男だったんか。殺す価値もねえ。あの三人を連れて、さっさと消えな。もし吉崎さんがそれでも俺たちを狙うというなら、俺たちが悪崎を潰す」

　砂川は土下座する池田の頭をさんざん踏みつけてから、失神しない程度に蹴りを入れた。池田は気を失っていた三人の黒服を起こし、這々（ほうほう）の体（てい）で退散していった。

「逃がしちゃうんですか？　始末しておかなくて、いいんですか？　砂川さん」

「あんなつまらん奴らを殺して、より罪が重くなるのは馬鹿馬鹿しいことだ。俺たちが組長を殺ったことも警察（サツ）にばれちまったようだしな。だが俺たちには神がついているんだから、なんとかなる。おまえらも神の力を実感しただろ」

　町田の質問に、砂川が応えた。確かにあれだけ実力の差があった殺し屋たちを一瞬で逆転できた神の力を、町田たちは信じないわけにはいかなかった。

「あれはいったい何だったの？」

二階で怯えていた淑乃がやっと降りてきて、町田に尋ねた。気を失っていた愛海も目を覚ました。森脇に介抱され、やっと人心地がついたのだった。

「おい、愛海、おまえ、小便ちびっとるぞ。着替えてこい」

愛海はあまりの恐怖で、失禁していたことさえ気づかなかった。

「仕方ないでしょう？　おしっこしたくてお手洗いに行こうと思ったところに、あんな奴らに殴られたんだから。だれだって漏らすよ。怖かったんだから」

失禁に気づき、愛海は顔を赤らめた。そして涙目で恐怖を訴えた。

隣の棟を借りた人たちは夜遅くまで騒いでおり、黒服たちが侵入したころは疲れてぐっすり寝入っていた。それで砂川たちの騒動は気づかれなかったようだ。彼らはもう少し睡眠をとっておくことにした。いくら神が付いたとはいえ、黒服たちから受けたダメージは大きく、身体を休める必要があった。まだ午前四時前だった。愛海と淑乃は怖くて眠れないと言ったので、下の階で一緒に眠ることにした。

寝入りばな、夢の中で砂川、町田、森田の三人は、神の啓示を受けた。

――日本の極道界を束ねるためには、さらなる力が必要になる。強い力を持った複数の神が、まもなくこの近くにやってくる。おまえたちはその神の依り代となっている人間どもを殺し、それらの神々の力を吸収するのだ。

そして平家の落ち武者を名乗る霊は、三人にその者たちが集う場所と、依り代の容姿を示した。

「あれ？　この女、どこかで見たことがある。そうだ、名前は忘れたが、全身タトゥーの小説家だ。以前、タトゥー雑誌でも見たぞ」

町田が美奈のことに気づいた。

「もう一人の女は瞳か。あいつ、こっくりの力がなくなったなんて言っとったけど、そんなに強い力を持ってる神だったのか」

瞳のことは三人も多少は知っている。眠りから覚めた三人は、全く同じ夢を同時に見たことを確認した。

「ということは、さっきの夢は単なる夢ではなく、神から俺たちへのメッセージだということか」

「明日、この近くに、強力な神を連れた奴らが来る。その神が付いている奴らを殺せば、俺たちの神がその神の力を奪い取り、さらにパワーアップできるんだな」

森脇と砂川がおのおの意見を述べた。

「そいつらが夢の中に現れた場所を探す必要があるな。イメージとしてはリアス式の海。一昨日（おととい）の五ヶ所湾ではないと思うけどこの近く、ということだった。ということは英虞湾か的矢湾。でも俺は以前賢島に行ったことがあるが、そこではないような気がする。それとも南島町（なんとうちょう）（現南伊勢町）の方か？　まずは行くのに便利な、的矢湾付近から探そう。神が啓示したんだから、絶対見つかるはずだ」

三人のうちで、もっとも論理的な考え方をする町田がそう推測した。詮索は朝起きてからにして、とりあえずは眠って体力の回復に努めるということになった。

4

チェックアウトするに当たって、襲撃されたことがわからないよう、コテージの中を入念に清掃した。派手に争ったためにテーブルなどがひっくり返り、上に乗っていたものがそこら辺りに飛び散っていた。清掃は主に愛海と淑乃がやってくれた。ピッキングされた錠前は、幸い壊されていなかった。池田たちは大きなダメージを負い、すぐには逃げることができなかったが、乗ってきた黒いセドリックの中でしばらく休んでから走り去っていった。一番早くダメージから回復した者が運転したようだった。

砂川たちは、チェックアウトする前に、メインのホテルでバイキング形式の朝食を済ませた。昨夜のことがあって、朝食を作るのが億劫になったので、ホテルの朝食サービスを利用した。体力はほぼ完全に回復していた。さすがに神の力を受けているだけに、傷の治りも早かった。

砂川は愛海と淑乃に、もう自宅に帰るように言いつけた。けれども二人とも、もしあんな奴らにまた尾行されて拉致されでもしたらいやだから、砂川たちについていくと言い張った。

ヴィレッジ宮川を出発してから、砂川たちは伊勢自動車道に戻り、的矢湾の海沿いを車で走った。ヴィレッジ宮川からだと、まず的矢湾から調べるのが効率的だった。そして悪霊たちが見せたビジョンと同じ景色、建物を探した。黒いプレマシーとサクラメタリックのマーチは連れだって走った。

愛海と淑乃は、前の車のあとを追うばかりで、どこに行くのか知らされていなかった。パールロードを走り、的矢湾大橋を渡ったとき、ひょっとしたら志摩スペイン村で遊ぶのかなと期待したが、そこも素通りした。カーナビを見ると、的矢湾をぐるっと回り、安乗埼（あのりさき）灯台の方面に向かっているようだ。

途中、町田は安乗漁港の近くでレストランに入った。愛海もそれに続いて、レストランの駐車場に車を駐めた。バイキング形式の朝食からまだ二時間ほどしか経っていなかったので、女性二人は食欲がなかった。それで飲み物だけを注文した。砂川たちも軽く食事をしただけだった。

「ねえ、今日はどこ行くの？」

愛海が森脇に尋ねた。

「俺たちはちょっと調べることがあるんで、このへんを走り回っているんだ」

「だから何を調べてんのよ」

「それは言えん」

「何よ。教えてくれたっていいじゃない」

「だからいやなら淑乃と二人で、家に帰れよ」

「だってまた昨日みたいに、あいつらの仲間に尾行されたらいやだから。淑乃と二人だけのところ襲われたら、どうしようもない。昨日はあたし、全然気にしていなかったけど、考えてみたら、後ろに黒い車がずっとついてきていたみたいだったから。淑乃もそう言ってた」

「俺たちについてきたいのなら、あんまり好奇心を抱かんほうがいいぜ、愛海」

二人の話を聞いていた砂川が横から口を出した。その言い方に、愛海も淑乃も寒気を感じた。けれどもまた昨夜の恐怖を抱くよりは、森脇や町田と一緒にいたほうがましだと思った。

「わかった。もう何も訊かないから、あなたたちと一緒にいさせて」

愛海と淑乃はもう何も詮索しないと約束した。それに昨夜、あんな恐ろしい目に遭ったのだから、森脇や町田たちが険しい表情をしているのも仕方がないか、とも考えた。

食事が終わると、車をレストランの駐車場に置かせてもらい、安乗崎の灯台まで歩いてみることにした。灯台までは約二キロ、歩いて三〇分ほどだ。

冷房が効いていたレストランから出ると、熱い太陽が照りつけ、どっと汗が噴き出した。それでも時々、磯の香りを含んだ爽やかな風が吹き付けた。

道を歩いていて、ふと的矢湾側を見た。

「おい、おまえら、見てみろ、あの景色」

最初に気付いた砂川が町田、森脇に声をかけた。

「確かにあそこだ。砂川さん、見つけましたね」

町田が相づちを打った。

「探すのにけっこう手間取るかと思ったが、意外と簡単だったな。これも神のお導きというもんかもしれん」

的矢湾の対岸、三キロほど離れたところに、今日の未明に、平家の亡霊が見せてくれた景色があった。双眼鏡がないので細かいところまではわからないと思ったら、心のスクリーンに、対岸の詳細が投影された。まさにデジャビュのようだった。

「あの旅館のようなものが、ターゲットがいる建物なんだな」

三人は自分たちの神が持つ神通力に敬服した。明日、そこに強力な神を連れた女性たちが来るという。

一人は最近売り出し中の、全身刺青の小説家。もう一人はこっくりさんを操る瞳。さらに何柱かの神もあとからやって来るという。神の依り代であるそいつらを殺し、それら何柱もの神の力を自分たちの神に吸収させれば、俺たちの神は無敵の魔神となる。

全く面識がない小説家を亡き者にすることに関しては何のためらいもないが、いちおう顔見知りである瞳を殺すことは、ちょっと気の毒な気がする。しかしこれも自分たちの神をさらに強力なものにして、天下を取るために必要なことだ。三人はためらう心を持たなかった。

依り代を殺さなければ、それに付いている神は依り代から離れようとしないのだという。

たとえ何人も殺したとしても、俺たちが殺したということがわからなければよい。強力な神の力を味方につければ、俺たちは絶対警察に負けることはない。そして日本の極道の世界を俺たちが牛耳(ぎゅうじ)るのだ。いや、日本だけではなく、全世界のマフィアやギャングどもを跪(ひざまず)かせることだってできるかもしれない。

砂川は壮大な夢を描き、町田、森脇と盛り上がっていた。愛海は彼らが何を言っているのかわからなかった。ただ、よからぬことを考えていなければよいがと心配になった。

愛海は、森脇たちが暴力団などのよくない団体の傘下にいるということを薄々感じている。淑乃からは、三人は以前暴走族に所属し、いまだに悪い関係が続いているようなことを聞いた。淑乃自身も暴走族の一員だった。森脇に惹かれているとはいえ、悪い関係は断ってほしいと願っている。

自分にはタトゥーがあるので、結婚は難しいと思っている。もういくつものタトゥーを入れていて、消すには大変な費用がかかるし、大きな傷跡も残る。特に腰からお尻にかけてのタトゥーはかなり大きな図柄だ。消すためには複数回の皮膚の切除や植皮手術をしなければならない。それに女性の魅力のポイントでもある、バストやヒップのラインが大きく崩れてしまう。せっかく美しく彫ってもらったのだから、できればずっと肌に残しておきたい。そして、森脇はタトゥーを全く気にしていない。タトゥーを入れた愛海を受け入れてくれる。ここで森脇が悪事に荷担し、恋人を失ってしまうことは、絶対にしたくなかった。愛海も結婚をして子供を産み、明るい家庭を築きたいと願っている。

愛海は、砂川たち三人が新田組組長の高山殺害に関係していることなど、夢にも思っていなかった。もしそのことを知ったら、大きなショックを受けて、また以前のような鬱状態に戻ってしまうかもしれなかった。

砂川たちはしばらく対岸の風景を眺めていた。そして安乗埼灯台には行かず、駐車場に引き返した。灯台を見学することを期待していた愛海と淑乃は少し不満そうだった。

「まあ、そう怒るな。今日は一日、時間があるから、スペイン村にでも連れてってやろう」

砂川が愛海たちの機嫌をとった。志摩スペイン村に行くと聞いて、二人の女性は喜んだ。昨日は鳥羽水族館とミキモト真珠島に寄った。今日は賢島かスペイン村、もしくは合歓(ねむ)の郷(さと)にでも行ってみたかった。愛海は賢島に行ったら、志摩マリンランドに寄って、鳥羽水族館と比較してみたいと思った。

「場所も確認できたし、明日の夕方にでもそこに着けばいい。最後ぐらい、二人の女たちに楽しい思いをさせてやるか。ターゲットが来るのは明日の午後だ。今日一日は自由に動ける」

三人の男たちはそう考えた。悪霊の神通力のためなのか、砂川たちは声に出さなくても、テレパシーのように心で考えただけで意思を通じ合うことができた。

もはや愛海も淑乃も彼らの野望にはじゃまだった。ターゲットたちと一緒に愛海と淑乃も始末するつもりだ。瞳たちを殺害する現場を見られれば、二人を生かしておくことはできない。彼女たちの性格からして、恋人が残酷な殺人を犯すところを見ては、耐えることはできないだろうと思われる。しかも殺される者が知っている人なら、なおさらだ。特に愛海は〝全身刺青の小説家〟の熱心なファンでもあった。それぐらいなら、いっそ殺してやったほうが慈悲だろう。だから早く自宅に帰ればよかったのだ。

森脇も町田も、自分たちの恋人に対する愛おしいという気持ちが、なぜかなくなってしまっていた。昨夜、殺し屋に蹴り倒された愛海に対して、森脇は「この女を助けなければ」と強く感じたのに。失禁していたところを見て幻滅してしまったのだろうか。町田にしても、階下に降りてこようとした淑乃に「来るな!! 来ちゃあだめだ!!」と叫んだときの気持ちに偽りはなかった。しかし今はもうどうでもよくなっている。

日本の極道界を制覇すれば、いくらでもいい女を手に入れることができる。彼らはもはや、人を殺すことに躊躇(ちゅうちょ)はなかった。

彼らに憑依した悪霊は彼らの自由意思まで奪ってはいなかった。けれども、悪霊たちが肉体を持って生きていた時代、自らが生き抜くためには、敵を殺すことに対して何のためらいもない、という習性がそのまま砂川たちの心に投影されていた。もともと砂川たちは「自分さえよければ、他人はどうなってもかまわない」という性向があった。それが悪霊たちが憑依することにより、さらに顕著になって、残虐性も増していた。

「あたしはお父さんと先に行ってるから、みんなで一緒に来てくださいね」

5

早紀の誕生日を祝うため、鳥羽市の保養施設に向かう一五日の朝、早紀から美奈にメールが届いた。美奈は浩、剛、瞳、大井、彩花と六人で行くことになっている。最初は美奈、大井の車二台で行くつもりだった。けれども大井のウィッシュは七人乗りなので、一台で行くことにした。そのほうが高速道路料金やガソリン代など、一人当たりの交通費が安くなる。

六人は午前一〇時に高蔵寺駅南口で待ち合わせた。大井が彩花を助手席に乗せ、高蔵寺駅にやって来た。そこで美奈、瞳、浩、剛を拾った。二列目のシートには浩と剛、そして三列目に美奈と瞳が乗った。三列目のシートも使ったため、ラゲッジルームが狭くなり、荷物は各自の足元か、シートの空いた部分に置いた。

大井が運転するシルバーメタリックのウィッシュは、国道一九号線を南西に走り、勝川インターチェンジから東名阪自動車道に入った。渋滞が予想されたので、車が混み始める前に、御在所サービスエリアでトイレ休憩をとった。

途中、伊勢神宮や鳥羽水族館に寄ろう、という意見もあった。しかし盆休みで超満員だろうから、今回は見送るということになった。彩花が波切(なきり)の大王埼灯台に行ってみたいと提案した。大王崎は志摩半島の南東の端にある。

「灯台なんか、つまらんだろう？」

大井が難癖をつけた。

「名切の灯台は断崖の上に建っていて、眺めがすごくいいとこだそうよ。灯台の上から見ると、地球が丸いと実感できるほどで、雄大な太平洋の眺めを楽しめると聞いてるよ」

彩花は大王埼灯台を推薦した。

「私も以前行ったことがあるけど、なかなかいいところよ。海もきれいだし。あのへんは絵描きの町といって、絵描きさんがたくさん、絵を描きに来ているけど、風景を絵にしたくなるほどいいところだそうよ」

美奈も彩花に加勢した。

「なかなかよさそうじゃないか。そこに行こうぜ」

浩も賛成し、大王崎に寄ることになった。

四日市にさしかかったあたりから、東名阪自動車道の下り車線は渋滞がひどくなった。東名阪自動車道は下り坂から上り坂に変化する部分が何か所もあり、自然渋滞を招きやすいという。それに加え、盆休みで交通量が増えている。道路脇にある電光掲示板では、渋滞一二キロとあった。今朝聞いたニュースでは、今日の夕方、名古屋方面に向かう上り車線で、三〇キロの渋滞との予想だった。

「まあ、盆休みだで渋滞は覚悟しとったとはいえ、はまってまったな」

運転している大井がぼやいた。のろのろ運転になり、停止することも多かった。

「でも、この時期一二キロなら少ない方じゃない？　ニュースでは三〇キロ以上の渋滞のところもあるそうだよ」

　彩花が助手席から大井を慰めた。

　天気がよかったので、右手側に鈴鹿の山並みがよく見えた。御在所岳や鎌ヶ岳を中心に、釈迦ヶ岳、入道ヶ岳、野登山（ののぼりやま）、仙ヶ岳（せんがたけ）など、鈴鹿山脈中南部の山々だ。渋滞の間、鈴鹿の山並みがきれいに見えたのがせめてもの慰みだった。

「一度鈴鹿の山にみんなで登ってみたいね」

「はい、ぜひ未来さんと行きたいです」

「そのときはあたいも連れてってくださいね」

　美奈と彩花が鈴鹿に登ろうと話していると、瞳も会話に加わった。六月に登った猿投山では辛い思いもしたが、大勢でおしゃべりをしながら登るのも楽しい思い出だった。

「そういや、俺も去年、彩花に誘われて初めて山に登ったな。あそこに見える入道だったかな」

　大井も浩と剛に、「おまえらも一緒に行かんか？　山登りはけっこう楽しいぜ」と登山に誘った。

　以前、瞳や早紀から猿投山に誘われたときは、仕事を休めなかった。それに女性ばかりのパーティーに加わるのも照れくさかったので、登山の誘いを断った。そのあと、登山の感想を二人に聞いたとき、「ちょっときつかったけど、面白かったよ」と言っていたので、浩と剛も、機会があったら一緒に登ってみようかと考えていた。

　亀山を過ぎて伊勢自動車道に入り、ようやく渋滞から抜けることができた。途中、安濃（あのう）サービスエリアでトイレ休憩した。昼食がまだだったので、フードコートに立ち寄り、みんなでラーメンなどを食べた。

「今夜はごちそうが出るそうだで、昼はラーメンで我慢しとこまいか」と大井が提案した。

午後二時過ぎに波切に着いた。駐車場に車を駐め、歩き始めると、大きな案内板があった。その案内板を見て、どのように歩くかを相談し、最初に八幡（はちまん）さん公園（波切九鬼城址（くきじょうし）展望公園）に行くことにした。海産物の土産物店などが並ぶ、石畳の道を八幡さん公園に向かった。道は急勾配（きゅうこうばい）のところもあった。

広い公園は高台になっており、すぐ近くに断崖の上に建つ大王埼灯台が見える。灯台や海を望む絶好のロケーションのため、風景を描いている大学生ぐらいの若い人たちがいた。さすがに炎天下で長時間絵を描くのは厳しいのだろう、絵を描いている人は少なかった。

公園で小休憩し、景色を楽しんだ後、いよいよ灯台に向かった。

「おう、やっと着いたがや」

灯台に着き、先頭を歩いていた浩が言った。みんなで灯台を見学することにした。ただ、剛は高所恐怖症なのか、灯台に登ることを少し渋っていた。二〇〇円の参観寄付金を払って、灯台内部の狭いらせん状の階段を上がっていった。階段は急で、頂上まではけっこう長く思われた。最後尾についていた剛は、階段を登るにつれて、足がすくむようだった。

「剛、早く来なよ」

瞳にせかされ、剛はやむなく階段を上がっていった。瞳に「高いところが怖いの？」と笑われたくなかった。

階段を一番上まで上り詰めて、外を覗くと、そこは別世界だった。三六〇度の大パノラマで、東から南の方角は一面の海だ。まさに地球は丸いと実感できるほど、雄大な海の眺めを堪能できる。北には遠く、安乗埼灯台が望める。早紀の会社の保養所は、そちらの方角にある。北西の方は波切の町並みだ。先ほど寄った波切九鬼城址展望公園も、海に突き出た小高い丘の上に見えた。

海側、真下を見ると、そこは断崖絶壁。海面までは四〇メートル以上ある。岩に叩きつける波が、真っ白になって砕け散る。恐ろしいほどの迫力だ。それでいて海は青く澄んでいて、海底まで見通せた。高いところが苦手な剛は、まともに下を見ることができなかった。風が強いので、より恐怖感が増したようだ。

「手すりがあるから、大丈夫だよ」

瞳に笑われても、剛は「俺はもう下に降りる」と言い張り、先に地上に降りてしまった。

美奈と彩花はデジタル一眼レフカメラで何枚も写真を撮った。瞳はコンパクトデジタルカメラで、剛が怖がる様子を撮って、面白がっていた。

灯台から下りると付近を少し散策した。北に向かって歩き、崎山公園や波切神社などを見学した。岬の北側に回り込むと、波切漁港で、荒々しい太平洋の海とは対照的な、穏やかな港だ。この漁港は、昨年公開された映画『小さき勇者たち～ガメラ～』のロケ地だと大井が教えてくれた。その映画の後半では名古屋駅周辺が、怪獣が暴れる主要な舞台となっていた。

大王崎を出て、美奈たちは早紀の父親の会社が運営する保養所に向かった。誕生日会は夜七時からなので、今から行けば、十分に間に合う。会の前にシャワーを浴びて、汗を流し、着替えもしておきたい。

保養所のシェフが腕を振るったごちそうも振る舞われるという。

早紀も美奈たちと同じ頃に自宅を出て、父親の哲朗が運転する車で鳥羽市の保養所に向かっていた。

「お父さんと一緒に車に乗るのって、ずいぶん久しぶりだね。この新しい車は初めて」

二人が乗っている車は、納車されてまだ間もない黒いレクサスＩＳ２５０だ。哲朗は会社の社長としてのステータスシンボルとして、高級ブランドのレクサスを選んだ。しかしまだ大企業とはとてもいえないので、あえて下位車種であるＩＳ２５０を購入した。次に買い換えるときには、もっと上位の車種を買えるよう、業績を伸ばさなければ、という思いだった。

「そうだな。早紀はいつも多恵子のパッソにばかり乗っていたからな。しかしおまえからお父さんなんて言われるのは久しぶりだな。最近はいつも『オヤジ』だったから」

「ごめんなさい。ちょっとハンパしちゃって。もう消せないタトゥーも入れちゃったし」

早紀は父親に謝った。母親の多恵子が亡くなってから、早紀はずっと父親に反発しており、謝ったことなどついぞなかった。

「謝らなければならないのは俺のほうだよ。母さんが死んでから、早紀のことは家政婦の政子(まさこ)さんに任せっきりで、ほったらかしにしていたんだから。いれずみをしたのも、父親としての俺の気を引きたかったからなんだろう？　そんなことにも気づいてやれず、本当に済まなかった。また昔のように、家族でいろいろなことができるといいな」

「うん。お父さんも最近お母さんの面影を感じるって言ってたけど、あたしもそうなの。なんだかお母さんから、家族で仲良くしなきゃあだめだよ、と言われてるみたいで」

早紀は、多恵子が乗っていた、パールホワイトのパッソを買った美奈のことを話した。

「偶然お母さんと同じナンバーのパッソを見かけたんで、ちょっかい出したら、それが女流作家の木原未来さんだったの」

「よく週刊誌や娯楽夕刊紙に載っていた〝全身刺青の小説家〟だね。元ソープ嬢だとか、やくざの娘だとか書いてあったが」

最近、父娘の会話が成立するようになってからではあるが、哲朗も早紀から美奈の話を聞いていた。

哲朗が読んだ記事の中には〝やくざの娘で全身刺青のソープ嬢、作家に転身〟というゴシップ記事があった。ある程度の事実は書いてあるとはいえ、やくざの娘というのはとんでもない誤解だった。第三者の話を聞いただけで、美奈にまともに取材さえせず、憶測で記事を書いていた。

「そんなの、週刊誌がでたらめ書いたに決まってるじゃん。信じちゃだめ。あたし、美奈さんと付き合ってから、美奈さん、ほんとにいい人だとわかったんだよ。やくざの娘なんて大嘘。美奈さんの実家は名古屋のお寺なんだって。お寺に縛り付けられるのがいやで、タトゥーを入れたんだって。旦那は県警のかっこいい刑事さんだし」

美奈がタトゥーを入れたのは、タトゥーの美しさに魅せられたからであるとはいえ、姉のように、同じ宗派のお寺に嫁いで、坊守（ぼうもり）として一生を送るのがいやでタトゥーを入れたという面も確かにあった。

「配偶者の審査が厳しい刑事がそんな女性と結婚できたというのも、信じられないことだな」

「それは美奈さん、名探偵で、これまでいくつもの事件を解決に導いたというんで、警察の上層部も目をつぶったんだって」

「そういえば、いろいろな事件の現場にその作家がいた……なんて記事、読んだことがあるな。最近ではなんとかいうカルト教団の教祖が殺されたところにもいたと、テレビや新聞でも報道されていたが」

父娘の会話は美奈の話題で盛り上がった。

「その美奈さんだけど、名探偵の上に、すごい霊能者だというんだ。たまたま見かけたお母さんのパッソに乗ってたのが美奈さんで、パッソに乗せてもらったとき、すごく懐かしい感じがしたんだ。車が懐かしかった、というだけじゃなくて。美奈さんに言わせれば、お母さんはいつもあたしを見守ってくれているんだって」

「そうか。それはよかった。俺も最近多恵子のことを感じるんだが、多恵子はおまえだけじゃなくて、家族みんなを見守ってくれているんだな」

哲朗はしみじみと感情を込めて言った。

「今日はその作家も来るんだってな。会えるのを楽しみにしているよ」

哲朗も美奈を始めとした早紀の友人たちに会えるのが楽しみだった。しばらく父娘関係が断絶同然になっていたので、新たな関係を構築するため、娘の友人たちと話すことも必要だと、彼は考えていた。今夜の早紀の誕生日会は、哲朗にとって、家族の再出発の第一歩でもあった。

早紀の希望で、鳥羽水族館に寄り、遅めの昼食も鳥羽市内で済ませた。そして会社の保養所に着いたのは、午後三時ごろだった。社長が到着だということで、保養所のスタッフ全員が出迎えた。瞳から、

「今大王崎にいるから、もう少ししたら保養所に着くよ」とメールが入った。

6

早紀より一時間ほど遅れて、美奈たちは保養所に着いた。カーナビゲーションに志摩乃波の住所をインプットしてあったので、迷わず到着できた。

美奈たちは哲朗と早紀、従業員に迎えられた。

保養所の玄関前につけた車に向かって、最初に早紀が声をかけた。大井以外の五人が車から降りた。そして従業員の一人が大井を駐車場に誘導した。

「いらっしゃーい」

「よく来てくれました。私が早紀の父親の哲朗です」

全員が車から降りてから、哲朗が美奈たちに挨拶をした。

「部屋は私と早紀の部屋以外にも一一あるから、自由に使ってくれたまえ。今日はほかに客はなく、君たちで貸し切りだからね」

ラウンジで部屋割りの話し合いをして、三階の部屋の三室を使うことになった。二階より三階の客室のほうが、遮るものがなく、見晴らしがよい。大井と彩花、浩と剛、美奈と瞳が二人で一部屋を使うことにした。すると早紀が、「あたしも美奈さんや瞳と同じ部屋に泊まる。お父さんと一緒より、そっちのほうがいい。ね、いいでしょう、お父さん」と言いだした。女性同士なので、哲朗は苦笑いをしながら、それを認めた。

「大井と彩花を同じ部屋にしていいのか？」

浩が笑いながら、そして少し羨ましそうに言った。浩は父親がいる前で、早紀と同じ部屋に泊まりたいとは、さすがに要求できなかった。

「いいのよ。私たち、婚約してるんだから」

大井と彩花は来年にも結婚する予定だ。彩花は高校を卒業すると、大井の父親が経営する大井電工に経理事務の担当として就職することが決まっている。彩花が仕事に慣れた秋頃に挙式するという手はずになっている。大井と彩花が同じ部屋に泊まるのは今回が初めてだ。

「君が大井電工の息子さんか。お父さんやお兄さんのことはよく存じ上げているよ。うちの工場の電気設備のメンテナンスをお願いしているからね。その方が婚約者なのか。きれいな女だね」

「はい。うちの父も荻野さんの保養所に行くと言ったら、社長さんによろしく伝えておいてくれと申しておりました」

哲朗と大井は改めて挨拶を交わした。

部屋で少し休んでから、入浴することにした。晩餐の前に汗を流し、着替えをしてさっぱりしたい。今日は貸し切りなので、タトゥーの人お断り、ということはなかった。早紀も美奈たちと一緒に入浴したがった。お湯は天然温泉ではないが、浴槽が広くて、気持ちよかった。

「四人のうちでタトゥーがないのは私だけね。私も高校卒業したら、早紀たちとお揃いで、腕にバラでも入れてみようかしら」

彩花がほかの三人のタトゥーを見て、羨ましそうに言った。

「あたしたち、修業中の彫り師に彫ってもらったんだけど、一流アーティストのさくらさんがきれいにリメイクしてくれると言うんで、そのとき一緒にやらない？　蝶も追加してもらう予定だよ。でも、さくらさん、高校卒業してからじゃないと彫ってくれないかな。年齢確認のための免許証なんかも必要だから、免許とらなきゃいけないし」

早紀が彩花を誘った。早紀と瞳が彫ってもらった彫兼は年齢もろくに確認せず、中学生に彫って検挙された。早紀はそのことも彩花に話した。

「そうなの。そんないいかげんな彫り師さんもいたのね。自動車の運転免許証は、大井電工に就職したら、すぐに自動車学校に行くつもりだよ。いちおう経理事務担当だけど、お得意さん回りなんかで、車を運転しなければならないこともあるから。早紀の会社にも行くことがあるでしょうね」

彩花が希望に胸を膨らませて応じた。それから早紀たちがさくらと一緒に猿投山に登ったことも聞いた。そのとき猿投山に登った一〇人の女性が、全員タトゥーを入れていたことも彩花を刺激した。

「でも、結婚すれば大井さんの家族とのお付き合いもあるのだから、興味本位でタトゥーを入れて、後々後悔しないように、彫るときはよく考えてね。全身にタトゥーを入れている私がそんなこと言える筋合いじゃないかもしれないけど」

彩花にはわかっているだろうが、美奈もいちおう言うべきことは言っておいた。

風呂から上がると、まもなく食堂で早紀の誕生日パーティーだ。

砂川たちは前日、志摩スペイン村で半日を過ごした。森脇や町田が意外に親切で、愛海と淑乃のわがままに付き合ってくれたので、二人の女性は大いに満足だった。夏休みでナイター営業をしており、閉園時間近くまで遊んだが、とても全部は回りきれないほどだった。ホテル志摩スペイン村は予約が満杯で、宿泊できなかった。それでも近くの豪華なホテルに泊まることができた。入園料や食事、ホテル代などはすべて砂川が払ってくれた。最近大きな仕事をして臨時収入があったからと、気前がよかった。

(気の毒だがおまえらは明日、瞳たちと一緒に俺たちに殺されるんだ。せめてもの詫びの印だ。存分に楽しんでおけ)

三人は心の中で呟いた。

翌日も午後三時ごろまでスペイン村で遊んだ。

「十分遊んだんだし、おまえたちだけで春日井に帰れ。俺たちはこの近くでやることがあるんだ。もうさすがに殺し屋どもは追ってこんだろう」

砂川は最後のチャンスを愛海たちに与えた。もしここでおとなしく帰れば、命は取らないでおくつもりだ。これから起こるであろう惨劇を見ることがなく、殺す必要もない。

「でもやっぱり怖い。みんなで家に帰るまで一緒にいさせて。じゃまはしないから」

愛海と淑乃は、砂川たちと別れたら、まず弱い自分たちから襲われそうな恐怖をまだ感じていた。それに森脇や町田と別れたくないと思った。ここで別れたら、どこか遠いところに行ってしまって、もう二度と会えなくなってしまうような気がした。

(一緒にいること自体がじゃまなんだよ。ここで素直に帰れば死なずに済むものを。悪崎たちがさらに

狙ってくる可能性はまずないのに。まあ、あの保養所にいる者たち全員と一緒に死ねるのだから、寂しくはあるまい）

砂川たちは心の中で二人の女性を哀れんだ。

彼らはオギセイの保養所の近くの喫茶店で、神の依り代たちが来るのを見張っていた。愛海と淑乃は、砂川たちの目的も知らず、冷たいデザートを食べながら談笑していた。

「今夜はどこに泊まるの？」

と淑乃が町田に尋ねた。

「ああ、あそこに見える宿屋だ」

町田はオギセイの保養所を指して答えた。

「あ、あそこなの。それなら早く行けばいいのに」

「もうすぐ俺たちの連れがあそこに来るんだ。おまえも知ってる奴らだ。そいつらが来るのを待っている」

「そうなの。あたいたちも知ってるやつって、だれのこと？」

「瞳だよ。こっくりさんをやってた。それから、愛海がファンだと言ってた〝全身刺青の小説家〟も一緒に来るそうだ」

「え？　ほんと？　木原未来も来るの？」

町田の言葉に、愛海が関心を示した。

「すごい。一緒に来るなんて、瞳、木原未来と知り合いだったんか。あたし、もし木原未来に会ったら話したいこと、いっぱいあるんだ」

木原未来と同じ宿に泊まると聞いて、愛海は嬉しさで舞い上がった。淑乃はあまり本を読むことが好きではなく、木原未来には関心がなかった。

しばらくして、大井が運転するシルバーのウィッシュが保養所にやって来た。

「あの車か。大井以外に大村、中崎も一緒にいやがるのか。以前なら大井は厄介な相手だったが、殺し屋さえ一蹴した今の俺たちにとっちゃあ、どうってことはない」

ウィッシュから降りた人影を見て砂川が呟いた。美奈と瞳がいることも確認した。彩花のことはよく知らなかった。「ポンコツ」で大井と一緒にいるところを二、三度見かけたことがあるという程度だった。

「木原未来が来たから、あたしたちも行こうよ」

愛海が砂川たちを促した。

「まあ待て。俺たちはもう少しゆっくりしていこう。俺たちは素泊まりということで、晩飯を予約していないので、この近くでうまい海鮮料理でも食ってからにする」

今度こそ愛海と淑乃にとっては最後の晩餐になるので、うまいものでも食わせてやろうと砂川は考えた。神の力をいただくためには、その依り代どもを殺さなければならない。しかし小説家と瞳だけを殺すというわけにもいかない。口封じのために、あそこの宿に泊まっている者を全員始末しなければならない。その中には愛海と淑乃も入っていた。

「うまいもの食べさせてくれるの？　楽しみだな」

砂川たちが何を考えているかも知らず、二人の女性は今夜の食事に期待した。

まもなく早紀の誕生日会が始まるので、食堂に集合、という連絡が入った。それでみんなが食堂に向かった。

「今日の会には、うちの保養所のシェフが腕によりをかけたごちそうが出るそうだよ。お父さんがそう言ってた。みんな、期待しててね」

「お父さんか。いつもはオヤジと言ってたのに、早紀、変わったな」

浩が早紀を冷やかした。

第八章　修羅場（しゅらば）の宿

1

まもなく早紀の誕生日会が始まろうとしていたころ、保養所に男女五人の来客があった。

「申し訳ありませんが、今日は貸し切りなので、宿泊はご遠慮願っています」

フロントにいた女性が丁重に断った。愛海が「どういうことなの？」と言いたげに森脇に視線を送った。

「俺たちは荻野早紀さんの友人ですがね。ここは荻野さんの会社の保養所ですよね。俺たちも早紀さんに呼ばれているんですよ」

砂川は〝荻野精密機器製作所　保養所　志摩乃波〟と掲げてあった看板を見て、鎌をかけた。

「早紀お嬢さまのお友達でいらっしゃいますか？　それは失礼いたしました。ただ、今日のお越しは、六名様と伺いましたので」

フロントの女性はどうするべきか判断に迷っていた。

「とりあえず、お名前をお伺いします。こちらに記入をお願いします」

フロントの女性は、宿泊カードを砂川に渡した。

「俺は砂川智広だ。代表として俺の名前だけでいいだろう？　砂川智広、他四名だ」

砂川は偽名を使おうとも考えた。しかしそれでは愛海や淑乃が不審を抱くだろう。それで本名を名乗った。どうせここにいる全員、死ぬのだから、本名を名乗ったところで問題はないと砂川は判断した。あとで宿泊カードを回収し、指紋を拭き取っておけばよい。

「かしこまりました。しばらくお待ちください」

フロントの女性は社長や保養所のマネージャーに判断を仰ごうと、奥に入っていった。その頃を見計らって、砂川は土足で中に入っていった。その保養所は、フロントから奥はスリッパに履き替えることになっていた。町田も砂川についていった。

「ちょっと待ってよ。係の人が、しばらく待ってくれって言ってたでしょう」

愛海がロビーに留まっている森脇に忠告した。

「かまわん。おまえらも一緒に行け。俺もあとからついていく」

そう言われた愛海と淑乃も、仕方なしに砂川たちに続いた。ただ、土足のままでは申し訳ないので、スリッパに履き替えた。靴は脇にある下駄箱に入れた。森脇は、逃げ出す者がいるといけないので、ロビーで見張っていた。そのような連携の相談は、三人にそれぞれ憑依している悪霊の特殊能力で、声を出さずに行っていたのだった。

「早紀の友達が来た？　しかも五人も？」

フロントから連絡を受け、哲朗が意外そうな顔をした。

「あたし、知らないよ。呼んだのはここにいる六人だけだから。第一、砂川のような乱暴なやつ、呼ぶわけないよ」

　早紀も応じた。

「俺たちは乱暴だから呼んでくれないのか？」

　早紀の声を聞きつけた砂川が食堂に入ってきた。

「何だ？　君たちは。勝手に入ってきて。しかも土足で」

　哲朗が砂川を怒鳴りつけた。

「まあ、そんなに嫌わないでくれよ。俺たち、早紀の友達だぜ。それに、今日は瞳と、そこの全身刺青の作家先生に用があるんだ」

　砂川はいかにも凶悪な雰囲気を全身にみなぎらせた。大井は砂川の様子がおかしいと直感した。

「おみゃーんたー（おまえたち）には用はない。今日は帰ってくれ」

　大井はほかのメンバーを守ろうと、砂川の前に出て行く手を遮った。浩と剛も大井の左右に進み出た。

　すると砂川は一瞬の蹴りで大井たち三人をなぎ倒した。

「な、何だ？　なぜあいつにあんな蹴りが？　空手では俺のほうが上のはずなのに、全く見切れなかった」

　大井は空手の有段者で、ある流派の全国大会で上位に勝ち進んだ経験もある。蹴りや正拳の突きなどでは砂川より数段勝っているはずだ。それなのに砂川の蹴りが全く見えなかった。

「大井君、彼らと戦っちゃあ、だめ。あの二人は普通じゃないわ。もう一人、玄関の方にもいるけど、その人も危険よ」

美奈に言われるまでもなく、大井は砂川との歴然とした力の差を感じていた。美奈には砂川たちの背後にいる、異様な邪気を放つ悪霊が見えていた。

砂川の後ろから、愛海、淑乃が食堂に入ってきた。というより、町田に急き立てられて、食堂に追いやられたのだった。

「瞳、それから全身刺青の作家先生には気の毒だが、これから死んでもらう。おまえたちには特に恨みはないが、俺たちの神が殺せと言っているのだ。神の命令は、絶対だ」

「砂川さん、それって、どういうことなの？　瞳や木原未来さんを殺すって。神の命令だなんて、何ふざけてるのよ？」

砂川の言葉に疑問を抱いた愛海が問いかけた。

「ふざけているのではない。俺たちの神の力をさらに強くするため、その二人についている神の力をいただく。そのために、その二人には死んでもらわなければならない」

「お願い、そんなばかなこと、やめて。あたしはあなたたちを人殺しにしたくない」

「フッ、俺たちはもうその人殺しになったんだよ。最近テレビや新聞を賑わせている、新田組の高山組長を殺ったのは俺たちだからな。これからは神の力を利用して、俺たちが日本の極道界の頂点を極めるのだ」

「いやぁー!!」

砂川の話を聞いていたフロントや清掃担当の女性が悲鳴を上げた。テレビのニュースなどで見た、名古屋の暴力団組長射殺事件の犯人がすぐ目の前にいると知って、パニックに陥ったのだった。

「騒ぐな。おまえたち全員、生きては帰さない。だが、静かにしていれば楽に死なせてやる。痛みを感じる暇もなく、一瞬で殺すことが、俺たちには可能なのだ」

「本当にやめてよ。ばかなことしないで。自首して。これ以上、罪を犯さないで」

愛海は必死に砂川と町田に訴えた。

「黙れ。だから何度もおまえたちは先に帰れと言ったんだ。それなのに俺たちについてきたおまえが悪いんだ。このことを知られた以上、おまえや淑乃も生かしてはおけん」

それまでフロントの近くで逃げ出す者がいないか見張っていた森脇が食堂に入ってきて、愛海に言った。

「和夫、あんたまでそんなこと言うの。あたしたちも殺すの？　あなたたちがよくない集団に属してるってことは薄々気づいていたけど、いつかはきっとそんなところから抜け出して、真面目になってくれると信じていたのに……。お願い、もうそんなことはやめて!!」

愛海はすがるような眼差(まなざ)しで森脇を見た。

「その目がウザいんだよ、愛海。もうこれで永久にさよならだ。あとで俺の聖光剣でおまえの首を刎(は)ねてやる。苦痛を感じる間もなくな。俺の必殺技、かっこいい名前をつけてやったぜ」

森脇は愛海を突き飛ばした。愛海は尻餅をつき、豹変した恋人の冷たい離別の言葉に泣き伏した。淑乃も恐怖で固まってしまったかのように、動けなかった。

砂川たちのやりとりを聞いていた瞳は、声も出せなかった。あたいや美奈さんの守護霊の力を奪うため、あたいたちを殺すの？　ここにいる全員を殺そうというのか……。そう声に出そうとしても、声にならなかった。

そのとき、美奈たちの前に飛び出した者がいた。

「おまえたちの好き勝手にはさせん!!　早紀やその友達に指一本触れさせん」

早紀の父親、哲朗だった。

「だめ、早紀さんのお父さん、その人たちを相手にしないで!!」

美奈が叫んだ。しかし哲朗はためらわずに、リーダー格と思われる砂川に飛びかかった。危険なので、柔道の試合では禁じ手とされている当て身をくらわせて、砂川を倒すつもりだった。若いころに柔道をやっていた哲朗は、「自分が経営する会社の保養所で、娘の友人たちを決して死なせはしない」という思いで、とっさに行動に出た。たとえ不意打ちでも、リーダーを倒せば残りの二人は動揺する。こちらには空手で名を馳せた大井がいるし、早紀のボーイフレンドである浩と剛もけっこうけんか慣れしていそうだ。先ほど三人は砂川にダウンさせられたとはいえ、まだ戦意を失っていないと哲朗は見ていた。

「ジジイは引っ込んでろ。そんなに早く死にてえのか?」

砂川は飛びかかる哲朗に、一瞬早く右脚で回し蹴りを見舞った。砂川の強烈な蹴りは哲朗の左の肋骨(ろっこつ)を粉砕した。

「お父さん!!」

仰向けに倒れた哲朗の許(もと)に、早紀が駆け寄った。先ほど、大井、浩、剛の三人が一瞬にして倒されているのを目の当(ま)たりにし、砂川の実力は十分わかっているはずだった。それでも父は私たちを救おうと、危険を承知の上で砂川に飛びかかっていった。早紀は父親に対する見方を完全に変えたのだった。自らの身を挺した父親の愛情に、早紀は心を打たれた。そして父娘の関係は完全に回復したと感じた。

美奈と保養所のマネージャーも早紀に続いた。

（いけない。肋骨が折れて、肺などの臓器に刺さっているかもしれない）

哲朗の様子をざっと観察して、医学に詳しいわけではないが、美奈は直感で判断した。このままでは危険な状態だ。できればすぐに病院に移送したい、けれども砂川たちがそれを許してくれるはずもない。美奈は守護神千尋の癒やしの力を借りなければならないと思った。

癒やしの力といっても、ロールプレイングゲームやアニメにある、どんな怪我でも瞬時に治療できるという、魔法のような能力やアイテムではない。美奈の肉体を通し、千尋の生命エネルギーを注入して、哲朗自身の治癒力を高めるというものだ。患部にそっと美奈の手のひらを当て、そこから千尋のエネルギーを哲朗の身体に送り込む。文字通りの〝手当て〟だ。即効的な効果はないが、哲朗を助けるためには、それしか方法がない。美奈も風邪を引いたときなど、千尋のエネルギーを自分の身体に引き入れると、治りが非常に早くなる。

美奈は早紀とマネージャーに手伝ってもらい、哲朗を食堂の隅に運んだ。

「おい、てめえら、勝手に何をしとる？」

砂川が美奈に凄んだ。

「早紀のお父さんを手当てするのよ。このままじゃあ、危ないわ」

「手当て？　笑わせるな。こんなところで何ができる。そいつはもう助からん。俺の蹴りで折れた肋骨が心臓や肺にぶっ刺さっているからな。どうせてめえらは全員、もうすぐ死ぬんだ。俺の神の力の一部となってな。光栄だろ？」

「あなたたちの仲間だったその二人の女性まで殺すの？　特にそのメガネの人は、あなたたちにこれ以上罪を犯さないよう、必死に懇願していたのに。確かにあなたたちには非常に凶悪な悪霊が取り憑いているようだけど、私たちのご守護神は、悪霊の好き勝手を決して許しはしないわ」

「ほざけ。てめえらの神の力を俺たちの神に取り込むためには、依り代であるてめえらを殺さなければならんのだ。だから口封じのため、ここにいる全員を殺す」

美奈はそれ以上砂川の相手になることをやめ、自分の手のひらに意識を集中して、千尋から流れるエネルギーを哲朗の患部に注入した。

「こらぁ、俺を無視しやがって。そんなことしても無駄だと言ったろ」

砂川は美奈に殴りかかろうとした。すると早紀が美奈の前に立ちはだかった。

「お父さんにも美奈さんにも、手を触れさせない。せっかくお父さんとうまくいけるかもしれないのに、こんなとこでおまえなんかにお父さんを殺させやしない」

早紀は泣きながら叫んだ。

「何だ？　てめえ。それなら地獄でオヤジと仲良くしてろ。安心しろ、俺の神に聞いたら、地獄は実際にあるそうだからな」

すると今度は大井、浩、剛、瞳、そして彩花までもが美奈と早紀をかばうように立ち上がった。

「てめえら、よほど死にたいようだな。ではお望み通り今すぐ殺してやるよ」

砂川は大井たちに殴りかかろうとした。そのときだ。

――待て、奴らを殺すのは、もう少し後にしろ。

砂川に憑いている悪霊が命じた。

――奴らにはまだ強い力を持つ霊の仲間がいる。そいつらの力を俺たちに取り込むには、やはり依り代となる人間どもを殺すのが一番手っ取り早い。さすればおまえたちの力も、さらに増すことになるぞ。その人間どもが来るまで、しばし待て。そいつらはそれまでの人質だ。

砂川に憑いている悪霊の言葉は、町田と森脇にも聞こえていた。そして美奈や瞳にも。それを聞いた美奈は、これでしばらく時間が稼げるので、しめたと思った。

悪霊たちの言う神、霊とは、千尋、多恵子、そして瞳の守護霊となっている義秀のことだろう。さらによっちゃんや陽香の守護神である二大龍王、飯縄命、大日慈愛会教祖の不破雷光、そして裕子の兄秋田宏明と優衣の姉徳山久美も来てくれる。美奈にはそのことがわかっていた。宏明と久美は、霊界での修行を終え、強い力を持つ神霊として、裕子と優衣の守護霊になるために人間界に戻ってきたのだった。

いかに凶悪な平家の落ち武者の霊でも、それだけの守護神、守護霊を相手にして、そう易々(やすやす)と私たちを殺せるはずがない。美奈はそう信じたかった。

三体の悪霊は平家の落ち武者と自称していたが、実際は平家の血統の武士ではなく、源氏との戦いで平家に加勢した海賊たちだった。彼らは当時、瀬戸内海で一大勢力を誇った海賊の頭領(とうりょう)とその側近だった。それでも平家に忠誠を誓い、平家の武士の一団として活躍したことは確かだ。そのことは千尋が教えてくれた。

「神のお告げだ。おまえたちは今しばらく生かしておいてやる。だが逃げようだなんてばかなことを考えるなよ。逃げだそうとしたやつは即殺す!!」
砂川がそこにいる全員に告げた。

2

志摩乃波の従業員で一人、突然腹痛がひどくなり、長いことトイレの個室に籠もっていた者がいた。まもなく社長のお嬢様の誕生日パーティーが始まるというのに、下腹に激痛が走り、三〇分以上トイレの個室で、腹を抱えながらうずくまっていた。まさに七転八倒するほどの激痛だった。パーティーが始まる前に、従業員は社長に挨拶をするため、全員食堂に集まることになっている。なんとか腹痛が引き、下痢も治まったので、彼女はトイレから出てきた。しかし大事なときに姿を消してしまい、申し訳なく思った。それに長時間、トイレの中で息んでいたことが、恥ずかしくもあった。

しかしトイレから出ると、なんとなく雰囲気がおかしいと彼女は感じた。食堂の方から男の怒声が聞こえる。何かトラブルでもあったのだろうか。彼女は足音をなるべく立てないようにして、そっと食堂に近づき、物陰に隠れて聞き耳を立てていた。

すると恐ろしそうな男たちが、皆殺しにするとか、暴力団の組長を殺したとか言っている。彼女は最近テレビのニュースで見た、名古屋の暴力団組長殺人事件のことを思い出した。まさかその犯人がうちの保養所に来て、人質を取っているのではないか？　と思えてきた。彼女は窓に近づいて、食堂の様子を盗み見た。すると三人の男たちが、客や保養所の従業員を脅して拘束しているようだった。しばらく中の様子を窺っていると、社長がリーダーらしき男に飛びかかった。けれども蹴りを入れられ、倒れてしまった。彼女は危うく声を上げそうになった。社長の娘ともう一人の女性が社長を介抱しているが、ひどい怪我を負ったようだ。

これは警察に通報しなければならない。そう考えた彼女はその場からそっと離れた。彼女が砂川たちや、彼らに憑依している悪霊に見つからなかったのは、千尋や多恵子の守護があったからであった。守護がなければ悪霊たちに見つかり、彼女も食堂に連れ込まれていたであろう。

彼女は多少大きな声で喋っても食堂の中には聞こえないと思われる、三階の隅の部屋に入って内側から施錠をして、携帯電話で110をプッシュした。

「はい、こちら110番です」

彼女の携帯電話から、女性の声が聞こえてきた。

「あの、こちら志摩乃波という保養所ですが、名古屋の暴力団の組長を殺した犯人が押し入って、人質を取って立て籠もっているみたいです」

彼女はしどろもどろにそう言った。

「名古屋の暴力団組長殺害事件の犯人が押し入ったのですか？　それは確かなのですか？」

電話の声が確認した。

「ほんとか嘘かはわかりませんが、犯人はそう言ってます。うちの保養所のお客様と従業員が人質になっています」

「そちらは、しまのなみ、さんですね？　場所はどこですか？」

場所を聞かれ、彼女は保養所の所在地を告げた。

「今、様子はどうなっているのですか？」

「わかりません。私は今、見つからないように、遠くの部屋に隠れて電話しているんです。近くで電話してたら、私まで捕まってしまいます。でも、人質をみんな殺す、なんて言ってました」

「犯人は何人ですか？　人相は？　服装は？　銃や刃物などの凶器は持っているのですか？」

「犯人は男三人です。そういえば一人はスナカワとか言ってました」

彼女は愛海と淑乃が砂川たちの連れだとは知らないので、男三人だと答えた。

「犯人は確かにスナカワと言っていたのですか？　それはとても重要なことですから、もう一度確認します」

「私の聞き間違いでなければ、スナカワという人がいるみたいです。いえ、何度もスナカワという名前を聞いたので、間違いありません」

スナカワと聞いて、三重県警察本部の通信指令室は緊張した。暴力団組長殺害事件の容疑者の名前は、マスコミなどには公表していない。砂川姓は珍しいというほどではないが、それほどありふれた名字ではない。もしいたずらで使うなら、「砂川」という姓を選択する可能性は低い。砂川という名前を知っているということは、ガセやいたずらではなく、実際に高山組長を殺害した砂川容疑者たちが立て籠もっているという可能性が高い、と県警本部は判断した。暴力団組長を狙撃した犯人グループも三人だということだし、聞き出した容疑者の特徴も、砂川たちによく似ている。

「あなたの名前、連絡先は？」

「私は中野道子です。真ん中の中、野原の野の中野に、道路の道、子供の子です。この携帯電話は090-29〇〇-69××です」

「承知しました。至急伺った住所に警察官を向かわせます。警察官が到着するまで、犯人を刺激するようなことをしないでください」

　通信指令室の担当者はそう釘を刺して電話を切った。

　組長殺害事件は愛知の事件（ヤマ）だが、保養所立て籠もりはうちの事件だ。おいしいところを愛知にとられてたまるか。三重県側としては、愛知に対する対抗意識を燃やした。指令台は警察無線で、県内の警察署や現場近くを巡回中のパトカーに、現場に急行するよう指令した。

　志摩警察署からの情報を受け、最初に事件現場に近い、相差（おうさつ）駐在所の巡査長が自転車で志摩乃波に駆けつけた。

　駐在所は、警察官とその家族が官舎のような形で住み込んで、勤務している。相差駐在所には結婚した男女の警察官が赴任した。のどかな海沿いの町ではあるが、観光地でもあり、観光シーズンには、ときには観光客が問題を起こし、けっこう多忙になる。それで夫婦二人が警察官であることが重宝する場合もある。

　今回は夫である巡査長が現場に向かった。そして裏口から抜け出した、中野道子と合流し、事情を聞いた。二人は顔見知りだった。巡査長は自分一人だけではとても対応ができないと判断し、志摩乃波を見通せるところに潜み、玄関口の様子をじっと窺った。警察無線で志摩署に状況を報告しながら、応援を待った。

しばらくして、鳥羽市や志摩市の市街地をパトロールしていた県警の機動捜査隊の覆面パトカー二台が保養所に急行した。今は盆休みで、警察官が出動する機会が多い。パトカーのサイレンの音が保養所の食堂にも届き、「何だ？　何でパトが来るんだよ？」と砂川がいぶかった。

「だれだ？　サツに通報しやがったのは？」

砂川は食堂にいる全員を怒鳴りつけた。

「私たちではありませんよ。だれも警察に電話することなどできませんでしたから。それは君たちも三人で監視していたのでは？」

マネージャーが応じた。

「そういえば中野さんがいないわ。たぶん中野さんが連絡したんじゃないかしら？」

女性の従業員がそっと同僚にささやいた。

そうこうしているうちに、防刃ベストを着込んだ機動捜査隊員三人と、制服姿の相差駐在所の巡査長が食堂に入ってきた。機動捜査隊員は、一般の私服の刑事とは違い、凶悪犯と遭遇する可能性もあるので、常に拳銃を携帯している。覆面パトカーには女性の機動捜査隊員が、県警本部との連絡係として待機していた。

「おまえたちは名古屋の暴力団組長殺害の容疑者、砂川智広、森脇和夫、町田晋造だな。おまえたちはすでに全国に手配されている。もう逃げることはできん。これ以上罪を重ねるな。速やかに人質を解放し、投降せよ」

手配書で三人の顔を知っていた機捜隊員の巡査部長が説得を試みた。無線機をオンにしたままにしてあったので、パトカー内で待機していた機捜隊員がそのやりとりを聞き、暴力団組長殺害事件の容疑者に間違いないと県警本部に連絡をした。三重県警は県内の全署に特別緊急配備を発令した。まもなく多数の警察官が現場に押しかけてくるだろう。

黒川署に設置された〝臨徳寺暴力団組長殺害事件捜査本部〟に、三重県警から愛知県警察本部を通じて、「砂川容疑者たちが人質を取って、鳥羽市にある志摩乃波という保養施設に立て籠もっているらしい」という情報がもたらされた。

「志摩乃波だって？」

三浦は驚いた。

「トシ、志摩乃波がどうかしたのか？」

三浦の青ざめた顔を見て、鳥居が訊いた。

「実は美奈が、友達の誕生日パーティーが志摩乃波で開催されるので、そこに行っているのですよ」

「何？　またか。いったいおみゃーさんの嫁は、何べん事件に巻き込まれたら気が済むんだ」

鳥居はあきれ顔で言った。けれども美奈の守護神である千尋や多恵子の神通力を知っている鳥居は、逆にこれで人質が守られると安堵した。とはいえ、ほうっておいても大丈夫という安易な考えでは決してない。自分たちも最大限の努力をした結果、守られて無事事件が解決するのだということを、十分承知している。

黒川署の暴力団組長殺害事件捜査本部の捜査員も、志摩乃波に向かうことになった。今回の事件は三重県で起こったものではあるが、容疑者は暴力団組長殺害事件の容疑者と同一であることは間違いない。そこで愛知県と三重県の警察本部は県境を越え、捜査本部を合同することとなった。

石崎警部は、人質の中に家族が含まれているので、今回は三浦を外すつもりでいた。家族が人質ということで、冷静な判断ができなくなる可能性があるからだ。それでも三浦がどうしても事件現場までは連れて行ってほしいと懇願し、同行を許可した。

3

志摩乃波の周りにパトカーなどの警察車両が集まった。それでマスコミも事件を嗅ぎつけた。ただ、事件現場が鳥羽市や志摩市の市街地から外れた遠方なので、マスコミの参集は三々五々といったところだ。それでも徐々に数が増えていった。夜を迎え、静かな海辺の観光地は一転喧噪に包まれた。

砂川、町田、森脇は説得にやって来た四人の警察官を一瞬のうちに倒してしまった。拳銃を使う余裕さえ与えなかった。三人の圧倒的な強さを見て、大井は「あいつらは尋常ではない。やはり美奈さんが言うように、悪霊の力が加わっているのか。どうしてこの場を切り抜ければいいのだ？」と思案した。それでも彩花を通して美奈の守護神や霊能力のことを聞いているので、美奈の守護神が負けるはずがない、絶対に大丈夫だと信じることにした。それにきっと美奈さんの旦那や鳥居のおっさんも来てくれる。

「こ、殺したの？　お巡りさん……」

愛海は恐る恐る森脇たちに尋ねた。

「まだ殺してはいない。気を失っただけだ。だが、何かおかしな行動をすれば、容赦なく殺す」

森脇が答えた。

「あたしたち、もうおしまいね。今の和夫にはとてもついていけない」

「ああ、もうおまえのような退屈なメガネブスとはさよならだ。最初は、今まで付き合ったことがない優等生タイプの女なのに、いれずみを彫っていて、ちょっと新鮮に思ったが、もうおまえには飽き飽きしたぜ。あっちのほうもいまだに下手だしな。もっと男を楽しませろよ」

「いつかきっと立ち直ってくれると信じていたのに……」

森脇の冷たい言葉に、愛海は泣きだした。淑乃も絶望を感じていた。暴走族に入ったばかりのころ、免許はとったものの、大型二輪になかなかうまく乗れなかった。そんな淑乃に優しく手ほどきをしてくれたのが町田だった。彼はクレージーパンサー三巨頭の一人と言われながら、淑乃に何かと目をかけてくれた。淑乃と町田の交際は、愛海と森脇よりも長かった。あの頃の町田は、いったいどこに行ってしまったのだろうか。

この光景を見ていて瞳は、自分よりずっと年上であるのに、愛海と淑乃のことを悪党どもと同類だと軽蔑していたことを申し訳ないと心の中で謝罪した。そして自分の守護霊に対し、どうかみんなを助けてあげてくださいと真剣に祈ったのだった。

「もう警察にわかってしまったのだから、口封じでここにいる人質を全員殺す必要はなくなったでしょう。私はここに残ってあげるから、ほかの人質は解放してあげなさい」

哲朗に千尋の生命エネルギーを浴びせながら、美奈は三人の侵入者に言った。哲朗はまだ目を覚まさないが、最悪の状態は脱したようだった。

砂川は目算（もくさん）が外れたと思った。この保養所はすでに大勢の警察官に包囲されているようだ。一般の警察官だけではなく、まもなく特殊捜査班（ＳＩＴ（シット））も来るかもしれない。場合によっては、特殊部隊（ＳＡＴ（サット））も出動する可能性もないとはいえない。

ＳＡＴはテロ制圧を主任務としており、犯人射殺をもためらわない、警察最強の精鋭部隊だ。ＳＡＴは三重県警察本部には設置されていないが、隣の愛知県から県境を越えて出動するかもしれない。もともと砂川たちは愛知県の事件で手配されているから、愛知県警が介入してくることも考えられる。最近凶悪な人質立て籠もり事件が二件立て続けに起こり、報道機関にＳＡＴの訓練が公開された。それで砂川もＳＡＴの存在を知った。

どう逃れるべきか。ここではっきりしていることは、美奈が言うように、もう口封じのためにたくさんの人質を殺す必要はなくなったということだ。そのことは砂川の心を少し軽くした。他人の命など虫けら程度にしか思ってはいないが、後々のことを考えれば、ここで大量殺人は避けたほうがよい。刺青作家と瞳についている神の力だけを奪えれば、それでよいのだ。

――大丈夫だ。おまえたちには我ら三人の神がついている。この状態を切り抜けることは造作もないことだ。おまえたちは我らを信じていればよい。それに、まもなくやってくる三人の刑事が、新たな神の依り代となる。そいつらから神の力を奪え。新たに来る神の力も吸収できれば、我らはさらに強大な力を手に入れることができる。それでこそ極道の世界はおまえたちのものになるのだぞ。

この悪霊の言葉は、砂川たち三人の心の中に響いた。

「そうだ。神がついている以上、俺たちは最強無敵だ。ここで新たな神の力をいただき、脱出できればそれでよい」

三人は自信を取り戻した。俺たちの神を信じる、それだけでよいのだ。

「確かに人質を殺すことは意味がなくなった。だがこれから警察との交渉もある。まだてめえらを解放するわけにはいかん」

砂川が食堂にいる全員に告げた。殺されることがなくなったと知っただけでも、人質にされている人たちの緊張した心は、少しは軽くなった。中にはもう心が緊張に押し潰され、精神に異常を来す寸前まで追い詰められた人もいたのだった。

しばらくして県警の警察車両が何台も志摩乃波の前に乗り付けた。そして人質を解放し、投降するよう説得を始めた。「そいつらの中には神の依り代はいない」との託宣を受け、砂川は人質を盾（たて）にして籠城（ろうじょう）する方針に出た。交渉には、機動捜査隊員が持っていた無線機を使った。

「お願い。この社長さんだけでも病院に運んであげて。一刻も早く治療を受けないと危ない状態なの」

美奈はリーダーの砂川に訴えた。

「まあ、一人ぐらいはいいだろう。ただし、おまえは病院についていくな。おまえは最も大切な人質だ。もし何か不穏な動きをすれば、人質を一人殺す」

美奈は町田が見張りのためぴったりくっついている中、エントランスまで行って「重傷者が一人いるので、救急車を一台お願いします」と警察官に依頼した。その場で指揮を執っている志摩署刑事課の沼田警部は、すぐ救急車を呼び寄せると言ってくれた。そして美奈に全速力でこちらに逃げてこいと手招きで示した。しかし下手な動きをすれば本当に人質が殺されかねないので、気付かないふりをして食堂に戻った。

　このとき、現場に来ていた民間放送局の一つが美奈の姿を映し出し、それがニュースで全国に放映された。美奈のことを知っていた女性のニュースキャスターが、「人質の中には〝全身刺青作家〟といわれる木原未来さんがいます」と紹介してしまった。わざわざ〝全身刺青作家〟と枕詞（まくらことば）のように付け加えられることは、美奈としては大いに迷惑だ。しかし木原未来の代名詞として定着してしまった感がある。気に入らない呼称ではあるが、否定することもできないので、最近は抗議もしなくなった。

　哲朗を救急車で運ぶとき、早紀も父親について病院に行くよう仲間たちから勧められた。

「お父さんはもちろん心配だけど、みんなを見捨ててあたしだけここから逃げるわけにはいかない。お父さんのことは、美奈さんが精一杯神のエネルギーを送ってくれたから、絶対助かるよ。あたしは美奈さんを信頼してる」

　早紀は自分だけが助かることはできないと断った。

　しばらくして救急車が到着し、哲朗を収容して鳥羽市内の病院に向かった。志摩乃波の副支配人の女性が一人、哲朗に付き添うことを、砂川は許可した。

　哲朗は折れた肋骨が肺に刺さり、非常に深刻な状態だった。けれども美奈が守護神の生命エネルギーを送り続けていたため、病院に着いたときには危険な状態を脱していた。医師たちは手術も応急処置もしていないのに、自然に治癒した痕跡があることを不思議がっていた。

捜査員たちは近くの中学校を借り、体育館を捜査拠点とした。市の教育委員会に協力を仰ぎ、外出をしている校長の代わりに教頭を呼び出して、学校の施錠を解いてもらった。また付近一帯を規制区域に指定して一般車を通行禁止とした。

マスコミも志摩乃波の立て籠もり事件に気づき、捜査本部に押しかけてきたので、志摩署の捜査本部はやむなく記者会見を行った。保養施設志摩乃波で人質を取って立て籠もっている三人は、名古屋市北区の臨徳寺での暴力団組長射殺事件の容疑者だと聞いて、テレビ局や新聞社、雑誌社などの記者は驚愕した。そして次々に現場に記者やテレビカメラを送り出した。人質の中に作家の木原未来もいる、という情報ももたらされた。哲朗に付き添った副支配人の証言により、捕らえられている人質の氏名などもおおよそ判明した。副支配人は宿泊客の名前を全員記憶していた。

それ以外に、犯人と同行していた女性が二人いたが、彼女たちは暴力団組長を殺した容疑者だということも、立て籠もり事件を計画していたことも全く知らなかったようだと言った。しかし先入観は持たないように、そのことは事件が終わってから警察で調べると注意された。

「何でまたあの全身刺青作家が人質として捕らえられているのだ？」

昨年秋の藤原岳拉致監禁事件、今年春のカルト教団教祖刺殺事件に続いて、木原未来が三度(みたび)大きな事件の現場にいると知った記者たちは、「あの作家先生はよほど大きな事件に魅入られているのだな。まさか売名行為でもあるまい」と苦笑した。

その頃、暴力団組長殺害事件捜査本部の刑事たちは東名阪自動車道路を進んでいた。しかし下り線は渋滞のため、通常に比べ、かなり時間がかかっている。四日市、亀山間は自然渋滞が起こりやすいところだ。さらに盆の休暇期間中であることが、渋滞に拍車をかけていた。

「くそ、いくらサイレン鳴らして走っても、これだけ渋滞しとっては、どえりゃあ（非常に）時間がかかってまうがや。俺たちも本部長などのお偉方みたいに、ヘリで現場に駆けつけたいところだがや」

パンダと呼ばれる、白と黒ツートンカラーのパトカーを運転している鳥居がぼやいた。交通機動隊の出身で、卓越した運転テクニックを持つ鳥居でも、二〇キロを超える渋滞ではどうしようもない。名古屋方面に向かう上り線では、下り以上に長く渋滞していた。そのパトカーにはドライバーの鳥居以外に石崎、三浦、野原の石崎班四人の刑事が乗っていた。

三浦は、美奈が人質として捕らえられている現場に一刻も早く着きたいと、じりじりした気持ちだった。警察無線で現場の状況を知ることができる。今のところは警察側が人質を解放し、投降することを犯人側に要求しているが、応じず、膠着（こうちゃく）している。

5

砂川はなかなか新しい依り代たちが来ないことにいらだっていた。

――そういらつくな。そいつらは愛知県から今、こちらに向かっているが、道路が渋滞して遅くなっている。到着までまだ少し時間がかかる。

八〇〇年以上前に身罷った悪霊ではあっても、多少は現代の事情にも通じており、高速道路や渋滞のことを知っていた。

——それよりまもなく警察の奴らが突入してくる。少しは時間つぶしができるだろう。大いに暴れてやれ。

悪霊は砂川たちにそうささやいた。

落ち着きを取り戻した砂川は、「腹が減ったな。今日はここでパーティーでもする予定だったんだろ。そこで出すはずだった食い物を持ってこい」と志摩乃波の従業員たちに命じた。

「おっと、睡眠薬を入れるなどの小細工はするなよ。誰かに毒味させ、そいつに何かあったら、一人誰かが死ぬことになるぞ」

砂川は忠告をした。

その頃、近くの中学校の体育館を借りて設置した捜査本部では、三重県警の機動捜査隊と特殊捜査班（SIT）が現場に突入し、人質を救出するための作戦を練っていた。

社長が危険な状態を脱したことに安心した副支配人は、捜査本部に赴き、簡単な見取り図を描いて、志摩乃波の構造などを説明した。彼女は保養所の構造を知り尽くしていた。ある意味、お飾りにすぎないマネージャーより、よほど捜査本部にとって役に立つ人材だった。

捜査本部はその情報を基に、侵入経路などを綿密に検討した。突入部隊を二手に分け、エントランスからと、二階のベランダから侵入する班を設定した。二階からの突入経路は副支配人の説明を参考にして、犯人に気づかれないよう、保養施設志摩乃波を外からじっくり観察して決定された。中の構造までは確認できなかったので、それは副支配人の説明を信じるしかなかった。

また、高山組長殺害事件の容疑者三人の手配写真を見せ、彼女は間違いなくその三人だったと証言した。彼女が知る範囲では、三人の犯人は拳銃などの飛び道具は持っていないとのことだった。高山組長の狙撃に使用したボウガンも持ってはいないだろう、と彼女は推測した。そのような大きな物を持っていればすぐわかるはずだ。けれども刃物の類いなら、食堂の隣にある調理室に行けば何本も手に入る。また空手か何か知らないが、犯人たちは武道には非常に卓越しているようだと語った。


通常番組を休止し、立て籠もり事件を報道しているテレビ局もあった。

トヨとさくらはタトゥーの施術中、恵、裕子、優月は「オアシス」で接客中で、事件のことにはまだ気づいていなかった。「オアシス」では盆休み中は特別手当がつくので、三人は出勤していた。陽香はタクシー乗務中だった。

卑美子、葵、美貴はニュースを見て、美奈が人質に取られていることを知った。三人はハラハラしながらテレビの画面を見守っていた。葵は先月下旬に出産したばかりの悠斗に授乳をし、やっと寝かせつけたところだった。ニュースを見て大声を上げたので、せっかく寝付いた悠斗が驚いて、泣きだしてしまった。

また、『復活の巨人』を執筆中だった北村弘樹は、妻の優衣に美奈の事件のことを教えられ、驚愕した。『復活の巨人』は今、中盤の山場にさしかかっている。

「スランプに陥り、小説を書けなくなった推理作家古戸弁蔵は自殺を考えていた。決行直前に不思議な縁で永田有希と出会い、そして有希の紹介によって名探偵榛名敏彦と知り合った。推理作家と名探偵がお互いについて興味を持った。古戸弁蔵は、敏彦が話してくれる、これまで関わってきた事件のことに大いに興味を持ち、その一つ一つを小説に書いてみたいと思った」

前回まではそんなストーリーだった。今は敏彦や有希との出会いをきっかけに立ち直り、古戸がもう一度やり直すことを決意したところで殺人事件に巻き込まれた、という場面を書いていた。

優衣の知らせでテレビのニュースを見ると、そこには美奈と彩花、二人の愛弟子、というより友人の名前が人質の中にあった。北村は執筆どころではなくなり、テレビの前にかじりついた。

犯人たちも食堂でテレビをつけており、重大なことを発表すれば情報が犯人側に伝わってしまうので、警察はテレビ局にはあまり情報を与えなかった。

大日慈愛会の管長大西治子と、小さな神霊道場を主宰する霧島米は、瞑想中に守護神の知らせにより、なんとなく美奈の危機を感じた。陽香の守護神で、大日慈愛会の本尊でもある二大龍王は治子に、米の守護神飯縄命は米に、「これから千尋大神様の許に行って、大神様をお助けする」と告げた。二柱の神は千尋によって大いに境界（きょうがい）を向上させてもらえ、千尋に大きな恩義を感じている。

犯人たちへの説得が全く奏功しないので、いよいよ機動捜査隊と特殊捜査班が突入することになった。志摩乃波の近くにはテレビ局などが陣取っており、突入する場面を生中継されては、犯人側に警察の手の内がわかってしまう。それで各局のテレビ局に対し、突入の場面は実況放送しないように申し入れた。

しかしテレビ局各局は「報道の自由」や「視聴者の知る権利」を盾に、それに同意しなかった。いくつかのテレビ局はヘリコプターを使い、空からも事件の様子を中継しており、警察の動きは犯人側に筒抜けの可能性があった。

それでも突入部隊は、練りに練った突入計画に沿って志摩乃波に侵入した。少し前に愛知県内で発生した立て籠もり事件で、初めてＳＡＴの隊員に殉職者が出たということがあり、ここは強行突入で事件の早期鎮圧を目指していた。特殊捜査班の刑事たちは、このようなときに備えて日頃から厳しい訓練を積んでいる。突入する隊員は万一に備えてベレッタ92という自動拳銃を携行した。

「ばかめ。てめえらの行動はテレビで筒抜けだぜ。テレビだけじゃねえ。俺たちの神が、テレビ以上の情報を教えてくれる」

砂川たちは突入部隊を迎え撃つ態勢をとった。たとえ相手が拳銃を持っていても恐れることはない。特に森脇は霊気を物質化した伸縮自在の剣を持っている。聖光剣と名付けたその剣があれば、一度に何人もの人を切り裂くことが可能だ。砂川も森脇と同様に、霊気を物質化した矢という飛び道具があり、町田は超人的な身体能力を有している。突入部隊を殺さない程度に遊んでやるつもりだ。しかし霊的な力を発揮しているときは手加減が難しい。もし誤って殺してしまっても、恨むなよ、と砂川は心の中で呟いた。

三人は突入部隊との対決で、自分たちの力がどれほどのものか、試してみることを楽しみにしていた。

志摩乃波のエントランスから六名の特殊捜査班と機動捜査隊が突入した。そして廊下を走り、食堂に踏み込んだ。食堂の入り口では砂川と町田が待ち受けていた。六人の突入部隊は鍛え上げられた猛者だった。しかし悪霊の力を得た砂川と町田は、六人の警察官を圧倒した。まず二名が砂川、町田に軽くあしらわれ、気を失った。それで残った四人の警察官はベレッタ92を取り出し、ためらわず発砲した。銃声を聞いた人質たち、特に志摩乃波の女性従業員が悲鳴を上げた。

砂川と町田は軽いフットワークで弾丸を避けた。

「フフ、見えるぞ。弾丸の軌跡がはっきりと見える。これなら弾をよけるのも造作のないことだ。さすがに神の力だ」

弾丸を避けた二人は、警察官の懐に飛び込んで、彼らを一撃で倒した。

一方、二階のベランダから侵入した六名の特殊捜査班は、足音を立てないよう、慎重に階段を降りた。そして調理場の出入り口から忍び込み、調理場と食堂を連絡するドアから食堂に入った。一人が人質たちの許に駆けつけた。

「君たち、調理場のほうからすぐに逃げなさい。そこに警官がいるから、落ち着いて、警官の指示に従いなさい」

彼は人質になっている従業員たちを逃がそうとした。従業員たちはもうずいぶん精神的に参っているようだった。それとは対照的に、保養所の客として来ている七人はまだ余裕がありそうだ。彼らはなぜか強い信頼感で結ばれているように警察官には思えた。それ以外に二人の女性がいる。彼女らが、副支配人が言っていた、犯人と一緒に入ってきた女性なのだろう。彼女たちも今は客の七人の輪の中に入っている。

「誰だ、てめえら。人質を逃がそうと言ったって、そうはいかねえぜ」

食堂で待機していた森脇が警察官たちを制止した。人質を逃がすため、警察官四人が森脇を抑え込もうとした。森脇は一瞬にして警察官たちを聖光剣で突き刺した。

「何だ？　あいつの腕から伸びている青白い光は」

警察官の一人が叫んだ。彼らは防刃ベストを着込んでいたものの、そんなものは全く役に立たなかった。四人の警察官はその場に倒れた。致命傷ではないとはいえ、かなりの深手を負っていた。

人質を逃がすために調理室で待機していた突入部隊の二人に向かい、森脇は襲いかかろうとした。二人はベレッタ92を取り出したが、森脇がいち早く聖光剣で拳銃を持つ二人の腕を切り裂いた。彼らは持っていた拳銃を取り落とした。

「てめえらの手首の動脈を切った。早く止血をしないと、出血多量で死ぬぞ」

森脇は早くここから立ち去れ、と手振りで示した。そして志摩乃波の従業員男女全員を解放した。

「もうすぐ愛知県から鳥居、三浦、野原の三人のデカが着くはずだ。そいつらが来たら、ここに入ってくるように伝えろ。そうすれば残った人質は解放する」

森脇は悪霊が指示したとおりのことを言った。

「とりい、みうら、のはらだと？　愛知県警の刑事か？」

「ああ、そうだ。俺たちの神がそう言っている」

「神だと？　何を言っているんだ？」

「うるせえ!!　とにかくその三人が来たら、ここに来いと伝えればいいんだよ。人質を殺されたいか？」

森脇はそう言って、その場にいた突入部隊と志摩乃波の従業員、そして先に食堂に踏み込んで拘束されていた四人の警察官も解放した。捜査本部へのメッセンジャーとして。

悪霊たちは未来予知能力により、鳥居、三浦、野原の三人の刑事に強力な神が力を貸し、最後の戦いに臨むということを知った。しかしその結果がどうなるか、悪霊たちでさえわからなかった。とにかくその戦いに勝利し、神々の力を自分たちに取り込むことをもくろんでいた。

突入部隊は人質を連れて志摩乃波のエントランスから出ていった。

「あ、今、突入部隊の警官が出てきました。何人かは怪我をしている模様です。それから何人かの人たちも一緒です。人質です。人質が解放されたようです」

テレビ局の女性ニュースキャスターがマイクを持って、興奮して大声で叫んだ。

6

結局、突入部隊の惨敗だった。志摩乃波の従業員は解放されたとはいえ、まだ客の七人が拘束されたままだ。三重県側の捜査本部長である志摩警察署長の中山警視は、会議でそのことを報告した。渋滞のため遅れていた石崎班の四人も、その会議に出席した。

「また犯人たちは、愛知県警の鳥居、三浦、野原の三人の刑事を立て籠もりの現場によこすよう、要求もしています。ここにその三名はいますか？」

本部長に続いて、捜査本部の指揮を執る沼田警部が犯人の要求を伝えた。

「渋滞に巻き込まれ、遅くなりましたが、その三名もこの会議に参加しています。しかし犯人側はなぜその三名の刑事を要求しているのですか？」

愛知県警察本部捜査第一課長の山内警視が、沼田に問うた。

「実は立て籠もり犯が、その三人を連れてくれば人質を全員解放するというのですよ」

「それはなぜですか？　容疑者がその三人に恨みでもあり、この機会に三人を殺そうという腹づもりなのですかね？　彼らは非常に優秀な刑事だと聞いておりますが。鳥居警部補、君に何か心当たりはあるかね？」

山内は鳥居に尋ねた。

「いや、特に心当たりはありません。以前、砂川と森脇が暴力団員を相手に傷害事件を起こし、自分が当時勤務していた篠木署が対応したことがありましたが、自分は彼らとは直接関わってはいませんでした。自分が交通機動隊に所属して、暴走族を取り締まっていたのは、彼らがクレージーパンサーを結成するずっと以前のことでしたし。三浦巡査長と野原巡査長は全く接点はないと思われます。容疑者として森脇を割り出したのは野原巡査長でしたが、そのことを彼らが知っているはずありません」

鳥居が答えた。さすがに志摩警察署長や捜査第一課長相手に、トレードマークとなっている名古屋弁は使わなかった。鳥居にいつも「ワカ」と呼ばれている野原は、改まって「野原巡査長」と言われると、少しくすぐったいような気がした。

「直接伝言を聞いた突入部隊の警察官が言うには、神のお告げだそうです」

沼田が間に入った。

「神のお告げ？　何をばかなことを言っているのですか？」

「我々もそう思うのですが、犯人どもは真顔でそう言っていた、と報告を受けています」

山内にばかなことと言われるのは当然だと思いながら、沼田は答えた。

六月に秋山郷に行ったとき、三浦は美奈から平家の落ち武者伝説の亡霊のことを聞いた。その亡霊たちが、また新しい事件を起こすかもしれないと。三浦は、今回自分たちが要求されたのは、平家伝説の亡霊が絡んでいるのではないかと考えた。

「とにかく、今はその三人に期待する以外はないでしょう。鳥居警部補、三浦巡査長、野原巡査長。どうですか？　犯人たちとの連絡役、やってもらえますか？」

沼田が他県警の三人に遠慮がちに訊いた。同じ警察とはいえ、県が違えば全く別の組織といえる。本来なら他県の警察本部に対して指示を出すことはできない。しかし今回は、三重、愛知の捜査本部は合同しているので、他県警ではあるが沼田はそう尋ねたのだった。

「はい、もちろんやりましょう。命令があれば、任務を遂行するまでです」

三人を代表して、鳥居が応えた。

石崎は三浦の妻が人質になっているため、今回の捜査から三浦を外すつもりでいた。しかし三重県側から要請されれば断るわけにはいかなかった。それに犯人から人質解放の交換条件とされているので、なおさらだった。

「それから警察庁からの要請があり、愛知県警察本部より特殊部隊を出動させました。間もなく到着の予定です。鳥居警部補たちの応援にＳＡＴをつけます。万一の場合に備え、狙撃支援をするスナイパー班です。ＳＡＴが到着したら、鳥居警部補たちには犯人の許に赴いてもらいます。テロ対策用のヘリで来ているので、間もなく到着するでしょう」

山内がそう言っているうちにも、ＳＡＴ隊員を乗せたヘリコプターが捜査本部としている中学校の運動場に到着した。

鳥居はＳＡＴが来たことにより、犯人逮捕より射殺に重点が置かれるのではないかと心配した。捜査一課の刑事はあくまで犯人逮捕を最優先する。しかし機動隊に所属するＳＡＴは事件を制圧するためには犯人射殺も辞さない。鳥居は必ず砂川たちを生かして確保しようと決意した。その気持ちは三浦や野原も同じだった。

志摩乃波突入の作戦計画を練っていると、砂川から、「遅い。まだ三人のデカどもは来ないのか⁉」と督促が来た。

沼田は「彼らは名古屋からこちらに向かっているが、高速道路の渋滞に巻き込まれ、到着が遅れている。間もなくこちらに着く予定なので、今しばらく待ってほしい」と懇願した。沼田が時間稼ぎをしているうちに、ＳＡＴの指揮班が突入作戦の案を練っていた。彼らは機動捜査隊と特殊捜査班（ＳＩＴ）が潜入したときのデータも存分に活用した。

そしていよいよ鳥居、三浦、野原が人質たちの待つ志摩乃波に赴くことになった。

「砂川たちが何で俺らをよこせと言っとるかは知らんが、おみゃんたー、覚悟はいいな？」

鳥居が三浦と野原に確認した。

「はい」

三浦と野原は腹を決めて返事をした。

（美奈、そして大井君や彩花君たちも待ってろ。今すぐ行くからな）

三浦は志摩乃波の食堂で待つ美奈たちに思いを馳せた。


鳥居たちはエントランスから志摩乃波に入った。ＳＡＴの狙撃犯はどこからか鳥居たちを見守っている。そして何かあれば、ためらわずに砂川たちに向けられた狙撃用ライフルのトリガーを引くだろう。そうなる前に、必ず砂川たちを逮捕して、人質のみんなを助けてやる。一人たりとも死なせはしない。

三人はその思いで志摩乃波に入っていった。

「遅い。待ちくたびれたぜ」

食堂に入るなり、砂川が怒鳴った。

「悪かったな。盆休みで高速道路が渋滞し、さすがのパトカーも身動きがとれんかったがや」

「ふん、パトカーといってもたいしたことないんだな」

「ヘリと違って、空飛ぶわけにはいかんでな」

鳥居と砂川が言い合った。

「鳥居のおっさん、俺たちは大丈夫だ。砂川たちは、最初は俺んたーを殺すと言っとったけど、途中からはけっこう自由にさせてくれたがや。新しい仲間もできたしな」

大井が鳥居に声をかけた。新しい仲間とは愛海と淑乃のことだ。森脇と町田に冷たく突き放されて泣いていた愛海と淑乃を、美奈や早紀たちが友として受け入れたのだった。美奈以外は、あまり親しくはなかったとはいえ、ときどき「ポンコツ」を利用する客として、愛海と淑乃には面識があった。また愛海は『幻影』を読んで以来、木原未来のファンになった。実際に美奈に会い、愛海は感激した。そして美奈と話すことにより、森脇から受けたショックを少しでも癒やそうとした。

愛海は美奈のタトゥーにも憧れており、自分の身体にもタトゥーがあることを美奈に打ち明けた。そして胸や腰にあるタトゥーの一部をみんなに披露した。美奈も愛海も卑美子に彫ってもらったということも、共通の話題となった。

また、天文学者を目指していた愛海は、美奈が高校時代には天文部に所属し、星のことに詳しいことも喜んだ。学年トップクラスの成績をあげていながら、それぞれの事情により大学進学を諦めたということは、美奈、彩花と共通していた。三人とも分厚いメガネをかけている。

瞳や早紀たちも、これまであまり話したことがなかった愛海、淑乃と話し合い、お互いを理解し合った。瞳はこれまで愛海と淑乃のことを誤解していたことを謝った。

実は愛海と淑乃が新しい友と和気藹々（あいあい）としていたことに、森脇と町田もほっとしていたのだった。悪霊たちにある程度心を支配されていたため、二人を殺すなどとひどいことを言ってしまった。けれどもときどき本来の心を取り戻す瞬間があった。そのときは心の中で「済まん」と詫びを言った。それでももう愛海や淑乃とよりを戻すことはできなかった。極道の妻になるより、別れたほうがあいつらのためだ、と二人は考えた。

「それではさっそく始めるか。俺たちとおまえたち、それぞれ一対一で勝負しろ」

「一対一で勝負だと？　それはどういうことだ」

砂川からの突然の申し出に、鳥居がその真意を問うた。

「俺たちには元平家の武士だった神がついている。そしててめえらにも強力な神が守護をしていると聞いている。俺たちがてめえらをぶちのめし、その神の力を俺たちの神がいただくということだ」

鳥居と三浦には、砂川が言うことがなんとなく理解できた。しかし野原にはその意味がよくわからなかった。それでもときどき鳥居と三浦から美奈の守護神のことを聞いていたため、まさかと思いながらも、「ひょっとしたらそんなことがあるのかな」と考えた。

「おっさんたち、気をつけろ。神の守護か悪魔の力か知らんけど、あいつらは人間とは思えないほどの桁違い（けたちが）な力を持っとるでよ。俺も一撃でやられてまったがや。特に森脇は右手から光る剣のようなもんを出しやがる」

大井が鳥居たちに注意を促した。

「大丈夫ですよ。鳥居さんも野原さんも、私たちのご守護神が力を貸してくださるから。自信を持って戦ってください」

美奈が声援を送った。野原は恋のライバルの応援を受けて、悪い気はしなかった。恋のライバルといっても、三浦が婚姻届を出したと聞いた時点で、「やっぱりもう諦めるべきかな」と観念したのだった。

7

いよいよ対戦が始まろうとしていた。するとそこにいる全員が、集っている守護神、守護霊や悪霊の姿が見えるようになった。それは悪霊の神通力だった。これから始まる神々の戦いを全員に見せ、自分たちの力を誇示するつもりだった。

「あ、あたしのお母さんが……」

早紀が叫んだ。

「そうよ。早紀のお母さんは、ずっと早紀のことを見守っているのよ」

美奈が早紀に教えた。

「あれが早紀のお母さんなの。あたいのこっくりさん、じゃなかった、守護霊様もいる。ほかにもたくさん、すごい神様や気持ち悪いのもいる」

瞳が言う「気持ち悪いの」は砂川たちに憑いている、いかにも落ち武者の亡霊といった感じの悪霊だった。瞳にとって〝気持ち悪い〟甲冑（かっちゅう）姿の亡霊が、砂川たちには頼もしく思えるのだった。

「なんでここに不破雷光がおるんだ……」

不破は生前と同じように、髪やひげを伸ばし、黄色の法衣を身に纏っていた。去年の暮れから、大日慈愛会に関係する人たちが連続して不審な死を遂げるという、立件には至らなかった出来事を追及していた鳥居が驚いた。信じられないことではあるが、鳥居は、不審死は不破雷光の念能力によるものではないかと疑っていた。

「当時、不破さんは自分の意思ではなく、悪霊によって操られていたのですけど、今は霊界で修行をして、神の領域に迫りつつあるから、心配いりませんよ」

　美奈が説明をした。

「そんなことまでわかるなんて、やっぱり未来さんはすごい」

　美奈の言葉を聞いて彩花が感心した。彩花も不破雷光の事件について、よく知っている。

　美奈や瞳の仲間たちは、守護神や霊の話をよくしているので、それほど大きな驚きはなかった。彩花も神霊や霊界の本を何冊も読み、神霊の実在を信じていた。最も驚いたのは野原だった。そして愛海、淑乃も驚愕した。

　これは幻覚なのだろうか？　時々鳥居や三浦が、美奈の守護神の話をすることがある。しかしそれを信じることができなかった。（トリピーほどの人が、なに絵空事を言っているのだろうか）、いつもそう思いながら聞いていた。それが今、現実に自分の目の前にたくさんの神や霊の姿が見えるのだ。しかもそれが自分たちに力を貸してくれるのだという。


　初戦に臨もうとした森脇を、町田が「最初は俺がやる」と押しとどめた。森脇も町田も砂川と共に、クレージーパンサー三巨頭といわれているが、序列は町田がナンバー2、森脇がナンバー3だ。だから先鋒は森脇、中堅町田、そして大将が砂川のつもりだった。それが初戦は町田が出るという。

「おまえはすぐ調子に乗るからな。まず俺の戦いを見て、相手の力を推し量れ」

町田は森脇に助言した。

町田は対戦相手に鳥居を指名した。柔道二段の町田は鳥居の耳を見て、鳥居も柔道をかなりやっているということを知り、指名したのだった。二人とも〝柔道耳〟という、柔道をやっている者特有の耳に変形している。

「俺は大将戦に出るつもりだったんだが、指名を受けたんで、まあ、行ったるか」

鳥居が初戦で戦うことを了承した。鳥居も町田と同じく、この戦いがどんなものになるか、身をもって三浦と野原に見せるつもりでもあった。

鳥居には不破雷光、よっちゃんの父親である義秀、そして飯縄命が応援についた。飯縄命は篠懸（すずかけ）、結（ゆい）袈裟（げさ）などの山伏衣装を纏った、修験者のような出で立ちをしている。鳥居も町田も柔道の有段者だ。普段なら柔道の勝負では、試合や実戦で経験豊富な鳥居に分がある。しかし今は町田も悪霊の力を受けて格段に力を増している。

「あたいの守護霊様があの人に。おじさん、頑張れ!!　あたいの守護霊様がついてるよ」

義秀が鳥居を守護している姿を見て、瞳は鳥居に声援を送った。

テーブルや椅子などを片付け、広くなった食堂で、ついに鳥居と町田が激突した。最初は組み合って、普通の柔道の試合のようだった。一般の人にはそう見えた。しかしお互いが繰り出す技は、常人の域を遙かに超えていた。ただ、常人のレベルを大きく超えた者同士のぶつかり合いなので、傍目には膠着した凡戦のように見える。どちらも技を繰り出す隙を与えなかった。それでも三浦や野原、大井のように、武道に秀でた者が見れば、その凄まじさがよくわかった。

戦いは一進一退の攻防を繰り広げていた。やがてお互いの力が拮抗した柔道ではらちがあかないので、二人は激しい殴り合いとなった。先に仕掛けたのは町田だった。先ほどまでの柔道とは一転、殴り合いのときのスピードは、常人の目ではとてもついて行けなかった。そのパンチやキックの速さも破壊力も、超一流のプロ選手を大きく凌駕している。

「す、すげえ。まるでラオウとケンシロウの最後の戦いを見とるみたいだ。これじゃあ俺が砂川のスピードについて行けないのも無理はないがや」

優れた動体視力を持つ大井でさえ、二人の戦いを見切ることができなかった。また、もし神が自分と浩、剛に力を貸してくれたのなら、もう事件は解決していたのかもしれないと思うと、少し残念な気がした。

野原も度肝を抜かれた。県警の柔道場で、時々鳥居や三浦の練習に付き合ってはいるが、そのときはこんな動きはしない。全く別人の感がある。神の力が働いていることを信じざるを得なかった。しかし最も驚いているのは戦っている鳥居自身だといえた。美奈の守護神である千尋を慕って集まってきた神霊たちを信頼し、自分は最善を尽くす。鳥居は自分にそう言い聞かせ、町田、そして町田を操る悪霊と戦っていた。

鳥居と町田の戦いは、生死をかけた凄絶な殴り合いになってきた。双方身体中が殴られて、痣(あざ)だらけとなった。そして鮮血が飛び散った。そのあまりの凄まじさに、見ている女性たちの中には「お願い、もうやめて」と泣きだす者もいた。特に淑乃は今にも戦いの中に飛び込み、町田を止めようとした。それを大井が押しとどめた。

「陳腐な言い草だが、今は誰もあの二人を止めることはできんがや」

大井は淑乃に言い聞かせた。

鳥居は町田がバランスを崩した一瞬を見逃さず、前三角絞めをかけた。そしてそのままぐいぐいと首を締め上げた。町田は立ち上がり、なんとか鳥居を振りほどこうとする。けれども町田の首にがっちりと食い込んだ鳥居の脚は外れない。頚動脈を締められて脳への血液の循環が妨げられ、町田が落ちるのは時間の問題だ。

町田に憑いている悪霊は、鳥居を守護している不破雷光、義秀、飯縄命より力では勝っている。死後ずっと源氏への復讐(ふくしゅう)を誓い、地獄で力を養ってきた。しかし源実朝(みなもとのさねとも)が甥の公暁(くぎょう)に殺害され、その公暁も捕らえられて討たれたため、復讐をすべき源氏の正統は絶えてしまっていた。

討ち滅ぼすべき対象がいなくなってしまったことを知り、彼らは怒り狂い、この世のすべてを呪わんとした。しかし優れた僧侶の法力で封じられてしまったため、その鬱憤(うっぷん)を晴らすことができなかった。そんな折、自動車が封印してあった石仏を倒してしまったので、彼らはこの世に解き放たれた。そして近くにいた義秀の霊を通して千尋のことを知った。千尋と彼女を慕う神霊たちの力を取り込み、さらに強大化してこの世界を動かす人間どもに憑依し、世界を思うままに支配しようと企んでいた。

数百年の恨みの感情で凝り固まった悪霊たちは、その霊力では不破雷光たちを凌駕していた。けれども自分たちを高い境界に向上させてくれた千尋を護らんとする不破、義秀、飯縄命は、個々の力では劣っても、団結して悪霊に対処していた。その思いは不破たちの力を数倍にも引き上げた。神霊は強い思いのエネルギーによって力が大きく増幅されることがある。そして三柱の神霊の団結は、その力を遥かに増大させたのだった。

——このままでは負けてしまう。

町田に憑依した悪霊は危機感を抱いた。対する三体の霊は鳥居の肉体を依り代として結合している。ならば、鳥居の身体を無にしてしまえばばらばらとなる。一体一体が相手なら、俺は決して負けはしない。それなら奴らの霊的エネルギーを俺の中に取り込むことは可能だ。

悪霊は鳥居の抹殺を考えた。町田に意識があるうちは、町田の肉体を完全に我が物とすることはできない。町田の生体エネルギーがそれを阻止しているためだ。町田が締め落とされ、気絶すれば生体エネルギーの抵抗はなくなる。ならば気を失った瞬間に、町田の身体を爆破する。そうすればいくら神霊に護られているとはいえ、鳥居も無事では済まない。依り代が絶命し、困惑している間に奴らの力を俺に取り込んでやろう。

悪霊の方針は決まった。

そしてとうとう町田は気を失った。

——今だ!!

悪霊は、内部から強い圧力をかけて、町田の身体を爆破しようとした。しかしそれができなかった。気づいたら、不破の霊体が町田の身体全体をがっちりとガードしていた。

「俺もかつては悪霊に身体を乗っ取られ、とんでもないことをしでかしてしまった。しかし何年も悪霊と一緒にいたおかげで、おまえらの考えそうなことは大方見当がつくぜ。こいつの身体は護らせてもらった」

悪霊の考えを読み取った不破のファインプレーだった。

町田が完全に失神し、初戦は鳥居の勝利に終わった。

「やったぜ、おっさん。すごかったぜ。さすがけんかで俺に勝っただけあるがや」

鳥居の勝利に大井が熱い声援を送った。そして浩と剛も続いた。

勝利した鳥居は失神した町田を介抱した。間もなく町田は目を覚ました。

「何だ？　俺は負けたのか？」

町田は呆然とした。締め落とされた前後の記憶が全くなかった。もちろん、自分に憑依していた悪霊が自分の身体を爆破させ、殺そうとしていたことにも気づいていなかった。

「あんなジジイに負けるとは、おまえも焼きが回ったもんだぜ」

砂川は町田を突き放した。

「まあ、俺と森脇で二勝して、奴らの神の力を取り込んでやる。おまえとあのジジイの対戦を見ていて、相手の神もけっこう力があることがわかった。油断はしない。その力を手に入れれば、俺たちは無敵だぜ」

砂川も森脇も、悪霊は場合によっては自分たちを殺すことさえためらわないとは夢にも思っていなかった。ただ、守護霊のように護ってくれる存在だと信じ切っていた。

次の対戦者として森脇が進み出た。鳥居がまた森脇の相手になろうとした。

「鳥居さん、その身体じゃあ無理ですよ。いくら守護霊の守護を受けているとしても」

三浦が鳥居を制止した。

「トシには最後にあの砂川と戦ってもらわんといかんでな」

「私をお忘れではありませんか？　次は私がやります」

野原が次の戦いに臨もうと名乗りを上げた。

「だめだ。ワカも俺と町田の対戦を見とっただろ。あいつらはまともじゃない。殺されるぞ。女のおみゃーさんにそんな危険なことはさせられんがや」

「あら、係長も女性差別をなさるんですか？」

警部補の鳥居は、役職としては係長に相当している。

「たーけ、女性差別なんかじゃない。ただ、ワカを危険な目に遭わせたくないだけだがや。ワカは俺の娘と同じぐらいの年だでな」

実際は野原のほうが鳥居の娘より少し年上だ。しかし鳥居にとっては野原も娘のようなものだった。

「優しいんですね。でも私だって、刑事、いや警察官になったからには、いつでも死ぬ覚悟ぐらいできてます。それにあの森脇とかいうやつ、不思議な剣を使うといいます。剣道なら私に任せてください。私にだって神様が力を貸してくれるんでしょう」

野原は心配げな鳥居にかまわず、進み出た。彼女は全国警察剣道選手権大会に出場し、ベスト8になったことがあるほどの腕前だ。だからこそ巡査長になったとき、本庁刑事課に刑事として抜擢されたのだった。

「あ、次はこの前『ポンコツ』に来た女刑事さんだ。刑事さん、かっこいいですよ。頑張って」

瞳が野原を応援した。剛たちも声援を送った。

「俺の相手は女かよ。俺もなめられたもんだな。でもよ、女だからって容赦しんからな」

「女だからとなめてたら、痛い目に遭うからね。全力でかかってきなさい」

野原には宏明と久美のペア、そして陽香の守護神で、大日慈愛会の本尊にもなっている二大龍王が応援についた。宏明と久美は詐欺事件に関わり、殺害されるという悲惨な運命を辿ったが、千尋の力で救われ、霊界で厳しい修行を積んだ。そして今、宏明は妹の裕子を、久美は妹夫婦の優衣と北村の守護霊となるために、現界に戻ってきたのだった。二大龍王は、生前は一人の修行僧だったのだが、今は二匹の龍の形を顕している。

食堂の中央で野原と森脇が対峙した。森脇は右手から、彼が〝聖光剣〟と名付けた怪しく光る剣を出現させた。それに対し、野原は警棒を取り出した。長さ六五センチほどの、アルミ合金製三段伸縮のものだ。

「何だ？　そんなおもちゃで俺と戦うつもりなのか？」

「あんたなんか、これで十分よ。全国警察剣道選手権大会ベスト8の腕前、見せてあげる」

「ふん、そんなチンケな巷の大会なんか、何の権威付けにもならんぜ。なんせ俺の神は、あの源平合戦で戦ったんだからな。さっき町田とジジイの戦いを見とっただろ？　オリンピックの優勝者だろうと、俺たちの前では赤ん坊みたいなもんだ」

「そのようね。でも私も神の力で護られれば、とんでもない力を発揮できるかもね」

そう言いながら、野原はオーソドックスな上段の構えを取った。

森脇は前に出て聖光剣を振りかざした。動体視力がよい大井でさえ見切ることができない速さだった。しかし野原は余裕で聖光剣をなぎ払った。

（やくざなら相手を殺そうとする場合、斬るより突いてくるはずだ。剣術でも殺し合いでも素人ね。でもそのスピードは侮れない。それに対抗できるなんて、やっぱり私にも神が力を貸していてくれる）

野原は心の中で呟いた。太刀筋は素人でも、そのスピードはまさに神がかりといえた。普通なら最初の一撃で胴が真っ二つに断ち切られているところだ。

「なに？　何でもぶった切る俺の聖光剣を、あんな細い棒ではじき返しやがった。さっきのジジイもそうだったけど、あの女も普通じゃねえ。やはり神が護っているのか。よし、その神の力、俺がいただいてやる」

そう呟くと、森脇は凄まじい出足で、野原に斬り込んできた。

「オラオラオラオラ……」

かけ声を発しながら、森脇は超神速ともいえる早さで何十本も野原に聖光剣を打ち込んだ。最初は余裕でよけていた野原も、あまりの手数の多さに閉口した。普通の人間ではとても捉えられないスピードと、信じられない膂力（りょりょく）があった。

（悪霊が力を貸しているとはいえ、さすが男の力だ。素人とはいっても、それは認めざるを得ない。このままではいつかやられる）

野原は森脇の聖光剣を警棒で巧みに捌きながらも危機感を抱いた。そしてついに聖光剣が左頬をかすった。

「ちっ!!」

鮮血がほとばしった。野原は思わず後ろに跳んだ。かすっただけだと思ったが、かなり深く切れているようだ。血がひどく流れ出ている。

(これは傷が残りそうだ。嫁入り前の女の顔に傷をつけるなんて、最低!! なんてことしてくれるの!!)

頬の傷に気をとられ、野原に一瞬の隙ができた。その隙を突いて、森脇は腰を落とした体勢から聖光剣で突進してきた。今度は必殺の突きだ。野原はぎりぎりのところで突きを躱した。

戦いを見守っている早紀たちが悲鳴を上げた。

(危なかった。もしあいつが少しでも剣道の経験があったら完全にやられていた。素人で助かった)

相手は悪霊の力を得ている。素人だと見下していたら、確実にやられる。野原は、落ち着かなくては、と思った。頬からの出血がひどかったため、冷静さを失っていた。それが相手に対し、隙を与えることになった。

(落ち着け。落ち着け。剣道の腕は私のほうが確実に上なんだ。相手はただ力とスピードに任せて、闇雲に打ち込んでくるしか芸がない素人だ。私が実力を出し切れば、絶対に負けない。神様だって力を貸してくれている)

野原は三度、深呼吸をした。

「よし、行くぞ!!」

今度は野原から打ち込んだ。大会に出場したときのように、落ち着いて、自信を持って。すると今度は野原が森脇を押し始めた。聖光剣を巧みに避け、警棒を確実に相手に打ち込んでいく。細い警棒とはいえ、神の力をいただいているため、想像以上のダメージを森脇に与えている。普通の人間なら、一撃で全身の骨が砕けてしまうほどだ。森脇はたまらずダウンした。

「森脇、どうした!!　女なんかにやられやがって。情けないぞ」

砂川が罵声（ばせい）を浴びせた。

「くそ、勝手なこと言いやがって。おまえもあいつと戦ってみろ。町田がジジイに負けたのも、今ならわかるぜ」

森脇は声に出さずに毒づいた。そして立ち上がった。呼吸が乱れている。呼吸が乱れているのは野原も同じだった。二人は剣を構えたまま、しばらく呼吸を整えた。

森脇はにやりと笑った。

(何だ、あいつ。あいつには笑う余裕なんてないはずなのに。はったりか？　それとも、何かとんでもない必殺技でも隠しているのか？)

野原は森脇の不気味な笑いに、疑問を抱いた。

しかしすぐに森脇の笑いの理由がわかった。森脇は聖光剣を槍のように長くした。

「この剣には重さがない。長くしたから重さで振り遅れるなんて思ったら、大間違いだぞ」

森脇は三メートルほどの聖光剣を振りかざした。

「こいつはまだまだ長く伸びるぜ。この部屋にいる奴ら全員の首を、一瞬で切り落とすことだってできる。さっきの打ち合いのとき、急に聖光剣を伸ばしていれば、おまえは串刺しとなり、俺の勝ちだった。しかし女相手にそんな卑怯な手は使うまいと思っていた。だがおまえの強さを肌で感じた以上、そんな悠長なことは言っとれなくなった。ここらで勝負を決めさせてもらう」

そいつは厄介だ、と野原は思った。普通なら、剣が長くなれば、その重さで動きが鈍くなる。しかし質量がほとんどない霊的な剣は、その心配は無用なのか。それにあんなのを振り回されれば、私は自分の間合いを取れない。なんとかしなければ……。

森脇は野原に対策を考える余裕を与えず、斬り込んできた。

絶体絶命!! 野原は無心で、聖光剣を両の手のひらで受け止めていた。いわゆる真剣白刃取りだ。そして次の瞬間、野原を守護していた二匹の龍が聖光剣に巻きついた。

「何だ？ この龍は」

龍ががんじがらめに巻きつき、森脇は聖光剣を振るうことができなくなった。さすがの聖光剣も龍の胴体を切り裂くことはできなかった。

「今だ」

野原は森脇に突進した。防具がない森脇の額に、神の力で強化された警棒を叩きつけた。堂々たる面一本だ。頭部に大きな打撃を受け、さしもの森脇も脳震盪を起こし、失神した。

「ワカ、よーやった。おみゃーさんの勝ちだがや。おみゃーさんはたいしたやつだ。見直したがや」

「刑事さん、真剣白刃取り、かっこいい!!」

鳥居だけでなく、三浦が、そして美奈たちも野原の周りに集まった。

「でも、私の顔に傷がついちゃった。この傷は一生残りそう」

野原はコンパクトを取り出して自分の顔を見た。女性だけあって、こんな時でもコンパクトを持参していた。野原は自慢の美貌に傷がついてしまったことが悔しそうだった。頬から流れる血液は、グレーのスーツをところどころ赤く染めていた。

「まあ、刑事としては傷も勲章かもしれないけど」

野原はそう言って、自分自身を慰めた。

美奈は救急箱を探して、消毒薬やガーゼ、絆創膏（ばんそうこう）などで野原の左頬の傷を手当てした。

9

そしていよいよ大将戦といえる、三浦と砂川の対戦となった。

「俊文、あなたには千尋さんと多恵子さんがついている。絶対に大丈夫だから。負けないで」

美奈が三浦を励ました。

「美奈さんの旦那さんには、お母さんがついてるんだ」

早紀も三浦を守護している母親の姿を見いだした。

「この事件が終われば、お母さんは早紀のところに戻ってくるのよ」

美奈は早紀にそう告げた。

「おまえらは運良く連勝したが、俺はそうはいかんぜ。しかし平家の武士だった神がついている町田と森脇を倒すとは、おまえたちの神もたいしたもんだがや。だで俺たちの神がおまえらを欲しがったんだな。だが、俺の神は町田や森脇についていた神とは格が違う。俺が貴様ら全員を倒し、その神の力は俺がすべていただく」

美奈たちが見守る中、三浦と砂川が対峙した。三浦には千尋、多恵子、そしてよっちゃんが守護している。

最初に砂川が仕掛けた。目にも留まらぬスピードで砂川は三浦に正拳を打ち込んだ。三浦が紙一重で避けると、次は右回し蹴り。三浦は左腕でブロックした。すると砂川はジャンプして左膝で三浦の頭部を狙った。それをスウェーバックで躱した。砂川はこれらの攻撃を、ほんの一瞬で繰り出した。

「す、すげえ。俺だったらあんな攻撃、全く避けれんがや」

大井が驚嘆した。もちろん三浦も砂川も神の力により、超人的な攻防を繰り広げることができるのだった。

次は三浦が攻撃した。しかし砂川は難なく攻撃を躱した。しばらく空手による攻防が続いた。五分五分の戦いだった。

砂川が正拳突きを繰り出したとき、三浦は身を沈め、砂川の右腕を掴んだ。そして一本背負いの要領で砂川を投げた。砂川は化粧シートの固い床材に、背中を思い切り打ち付けた。そして三浦はすかさず腕ひしぎ逆十字で砂川の左腕をがっちり固めた。三浦の腕力、脚力は、守護神の力を受け、常人の数倍になっていた。

「いけ、トシ。そのまま砂川の左腕をへし折ってまえ」

鳥居が叫んだ。激痛で砂川の顔がゆがむ。

「早くギブアップしろ。左腕が折れてしまうぞ」

三浦は降参を勧めた。

「馬鹿野郎。こんなチンケな技で俺が参るかよ。俺は極道の頂点を極める男だぜ」

窮地だというのに、砂川はにやりと笑った。

すると空中から突然矢のようなものが現れ、三浦の左肩を射貫いた。

三浦はたまらず腕ひしぎ逆十字を解き、食堂の隅に退避した。壁を後ろにすれば、少なくとも後方からの攻撃は防げるだろうと考えた。

「一体何なんだ？　今のは」

「これが俺の能力だがや。俺の神は、生前は弓矢の名手だった。だから霊体で作った矢を自在に放つことができるのだ。俺はアニメやゲームみたいに、必殺技につまらん名前をつける趣味はないけどな。マシンガンよりも遥かに強力だし正確、弾切れも一切なしだがや。壁やテーブルを盾にしようとしても、俺の矢は物質を簡単に突き抜けるぜ」

砂川は自分の能力を誇示するように語った。そして第二撃を撃ち出した。三浦はそれはなんとか避けた。そして第三、第四、第五の矢を繰り出した。三方から撃ってくる矢の二本は避けたが、一本が三浦の右の太股を貫いた。

「これでおまえはもう逃げれんがや」

砂川はとうとう三浦を追い詰めた。

「砂川、飛び道具とは卑怯だぞ」

　大井が怒鳴った。

「うるさい、外野は黙っとれ!!　これが俺の能力なんだ」

　砂川は空中に何十本もの矢を出現させた。そして脚を打ち抜かれ、思うように動けない三浦に照準を合わせた。

「こいつを殺ったら、てめえら全員も俺の矢の餌食にしてやる。そこの姉ちゃんが警棒で二、三本矢をはじいたところで無駄だぜ。俺の矢は同時に何百本でも無制限に出せるんだからな」

　砂川は勝ち誇った。たとえ志摩乃波の周りを大勢の警察官に包囲されたとしても、全員の心臓を確実に撃ち抜き、脱出する自信がある。それが砂川の余裕の根拠だった。

　空中で制止していた矢を、砂川は三浦に向かって打ち込んだ。

「ジ・エーンド。おまえたちの神もよく戦ったが、所詮俺の神の敵ではなかった。おまえらの神の力、いただくぜ」

　すべては終わった。砂川は勝利を信じて疑わなかった。しかし三浦の身体に二大龍王が巻きつき、矢を防いでいた。霊的な矢は、二大龍王の身体を貫くことができなかった。いや、二大龍王だけでなく、千尋や多恵子、その他ここに集まった、千尋を慕う神霊たちが全員で三浦の身体を護っていた。

「どうやらあなたの試みは失敗ね。私たちを矢で狙っても、一人として傷つけることはできないわ。私たちのご守護神様が霊的な矢を跳ね返してくれる」

　美奈が砂川に宣言した。

「くそ、こんなことが……」

砂川は自分たちが追い詰められたことを悟った。

すると町田、森脇に憑依していた悪霊が砂川の許に集まった。

――これから我らの力で、この宿を爆破して崩壊させてやってもいいぞ。霊的な矢は防げても、建物が崩れる物理的な圧力に対しては、奴らは無力だ。無論おまえたち三人は我らが護る。爆破するかどうかは、おまえの決断次第だ。どうだ、この宿を爆破して崩壊させるか？

悪霊たちの声が聞こえた。まさに悪魔のささやきといえた。

「だめ、そんな誘いに乗っちゃあ、だめ。平家の悪霊はあなたたちまで巻き込んで犠牲にするつもりだわ。悪霊にとって、依り代はいくらでも取り替えることができるのだから、あなたたちの命なんて、なんとも思っていないのよ」

美奈は砂川たちに警告した。

「ばかめ。そんな脅しを言っても無駄だ。俺たちは自分たちの神を信じている」

爆破!!　砂川は悪霊たちにそう指示しようとした。その瞬間、凶弾が砂川の頭を貫いた。狙撃のチャンスを伺っていたSATの隊員が、窓ガラス越しに、遠距離から砂川を撃ったのだった。

突入隊が残していった無線機が拾った「爆破」という砂川の音声を聞き、もし志摩乃波が爆破されれば人質の命が危ないと判断したSATの狙撃班は、砂川を撃つ判断を下したのだった。さしもの悪霊たちも、眼前にした千尋たち九柱の神霊に対応するのが精いっぱいで、SATの隊員たちの動きを察知できるほどの余裕がなかった。

ゆっくり砂川の身体が崩れた。鳥居が真っ先に砂川の許に駆け寄った。

「くそ、SATの野郎か。こめかみから側頭部を貫き、即死だがや。なんとか一人の犠牲も出さずに解決したかったのに、余計なことをしやがって」

鳥居は千尋たちを信じていた。建物の崩壊を必ず防いでくれると。だから砂川、町田、森脇の三人をこの場で確保し、事件にけりをつけるつもりだった。

砂川が狙撃され、町田と森脇はもう抵抗をしなかった。自分たちは悪霊にもてあそばれていたのだと気がついたのだった。

砂川が斃（たお）れたあと、大勢の警察官が志摩乃波に突入した。

人質にされていた七人は、警察官たちにエスコートされ、志摩乃波を出た。マスコミが駆け寄り、七人はもみくちゃにされた。

エピローグ　南アルプスに誓う

1

人質立て籠もり事件から半月が過ぎ、九月となった。哲朗は順調に回復し、もう出社している。そして九月一日付けで、浩と剛を正社員としてオギセイで雇用した。二人とも左腕にタトゥーを入れているが、職場ではタトゥー隠し用のテープなどで隠すことを条件に、採用したのだった。

採用してみてわかったことだが、浩はセールスなど営業に関して意外な才能を発揮した。また、自動車やオートバイなどの機械いじりが好きな剛は、精密部品の組み立て作業に才を示した。二人ともオギセイには欠かすことができない人材へと成長していくだろう。

早紀と哲朗の父娘の仲も、事件を通して格段に好転した。哲朗は早紀への愛を取り戻し、早紀も父親をぐっと身近に感じることができるようになった。哲郎は浩との交際も正式に認め、もし将来結婚したいのなら、荻野家の一員として迎え入れることを約束した。

多恵子は美奈の許を離れ、早紀の守護神となった。

「美奈さん、ごめんなさい。私は美奈さんと千尋大神様によって救われたので、美奈さんが霊界入りするまで、美奈さんを守護するのが霊界の掟なのですが、やはり娘を放っておくわけにもまいりません」

多恵子は申し訳なさそうに言った。

「そんなこと、気になさらないでください。本当にこれまで、ありがとうございました」

「私は早紀の守護神として専念しますが、必要なときはいつでも呼んでください。私の名前を心の中で強く念じてくだされば、直ちに馳せ参じます」

こうして多恵子は美奈の許から去っていった。

早紀にそのことを話すと、「お母さんがあたしの守護神になってくれるの？　ほんとなの？」と泣き出した。

「本当よ。お母さんはいつでも早紀のことを見守っているよ」

平家の怨霊たちとの戦いのとき、実際に早紀は母親の姿を見て、会話もしている。だから自分の守護神になってくれるということに全く疑いを持たなかった。あのあと、早紀は母親の姿が見えるうちに、もっとたくさん話をしたかった。伝えたいこと、尋ねたいことは山ほどあった。けれども警察官が大勢宿に押しかけてきて、それどころではなくなった。

「あのときもう少しゆっくりできれば、もっとお母さんと話せたのに。もうあたしにはお母さんを見ることができないのですか？」

「今だから言うけど、あのときは悪霊の力で、私たちの魂は死の世界と隣り合わせといえるところにいたので、みんなが神や霊を見ることができたのよ。ある意味、本当に危険な状態だったの。下手すれば、もうこの世には帰ってこられなかったかもしれなかったのよ。でも、私たちの守護神様が護ってくれた。早紀のお母さんも、懸命にみんなを護ってくれたんだよ。早紀も霊的に向上すれば、いつでもお母さんと話ができるようになれるよ。でも、そのためにも人間としても立派にならなければね」

「うん、お母さんと話ができるように頑張るよ。瞳のこっくりさんも、今では守護霊として瞳を護ってくれてるんでしょう？」

「そうよ。だからこれからは二人、ご守護神に嫌われることがないよう、頑張ってね。守護神は不浄を嫌うから、もし早紀や瞳が悪い心を持てば、離れていってしまうことがあるから」

「うん。あたし、もう二度とお母さんと離れたくないから。お母さん、あたしをお母さんとお父さんの子供として産んでくれて、本当にありがとう」

早紀は人間として成長できるよう、多恵子に祈った。

義秀は瞳の命が尽きるまで、瞳の守護霊として人間界に留まるというので、よっちゃんは一人霊界に向かった。霊界では同じ頃に亡くなった妹の節子が待っている。霊界での永遠に比べれば、人間の寿命は短い。父親が瞳の守護霊としての役割を終え、再会できるまで待つことは、神霊としての感覚ではそれほど長いことではない。

なお、義秀は、いたずら心を起こしたために、亮たちに人一人の命を奪わしめるという、とんでもない結果を招いてしまった。それで贖罪のために亮、香織、隼の三人も守護していくつもりだ。三人は罪を償い、きっと立ち直ることができるだろう。

「お姉さん、いろいろありがとう。今日で霊界に帰るけど、何かあれば、いつでも呼んでね。僕もお姉さんや千尋大神様のために力になりたいから。今度お姉さんのところに行くときは、大人の姿になって行くね」

よっちゃんは美奈に別れを告げた。

北村弘樹を含めた四人の食事会の折、裕子と優衣に、宏明と久美が霊界での修行を終え、それぞれの守護霊になってくれることを告げると、二人は大喜びをした。美奈は人質立て籠もり事件のことを話し、「そのとき宏明さんと久美さんは女性刑事さんに力を与え、大活躍をしたのよ」と伝えた。二人はその話を詳しく聞きたがった。


千尋たちに敗れた平家の悪霊たちは、その後、千尋に浄化され、地獄に向かった。これまでの罪障を考慮すれば、地獄で一定期間反省しなければならないが、必ず地獄から這い上がり、霊界で向上することを千尋に誓った。

千尋の力なら、地獄に堕とさず、霊界に送ることも可能だ。けれどもいったん地獄に堕ち、苦しみに耐えつつ、十分反省することで罪を償い、悪しき業を浄めたほうが、霊界に戻った場合、さらに早く向上ができるという説明を受け、悪霊たちは自ら地獄に堕ちる道を選んだのだった。


森脇と町田は、愛海、淑乃と決別した。

「これから俺たちは何年も刑務所暮らしになる。おまえらは新しい仲間ができたんだ。俺たちのことは忘れて、そっちで楽しくやれ」

愛海と淑乃は、「悪霊はもういなくなったんだから、もう一度やり直そう。いつまでも待ってるよ」と約束しようとした。あれほどひどい仕打ちをされながら、まだ未練があった。けれども森脇と町田は、

「俺たちは出所してもやはり極道だ。もう堅気には戻れん。俺たちとおまえらでは、住む世界が違うんだ」と頑なに拒絶した。それはある意味、愛海と淑乃を極道の世界には絶対に巻き込みたくないという、せめてもの愛の表現でもあった。

愛海と淑乃も事件後、しばらく志摩署に留置され、事情聴取などをされた。けれども事件とは無関係と認められ、釈放された。

文学舎の担当編集者、久保田恭子は、『流れ星』の発売直前でまたしても木原未来がマスコミで大々的に取り上げられたことを小躍りして喜んだ。そして大きく宣伝を打った。『流れ星』は売れに売れ、発売早々重版出来となった。

さくらとの共作『魔界大戦』は、後編が「ライトドリーム」一〇月号に巻頭カラーで掲載され、こちらも大きな反響を呼んだ。それで新年号より、『魔界大戦』の「ライトドリーム」への連載が決まった。さくらと美奈は打ち合わせをして、連載に向けて新キャラクターなどのアイディアを出し合っている。

「次はアニメ化を勝ち取るよ。エイエイオー!!」

さくらはとても意気込んでいた。

2

三浦は事件後も調書作成などで大忙しだったが、やっとまとまった休暇を取れた。

休暇は三日だったので、三浦と美奈は南アルプスの甲斐駒ヶ岳に登った。美奈にとっては初めての南アルプス登山だ。当初計画していた荒川三山、赤石岳縦走に比べればやや規模は小さいが、それでも三〇〇〇メートル近い南アルプスの雄、甲斐駒ヶ岳に、三浦と一緒に登れることで、美奈は大いに満足した。

北沢峠（きたざわとうげ）の山小屋に泊まり、夜明け前の暗いうちに出発した。ヘッドランプの明かりを消すと満天にこぼれるような素晴らしい星空が見えた。メガネをかけていてもあまり視力がよいとはいえない美奈でも、十分に楽しむことができた。

昨夜は見事な天の川が地平線から空高くに伸びていた。M31といわれるアンドロメダ座の大銀河も、肉眼でかすかに認めることができた。標高二〇〇〇メートルの北沢峠から見上げた星空は、美奈がこれまで見た星空の中でも最高のものだった。

仙水峠（せんすいとうげ）に向かう途中で空が明るんできた。仙水峠から駒津峰（こまつみね）を経て登頂、下りは双児山（ふたごやま）経由で北沢峠に戻る。せっかく北沢峠に泊まったのだから、できれば南アルプスの女王といわれる、標高三〇三三メートルの仙丈ヶ岳（せんじょうがたけ）にも登りたい。しかし名古屋から北沢峠までの往復を考えると日程的には厳しかった。仙丈ヶ岳はまた別の機会に登ることにした。

三〇〇〇メートルの澄んだ秋の空はどこまでも青い。夏のシーズンとは違い、登山者も少なかったので、二人だけの空間を満喫できた。

今、三浦と美奈は白っぽい花崗岩でできた甲斐駒ヶ岳の頂上にいる。まさに白砂青松という言葉がふさわしい。松といっても、ハイマツだが。頂上からは三六〇度の大パノラマを楽しめる。ざっと見渡すと、八ヶ岳や仙丈ヶ岳、富士山に次ぐ、日本第二の高峰北岳と第四位の間ノ岳（あいのだけ）。北岳は尖った三角の山容が見事だ。巨大な山容を誇る間ノ岳は、どっしりと構えている。早川尾根から鳳凰三山。鳳凰山の向こうには、富士山が頭を出している。鳳凰三山の地蔵岳は、山頂の特徴的なオベリスクが、小さく見える。さらには中央アルプス連峰や、遠くには北アルプスの山々も望むことができる。圧倒的な展望だ。南アルプスの山々は、北アルプスのような派手さこそないものの、重厚な雰囲気があり、一つ一つの山体が非常に大きい。

「きれい。来てよかった。無理して休暇とってくれて、ありがとう」

「いや、美奈には迷惑かけっぱなしだからね。たまには罪滅ぼししなくちゃ」

「でも、砂川さんは残念だったね。鳥居さんも非常に悔しがっていたわ」

「まさかあそこでＳＡＴに狙撃されるとは。大きな事件の主犯なので、死刑の可能性もないとはいえないが、できれば生きて償ってほしかった」

町田、森脇の自供により、高山組長の殺害を教唆した吉崎たちも逮捕された。吉崎は高山組長殺害に関し、共謀共同正犯を問われている。砂川が録音した音声が見つかり、言い逃れはできなかった。組織犯罪対策課は、吉崎一家を壊滅状態にまで追い込んだ。

「野原さん、ほっぺの傷はどう？」

「まあ、傷は多少目立たなくなったけど、一生残るだろうね。本人は刑事の勲章だと言ってるけど、やはり気にしてはいるようだよ」

「女性の顔ですからね。いくら神が護ってくれたといっても、相手も強大な悪霊だったし。でも野原さんの大活躍で、あの場にいた人たち、みんな野原さんの大ファンになっちゃったわ」

あの事件では鳥居も三浦も傷だらけになった。三浦は左肩と右太股を矢で貫かれた。しかし、幸い実態がない霊的な矢だったので、比較的軽傷で済んだ。だからこうして甲斐駒ヶ岳にも登ることができたのだ。

人質に取られた人の中には、かなり精神的に深い傷を受けた人もいた。会社としても、責任を感じて有給で休暇を与え、メンタルクリニックでリハビリテーションを受けさせている。経過は順調だということで、哲朗も安堵している。

立て籠もり犯に踏みにじられ、死者まで出てしまったので、志摩乃波はもう解体し、廃業するつもりだった。それでも事件で保養所のことが世間に知れ渡り、「社員ではないが宿泊したい」という問い合わせが何件もあった。多くの人から励ましのメールや便りをもらったので、哲朗は保養所を改装し、旅館として運営することも計画している。

美奈や早紀の仲間たちは立ち直りが早かった。心に最も深い傷を受けた愛海も、今では元気になっている。先日トヨから、愛海が背中一面に大きな鳳凰を彫りに来たと連絡があった。最初予定していた腰から太股にかけての図柄より、ずっと大きなものとなった。美奈と出会ったこと、そして森脇との決別を克服してやろうという思いで、大きな図柄を彫る決意をしたのだった。

施術のとき、事件についていろいろ話をした。トヨは美奈から事件の詳細を聞いてはいたが、愛海の視点で聞く話も面白かった。愛海は大ファンだった木原未来と友達になれ、とても嬉しいと言っていた、とトヨから報告があった。

美奈の新刊『流れ星』が出版され、愛海はさっそく買って読んでみた。愛海が好きな天文学のエピソードも多く、とても素晴らしい作品だという感想を抱いた。

今回の事件では不破雷光を始め、多くの神霊たちの協力があった。千尋はこれまで関わった霊たちをまとめ上げ、一種の霊団のようなものを作りつつあった。今、日本も世界も、霊的な乱れから非常に悪いほうに推移しつつあるという。千尋は微力とはいえ、成仏できずに荒れ狂っている霊たちを救済することにより、世界を変えていきたいと言っている。

美奈はいつも千尋や多恵子に助けられている。いつか大日慈愛会の管長、大西治子が言っていた。

「美奈さん自身はまだ気づいていないけど、美奈さんの魂は千尋大神様に鍛えられ、どんどん向上している。おそらくこれからも美奈さんの魂を鍛えるため、霊的な現象を伴う大きな事件に巻き込まれると思うけど、成長のための試練と思って、決して負けないでください」と。

一瞬、大変なことになったと思った。背中に騎龍観音のタトゥーを入れたことにより、千尋と関わりを持った。タトゥーを入れなければ、美奈の生涯はもっと平穏なものになったであろう。タトゥーを入れたばかりに、千尋と巡り会い、悪霊絡みの事件に次々と引きずり込まれた。けれども、苦しむ霊たちを浄化することにより、千尋も美奈もどんどん神格、霊格を高めることができた。

そしてこれからも、そのような不幸な霊の救済を続けることになるのだろう。

自分がタトゥーを入れたことにも、やはり意味はあったのだ。

自分が事件に巻き込まれることにより、救われる霊がいるのなら、今後も積極的に事件に関わっていこう。そして千尋と共に苦しんでいる霊を助けることにより、少しでも世界を浄めていくお手伝いをしたい。

美奈は南アルプスの神々しいほどの大絶景の中でそう心に誓った。

それが、私がこの世に生まれた使命だというのなら。

【完】

参考資料

『そこが知りたい！　日本の警察組織のしくみ』監修・古屋謙一（朝日新聞出版）
『警察のすべて』別冊宝島編集部編（宝島社）
『秋山紀行』鈴木牧之【長野電波技術研究所電子テキスト版】
栄村秋山郷観光協会　ホームページ

あとがき

『幻影シリーズ』も本作で四作目となりました。今回は、親子の愛情について考えてみました。

最近、親による子の虐待や、子の親殺しなど、信じられない事件が多発しています。

五歳の女の子に、「もっとあしたはできるようにするからもうおねがいゆるして」とまでノートに書かせながら、死なせてしまった事件は、私も涙を禁じ得ませんでした。

また、自分を産み、育ててくれた、大恩ある親を、たとえどんな事情があろうと、殺害してしまうなんて、とても信じられないことです。

この国から『孝養』という言葉は消滅してしまったのでしょうか？

私もまだ勉強不足で、あまり深く掘り下げることはできませんでしたが、母と娘、父と娘、父と息子、といった愛情を、今回のテーマとして取り上げてみました。

それから、『幻影3　炎と闇』でデビューした野原若菜刑事についてひとこと。最初は「美奈に対する恋のライバル」という位置づけで登場させましたが、今回は県警捜査一課石崎班の紅一点として、悪霊と勇敢に戦う場を与えました。

野原は成長させ、育てていきたいと考えているキャラクターなので、これからも鳥居、三浦とのトリオで活躍させたいと思っています。

『幻影シリーズ』も登場人物がどんどん増え、著者としてもキャラクターの成長を楽しみながら、描き続けていければいいなと考えています。

最後になりましたが、『幻影4　母と娘』を上梓するにあたって、文芸社の方々に大変お世話になりました。紙面をお借りして御礼を申し上げます。

二〇一九年三月吉日

高村裕樹

著者プロフィール
高村 裕樹（たかむら ひろき）
1957年愛知県生まれ
名古屋市立小学校事務職員（名古屋市職員）を29年間務める
退職後執筆活動
現在愛知県在住

著書『宇宙旅行』（2010年９月）
『幻影』（2010年11月）
『ミッキ』（2011年９月）
『幻影２　荒野の墓標』（2012年10月）
『地球最後の男　永遠の命』（2014年７月）
『幻影３　炎と闇』（2016年11月）
すべて文芸社刊

幻影４　母と娘

2019年９月15日　初版第１刷発行

著　者　高村 裕樹
発行者　瓜谷 綱延
発行所　株式会社文芸社
〒160-0022　東京都新宿区新宿１－10－１
電話　03-5369-3060（代表）
03-5369-2299（販売）

印刷所　株式会社フクイン

ISBN978-4-286-20660-8